Sur l'auteur

M.J. Arlidge travaille pour la télévision britannique depuis quinze ans. Il dirige également une maison de production indépendante, qui a permis à plusieurs séries policières de voir le jour. Après *Am stram gram*, *Il court, il court, le furet*, *La Maison de poupée*, *Au feu, les pompiers* et *Oxygène*, *Derniers sacrements* est son sixième roman à paraître en France.

Du même auteur
aux Éditions 10/18

AM STRAM GRAM, n° 5047
IL COURT, IL COURT, LE FURET, n° 5179
LA MAISON DE POUPÉE, n° 5303
AU FEU, LES POMPIERS, n° 5412
OXYGÈNE, n° 5518
DERNIERS SACREMENTS, n° 5580

M.J. ARLIDGE

DERNIERS SACREMENTS

Traduit de l'anglais
par Séverine Quelet

10/18

LES ESCALES

Titre original :
A Gift for Dying

Première édition publiée par Penguin Books Ltd, Londres.

ISBN : 978-2-264-07662-5
Dépôt légal : octobre 2020

À Jennie,
dont les dons sont authentiques.

« Dans la vie, rien n'est à craindre,
tout est à comprendre. »

Marie CURIE

LIVRE UN

1

Le choc de l'impact puis un acte de bonté.

L'heure de pointe, et North Michigan Avenue grouillait de monde. Sur le trottoir s'agglutinaient employés de bureau, passants et touristes impatients d'expérimenter la magie du Magnificent Mile de Chicago. La tête baissée et le pas incertain, Kassie tâchait de se frayer un chemin dans la foule. Elle bravait rarement la cohue du centre-ville – elle ne s'aventurait au nord de chez elle que pour piquer des fringues et du maquillage dans les grands magasins – et elle avait hâte de retrouver l'ambiance familière des quartiers sud.

Les yeux rivés sur le sol, elle voyait les pieds approcher et les évitait au dernier moment. Mais une seconde d'inattention sans doute, et elle heurta soudain quelque chose de dur et rigide. La violence de la collision la projeta en arrière. La bandoulière de son sac glissa de son épaule, et les vêtements volés s'éparpillèrent tandis qu'elle s'affalait sur le bitume constellé de chewing-gums. Elle atterrit sur le coccyx, étourdie et le souffle coupé par la stupeur et la douleur.

Elle resta assise sans bouger quelques instants, consciente de sa position ridicule. Un peu honteuse, elle sentit les larmes lui piquer les yeux.

— Est-ce que ça va ?

La voix lui parvenait de loin mais réussit à fendre le vacarme des klaxons dans l'avenue animée.

— C'est ma faute. Je ne vous ai pas vue…

Kassie sentit que l'homme s'accroupissait à côté d'elle.

— Je suis parfois si absorbé dans mes pensées que je ne remarque pas ce qu'il y a juste devant moi…

Il parlait d'une voix calme et chaleureuse. Kassie se trouva encore plus idiote. Si quelqu'un était responsable de leur télescopage, c'était elle. Sa mère répétait tout le temps qu'elle avait deux pieds gauches.

— J'espère que je ne vous ai pas fait mal, poursuivit-il. Souhaitez-vous vous faire examiner ou…

— Ça ira, se hâta de répondre Kassie. Je ne veux pas vous retenir.

Elle ne l'avait pas encore regardé en face, cependant elle devinait à ses chaussures en cuir étincelantes et à son costume hors de prix qu'elle et lui ne faisaient pas partie du même monde. À l'évidence, l'homme avait de l'argent, un statut social privilégié et peu de temps à consacrer à une jeune délinquante qui séchait le lycée.

— Là, laissez-moi vous aider.

Il lui tendit la main. Un geste fort, plein d'assurance, aimable. Reconnaissante, elle s'y agrippa et se remit debout tant bien que mal. La douleur s'atténuait et elle était pressée de déguerpir, effrayée à l'idée que les nombreux policiers qui patrouillaient dans North Michigan ne s'intéressent aux articles disséminés sur ce bout de trottoir.

— Merci, murmura-t-elle sans le regarder.

— Vous êtes sûre que ça va ? Je peux faire quelque chose ? Vous héler un taxi peut-être ?

Le ton était si doux et rassurant qu'elle ne put résister. Elle leva les yeux vers lui, nota le menton volontaire rasé de près, les boucles brunes épaisses, les yeux profonds couleur noisette. L'homme souriait, son regard pétillait de bienveillance. Et brusquement, Kassie se figea.

Elle pensait lire la bonté, la sérénité même, dans son expression. À la place, elle ne voit que la mort.

2

Il descendait aux enfers.

De l'extérieur déjà, la prison de Cook County en imposait avec ses hauts murs surmontés de rouleaux de barbelé, mais à l'intérieur elle dégageait une atmosphère encore plus inquiétante. Les couloirs souterrains qui menaient aux cellules formaient délibérément un labyrinthe : les plaques nominatives et les panneaux directionnels avaient été retirés pour contrecarrer les tentatives d'évasion. Même les habitués s'y perdaient… Le tapage incessant qui accompagnait le visiteur – sifflets, cris et hurlements – amplifiait le malaise et l'appréhension de ce qui l'attendait au bout du tunnel. Voilà la triste réalité entre les murs du plus grand service psychiatrique officieux des États-Unis.

Adam Brandt venait ici depuis des années. Psychologue judiciaire chevronné, il travaillait en étroite collaboration avec le bureau du shérif. Diplômé de Harvard, licencié en psychologie de l'adulte et de l'enfant, il aurait pu faire fortune avec les patients qu'il recevait dans son cabinet de Lincoln Park, quartier chic du North Side. Toutefois, fidèle à ses origines modestes et à l'écoute de sa conscience, il œuvrait fréquemment dans les entrailles de la prison de Cook County.

La familiarité des visages dans les cellules de détention était presque déprimante ; aujourd'hui, Adam se retrouvait une nouvelle fois face à Lemar Johnson.

— Je ne peux pas rester là, mec. Je ne peux pas…

— J'entends bien, Lemar, et je vais tâcher de vous faire sortir. Mais avant tout, regardez-moi. Il faut que vous me regardiez pour que nous puissions discuter.

Le garçon de vingt et un ans se balançait d'avant en arrière sur sa chaise, le visage dissimulé derrière ses immenses mains balafrées. Sa jeune vie était déjà entachée de violence – un père assassiné, un cousin abattu lors d'une fusillade – et sa santé mentale, instable depuis longtemps. Il était bipolaire, souffrait de stress post-traumatique et prenait de l'héroïne en guise de somnifère. À leur dernière rencontre, Adam était parvenu à lui faire intégrer un service d'assistance psychologique, et le jeune homme en était ressorti plus solide et équilibré, avec l'aide du Prozac et d'un anxiolytique. Bien qu'Adam ne cautionne pas cette médicamentation, elle semblait fonctionner ; jusqu'à la veille, en tout cas, quand Lemar avait menacé d'un couteau un homme dans un fast-food à South Shore.

— Vous avez pris vos médicaments ?

— Ouais, ouais…

— Regardez-moi, Lemar.

— Non, j'en ai plus, corrigea celui-ci sans lever les yeux.

— Comment ça se fait ?

— Ils ont dit qu'il fallait attendre quatre mois pour un rendez-vous, un suivi.

Le cœur d'Adam se fendit. Avec les récentes coupes budgétaires en psychiatrie et l'incapacité scandaleuse des membres du gouvernement à s'accorder sur un budget national, nombreux étaient ceux qui se plaignaient de ces délais. Son sang bouillait devant l'intransigeance des différents acteurs politiques : les politiciens n'étaient jamais ceux qui pâtissaient de leurs petits jeux de pouvoir.

— J'ai essayé de les faire durer. J'en prenais qu'un jour sur deux, mais ça me rendait dingue.

— Depuis quand êtes-vous à court ?

— Deux semaines.

— Vous auriez dû me prévenir. Ou appeler le centre.

— J'ai essayé, mec.

Adam flaira le mensonge mais ne releva pas. De toute évidence, Lemar avait eu une phase euphorique, passée à sortir beaucoup et à dépenser le peu d'argent en sa possession – ce qui expliquait qu'il ne pouvait pas payer sa caution – et retombait maintenant en dépression.

— Bon, nous allons vous trouver des médicaments et ensuite, j'aimerais que vous me racontiez ce qu'il s'est passé. La lecture de l'acte d'accusation a lieu demain, et je souhaiterais que votre avocate dispose de tous les éléments pour plaider la demande d'internement en centre de soins psychiatriques. Je suppose que ça vous conviendrait davantage que de rester ici ?

Lemar réussit à retrouver son calme, suffisamment pour approuver d'un bref hochement de tête.

— Bien. Parlons alors.

Une heure plus tard, Adam regagnait le parking de la prison. Il marchait à grandes enjambées vers son 4 × 4 Lexus – une petite folie tout à fait excusable, selon lui, avec l'arrivée imminente de son premier enfant – et consulta sa montre. Lemar s'était montré peu coopératif et obtenir un résumé cohérent des événements avait pris du temps. 18 heures approchaient et, si Adam voulait repasser au bureau et rentrer chez lui à une heure raisonnable, il fallait espérer que la circulation ne soit pas trop infernale. Il accéléra le pas, déverrouilla la voiture, ouvrit la portière côté passager et jeta sa veste et sa sacoche à l'intérieur. Son portable vibra à cet instant.

Un appel aussi tard ne présageait rien de bon et Adam reconnut le numéro sans surprise. Freddie Highsmith, le directeur du centre de détention pour mineurs de Chicago.

— Je rentrais chez moi, Freddie, déclara Adam avec prudence.

— Je sais, je sais, répondit celui-ci d'un ton enjoué. Mais quand on a besoin du meilleur…

— La flatterie ne vous mènera à rien.

— En plus, personne d'autre n'est disponible. J'ai appelé tout le monde et ils sont tous surchargés. Écoutez, j'ai conscience que vous en faites déjà beaucoup, mais je ne peux pas confier ce cas à un débutant.

Freddie marqua une pause, son attitude joviale céda la place à une nervosité évidente. Adam, soudain inquiet, garda le silence, l'oreille tendue lorsque Freddie ajouta :

— On en a un bien corsé ici.

3

Jacob Jones vida sa pinte de bière puis reposa avec fracas le verre vide sur le comptoir en bois, signalant ainsi au barman qu'il en voulait une autre. Des gouttes de condensation dégoulinaient encore sur la paroi du verre quand le serveur excédé le ramassa, un sourcil levé devant la descente rapide de Jacob. Celui-ci resta impassible. Il avait l'esprit ailleurs et, de toute façon, il ne connaissait ni ce bar ni le barman. Greene's Tavern était un pub à l'ancienne parmi tant d'autres dans le quartier qui se voulait une évocation de l'époque de la prohibition. Les touristes aimaient venir se vautrer dans la nostalgie, se prendre en photo en train de siffler une bière sous l'œil vigilant d'Al Capone. Pour Jacob, ce lieu était un refuge temporaire, un besoin vital.

Le barman enregistra sa commande et fit glisser la pinte vers lui. La mousse débordait. Jacob l'essuya tout en portant le verre à ses lèvres avec avidité. Tandis que le liquide amer caressait sa langue et coulait dans sa gorge, il se rendit compte que sa main tremblait. Il s'empressa de reposer le verre. L'émotion le prit par surprise, son cœur s'emballa une nouvelle fois, et il dut baisser la tête pour dissimuler l'expression d'agonie sur son visage.

— Reprends-toi ! marmonna-t-il à part lui en espérant que le groupe de touristes britanniques à proximité ne l'entende pas.

Il savait sa réaction exagérée. Dans le cadre de son travail, il côtoyait de sacrés énergumènes et pouvait se retrouver confronté à des situations violentes, bien qu'il fût rarement au cœur de la tempête. Encore à cet instant, une heure après l'affrontement, il tentait de donner un sens à ce qu'il s'était passé.

Il avait été si pressé de rentrer chez lui qu'il n'avait pas vu la fille avant de la bousculer et de la faire tomber. Il avait joué au football à la fac et mettait son expérience au service de ses déplacements dans les rues animées de Chicago, ouvrant la voie dans la foule avec son épaule. Cette fois, cependant, il avait mal jugé sa ligne d'attaque et plaqué avec force l'adolescente effrayée.

Malgré son empressement à regagner West Town, sa bonne éducation l'avait poussé à reconnaître sa faute. Il s'était assuré que la fille n'avait rien de cassé et l'avait aidée à se relever. Il avait ensuite voulu entamer la discussion et, au début, elle avait l'air d'aller bien, à marmonner des remerciements gênés. Puis tout avait déraillé. À quoi s'était-il attendu ? De la gratitude ? Des excuses ? Un embarras de midinette ? Il était séduisant, il le savait – grand, musclé, un visage avenant – et, à d'autres occasions, les femmes s'adressaient à lui un peu timidement. Mais il n'y avait eu aucune trace de ce genre de trouble dans l'expression de l'adolescente. Elle avait semblé horrifiée.

Il avait continué à lui parler alors qu'elle le dévisageait, tremblante et muette, si bien qu'il avait fini par couper court et déguerpir. Dérouté et furieux de son manque de reconnaissance, il avait repris son chemin d'un pas pressé. Nancy n'était pas à la maison, elle assistait à une conférence à San Francisco, mais il avait tout de même hâte de rentrer chez lui et d'oublier cet étrange épisode.

Cependant, alors qu'il redescendait North Michigan Avenue en slalomant entre les touristes empotés, un son avait pénétré son esprit. Quelqu'un criait, des pas approchaient derrière lui, rapides. Il avait fait volte-face – que s'imaginait-il ? – au moment même où la fille se jetait sur lui.

Jacob porta une nouvelle fois le verre à ses lèvres, le vida. La suite des événements était encore floue. La fille l'avait attrapé par le bras, puis elle avait empoigné le revers de sa veste. Il avait tenté de se libérer tandis que les mots – violents et confus – jaillissaient de sa bouche. Elle s'était accrochée de toutes ses forces, il l'avait repoussée, ce qui n'avait réussi qu'à attiser sa colère. Elle s'était mise à hurler, à le menacer ! D'instinct, il avait libéré son bras, prêt à la frapper. Par chance, il n'avait pas eu à achever son geste, car deux agents de police étaient intervenus et s'étaient chargés de maîtriser la fille. Mais ça ne l'avait pas calmée pour autant, elle avait continué de crier contre Jacob tandis qu'ils la traînaient jusque dans la voiture de patrouille.

Après avoir tiré sur sa veste pour la lisser, Jacob avait tourné les talons, incapable de contempler ce spectacle désolant plus longtemps. La jeune fille n'était pas furieuse ni hargneuse.

Elle était folle à lier.

4

— Elle est dans cet état depuis combien de temps ?

Adam regarda par la vitre de la cellule de surveillance dans laquelle une adolescente faisait les cent pas avec force cris et gestes en direction de la porte.

— Depuis son arrivée, répondit le gardien d'une voix traînante. Elle a commencé par exiger qu'on la laisse partir. Ensuite, elle a essayé de défoncer la porte. Maintenant, elle se contente de lancer des injures.

Les yeux rivés sur la silhouette qui s'agitait, Adam réfléchit. Une demi-heure plus tôt, il ne pensait qu'à boucler sa paperasse et rentrer chez lui retrouver Faith, mais déjà son âme de clinicien reprenait le dessus. Cette adolescente – elle avait quatorze ans, quinze tout au plus – était en pleine crise psychotique.

— On nous l'a amenée il y a une heure. Elle a essayé de dévaliser un type dans North Michigan. Juste devant les flics. Elle avait trente grammes de cannabis sur elle, alors je ne sais pas ce que vous allez pouvoir en tirer.

Cette mise en garde arracha un sourire poli à Adam qui s'empara du dossier pour le feuilleter. Les mineurs en détention étaient systématiquement évalués avant de rencontrer un inspecteur, et il incombait aux psychologues tels qu'Adam de déterminer si leur état permettait qu'ils soient interrogés.

Kassandra Wojcek. D'origine polonaise, avec un casier déjà remarquable. Possession de drogues douces, vol, refus d'obtempérer, agression, état d'ébriété et, à en croire le dossier scolaire joint, record d'absentéisme. Elle résidait à Back of the Yards, un quartier au sud de Chicago près des anciens abattoirs, autrefois fief des ouvriers polonais et désormais investi par les Portoricains.

— Les parents ? s'enquit Adam.

— Le père est décédé. On a essayé de prévenir la mère, mais… Avec un peu de chance, on aura réussi à la joindre à temps pour l'interrogatoire.

— Attendons de voir si on en arrive là, l'interrompit Adam en lui faisant signe de lui ouvrir la porte de la cellule.

Le surveillant le dévisagea avec une expression qui laissait entendre qu'il le classait d'office dans la catégorie des poules mouillées libérales et déverrouilla la porte. Adam entra, posa le dossier de sa patiente sur la chaise puis se tourna vers elle.

— Bonjour, Kassandra. Je peux me joindre à toi ?

L'adolescente ne répondit pas mais stoppa ses allées et venues.

— Je m'appelle Adam. Je suis psychologue et j'aimerais qu'on parle. Tu es d'accord ?

Pour toute réponse, Adam ne reçut qu'un grognement. Il avait déjà le sentiment que la fille n'appréciait pas beaucoup les psys.

— Tu préfères qu'on t'appelle comment ? Kassandra ? Kass…

— Kassie, répondit-elle, les yeux dissimulés derrière sa frange.

Adam acquiesça et l'observa avec attention pour la première fois. Elle avait une allure étrange ; elle était grande et dégingandée, mais jolie dans son genre avec ses longs cheveux auburn qui encadraient son visage au teint pâle. Elle portait un jean déchiré, une veste à capuche estampillée Motörhead et de vieilles tennis élimées. Difficile de dire si sa tenue débraillée était un choix vestimentaire pour coller à une mode adolescente ou la conséquence d'un grand dénuement. Au regard de sa situation, Adam pariait sur la deuxième explication.

— Très bien alors, Kassie, poursuivit-il en se déplaçant un peu pour examiner de plus près son visage étroit couvert de taches de rousseur. Il paraît qu'il y a eu un problème aujourd'hui. La police m'a déjà raconté sa version de l'histoire. J'aimerais beaucoup entendre la tienne.

Il s'exprimait d'un ton aimable et encourageant, compatissant. Son intérêt piqué, la fille lui jeta un rapide coup d'œil. Adam nota sa réaction immédiate. Elle parut surprise, voire choquée, par son apparence et se replia aussitôt sur elle-même ; elle se détourna et recula dans un coin de la pièce.

— Je sais que tu as peur, que tu te sens perdue, continua Adam d'une voix douce. Et c'est normal. Personne n'aime se faire embarquer dans une voiture de police et amener ici. Je veux juste m'assurer que tu vas bien et qu'on démêle cette histoire pour que tu puisses rentrer chez toi. Tu es d'accord pour m'y aider ?

Un long silence suivit sa question, puis un bref hochement de tête.

— Donc, tu te trouvais dans North Michigan Avenue. Tu rentrais chez toi ? Tu voulais prendre le métro ?

— Chez moi.

— Et que s'est-il passé ?

Nouvelle pause. Au loin, Adam entendait des pas qui approchaient mais, concentré sur Kassie, il s'efforça de les ignorer.

— Je suis tombée sur ce type…

— Vous vous êtes rentrés dedans ?

— Ouais.

— Tu le connaissais ?

— Non.

— Et ensuite ?

La fille hésita à répondre. Les pas résonnaient plus fort maintenant, Adam insista.

— Kassie… ?

— Il m'a aidée à me relever. Et puis il est parti.

— Tu lui as parlé ?

— Pas au début…

— Après… ?

Elle hocha la tête.

— Pourquoi ça ? Pourquoi l'as-tu rattrapé ?

Le silence s'installa tandis qu'elle réfléchissait, pesait le pour et le contre de sa réponse, prenait une décision.

— Je voulais lui parler.

Elle avait visiblement fait plus que discuter avec lui pour qu'on ait besoin de l'en écarter de force.

— Pour quelle raison ? Que voulais-tu lui dire ?

Kassie hésita encore ; les pas s'arrêtèrent de l'autre côté de la porte.

— Je voulais… le prévenir, murmura-t-elle dans un souffle.

— Le prévenir de quoi ?

La porte s'ouvrit d'un coup et le gardien passa la tête.

— On a mis la main sur la mère. Elle sera là dans vingt minutes.

La porte se referma dans un claquement. Adam reporta son attention sur Kassie, mais celle-ci s'était détournée, roulée en boule, apparemment effrayée par l'arrivée imminente de sa mère.

— Pourquoi t'inquiétais-tu pour lui, Kassie ?

Il avait posé la question d'un ton léger, pourtant il sentait qu'il était en train de la perdre ; le lien de confiance ténu qu'il avait établi avait été rompu par l'intervention malvenue du surveillant pénitentiaire.

— Tu as dit que tu voulais le prévenir, insista Adam en faisant un pas vers elle.

L'adolescente ne bougeait pas, le regard fixé sur le mur. Adam fit une dernière tentative :

— Je t'en prie, Kassie. Dis-moi de quoi tu voulais l'avertir.

5

— Je ne souhaite pas porter plainte. Je veux seulement oublier toute cette histoire.

Jacob Jones se tenait dans la pénombre de son entrée, le combiné collé à l'oreille. Il venait juste d'arriver chez lui et le téléphone fixe sonnait quand il avait ouvert sa porte. Il s'était précipité pour décrocher, croyant que c'était sa mère ; elle appelait presque chaque fois que Nancy s'absentait. Mais non, c'était la police de Chicago qui prenait sa déposition après l'incident de l'après-midi.

La première réaction de Jacob fut de s'inquiéter de son élocution. Il avait bu trois bières d'affilée ; il fallait bien ça pour calmer ses nerfs ! Maintenant, en revanche, il regrettait sa faiblesse. Adoptant un ton professionnel, il répondit aux questions du policier avec parcimonie et affirma avec clarté qu'il préférait en rester là. L'officier sembla déçu, surpris peut-être, compte tenu du métier qu'exerçait Jacob, mais il n'insista pas.

— C'est vous qui décidez…

— En effet. Merci encore de votre appel. C'est très aimable à vous.

Jacob était un menteur expérimenté, et l'officier satisfait raccrocha en lui souhaitant une bonne nuit. Encore secoué et décontenancé par la folie des dernières heures, Jacob reposa le combiné et referma enfin la porte d'entrée qu'il verrouilla derrière lui. Il avait la maison pour lui tout seul ce soir et n'avait qu'une envie : s'installer devant le match des White Sox et peut-être même s'octroyer une autre bière bien fraîche.

Il abandonna sac et veste par terre et appuya sur l'interrupteur. Rien. Bizarre... Sur le point de perdre patience – il en avait assez de ces ampoules qui grillaient –, il gagna la cuisine d'un pas vif pour y allumer la lumière. Mais là encore, il resta dans le noir. Il baissa et releva l'interrupteur plusieurs fois, sans succès.

— Bon sang...

Par la fenêtre, il scruta la rue de banlieue paisible. Tout autour, les élégantes demeures scintillaient, éclairées de l'intérieur.

— Comme par hasard, il n'y a que chez moi, marmonna-t-il en perdant sa dernière once de bonne humeur.

Il tourna les talons et revint dans le couloir où il ouvrit la porte de la cave. Une lampe torche était accrochée juste derrière, et Jacob l'alluma avant de s'enfoncer dans l'obscurité. Les grains de poussière dansaient dans le faisceau lumineux tandis qu'il descendait les marches branlantes. Il se rendait rarement dans sa cave et Nancy n'y mettait jamais les pieds ; il avait la quasi-certitude qu'il allait rater la dernière marche ou trébucher sur une vieillerie oubliée. Son emploi du temps était trop chargé pour qu'il puisse se permettre une blessure idiote, aussi avança-t-il avec précaution. Enfin, il atteignit le sol.

Il chercha la boîte à fusibles, finit par la trouver sur le mur opposé. Alors qu'il slalomait entre les cartons de vieux albums du lycée et les sacs d'affaires de sport en lambeaux pour s'en approcher, il remarqua combien leur sous-sol était grand. Ils devraient penser à le reconvertir ; une pièce supplémentaire ajouterait de la valeur à la propriété. Il y réfléchirait une autre fois… Pour l'heure, sa seule intention était de remettre l'électricité et de se détendre. Il ouvrit la boîte à fusibles et examina l'intérieur en quête du bouton principal.

Celui-ci était poussé vers le bas, ainsi qu'il devait l'être, et en regardant de plus près, Jacob se rendit compte qu'aucun des fusibles n'avait sauté.

— Qu'est-ce que… ?

Allait-il devoir appeler un électricien ? À une heure aussi tardive ? De colère, il releva l'interrupteur principal et attendit une seconde avant de le rabaisser d'un coup sec. Il resta dans le noir. Il fit une nouvelle tentative. Puis une autre. Toujours rien. Las et frustré, Jacob posa le front contre le boîtier et laissa échapper un juron entre ses dents.

Un nouveau bruit interrompit ses pensées. Celui d'une respiration.

Ce n'était pas possible… La maison était sécurisée, il n'y avait aucun signe d'ef…

Il entendit quelqu'un approcher. Pris de panique, Jacob balaya la pièce de son faisceau lumineux.

Et vit un homme encagoulé foncer droit sur lui.

6

Union Stock Yard empestait la mort depuis toujours. Situé près de Back of the Yards, l'ancien quartier des abattoirs attirait les immigrés qui affluaient par milliers pour y travailler. À l'époque, quand Chicago était la capitale mondiale de l'abattage, le travail abondait et plus d'un milliard de bêtes y avaient été menées vers leur destination finale. Désormais, les parcs à bestiaux étaient abandonnés, mis en sommeil, remplacés par des activités plus rentables.

Kassie et sa mère passèrent devant en silence. Le père de Kassie, Mikolaj, avait travaillé et péri dans ces abattoirs, et leur vue mettait toujours un terme abrupt à la conversation. Même s'il n'y avait rien à interrompre ce soir ; Natalia n'avait pas décroché un mot à sa fille depuis qu'elle l'avait récupérée au centre de détention pour mineurs. Elle avait été prévenue juste après la fin de son service, ce qui valait mieux, mais ne suffisait pas pour donner du répit à Kassie.

Elles tournèrent à l'angle de South Ada Street et longèrent deux propriétés barricadées avant d'entamer les trente derniers mètres. La maison que Kassie habitait depuis quinze ans détonnait dans la rue. Contrairement aux logements voisins, le petit pavillon de brique brune était en parfait état. Devant, la minuscule bande de pelouse était tondue, les marches qui menaient au porche étaient balayées, et la grille métallique qui protégeait la porte d'entrée venait d'être repeinte. On pouvait dire ce qu'on voulait sur le domicile des Wojcek, il était toujours impeccable.

Kassie garda les yeux baissés sur ses tennis crottées tandis que sa mère déverrouillait la grille. Pour d'aucuns, les principes et les valeurs de Natalia étaient admirables, Kassie pour sa part en avait toujours eu un peu honte. Ils rappelaient une époque révolue, lorsque la banlieue regorgeait de bonnes familles catholiques qui se plaisaient à étaler à qui mieux mieux leur nouvelle richesse. Mais ces familles polonaises avaient déménagé maintenant, de nouvelles communautés s'étaient installées dans le quartier, et la plupart des nouveaux venus avaient préféré des rues plus agréables à la leur, qui se retrouvait donc flanquée de nombreuses propriétés à l'abandon ; le talent des agents immobiliers était inefficace ici. Pourtant, Natalia donnait l'impression de ne rien remarquer. Elle agissait comme si elle était encore une jeune femme tout juste descendue du bateau, l'espoir au cœur et des rêves plein la tête.

Kassie pénétra dans le pavillon silencieux avec un pincement au cœur. La vie ne leur avait pas fait de cadeau, ni à l'une ni à l'autre. Kassandra Alicja Marta était la fille unique de Natalia, et puisque se remarier était inenvisageable pour la veuve respectable que cette dernière tenait à être, mère et fille étaient restées toutes les deux, à se tourner autour, année après année, dans ce foyer familial d'un autre temps.

Natalia se rendit à la cuisine, posa son sac sur la table avec un bruit sourd ; un geste qui – Kassie le savait – lui était destiné. En d'autres circonstances, l'adolescente serait allée tout droit s'enfermer dans sa chambre, mais elle s'attarda dans l'embrasure de la porte et fixa sa mère. Elle savait qu'elle allait se faire gronder, pourtant, encore bouleversée par les événements de l'après-midi, elle espérait un signe de dégel, quelques miettes de réconfort.

Natalia ouvrit le réfrigérateur, en sortit une petite assiette en porcelaine avec une demi-saucisse et une tomate. Sans un regard pour sa fille, elle se dirigea vers le salon, alluma la télé et s'installa dans le fauteuil. Kassie se tourna pour observer sa mère, s'étonna de la voir si petite dans la grande pièce qui contenait un vieux poste de télévision et de nombreuses photos du pape Jean-Paul II. Elles avaient joué cette scène à de nombreuses reprises auparavant : sa mère qui feignait de regarder la télé, alors qu'il n'y avait rien d'intéressant. Son repas demeura intact sur ses genoux. Tandis que le présentateur parlait, Natalia caressait les perles de son rosaire, hérité de sa grand-mère. C'était un spectacle grotesque mais sans équivoque. Kassie ne mangerait pas ce soir, et elle ne serait pas non plus réconfortée.

Le pardon n'avait pas sa place ici.

7

La circulation était fluide, *November Rain* passait à la radio, et déjà les tensions d'une journée éprouvante s'estompaient. Bien qu'il effectuât souvent le trajet du sud de Chicago jusqu'au quartier luxuriant et bourgeois de Lincoln Park avec une pointe de culpabilité, Adam réussissait néanmoins à en profiter pour se détendre ; la vue sur le lac Michigan lui remontait toujours le moral. Le panorama était particulièrement fascinant ce soir-là, le soleil se reflétait à la surface de l'eau, et les nombreux oiseaux qui nichaient ici chaque printemps volaient au-dessus en cercles indolents. Pour Adam, la route de Lake Shore Drive offrait plus qu'un splendide paysage, c'était le chemin de la maison.

La maison : un pavillon mitoyen de deux étages qu'ils avaient acheté l'année dernière, une folie qu'ils ne regrettaient pas. Leur nouveau foyer se composait de quatre belles chambres, avec des espaces de travail pour chacun au besoin et, cerise sur le gâteau, un immense jardin. Adam imaginait déjà son premier-né y crapahuter et faire ses premiers pas. S'endetter pour des décennies valait le coup. C'était ça la vie, après tout : faire de grandes études, travailler dur, pouvoir s'offrir une belle maison et jouer à être adulte.

Une ballade oubliée de Bryan Adams avait remplacé le tube des Guns N' Roses, et Adam éteignit le poste au moment où il tournait dans North Lincoln Avenue. Quelques secondes plus tard, il se garait devant sa demeure en pierre. Parfois, il nourrissait le fantasme secret d'être accueilli par Faith dans l'embrasure de la porte, un cocktail à la main, mais dans les faits, ça n'arrivait jamais. Faith était très occupée et en plus, ce geste serait bien trop petit-bourgeois pour elle. Adam le savait bien et c'était même une des raisons pour lesquelles il l'avait épousée.

Il referma la porte d'entrée derrière lui, posa son sac par terre et passa la tête dans la cuisine. Personne ; en revanche, Adam nota avec un sourire amusé le journal sur le plan de travail, ouvert à la page de l'horoscope. Le petit plaisir coupable de sa femme. Délaissant la cuisine, il traversa d'un pas rapide le salon, la chambre d'amis et se dirigea vers l'atelier qui donnait sur le jardin. C'était le royaume de Faith, et il y pénétra avec révérence : il ouvrit la porte sans un bruit et avança sur la pointe des pieds. À sa grande surprise, son épouse enceinte jusqu'aux yeux tournait le dos à son chevalct ct, installée sur son tabouret, elle regardait droit vers lui.

— Aussi subtil qu'une pierre contre une fenêtre, aussi discret qu'un éléphant…

Faith le considérait d'un air réprobateur, mais un sourire illuminait son regard. Elle était d'origine britannique et Adam adorait sa façon de s'exprimer. Malgré leurs dix ans de vie commune, elle lui sortait encore des expressions ou des mots qui l'étonnaient.

— Mais bon, c'est bien que tu sois rentré, poursuivit-elle en se retournant vers sa peinture. J'allais perdre espoir.

Sa pique eut l'effet escompté et, d'un pas décidé, Adam marcha jusqu'à elle, passa les bras autour de son énorme ventre, la serra contre lui.

— La journée a été longue, murmura-t-il en déposant un baiser dans son cou.

— Y en a-t-il d'un autre genre ?

— Quand il faut…

— Mon héros ! En parlant de ça, je paresse pour deux en ce moment, alors je n'ai pas eu le temps de préparer à dîner.

— Je m'en occupe.

— Tu es bel et bien mon héros, répliqua Faith.

Adam l'embrassa une nouvelle fois et la relâcha.

Elle reprit sa peinture et Adam l'observa un instant. Elle l'avait ébloui lors de leur rencontre, dans la salle d'attente de son nouveau cabinet luxueux, et désormais il était complètement conquis. Sa chaleur, sa sagesse, son talent, sa grâce. Il aimait la regarder peindre, donner ses coups de pinceau avec une facilité appliquée, absorbée dans sa tâche, plongée dans ses pensées. La voir lui donnait l'impression que tout était pour le mieux et le remplissait d'amour.

Il battit en retraite vers la porte, où il marqua une pause pour lui glisser un dernier regard. Dans des moments comme celui-ci, il se sentait l'homme le plus chanceux du monde.

8

Jacob se réveilla en sursaut, soudain conscient d'être frigorifié. Sa tête l'élançait, sa nuque était douloureuse, mais c'étaient surtout ses membres grelottants qui retinrent son attention. Il sentait la chair de poule sur ses bras dénudés et, lorsqu'il voulut les frotter, il se rendit compte qu'ils étaient attachés dans son dos. Il tenta de se lever, mais ses jambes nues étaient elles aussi immobilisées. Avec horreur, il comprit qu'il était ligoté à une chaise en métal, nu comme un ver, vulnérable et seul.

Peu à peu, les souvenirs lui revinrent. La cave. Le visage masqué. L'épouvantable sensation de suffocation.

Un gémissement de terreur jaillit de ses lèvres et, comme rien n'obstruait sa bouche, il hurla :

— Il y a quelqu'un ?

Silence. Il fouilla du regard la pièce délabrée, elle semblait vide.

— S'il vous plaît… Est-ce que quelqu'un m'entend ?

Sa voix se répercuta sur les murs, mais toujours aucune réponse. Dans une faible tentative pour se réchauffer, Jacob remua les orteils et remarqua alors quelque chose sous ses pieds. Quelque chose de froid et de lisse, qui crissait quand il bougeait. Confus, il baissa les yeux. Son sang se glaça. La chaise sur laquelle il était ligoté était posée sur une grande bâche en plastique étendue par terre.

Saisi de panique, il se mit à ruer comme un cheval sauvage, essaya de bouger la chaise. Éperonné par la terreur, il banda les muscles et les étira, sautilla comme il pouvait. La chaise avança d'un centimètre, puis d'un autre, et soudain sa tête fut projetée sur le côté. L'espace d'un instant, il fut pris de vertige et perdit ses repères, incapable de savoir ce qu'il s'était passé. Il se ressaisit et comprit qu'on venait de le frapper avec force sur la joue droite.

— Reste tranquille.

La voix calme le tétanisa. Elle provenait de derrière lui. Jacob se contorsionna pour tenter d'apercevoir son assaillant mais, avec ses bras et ses épaules fermement immobilisés, il ne réussit pas à se tourner suffisamment.

— Je vous en prie, haleta Jacob. Je vous donnerai tout ce que vous voulez…

— Je n'ai besoin de rien, siffla la voix.

L'homme s'arrêta dans son dos. Aussitôt, Jacob étouffa ses geignements : un objet froid et lisse venait de se poser contre sa nuque. Peu à peu l'objet remonta, stoppa et tourna sur le côté. Une seconde plus tard, il éprouva une sensation de piqûre intense puis de chaleur tandis que du sang coulait le long de son cou.

— Je vous en prie, ne faites pas ça, supplia-t-il les larmes aux yeux. Je vais me marier…

Une poigne ferme s’abattit sur son épaule. Jacob recommença à se débattre, cherchant désespérément à déplacer la chaise mais en vain. Et voilà que l’affreuse sensation revenait… L’acier froid qui caressait sa peau.

9

Kassie gagna l'entrée à pas de loup et lança un regard nerveux par-dessus son épaule.

Elle avait enduré le silence de plomb de sa mère pendant deux heures, jusqu'à ce que l'épuisement eût finalement raison d'elle. Natalia occupait trois emplois pour subvenir à leurs besoins et elle s'endormait très souvent devant la télé. À deux ou trois reprises, Kassie l'avait crue plongée dans le sommeil – la respiration qui ralentissait, les paupières qui papillonnaient avant de se fermer –, mais Natalia avait rouvert les yeux d'un coup et jeté des regards soupçonneux autour d'elle, comme si elle redoutait un mauvais tour. Finalement, elle avait cessé de lutter et ses légers ronflements avaient empli le sobre salon.

Kassie s'était levée sans bruit de son fauteuil et s'était précipitée à l'arrière de la maison. Elle avait traversé le couloir obscur en prenant soin d'éviter les lames de plancher qui craquaient et s'était rendue dans la buanderie, une petite pièce reculée qui contenait un évier, un lave-linge et plusieurs paquets de détergent bon marché. Kassie ouvrit les portes du placard bas et, accroupie devant, elle fouilla à l'intérieur, écarta les flacons de Javel et de produits de nettoyage pour récupérer un vieux pot de pâte à polir. Elle en tourna le couvercle et piocha le petit sachet dissimulé à l'intérieur qu'elle glissa dans sa poche. Elle remit le couvercle, rangea le pot et replaça tous les flacons où ils étaient. Après une dernière vérification, elle referma le placard et s'en alla.

Après un coup d'œil furtif à la vieille horloge – 23 heures passées –, Kassie déverrouilla la porte du jardin de derrière. L'air frais l'accueillit, et elle remonta sa capuche sur sa tête, dissimulant son visage à la nuit. Au loin, un chien aboyait, et Kassie se tourna pour vérifier que le bruit n'avait pas réveillé sa mère. Aucun mouvement. Ses faibles ronflements lui parvenaient encore aux oreilles.

Soulagée, elle se hâta de sortir de la maison et s'enfonça dans l'obscurité.

10

L'inspectrice Gabrielle Grey marcha d'un pas décidé jusqu'à l'imposant bâtiment aux tuiles rouges et pénétra à l'intérieur. L'aube se levait à peine mais, déjà, les services de police de Chicago de South Michigan Avenue bourdonnaient d'activité. Officiers, analystes, chargés des relations publiques et employés du service technique s'entrecroisaient tandis que Gabrielle franchissait le portique de sécurité. Elle en reconnut certains, mais un visage parmi eux lui était particulièrement familier : celui de Norm, l'agent qui tenait l'accueil depuis aussi longtemps qu'elle s'en souvenait. La police de Chicago avait intégré ses nouveaux locaux à Bronzeville en 2000 et, depuis cette époque, Gabrielle n'avait jamais vu Norm autrement qu'assis, un point de détail qui alimentait de nombreuses plaisanteries au poste. On dit que la justice ne dort jamais et, avec Norm, on ne pouvait pas s'asseoir dessus.

— Salut, Norm. Quoi de neuf ?

— Pas grand-chose. Hoskins préside une réunion de crise au centre de commandement…

— Encore une ?

— Comme d'habitude. Sinon, le soleil brille, le ciel est bleu, et l'équipe des Cubs est la meilleure…

— … au monde, termina Gabrielle au grand plaisir de l'agent.

Après avoir scanné son badge pour entrer, Gabrielle prit l'ascenseur pour le huitième étage où un couloir la mena à la brigade criminelle, le service le plus prestigieux de tout l'immeuble et son fief depuis trois ans.

— Bonjour, patron.

Plusieurs officiers l'accueillirent d'un signe de tête sur le chemin de son bureau en angle. Elle les salua en retour tout en sortant un bagel de son sac. Elle était affamée, elle avait sauté le petit déjeuner pour conduire les garçons à l'école à temps et elle avait hâte de croquer à pleines dents dans son BLT, un sandwich bacon, laitue, tomates célèbre dans tout le pays. La vue de trois nouvelles photos sur le tableau l'arrêta dans son élan. Son adjointe, l'inspectrice Jane Miller, avait été appelée sur une affaire, et ce fut donc Suarez qui se précipita à sa rencontre. Suarez, qui travaillait avec Gabrielle depuis plus de cinq ans, était un enquêteur fiable et efficace.

— Qu'est-ce qu'on a ? s'enquit Gabrielle en jetant un coup d'œil aux photos.

— Un mort à South Shore, répondit Suarez avec un doigt pointé sur l'homme de type caucasien sur le premier cliché. Victime d'un gang. Trois balles dans la tête et le cou, au volant de sa voiture. Le tireur s'est enfui à moto.

Gabrielle acquiesça d'un air sombre.

— Et les autres ? demanda-t-elle avec un geste en direction des clichés.

— Double homicide à South Lawndale. Deux tireurs, selon toute probabilité, avec des semi-automatiques. Ça s'est passé dans un fast-food ouvert la nuit mais, bien sûr, personne n'a rien vu.

— On envoie des officiers en renfort quand même, répliqua Gabrielle. On trouvera peut-être quelqu'un qui a une conscience…

— Qui a des *cojones*, plutôt, corrigea Suarez.

— On questionne les chefs religieux locaux et les travailleurs sociaux, poursuivit Gabrielle. Ils savent sûrement quelque chose…

Suarez partit remplir sa mission, emmenant deux autres policiers. Gabrielle les suivit du regard avant d'examiner le bureau dépouillé. Elle dirigeait une grande équipe, la plus importante de toute la police de Chicago, et malgré cela ils étaient toujours en sous-effectif par rapport au nombre impressionnant de crimes impliquant des armes à feu qu'ils avaient à traiter. Le maire avait promis de sévir contre les gangs, en débloquant les budgets nationaux afin de renforcer le nombre de policiers et les actions sociales pour la jeunesse. Jusque-là, il n'y avait pas eu beaucoup de progrès.

Gabrielle observa les photos. Trois hommes abattus de sang-froid… Pourquoi ? Parce qu'ils appartenaient à un gang rival ? Qu'ils se trouvaient sur un territoire ennemi ? Qu'ils avaient manqué de respect à quelqu'un sur Twitter ? On se faisait tuer pour moins que ça. Il était du devoir de Gabrielle et de son équipe de traîner ces meurtriers devant la justice, mais elle avait conscience que la chance n'était pas de leur côté. Les membres des communautés étaient trop effrayés pour oser parler. Les seigneurs de la drogue étaient prêts à tout pour survivre. Officiers et inspecteurs étaient usés par les bains de sang à répétition. Malgré tout, ils feraient, *elle* ferait tout ce qui était en son pouvoir pour que justice soit rendue aux familles des victimes, grâce à la seule force de son sens du devoir, de sa détermination et d'un sandwich froid. Le regard toujours rivé sur les photos, Gabrielle se rappela une chose que le commissaire Bernard Hoskins lui avait dite lors de son premier jour au poste : on ne devenait pas inspecteur à Chicago pour se la couler douce.

11

Adam fut réveillé par l'odeur des pancakes. Faith cuisinait bien quand elle s'en donnait la peine, mais elle n'était pas du matin, et cet arôme de pâte en train de frire ne pouvait signifier qu'une chose : Christine.

Contrairement à beaucoup d'hommes, Adam aimait bien sa belle-mère. Elle était chaleureuse et d'une générosité folle. En revanche, sa manie d'entrer chez eux comme chez elle lui tapait un peu sur les nerfs, bien que ce fût pour la bonne cause. À mesure qu'approchait le terme de la grossesse, les apparitions impromptues de Christine se multipliaient et, désormais, pas un jour ne passait sans qu'Adam tombe sur sa belle-mère – souvent alors qu'il était à moitié nu ou encore endormi. La seule faute de Christine, c'était de se montrer trop attentionnée ; mais on lui pardonnait. Elle vivait seule, son bon à rien de mari était depuis longtemps oublié, et la naissance de son premier petit-enfant constituait un événement de taille.

Adam roula sur le côté et s'étonna de trouver le lit vide. En général, Faith se cachait de sa mère, elle feignait de dormir jusqu'à ce qu'elle se sente prête à subir un interrogatoire en règle sur ses projets concernant l'accouchement. Après avoir enfilé sa robe de chambre, il gagna d'un pas chancelant la cuisine, où il découvrit avec surprise sa femme habillée et fin prête, en train de terminer un petit déjeuner équilibré sous le regard vigilant et approbateur de sa mère.

— J'ai oublié quelque chose ? murmura Adam tout en se servant du café. Le bébé n'arrive pas aujourd'hui, si ?

— Elle n'arrive que dans deux ou trois jours, répliqua Faith. Mais maman va m'aider à finir la peinture de la chambre.

— L'horloge tourne, ajouta Christine qui peinait à contenir son excitation.

— À moins que tu ne veuilles peindre avec moi ? continua Faith.

— J'aimerais bien, mais j'ai des tas de rendez-vous…

C'était la vérité. L'un des grands avantages de l'Amérique, c'était qu'on avait toujours besoin d'un psy. Après lui avoir lancé une ultime pique enjouée sur son manque de talent pour les travaux manuels, Faith s'éloigna avec sa mère. Adam consulta son emploi du temps de la journée tout en engloutissant les pancakes. Il enchaînait les rendez-vous, dont quelques cas intéressants. Cependant, son esprit était ailleurs. Il avait passé une nuit agitée, il s'était rejoué en boucle son entrevue au centre de détention pour mineurs. Lorsqu'on travaille depuis longtemps dans une même branche, n'importe quel métier devient routinier. Adam fréquentait ce centre aussi souvent que la prison de Cook County, mais il n'en avait pas moins été troublé par Kassie. Il n'arrivait pas à se sortir de la tête l'expression de son visage lorsqu'elle l'avait regardé. Était-ce le choc ? L'horreur ? La peur ? Pas plus qu'il ne parvenait à oublier ce qu'elle lui avait confié ensuite. Il s'était attendu à des explications, voire des excuses, sur la raison qui l'avait poussée à agresser l'homme. Peut-être même à des accusations : il l'avait attaquée en premier ! Ils étaient nombreux à choisir cette ligne de défense. Mais non… Elle avait affirmé vouloir seulement le prévenir. Et malgré son refus de s'expliquer davantage, la force de sa conviction était telle qu'Adam ne pouvait qu'être intrigué. Qu'entendait-elle par là ? Pourquoi pensait-elle que l'homme courait un danger ? Et plus important encore : ce danger était-il réel ?

Adam s'inquiétait pour la jeune fille. Souffrait-elle d'hallucinations ? Était-elle aux prises avec une forme de pensée magique dans laquelle ses désirs se matérialiseraient ? Ou détenait-elle une information sur cet homme, au sujet d'une menace invisible qui planerait sur lui ? Voilà les questions tournant dans l'esprit d'Adam qui les savait pourtant vaines et absurdes.

Selon toute probabilité, il ne reverrait plus jamais la singulière Kassie Wojcek.

12

Kassie arpenta la rue sans se soucier des regards intrigués que lui décochaient les mamans avec leur poussette. Elle avait beau être grande pour son âge, elle paraissait quand même trop jeune pour ne pas être à l'école à cette heure matinale. Le visage baissé, elle accéléra le pas. La curiosité et la désapprobation des mères de famille de la classe moyenne, elle pouvait les supporter ; tomber sur un agent de police serait une autre histoire. En plus, elle ne disposait que d'un petit créneau avant que la secrétaire du lycée ne prévienne sa mère. Il fallait agir vite.

Le quartier de West Town était animé, comme d'habitude ; sur le trottoir se pressaient de riches flâneurs et des enfants en tenue chic accompagnés de leur nounou. Kassie devait rester vigilante pour naviguer au milieu de cette mer de gens aisés, mais elle progressait vite et, bientôt, elle se retrouva devant l'humble demeure de Jacob Jones.

Le pavillon de banlieue qui s'élevait devant elle était paisible, les rideaux tirés, les lumières éteintes, la porte d'entrée verrouillée. Dans ce genre de rue prisée et huppée, il y avait fort à parier que les voisins espionnaient derrière leurs rideaux pour veiller à la sécurité du quartier, aussi Kassie ne s'attarda-t-elle pas et se dirigea vers l'allée qui longeait le flanc de la maison. Elle tenta d'ouvrir la baie vitrée à l'arrière puis la porte de la buanderie, mais les deux étaient fermées à clé.

Poussant plus loin son investigation, elle découvrit une fenêtre qui pourrait convenir. Elle n'était verrouillée que par un loquet peu solide. Sans hésitation, Kassie enfonça son coude dans la vitre. Ce n'était pas sa première fois et elle savait qu'un coup sec et rapide diminuait le risque de se blesser. Elle ressortit son bras, épousseta les bris de verre et contempla avec plaisir le grand trou dans la fenêtre. Après avoir enfilé des gants en laine – pas l'idéal compte tenu des douces températures printanières –, elle y passa la main et souleva le loquet. La fenêtre ouverte, elle grimpa à l'intérieur.

Quelques instants plus tard, elle se tenait dans l'entrée. Son cœur battait à tout rompre et, une fois de plus, elle remit en question le bien-fondé de son acte. Elle avait voulu faire demi-tour un nombre incalculable de fois à cause des problèmes qu'elle encourait et, pourtant, elle était là.

Elle inspecta rapidement le rez-de-chaussée, par acquit de conscience, puis monta à l'étage. Elle s'était faite la plus discrète possible mais elle craignait quand même de voir la fiancée de Jones dévaler l'escalier et exiger des explications sur sa présence chez eux. Cependant la maison était aussi silencieuse qu'un tombeau, et seul le craquement du plancher accompagna Kassie tandis qu'elle avançait sur le palier.

Elle entrouvrit la porte de la chambre principale et jeta un coup d'œil à l'intérieur. La pièce était vide, elle la traversa d'un pas vif, caressa au passage le couvre-lit en satin avant d'examiner le dressing. Rien ici non plus. Elle se rendit ensuite dans la chambre d'amis. Le calme régnait, tout comme dans le bureau. Kassie redescendit dans l'entrée, gagnée par l'inquiétude. Avait-elle pris tous ces risques pour rien ?

Immobile, perplexe et un peu en colère, elle se demandait ce qu'elle devait faire lorsque ses yeux se posèrent sur une autre porte, légèrement entrebâillée. Elle s'en approcha et s'empara sans conviction de la poignée pour l'ouvrir en grand. Aussitôt, un souffle d'air frais l'enveloppa. Devant elle, une volée de marches poussiéreuses descendait dans l'obscurité.

Kassie jeta un coup d'œil vers l'entrée, comme si elle craignait une embuscade, mais tout était paisible. Elle reporta son attention sur l'escalier. À tâtons, elle chercha un interrupteur sur le mur et ne découvrit qu'un crochet, vide. Elle sortit alors son iPhone et activa le mode lampe torche avant de poser le pied sur la première marche.

Elle fut immédiatement assaillie par la puanteur. Une odeur de renfermé, de pourriture. Désagréable. Elle colla son bras contre sa bouche et son nez et fouilla la pièce du regard, laissant ses yeux s'acclimater à la pénombre. Des empreintes de pas étaient visibles dans la pellicule de poussière qui recouvrait l'escalier, mais impossible de savoir si elles étaient récentes. Devait-elle marcher dessus pour dissimuler sa présence ou bien s'en moquer ? Elle choisit la deuxième solution et commença à descendre, le pied aussi près du bord que possible pour réduire ses traces au maximum.

Une marche après l'autre. Kassie avait le cœur au bord des lèvres et elle devait forcer ses jambes à avancer. Le faisceau de sa lampe était vif, mais sa portée limitée. Elle ne discernait que certaines parties de la cave, et les ombres mouvantes que sa lumière créait sur les murs la rendaient nerveuse. Elle continua, convaincue qu'à tout moment elle découvrirait une scène de carnage, et croisa les doigts pour tenir le choc lorsque ça arriverait.

Elle atteignit la dernière marche et posa un pied prudent sur le sol de la cave. Sa gorge était si serrée qu'elle pouvait à peine respirer. Elle savait exactement ce qu'elle allait trouver, et une part d'elle-même voulait faire demi-tour et fuir le plus loin possible. Seulement Kassie n'était pas une poule mouillée. Elle était arrivée jusque-là. D'un mouvement brusque, elle balaya le sol du faisceau de sa lampe. Elle retint son souffle, une main sur le cœur… mais il n'y avait rien. La pièce était déserte, sans aucune présence humaine, simple entrepôt d'albums scolaires et d'affaires de sport.

Un crissement.

Comme elle faisait un pas en avant pour examiner la pièce de plus près, elle marcha sur quelque chose. Elle se pencha et découvrit avec surprise des morceaux de verre qui jonchaient le sol et étincelaient comme des diamants dans la lumière. Troublée, Kassie projeta le faisceau plus loin et repéra alors une lampe torche à moitié dissimulée sous le rabat d'un carton. De la pointe de sa basket, elle la fit rouler hors de sa cachette. Comme elle s'y attendait, la lentille et l'ampoule étaient cassées.

Son cœur fit un bond. Il existait sans doute une explication anodine à la présence de cette lampe brisée ; Jacob avait pu la laisser tomber sans réussir à la retrouver dans le noir. Pourtant Kassie rejeta cette idée sur-le-champ. Tout à coup, pour une raison qui la dépassait, elle sut que c'était ici que c'était arrivé.

C'était dans cette cave que le sort de Jacob Jones avait été scellé.

13

L'agent de patrouille Dwayne Reid lâcha un rot violent devant le défilé de voitures qui passaient dans le vrombissement des moteurs. Sa coéquipière, une végétarienne coincée du nom de Lesley, poussa un profond soupir. Il l'ignora et laissa les relents de son repas envahir sa bouche. Chaque matin sans faute, il s'arrêtait au Taco Bell pour acheter un feuilleté saucisse-fromage. À la fois pour assouvir les gargouillis de son estomac et pour embêter sa collègue. Même sans son goût prononcé pour les saucisses épicées bien grasses et le fromage fondu, il en aurait acheté dans le seul but de la faire réagir. Avec un peu de chance, sa patience serait bientôt à bout, et elle remplirait un formulaire de demande de changement de partenaire.

Rien ne lui ferait plus plaisir. Patrouiller était une tâche ennuyeuse – ils passaient des heures à rouler au pas dans les zones sensibles, en quête d'incidents – et un bon coéquipier était primordial. L'officier Michael Garvey remplissait tous les critères : il était drôle, bruyant, politiquement incorrect. Mais les deux compères avaient été séparés à la suite de plaintes, infondées bien sûr, selon lesquelles ils auraient quitté leur poste pendant les heures de service. Ainsi, Dwayne s'était retrouvé coincé avec Mme Sainte-Nitouche.

— Tu as des projets pour ce soir, Lesley ? Un rencard ?

— Ne dis pas n'importe quoi, Dwayne. Tu sais bien que je suis mariée.

— Il faut essayer avant de juger. Comment on évite la routine dans le lit conjugal, sinon ?

Dépitée, Lesley secoua la tête sans répondre.

— Raconte-moi, poursuivit Dwayne. Tu as toujours aimé les hommes ? Ou tu as déjà essayé avec une fille ?

— Pour l'amour du Ciel ! s'exclama-t-elle en se tournant vers lui, visiblement irritée maintenant. Tu t'imagines vraiment que je vais discuter de ma vie sexuelle avec toi ?

Dwayne s'apprêtait à répondre d'un « oui » encourageant lorsqu'un mouvement attira son attention. Une Lincoln Continental noire venait de traverser le carrefour à vive allure après avoir grillé le feu et manqué d'emboutir un camion.

— C'est parti, mon kiki ! s'écria gaiement Dwayne.

Il enclencha la sirène et s'engagea sur la voie.

Leur bavardage terminé, les deux agents de police étaient concentrés sur la voiture devant eux. Souvent, les poursuites prenaient fin avant même d'avoir vraiment commencé ; les fautifs – automobilistes mortifiés ou adolescents terrifiés – se garaient dès qu'ils apercevaient le gyrophare bleu. Mais la berline de luxe ne montrait aucun signe de ralentissement, au contraire, elle accéléra et passa de nouveau au rouge pour les devancer.

— Officiers à la poursuite d'une Lincoln Continental noire en direction du sud sur la voie rapide Dan

Ryan. Immatriculée H23 3308. Demande de renfort pour interception.

La voix de Lesley était claire et ferme ; même Dwayne devait reconnaître qu'elle assurait dans ce genre de situation.

— Voyons si on peut sortir l'hélico, intervint-il. Ces types ne plaisantent pas.

Lesley répéta sa demande à la radio et reçut une réponse affirmative. Les délits de fuite étaient courants ces derniers temps, les issues des courses-poursuites souvent fatales, et mieux valait déployer toutes les ressources disponibles.

Dwayne maintint l'allure et pria en son for intérieur pour que le véhicule en fuite sorte à la prochaine bretelle. Continuer sur la voie express risquait de faire durer la poursuite puisqu'il était inenvisageable de fermer l'autoroute à cette heure de la journée. Les fuyards allaient bien se dire qu'il serait plus judicieux de changer de direction pour les semer ? Eh bien, non, ils continuèrent tout droit.

— Quels crétins, ces gangsters !

Soudain, la berline fit un écart sur les voies adjacentes et fonça pour prendre la rampe de sortie.

— C'est bien, mon gars ! rugit Dwayne en tournant le volant pour les suivre.

Il savait la bataille terminée et, sans surprise, alors qu'ils approchaient du bas de la bretelle, il vit la voiture stopper net, bloquée par deux véhicules de patrouille. Déjà la portière du côté conducteur s'ouvrait. Dwayne n'eut aucune hésitation, il appuya sur l'accélérateur avant de s'arrêter dans un dérapage juste devant le suspect qui tentait de fuir.

— On lève les mains que je puisse les voir.

Lesley avait bondi, son arme braquée sur le suspect qui se figea dans un sursaut. Dwayne fit de même, jaillit de la voiture et pointa son arme sur le compagnon du chauffeur qui cherchait aussi à s'échapper. Tous les deux étaient jeunes, portoricains et très nerveux.

— Allez, on reste tranquille, petit. Ne donne pas raison aux statistiques…

Conscients que c'était sans espoir, les deux suspects se calmèrent. Peu après, le visage plaqué contre le capot, ils se faisaient passer les menottes.

— Sage décision, les garçons. Bien, voyons ce qu'on a là, jubila Dwayne en commençant la palpation corporelle. Cinquante dollars, un paquet de cigarettes… et une arme à feu.

— Elle est pas chargée, mec.

— Le juge s'en moquera, à mon avis, répliqua Dwayne en faisant tomber le Smith & Wesson dans le sac de scellés que tenait Lesley. Autre chose ?

Les deux jeunes secouèrent la tête et, après vérification, Dwayne s'intéressa à l'intérieur de la voiture. Il ouvrit la boîte à gants et examina son contenu.

— Un paquet de bonbons à la menthe, une carte de l'Illinois et…

Il sortit un livre du compartiment.

— *Le Guide des hôtels romantiques dans le Montana* ? Les gars, vous êtes sûrs que c'est votre voiture ?

— On l'a empruntée, marmonna le chauffeur d'un air sombre.

— C'est ça, railla Dwayne qui, après avoir jeté un œil sur le plancher, se dirigea vers l'arrière de la voiture.

Il s'arrêta. Le coffre était fermé et une tache brune ornait la poignée. Lesley le dévisagea, intriguée par son sérieux.

— Bien, les garçons, voyons ce que vous avez là-dedans…

Sans plus attendre, il tira le loquet et le coffre s'ouvrit avec un petit bruit.

L'espace d'un instant, le temps sembla s'arrêter. Dwayne se figea, il resta interdit, sonné par ce qu'il avait sous les yeux.

— Dwayne, qu'est-ce qu'il y a ?

Alarmée par l'expression de son visage et son silence soudain, Lesley fit un pas dans sa direction afin de découvrir ce qui le perturbait. Cependant, avant qu'elle ait pu s'approcher suffisamment, Dwayne Reid fit volte-face, s'écarta de la voiture et vomit son petit déjeuner sur le bitume.

14

L'odeur de décomposition était oppressante. Kassie essaya de ne pas la respirer, de trouver un souffle d'air frais quelque part, mais c'était impossible. L'atmosphère à la maison de repos Lake View était irrespirable : surchauffée, viciée, chargée de relents d'urine. Les paires d'yeux qui s'accrochaient à elle appartenaient aux malheureux sans espoir.

Dans une tentative de détourner leurs regards scrutateurs, Kassie se lança dans un bavardage incessant. Elle s'était précipitée ici sitôt après avoir quitté le domicile de Jones, trop perturbée par son expérience pour aller en cours. À cet instant, elle avait besoin d'être auprès d'un être cher qui l'aimait.

— Je fais des efforts à l'école, déclara-t-elle à voix basse. Tu sais, pour avoir de meilleures notes. Et Mme Wilson, ma prof de littérature, dit que j'ai du potentiel…

Elle regarda sa grand-mère, en quête d'une réaction, n'importe laquelle, espérant revoir cette étincelle d'affection dans ses yeux, mais la vieille femme resta impassible. Wieslawa, sénile et sujette au délire, était pensionnaire de cette résidence depuis presque dix ans maintenant, et les activités tout comme les visites qui pourraient stimuler son esprit affaibli étaient rares. Kassie s'efforçait de venir une fois par semaine, en partie pour compenser l'absence de sa mère qui refusait de prendre cette peine, mais aussi parce qu'à l'occasion il lui semblait percevoir quelque chose. Lorsque cela se produisait, Kassie se retrouvait transportée à l'époque heureuse où Wieslawa, une femme qui avait toujours été bien en chair, serrait la jeune Kassie dans une généreuse étreinte en lui chuchotant à l'oreille des secrets avant de lui remplir le ventre de chocolat et de bonbons. Aujourd'hui, en revanche, Kassie n'avait aucun retour.

— Mais c'est difficile, tu sais, poursuivit-elle avec hésitation. J'ai du mal à me concentrer… Il se passe trop de trucs autour de moi…

Elle plongea le regard dans les yeux bleu océan de sa grand-mère.

— J'essaie de les repousser, mais les choses que je vois… Elles n'arrêtent pas de tourner dans ma tête.

Le visage de la vieille femme se plissa légèrement, comme si elle comprenait les paroles de sa petite-fille et formulait sa réponse. Encouragée par ce signe, Kassie continua :

— Qu'est-ce que je dois faire, *babcia* ? Dis-le-moi, je t'en prie. Est-ce que je dois les ignorer ? Ou les affronter ? Je ne sais pas ce qui est le mieux.

Les lèvres de la vieille femme s'entrouvrirent. Elle passa sa langue dessus, humidifia les craquelures qui les striaient. Kassie la dévisagea avec intensité, espérant obtenir un conseil mais, à sa grande surprise, sa grand-mère se mit à chantonner.

— *Kosi kosi łapci, pojedziem do babci. Babcia da nam mleczka, a dziadzius pierniczka…*

Les yeux de Kassie se remplirent de larmes. Elle avait entendu cette comptine toute son enfance, sa grand-mère la lui chantait chaque fois qu'elle était autorisée à venir la voir, et à l'époque cette mélodie la réconfortait. Là, elle soulignait combien sa grand-mère adorée s'était retirée du monde réel. Kassie était à la fois attristée et effrayée par ce constat et, au bout d'une vingtaine de minutes de conversation balbutiante à sens unique, elle se leva et embrassa Wieslawa pour lui dire au revoir. Sa grand-mère la remarqua à peine et continua de chantonner un moment.

Kassie se fraya un chemin au milieu des visages aux regards hagards levés vers elle et sortit dans le jardin par la porte-fenêtre. La maison de repos était située au bord du lac Michigan et offrait une vue imprenable sur l'étendue d'eau et la métropole en arrière-plan. L'été, être ici était presque agréable, on pouvait prendre le soleil tout en profitant du panorama, mais aujourd'hui le lac était gris et sans vie, en dehors des oiseaux de passage qui tournaient au-dessus.

Le vent se levait et, soudain, Kassie ressentit le froid et la désolation. Elle extirpa un joint à moitié fumé de la poche de sa veste, l'alluma et aspira une grosse bouffée ; le cannabis parfumé et puissant emplit ses narines et sa bouche. Sa vie n'était ni facile ni simple et, à cet instant, elle avait l'impression de se trouver en plein brouillard. Elle avait besoin d'aide, de conseils, et elle était venue ici dans l'espoir que sa *babcia*, la seule personne qui l'ait jamais comprise, les lui apporterait. Mais sa grand-mère était partie, perdue, rendue folle par une vie entière d'horreurs.

Il n'y avait pas de réponses pour elle ici.

15

Gabrielle Grey se faufila à travers la foule qui s'amassait et plongea sous le ruban de police. Elle brandit son badge à l'agent en faction et se dirigea d'un pas décidé vers la Lincoln noire, en partie dissimulée derrière les techniciens de la scientifique. Jane Miller la rejoignit et copia son allure.

Son adjointe avait bénéficié d'un avancement rapide, elle était encore jeune et faisait parfois preuve d'un enthousiasme exagéré, mais elle était intelligente et efficace. Elle avait refusé des propositions au sein d'autres services pour rester travailler sous les ordres de Gabrielle qui était ravie de la compter dans ses rangs ; nul ne donnait autant de sa personne que Miller quand il s'agissait de s'investir dans une grosse enquête. Une silhouette mince, des cheveux bruns à l'élégante coupe courte, elle aurait été, de l'avis de Gabrielle, un bon parti pour un petit chanceux – ou une petite chanceuse –, si elle n'était pas déjà mariée à son boulot. Avec son efficacité habituelle, Miller fit le topo à Gabrielle.

— Homme blanc, entre trente-cinq et quarante-cinq ans, découvert par des patrouilleurs dans le coffre de cette voiture il y a une heure. Deux hommes d'origine portoricaine sont en garde à vue. Edmundo Ortiz et Pancho Martin. Nous pensons qu'ils appartiennent au gang de Humboldt Park ; les vérifications sont en cours.

— Ils ont parlé ?

— Non.

— On connaît l'identité de la victime ?

— Pas encore. Le véhicule est enregistré au nom de Jacob Jones, un adjoint du procureur général. J'ai contacté son bureau, il était censé arriver de bonne heure pour une conférence téléphonique, mais il ne s'est pas présenté.

Gabrielle sentit son estomac se nouer. Un procureur général assassiné et jeté dans un coffre ? Elle ne s'attendait pas à ça !

— On a une photo ? Quelque chose pour nous permettre une identification préliminaire ? Jones pourrait être le coupable, pas la victime.

— Eh bien, oui, mais… Vous feriez mieux de voir par vous-même.

Gabrielle remarqua alors le teint pâle de sa collègue. Celle-ci fit un pas de côté pour la laisser passer. Comme elle approchait de la voiture, les membres de la brigade scientifique, leurs relevés effectués et leurs photos réalisées, s'écartèrent pour lui donner l'accès.

Gabrielle laissa échapper malgré elle un hoquet de stupeur. Il y avait bien quelqu'un dans le coffre, enveloppé dans une bâche en plastique, mais la victime n'était pas un « homme », plutôt ce qu'il en restait. Toutes les parties du corps semblaient présentes, mais les bras et les jambes saillaient dans des angles si incongrus qu'il était impossible qu'ils soient rattachés à leur articulation d'origine. Les doigts et les orteils avaient disparu, le torse était recouvert d'ecchymoses et de plaies et, plus écœurant encore, la gorge était tranchée presque jusqu'aux cervicales. La tête tombait en arrière à quatre-vingt-dix degrés, les yeux sans vie fixaient l'intérieur du coffre. Gabrielle demeura immobile et silencieuse un instant devant ce spectacle d'horreur, le pire qu'elle ait jamais vu en vingt ans de carrière. Cet homme n'avait pas été assassiné, il avait été annihilé.

Elle pivota et fit face aux visages livides des techniciens de scène de crime et, au-delà, à la foule croissante de badauds derrière les barrières de police, téléphones en main, prêts à filmer. Saisie par le dégoût et la rage, Gabrielle se retourna vers la voiture et referma le coffre d'un coup sec.

16

Faith repoussa doucement la porte et entra dans son atelier. C'était son espace, calme, ordonné, apaisant, et elle en avait besoin à cet instant. Mettre la touche finale à la chambre du bébé avait été amusant ; plus encore, cela avait été révélateur, voire émouvant au regard de son long combat pour concevoir. Mais côtoyer plusieurs heures d'affilée sa mère qui s'agitait et se mettait toujours dans ses pattes, c'était épuisant. Elle avait besoin d'être seule et venait trouver refuge dans son sanctuaire.

Elle avait presque achevé son autoportrait ; une peinture élégante et moderne tout en nuances de gris et de noirs, qu'elle était décidée à terminer avant l'arrivée du bébé. Elle avait déjà promis la toile à la galerie Fourwalls en remerciement de leur bienveillance à son égard, et elle ne voulait pas leur faire faux bond. Sans elle, elle n'aurait jamais percé à Chicago, encore moins dans tout le pays.

Beaucoup de ses amies enceintes avaient affirmé qu'elles poursuivraient leur carrière après la naissance de leur enfant, mais peu en avaient trouvé le temps. Faith refusait d'être l'une de ces femmes qui faisaient des promesses qu'elles ne pouvaient pas tenir et, de plus, elle n'envisageait pas les choses de cette manière. Elle désirait vivre sa maternité à fond, elle avait attendu tellement longtemps pour en profiter. Elle adorait son travail d'artiste, il donnait un sens à sa vie, il l'avait sauvée d'elle-même. Et elle adorait les personnes qu'il lui permettait de rencontrer. Mais Faith avait trente-sept ans, Adam bientôt quarante-deux, et ils avaient dû endurer trois longues années éprouvantes de FIV pour en arriver là. Pourquoi ne s'immergerait-elle pas complètement dans l'expérience ?

À point nommé, le bébé lui donna un petit coup. Avec un sourire bienheureux, Faith posa une main sur son ventre rebondi et leva l'autre vers sa toile. Sentant la vie en elle d'une main, elle tenta de donner de l'autre l'illusion de la vie à porter, et guida avec délicatesse la pointe de son pinceau sur les contours de son alter ego. Peindre ce portrait avait été une expérience artistique des plus édifiantes, car son image n'avait cessé de se modifier tout au long du processus. Elle avait commencé avec l'intention de peindre une femme sans enfant, dernier vestige d'elle-même avant d'être mère, mais sans qu'elle sache comment, le bébé s'était immiscé dans la toile. Pas physiquement, ou en tout cas pas de manière évidente puisqu'il s'agissait d'un portrait en buste. Était-ce alors la rondeur de ses traits, l'expression de ses yeux ou la sérénité de son regard qui la trahissait ? Les trois peut-être, impossible à dire. La vérité était que sa peinture avait changé car *elle* avait changé. Dix ans plus tôt, elle était perdue, lancée sur la pente dangereuse de l'autodestruction, mais d'abord Adam puis le bébé avaient guéri ses blessures. Ils l'avaient aidée à grandir. Comme elle leur était reconnaissante de leur intervention !

Faith replaça son pinceau sur la palette pour poser les deux mains sur son ventre. Inutile de lutter, c'était plus fort qu'elle : l'amour qu'elle éprouvait pour cet enfant, pour sa nouvelle vie, était intense, dévorant. Elle n'avait jamais rien ressenti d'aussi fort.

Tel était le lien entre une mère et son enfant.

17

— Non mais, qu'est-ce que tu as dans la tête ? Tu veux me faire renvoyer ?

Kassie fixa sa mère sans rien dire ; elle était en colère, et aussi un peu honteuse.

— Il a fallu que je parte plus tôt du travail. C'est la troisième fois en deux semaines. Mon patron ne va pas le tolérer.

— Je sais, maman. Je suis désolée…

— Comment on fera si je perds mon emploi ? poursuivit Natalia sans tenir compte des excuses de sa fille. Qu'est-ce qu'il se passera ? C'est toi qui mettras à manger dans nos assiettes ? qui paieras les factures ? qui achèteras de nouveaux vêtements ?

— Quels nouveaux vêtements ?

La main de Natalia partit comme une fusée et vint claquer avec force la joue gauche de Kassie.

— Ne sois pas insolente. Sans moi, tu vivrais dans la rue.

Kassie frotta sa peau endolorie, regrettant son commentaire sarcastique. Elle haïssait sa mère quand elle était dans cet état, cependant elle avait de bonnes raisons d'être en colère. Trop bouleversée, Kassie n'était pas allée en cours à la suite de sa visite à sa grand-mère, et après l'appel de la secrétaire du lycée, Natalia avait retrouvé sa fille à la maison, l'haleine chargée de cannabis.

— Estime-toi heureuse de ne pas être renvoyée. J'ai dû supplier le principal Harrison de t'accorder une dernière chance, j'ai promis de te faire la leçon sur ton comportement. Mais cet homme a sa fierté et il est intelligent, il n'acceptera pas qu'on se moque de lui.

— Je sais, j'irai lui présenter des excuses demain matin…

— Et à tes professeurs aussi. Et aux autres élèves, pour tous les problèmes que tu as causés.

— D'accord, d'accord…

— C'est une bonne école. Tu as de la chance d'y étudier, *kochanie*… Pourquoi est-ce que tu ne te tiens pas tranquille et ne travailles pas dur ? Tu n'es pas idiote, tu pourrais faire quelque chose de ta vie.

Son ton s'était adouci ; le regret et la tristesse prenaient le pas sur la colère. Kassie ne s'en sentit que plus mal.

— J'essaierai…

L'expression sur le visage de sa mère suffit à lui faire comprendre ce qu'elle pensait de sa réponse.

— Je veux dire : je le ferai…

— Où tu étais, de toute façon ?

— Je suis allée voir grand-mère.

— Toute la matinée ? rétorqua Natalia qui peinait à réprimer son scepticisme. La pauvre vieille n'arrive même pas à aligner deux mots.

Kassie ne sut pas quoi répondre. Valait-il mieux mentir ou dire la vérité ? Sa mère la dévisageait avec intensité ; elle pressentait, ou elle espérait même, un mensonge. Kassie finit par marmonner :

— Non. D'abord je suis allée à West Town. Je voulais voir cet homme…

— Qui ça ? demanda Natalia d'un ton sec.

— Celui que j'ai percuté dans North Michigan Avenue.

Le visage de Natalia devint livide. Elle se détourna de sa fille en secouant la tête.

— Maman…

— Pourquoi as-tu fait une chose pareille ? s'enquit Natalia qui pivota vers Kassie, ses traits marqués par l'incompréhension.

— Tu sais pourquoi.

La main de Natalia fusa une nouvelle fois, prit Kassie par surprise. La jeune fille chancela, des larmes lui brûlèrent les yeux, mais sa mère n'afficha aucun remords.

— Ça suffit, Kassie ! Je t'ai déjà prévenue à ce sujet.

— Je ne peux pas m'en empêcher.

— Bien sûr que si.

Natalia lui saisit le poignet, l'attira près d'elle.

— Tu le fais parce que tu le veux, murmura-t-elle au nez de sa fille d'un air féroce. Parce que tu veux me faire du mal, me torturer.

— Non, non. Je ne le fais pas exprès. Ça arrive, c'est tout.

— Tu imagines des choses, comme ta grand-mère.

— C'est ce que je suis…

— Non, c'est qui tu choisis d'être ! cracha Natalia d'une voix forte et hargneuse. Et je ne le supporterai pas plus longtemps.

— Tout ça n'est pas ma faute, maman…

— Oh que si, c'est ta faute, Kassandra ! Tu as toujours été une menteuse en quête d'attention, mais ça s'arrête maintenant. Je ne me laisserai pas humilier comme ça plus longtemps, pas après tout ce que j'ai fait pour toi.

Natalia darda un regard incandescent sur sa fille.

— Alors rentre-toi bien ça dans le crâne : tu ne sèches plus les cours, tu ne fumes plus de cannabis…

Elle attira Kassie près d'elle pour appuyer sa conclusion :

— Et tu ne dis plus de mensonges.

18

— J'ai rien fait.

Gabrielle Grey s'adossa à sa chaise et secoua la tête d'un air dépité. Edmundo Ortiz avait le même âge que son fils aîné, dix-sept ans, mais les voies qu'ils suivaient tous les deux ne pouvaient être plus éloignées l'une de l'autre. Pour Edmundo, le lycée était déjà un lointain souvenir ; il passait d'une famille d'accueil à une autre depuis des années. Sa seule véritable « famille » était les petites frappes qui fricotaient avec les Spanish Cobras, un gang puissant qui concurrençait actuellement les Latin Kings pour le contrôle du trafic de drogue dans le West Side.

Aux yeux de Gabrielle, il ressemblait à tous les autres jeunes en colère qu'elle voyait saccager Humboldt Park. L'expression renfrognée dissimulée sous une capuche, les tatouages qui indiquaient l'allégeance au gang, le pantalon qui tombait et dévoilait le haut de ses fesses, signe qu'il avait fait un tour en cellule – sa ceinture, s'il en avait une, se trouvait maintenant sous scellés dans les locaux de la police de Chicago. Il portait encore le T-shirt noir et vert qu'il avait sur lui au moment de son arrestation – un autre symbole de sa loyauté au clan. Un détail qui finit de démoraliser

Gabrielle. Lors de ses premières années en tant qu'officier de liaison avec les communautés, elle avait vu des gosses au jardin d'enfants qui coloraient des dessins de Mickey aux couleurs du gang ; la preuve irréfutable qu'ils étaient recrutés au berceau.

— Nous savons tous les deux que ce n'est pas vrai, Edmundo, répondit Gabrielle. On te tient pour possession d'arme à feu, vol de voiture, meurtre…

— C'est pas moi, non.

— Ce n'est pas ce que raconte ton pote Pancho. Il se montre très coopératif, lui.

Edmundo secoua la tête pour signifier qu'il n'y croyait pas une seconde.

— Ça m'étonnerait.

Il avait raison, bien sûr. Pancho avait reconnu le vol de voiture, mais rien de plus. Avouer davantage serait suicidaire.

— Bon, c'est ton problème, poursuivit Gabrielle avec ténacité. Mais je te conseille de passer à table. Tu as une petite sœur, non ? Qu'est-ce qui va lui arriver quand tu seras à l'ombre ?

— Elle est en train de me menacer ?

Sa question s'adressait à son avocat, un commis d'office débordé que toute cette histoire semblait profondément déprimer.

— Elle sait qu'il ne vaut mieux pas, répondit-il d'un air attristé.

— Tant mieux, parce que faudrait pas qu'elle me cherche…

— Et vous non plus, avertit l'avocat avec un regard de remontrance. C'est une simple discussion amicale.

— Sur le meurtre d'un adjoint du procureur retrouvé dans le coffre de la voiture que *tu* conduisais, intervint Gabrielle.

— J'ai jamais vu le type, je sais pas qui c'est.

Pour son grand malheur, Gabrielle, elle, l'avait vu. Les empreintes dentaires avaient confirmé qu'il s'agissait de Jacob Jones, un avocat qui résidait à West Town.

— Il va falloir trouver mieux que ça, Edmundo. Parce que la police de Chicago, le bureau du maire et toute la communauté juridique ne lâcheront pas tant que quelqu'un n'aura pas été arrêté. Le meurtrier peut remercier sa bonne étoile que nous ne pratiquions pas la peine de mort dans cet État.

Si Gabrielle espérait donner du grain à moudre à Edmundo, elle fut déçue. L'adolescent continua de se ronger les ongles en évitant de croiser son regard.

— Écoute, on peut jouer à ce petit jeu toute la journée, demain et les jours suivants, reprit Gabrielle d'une voix traînante. Mais on en reviendra toujours au même problème. Le cadavre a été retrouvé dans une voiture que *tu* conduisais. Il n'y a pas d'autre suspect. Rien que toi et Pancho. Et tôt ou tard, il faudra que j'inculpe quelqu'un. Et au procès, qui le jury croira-t-il d'après toi ? Un inspecteur de police décoré ou deux Cobras ? Et le juge, tu penses qu'il se montrera clément ? Alors que les journaux en font déjà leurs choux gras, que le maire s'en mêle ? Le meurtrier va croupir en prison pour le restant de ses jours.

Gabrielle posa un regard appuyé sur le jeune suspect, elle attendait sa réponse.

— D'accord, peut-être bien que j'ai pris la voiture. Peut-être…

— Bien sûr, rétorqua Gabrielle d'un ton engageant, ravie de faire enfin quelques progrès. Elle a été volée au sud de Logan Park, pas très loin de ton domicile à Humboldt Park.

— J'ai dit peut-être…

— Et c'est très bien, sauf que nous avons relevé tes empreintes sur la portière côté conducteur, le tableau de bord et le volant. Le vol de voiture est indiscutable, Edmundo, alors parlons du reste.

— Nan, pas question.

— Où avez-vous pris la voiture, Pancho et toi ?

— Lyndale, répondit-il dans un murmure.

— West Lyndale Street ?

Edmundo acquiesça et Gabrielle nota l'information dans son calepin. Pancho aussi avait indiqué West Lyndale Street.

— Vous y avez suivi le propriétaire ?

— Non.

— Vous l'avez agressé ?

— De quoi vous parlez ?

— La serrure n'a pas été forcée, les vitres sont intactes. Ça ressemble très fortement à un vol avec agression.

— C'était pas fermé.

— Allons, Edmundo, il s'agit d'une voiture de luxe. Tu penses vraiment que son propriétaire…

— Elle était pas fermée. On en a essayé d'autres avant, on a évité celles qui avaient des alarmes, mais celle-ci c'était du gâteau.

— Vous êtes juste montés dedans et vous êtes partis ?

— C'est ça. Ce genre de caisse, ça se revend dix mille.

— Et les clés étaient sur le contact ?

— Exact.

— Ça paraît un peu trop facile, Edmundo, répliqua Gabrielle en se radossant à son siège. Et ça ne me plaît pas. Qui t'a demandé de le faire ? Qui t'a ordonné de le tuer ?

— Personne. Combien de fois va falloir que je le dise ? Je connais pas ce type.

— La victime est un procureur fédéral, Edmundo. Il a mis plusieurs de tes *compadres* derrière les barreaux au fil des ans. Tout est là, noir sur blanc.

Edmundo remua sur sa chaise, décocha un regard nerveux à son avocat.

— Donc, tu suis le fil de ma pensée, continua Gabrielle. C'était l'heure pour lui de payer ses dettes…

— C'est n'importe quoi.

— Tu crois qu'on va laisser passer ça ? On n'élimine pas impunément des procureurs.

— Vous avez tout faux.

— D'après nos techniciens, les pneus de la voiture étaient recouverts de boue. Vous l'avez emmené faire un tour ? insista Gabrielle sans lâcher le morceau. Dans un endroit tranquille, où vous pouviez le torturer, le tuer ?

— Je suis obligé d'écouter ça ?

Une fois de plus, la question était adressée à l'avocat, mais Gabrielle enchaîna :

— Laisse-moi te montrer pourquoi on ne va pas fermer les yeux, Edmundo. Pourquoi ça va mal se terminer pour toi…

Tandis qu'elle parlait, elle sortit d'un mince dossier les photos de la scène de crime.

— Jacob Jones était un homme séduisant et brillant. Il avait une belle maison, une magnifique fiancée… Et voici à quoi il ressemble maintenant.

Elle fit glisser la première photo sur la table, mais Edmundo tourna la tête.

— Regarde.

L'adolescent interrogea d'un signe du menton son avocat, qui lui répondit d'un haussement d'épaules indifférent.

— Regarde-le !

À contrecœur, Edmundo posa les yeux sur l'abominable image devant lui.

— Voilà une prise de vue d'un autre angle, continua Gabrielle, en poussant une deuxième photo atroce sur la table.

Elle observait avec attention Edmundo, il suait à grosses gouttes et secouait la tête.

— Et voilà un gros plan…

Espérait-elle des aveux ? Des cris de protestation pour clamer son innocence ? Elle n'obtint ni l'un ni l'autre car, au moment où elle tendit le dernier cliché au suspect, Edmundo Ortiz s'évanouit. Il tomba de sa chaise et s'affala au sol.

Trente minutes plus tard, Gabrielle se garait devant le domicile de Jones.

La rue de banlieue chic d'ordinaire paisible était en effervescence. Les officiers de scène de crime entraient et sortaient de la maison en transportant des pièces à conviction emballées, pendant que des agents en uniforme poursuivaient leur enquête de voisinage. Nancy, la fiancée, allait bientôt arriver de San Francisco, et Gabrielle espérait de tout son cœur qu'elle serait en mesure de les éclairer un peu sur ce crime aussi étrange que brutal.

— Comment ça s'est passé ?

Jane Miller s'était extirpée de la mêlée.

— On n'en est qu'au début, répondit Gabrielle d'un ton évasif. Qu'est-ce qu'on a ?

— Pas grand-chose dans la maison. Aucun signe de lutte, pas d'indice évident. Sauf qu'il semblerait que le courant ait été coupé, le câble d'alimentation a été sectionné à l'arrière de la maison.

— Intéressant.

— On a aussi un témoin qui pourrait détenir une information capitale.

Miller fit un geste en direction d'une femme d'un certain âge encadrée de deux officiers, qui se tenait de l'autre côté de la rue.

— Et ?

— Eh bien, ça ne colle pas vraiment à la chronologie.

— Comment ça ?

— Elle prétend que ce matin, tandis qu'elle arrosait ses plantes, elle a vu quelqu'un sortir du domicile de Jones par une fenêtre de derrière avant de partir en courant.

Cette information retint toute l'attention de Gabrielle.

— Elle est en mesure de nous fournir une description physique ? Les vêtements, la couleur des cheveux, la taille ?

— Oui, elle a une bonne vue. Mais ça ne va pas vous plaire.

Gabrielle la dévisagea, inquiétée par son ton.

— D'après elle, l'intrus était une adolescente aux longs cheveux roux.

19

Adam Brandt leva les yeux sur la porte qui s'ouvrait. Il attendait dans le salon des visiteurs depuis une demi-heure, un peu plus agacé à chaque minute qui passait, mais elles étaient enfin là. Il se leva du canapé défoncé et s'avança.

— Bonjour, Kassie. Je suis le Dr Brandt, on s'est rencontrés hier.

L'adolescente hocha la tête sans le regarder. Elle paraissait intimidée, un peu effrayée même.

— Et vous devez être madame Wojcek, continua-t-il en se tournant vers la mère. Je suis psychologue judiciaire, j'assiste la police de Chicago dans…

— Je sais qui vous êtes.

Difficile de dire à qui s'adressait son évidente hostilité. À lui ? À la police ? À sa fille ? Peut-être bien aux trois à la fois…

— Asseyons-nous, d'accord ? Je peux vous proposer du café, de l'eau, des biscuits…

Il les guida vers le canapé d'un vert délavé et la table basse qui occupaient la pièce. Il avait reçu l'appel de l'inspecteur Grey une heure plus tôt, au moment même où son dernier patient partait. Grey paraissait agitée au téléphone, elle lui avait expliqué que l'adolescente qu'il avait évaluée la veille était désormais considérée comme le principal suspect dans une affaire de meurtre, puisqu'elle avait eu une altercation avec la victime peu de temps avant sa mort. Elle avait demandé à Adam de se présenter au commissariat au plus vite. Celui-ci avait accepté d'apporter son aide, à la condition expresse de rencontrer Kassie et sa mère dans le salon des visiteurs, moins austère et moins intimidant qu'une salle d'interrogatoire.

— Bon, je sais que vous avez déjà eu une longue discussion avec l'inspecteur Grey, déclara Adam sans perdre de temps, une fois les rafraîchissements déclinés. Alors je ne vais pas vous retenir. J'aimerais seulement qu'on revienne sur deux ou trois choses que tu as mentionnées à l'inspecteur Grey lors de ta déposition, Kassie.

L'adolescente garda les yeux baissés, mais l'expression fermée de Natalia Wojcek était éloquente.

— Je crois savoir que tu as déclaré à l'inspecteur que tu étais allée chez M. Jones ce matin.

Kassie hocha la tête.

— Comment as-tu su où il habitait ?

— J'ai lu son nom et son adresse sur le formulaire quand on m'a arrêtée hier. Le policier voulait que je sache que l'homme travaillait pour la justice et que j'étais dans le pétrin.

— Et pour quelle raison t'es-tu rendue là-bas ? Tu peux m'expliquer ?

— On en a déjà parlé, intervint la mère de Kassie d'un ton impatient.

— Je comprends votre contrariété, répliqua Adam. Mais c'est très important, alors je t'en prie, Kassie, si tu pouvais me le dire…, fit-il en se tournant vers elle.

La jeune fille prit une profonde inspiration avant de marmonner :

— Je voulais voir s'il allait bien.

— Tu craignais qu'il ne lui soit arrivé malheur ?

— Oui.

— Qu'est-ce qui t'a fait penser qu'il était en danger ?

— Pour l'amour du Ciel ! On est déjà passées par là ! Pourquoi nous obliger à rejouer cette comédie ?

C'en était terminé du semblant de courtoisie.

— Nous devons rentrer chez nous, poursuivit Natalia Wojcek d'un ton pressant. Kassie a des devoirs à faire. Tout ce remue-ménage, toutes ces questions, ça ne fait qu'empirer…

— Je pense qu'il serait préférable que vous attendiez dehors, madame Wojcek, rétorqua Adam d'un ton poli mais ferme. Si Kassie est d'accord, bien sûr ?

Il la consulta du regard. Sa mère aussi, juste à temps pour la voir hocher brièvement la tête.

— Kassandra…

— Ça va, murmura Kassie, d'une voix légèrement tremblante.

La stupéfaction puis la résignation et la colère, voilà ce qu'exprimait le visage de la femme de quarante ans qui se leva avec raideur pour prendre la porte. Adam attendit qu'elle soit sortie avant de reprendre.

— Dis-moi, avec tes propres mots, ce qui t'inquiétait tant, Kassie.

Un long silence s'ensuivit. Elle refusait obstinément de le regarder dans les yeux ; Adam se rappela sa réaction à leur première rencontre.

— Kassie ? insista-t-il avec douceur.

— J'avais peur…, répondit-elle d'une voix saccadée. Qu'il ait été agressé. Tué.

— Je vois. Et qu'est-ce qui te faisait penser ça ?

L'adolescente garda le silence.

— Tu m'as dit hier que tu ne connaissais pas Jacob Jones, rappela Adam pour l'encourager. Est-ce qu'une personne t'a parlé de lui ? As-tu entendu quelqu'un le menacer ?

— Je l'ai vue.

— Vu quoi ?

— Sa mort.

Ce fut au tour d'Adam de rester sans voix. La réponse de Kassie était pour le moins surprenante. Était-ce un début d'aveux ? Cette adolescente maigrichonne était-elle impliquée d'une manière ou d'une autre dans le meurtre de cet homme ? Le cœur d'Adam s'emballa, mais il conserva un ton aussi calme que possible lorsqu'il reprit :

— Quand est-ce que ça s'est passé ?

— Quand on s'est rentrés dedans dans North Michigan Avenue, répondit-elle comme si c'était une évidence.

— Pardon, je ne comprends pas. Il allait bien quand tu l'as quitté à ce moment-là, alors comment pourrais-tu…

— Je vois la mort… avant qu'elle ne survienne.

Adam se tut. Avait-il bien entendu ? Kassie ne fit pas mine de vouloir s'expliquer davantage.

— Désolé, tu dis que tu vois…?

— Je regarde une personne, se hâta de reprendre Kassie, et je vois de quelle manière sa vie va s'achever. Quand elle va s'achever…

Adam la dévisagea quelques secondes sans rien dire puis demanda :

— C'est ce qu'il s'est passé avec Jacob Jones ?

Kassie acquiesça, tête baissée, et continua :

— J'ai regardé dans ses yeux et je l'ai vue.

— Décris-moi ce que tu as vu, dit Adam avec calme.

— C'était un flot d'images, de sensations. Une impression de froid effroyable au début, puis une douleur atroce…

Elle porta la main à sa gorge, sans même en avoir conscience.

— Et puis la peur… Une terreur épouvantable, oppressante, comme s'il savait qu'il allait mourir. Et puis plus rien.

Kassie haussa les épaules, serra ses bras autour d'elle. Elle donnait l'impression d'être celle qui souffrait, tant son récit l'affectait.

— C'est pour cela que tu lui as couru après ?

— Oui.

Elle lâcha le mot dans un souffle, comme reconnaissante et soulagée que quelqu'un comprenne enfin sa souffrance.

— C'est pour ça que je l'ai suivi. Je devais le prévenir, dit-elle la gorge serrée, aspirant une goulée d'air avant de terminer : L'avertir qu'il n'avait plus que quelques heures à vivre.

20

— Alors, elle est folle ou elle se fout de nous ?

Adam Brandt se trouvait avec Gabrielle Grey dans son bureau, la porte fermée, à l'abri des oreilles indiscrètes.

— Est-ce qu'elle constitue un suspect sérieux ? demanda-t-il en lui retournant la question.

— Non, nous n'avons pas assez d'éléments pour la retenir. Mais elle reste un témoin.

— Et les autres ? Les deux jeunes qui conduisaient la…

— On a fouillé et examiné le coffre à trois reprises. Pareil avec la bâche en plastique. On a relevé leurs empreintes nulle part. En plus, il semblerait que leur alibi tienne la route. Un vigile qui rentrait chez lui a vu la voiture de Jacob Jones quitter l'allée de son domicile aux alentours de 21 heures. Edmundo et son acolyte se trouvaient encore à la pizzeria de Humboldt Park à minuit. On est presque sûrs que Jones a été enlevé chez lui : on y a retrouvé son portable, son portefeuille, ses papiers d'identité. Alors à moins qu'ils n'aient le don d'ubiquité, on va avoir du mal à faire tenir les charges. Et si vous répondiez à ma question, doc ?

Le ton se voulait sympathique, mais Adam perçut la tension sous-jacente.

— Kassie est de toute évidence perturbée.

— Sans blague.

— Elle est vulnérable, isolée, solitaire. L'explication pourrait être qu'elle est une enfant troublée qui cherche à attirer l'attention.

— Mais ? fit Gabrielle qui sentait que ce n'était pas tout.

— Mais c'est sans doute plus compliqué que ça. Elle consomme de la drogue – d'après son dossier, elle fume du cannabis depuis qu'elle a onze ans. Une consommation prolongée de produits riches en résine favorise la paranoïa et les délires psychotiques. Si l'on prend en compte la preuve indéniable de maladie mentale dans l'historique familial…

— Donc elle est bien folle ?

— J'ai dit qu'elle était perturbée. Mais elle est également lucide et cohérente. Son comportement n'est pas celui d'une personne en pleine crise psychotique. Elle a conscience de qui elle est, elle sait pourquoi on l'interroge, elle comprend vos soupçons à son égard. Ce degré de discernement est rare chez un individu souffrant de psychose.

— Elle pourrait faire semblant ?

— Possible, mais dans ce cas, sa performance serait impressionnante !

— Avez-vous relevé une quelconque animosité envers Jones ? Une raison pour laquelle elle aurait pu vouloir lui faire du mal ?

— Au contraire. Elle prétend avoir voulu le protéger.

— Et vous y croyez ?

— Je ne sais pas encore.

— Elle s'attaque à l'homme le jour de sa disparition. Le lendemain, alors que son cadavre a été balancé, elle se rend chez lui. Elle sait forcément quelque chose…

— Elle affirme être allée chez Jones pour vérifier si ses craintes étaient justifiées.

— Ben voyons.

— Quel besoin avait-elle d'entrer chez lui par effraction si elle l'avait enlevé la veille ?

— Elle y serait retournée pour nettoyer la scène de crime, remettre les choses en place.

— Ce qui voudrait dire que, la veille, Jones l'aurait fait entrer volontairement chez lui ? Est-ce qu'ils se connaissaient avant leur altercation ?

— Nous recherchons encore des liens potentiels, on ne sait jamais…

Adam ne releva pas. Tout cela n'était guère convaincant, mais en vérité, ni lui ni Gabrielle ne savaient à quoi ils avaient affaire.

— Vous avez dit que la victime avait été conduite quelque part, finit-il par reprendre. Qu'elle avait ensuite été mutilée puis tuée…

— En effet. On a retrouvé de la boue de couleur sombre sur les pneus.

— Vous croyez vraiment Kassie capable de ça ?

— Elle a peut-être un complice ? Il s'agit peut-être de… comment vous dites déjà, vous les psys ? Une folie à deux ?

— Vous avez des preuves pour appuyer cette théorie ?

— Seriez-vous compatissant envers notre suspecte ? rétorqua Gabrielle, un peu énervée.

— Je m'inquiète pour elle.

— Vous allez la revoir ?

— J'ai proposé de l'aider et elle m'a promis d'y réfléchir. J'ai réussi à la convaincre d'intégrer un programme de désintoxication, ce qui n'est pas rien. Il en existe de très efficaces dans le quartier, qui s'adressent spécifiquement aux jeunes toxicomanes.

Grey approuva d'un hochement de tête, mais elle paraissait plus abattue que ravie par cette nouvelle.

— Écoutez, on ne peut pas la garder. De toute évidence, c'est une menteuse invétérée…

— Ce n'est pas juste…

— Regardez son casier. Elle a menti à la police à plusieurs reprises, sous serment.

— Et peut-être qu'elle ment parce qu'elle est impliquée, mais peut-être aussi qu'elle veut se donner de l'importance. Ou alors la raison est encore plus complexe.

Grey garda le silence, observant Adam d'un air curieux.

— Mon instinct me dit qu'elle croit ce qu'elle raconte, que c'est réel pour elle…, affirma le psy comme s'il se parlait à lui-même. La question est de savoir *pourquoi*.

21

Kassie et sa mère regagnèrent la voiture en silence. Elles avaient dû se garer à l'écart du poste de police, et cette marche forcée accroissait la tension. Kassie voulait rentrer chez elle, retrouver sa chambre au plus vite. Tout pour échapper à la fureur et à la déception de sa mère.

Les visages se succédaient, mais Kassie ne les regardait pas, elle évitait les passants tout en calquant son allure sur celle de sa mère, comme rattachée à elle par un fil invisible. C'était la seule manière qu'elle avait trouvée pour lui prouver que son attitude difficile n'était pas volontaire, qu'elle ne cherchait pas à embarrasser sa mère ni à la faire souffrir. Pourtant le message ne passait visiblement pas : sa mère avançait à grandes enjambées sur le trottoir, comme si sa fille n'était pas là.

Enfin, elles atteignirent leur vieille guimbarde. Natalia inséra la clé dans la serrure, et Kassie attendit consciencieusement qu'elle se penche pour déverrouiller la portière côté passager. Un instant, elle craignit qu'elle ne démarre et ne s'en aille en la laissant sur le trottoir. Mais non, songea Kassie avec colère lorsque sa mère lui ouvrit, elle n'en réchapperait pas aussi facilement. Natalia aimait trop jouer les martyres pour laisser filer une si belle occasion.

Kassie monta en voiture et se prépara au long trajet silencieux jusqu'à la maison. Sauf que sa mère ne bougea pas, elle ne mit pas la clé dans le contact. Kassie se tourna vers elle et se rendit compte avec surprise qu'elle pleurait.

— Oh, maman, s'il te plaît, non…

Accablée par la culpabilité, la jeune fille tendit la main vers sa mère, mais celle-ci la repoussa d'une tape. Assise sur son siège, les doigts douloureux, Kassie ressentit un grand vide intérieur. Elle voulait faire quelque chose pour soulager la peine de sa mère. Prononcer les paroles qui lui feraient savoir qu'en dépit de tout elle l'aimait. Mais lorsqu'elle essaya de parler, de trouver les bons mots, la réponse de sa mère fusa, brutale et impitoyable.

— Tu es la honte de cette famille.

22

La sauce dégoulina sur son menton, et Adam parvint à l'essuyer juste avant qu'elle ne goutte sur sa belle chemise d'un blanc éclatant.

— Quel cochon ! Je ne sais pas pourquoi tu l'as épousé…

Faith haussa les épaules et roula les yeux avant de décocher un clin d'œil à son mari. Adam raffolait des sandwichs au bœuf en sauce – les meilleurs étaient servis à Chicago, selon lui –, et Faith et lui allaient en manger chez Al's Shack aussi souvent qu'ils le pouvaient. Cette fois, Brock, le meilleur ami et témoin d'Adam, et Fernette, son épouse, les accompagnaient. Brock et Adam avaient été colocataires à la fac. Lui était passionné de trains électriques, féru d'ornithologie et accro aux nouvelles technologies, et Adam lui assurait en plaisantant qu'il l'appréciait quand même. Ils se voyaient de temps en temps, parfois deux fois dans la semaine. Fernette se joignait souvent à eux, sa repartie facile colorant leurs soirées.

— Bon, je sais qu'il est mignon, poursuivit Fernette. Et intelligent et plein aux as, mais franchement, comment tu supportes de le voir faire ça ? On dirait qu'il va l'avaler d'un seul coup…

— On ne peut pas s'interposer entre un homme et son sandwich au bœuf, déclama Faith en réprimant un sourire.

— Sages paroles, Faith, confirma Brock en mordant lui aussi à pleines dents dans son pain. Cet homme est sur le front toute la journée, tous les jours. Il a besoin de nourriture cérébrale…

— Et de beaucoup ! intervint Fernette, sous l'approbation générale.

Adam se prêta avec plaisir au jeu de leurs plaisanteries légères. C'était bon de décompresser après une journée aussi perturbante. Le témoignage de Kassie l'avait troublé, de même que l'entretien qu'il avait eu dans la foulée avec Gabrielle. Grey était une enquêtrice raisonnable et pleine de bon sens, prompte à faire appel à ses services et à suivre ses recommandations. Pourtant, ce jour-là, elle avait paru mal à l'aise, suspicieuse même, comme si elle craignait de se faire duper.

Il avait ensuite fallu presque deux heures à Adam pour se défaire de son angoisse, mais peu à peu, la bonne compagnie et la bière artisanale aidant, sa tension était redescendue. Il aimait l'optimisme résolu et enjoué de ses amis et, surtout, il adorait passer du temps avec Faith. Depuis toujours et encore plus en ce moment, quand tout ce dont il avait besoin pour sourire, c'était de les regarder, elle et son ventre rond parfait.

— Tu penses qu'il faut que j'arrête ? demanda Faith avec un geste vers son ventre puis vers le sandwich à moitié mangé. Tu t'inquiètes de me voir grossir ?

Adam, surpris en train de la fixer, s'extirpa de ses pensées.

— Parce que si c'est le cas, tu sais où tu peux aller te faire voir…

Elle avait dit cela d'un air malicieux et, après avoir essuyé les vestiges de sauce sur son menton, Adam se pencha à l'oreille de sa femme, le nez enfoui dans ses épaisses boucles.

— Je t'aime, murmura-t-il avant de déposer un baiser sur sa joue. Je vous aime, tous les deux.

— Oh, ça va, les amoureux ! se plaignit Fernette.

— Ouais, pensez aux autres, quoi ! renchérit Brock.

La conversation se poursuivit sur le même ton jusqu'à ce qu'ils partent pour la jetée Navy. La principale attraction de Chicago était envahie de fêtards et, en temps normal, Adam l'aurait évitée comme la peste. Mais Faith avait décrété qu'elle voulait faire un dernier tour de grande roue en couple. Une envie aussi dingue que romantique et, bien sûr, Adam n'avait pas pu refuser. Ils se frayèrent donc un chemin vers l'immense manège, se préparant mentalement à payer un prix exorbitant mais pas rebutés pour autant.

Pour la première fois depuis le début de cette difficile journée, Adam se sentit en paix. Il agrippa la main de sa femme de toutes ses forces et arpenta la jetée d'une démarche légère pour se laisser engloutir par la foule compacte du vendredi soir.

23

Il était encore tôt et, par chance, la circulation était fluide. Le petit déjeuner avait traîné en longueur – Eden et Zack rêvassaient sans arrêt ; elle ne comprenait pas pourquoi –, mais Gabrielle avait tout de même réussi à prendre la route avant 8 heures. Elle roulait en silence, les bulletins d'informations du matin regorgeaient de reportages sensationnalistes sur le meurtre de Jacob Jones et elle n'avait aucune envie d'écouter les spéculations de journalistes mal informés. À la place, elle contempla l'évolution du paysage qui défilait devant elle, entre son domicile à Albany Park et sa destination à West Town. Le quartier qu'elle habitait se trouvait un peu à l'écart du centre-ville et avait accueilli pendant longtemps une population très variée, avec une forte présence des communautés coréennes, mexicaines et noires américaines. Si West Town avait été un jour aussi multiculturel, ce n'était plus le cas désormais.

Dans West Chicago Avenue, Gabriellc observa les mères riches qui brunchaient en tenue de gym et les jeunes hipsters qui sirotaient un café devant les boutiques de vinyles, et elle s'émerveilla des nombreux visages qu'une ville pouvait offrir. Lorsqu'elle avait débarqué à Chicago, presque dix ans auparavant, elle avait nourri l'espoir de vivre dans ce genre de quartier, mais un seul coup d'œil aux sites immobiliers avait brisé ses rêves. Maintenant, elle ne venait dans cette partie de la ville que dans le cadre de son travail.

Gabrielle quitta l'avenue principale et s'engagea une nouvelle fois dans West Erie Street. Derrière le ruban de balisage toujours en place qui bouclait la propriété de Jones étaient garés plusieurs camions de presse. Les journalistes locaux s'agitaient dans tous les sens et alpaguaient les voisins en quête de messages compatissants et d'informations croustillantes sur le défunt. Gabrielle opta pour une approche directe et roula jusqu'à la rubalise que les policiers en uniforme soulevèrent afin de laisser passer sa Pontiac d'occasion dans l'allée.

— Inspecteur Grey, avez-vous du nouveau depuis la déclaration d'hier soir ? Avez-vous procédé à une arrestation ? Quelle est votre hypothèse ?

Gabrielle descendit de sa voiture et fut accueillie par une cacophonie de voix familières qu'elle ignora, se dirigeant d'un pas vif vers la maison. Elle referma la porte derrière elle et prit un instant pour apprécier le silence et laisser le temps aux cris des journalistes fougueux à l'extérieur de s'estomper avant de se mettre au travail. Elle avait inspecté la maison la veille tandis que l'effervescence y régnait. Elle voulait désormais l'examiner au calme et par elle-même.

L'intérieur était tel qu'on pouvait s'imaginer le domicile d'un brillant avocat : décoré avec goût, meublé avec luxe et d'une propreté immaculée. Ainsi que Miller l'avait stipulé, tout paraissait à sa place et il n'y avait aucun signe de lutte. Kassie Wojcek avait avoué avoir brisé la vitre de la fenêtre latérale, ce qui signifiait que les seules traces de désordre étaient la lampe torche cassée et les empreintes dans la poussière des marches qui descendaient au sous-sol. En dehors de ça, la maison était comme elle devait être. Des photos de Jacob et Nancy dans des cadres élégants ornaient la plupart des surfaces disponibles et des murs ; un couple d'amoureux avec la vie devant lui. Désormais, ces clichés apparaissaient d'une immense cruauté.

Gabrielle feuilleta son calepin et consulta la chronologie. Jacob Jones était rentré chez lui l'avant-veille et il avait reçu un appel d'un agent de police aux alentours de 20 heures, puis il avait disparu environ une heure plus tard. Kassandra Wojcek était leur seul suspect valide ; elle éprouvait de toute évidence une certaine animosité à l'encontre de Jones, et son alibi était fragile puisque sa mère avait reconnu s'être endormie devant la télévision en début de soirée. Mais était-elle capable de faire disparaître un homme dans la fleur de l'âge, ancien joueur de football américain de surcroît ?

Perdue dans ses pensées, Gabrielle gagna la cuisine et la porte qui donnait sur le garage. La Lincoln de Jacob Jones était partie d'ici, sans doute avec son propriétaire à l'intérieur. Ligoté ? Menacé d'une arme ? Et de là, il avait été conduit… Où ça ? La boue sur les pneus indiquait les abords de l'eau ; une des nombreuses rivières qui coulaient à Chicago, peut-être ? Le lac ? Impossible à savoir. La voiture, à l'instar de l'homme, avait simplement disparu jusqu'à ce qu'Edmundo et Pancho tombent dessus.

Frustrée, Gabrielle retourna dans la maison. Son portable vibra dans sa poche à cet instant. C'était l'inspectrice Montgomery.

— Qu'est-ce que vous avez pour moi ?

— Quelques précisions intéressantes sur le contexte, chef.

— Je vous écoute.

— J'ai passé en revue l'historique judiciaire de Wojcek. Il y a six mois, elle a été condamnée avec sursis pour agression et état d'ébriété. Elle a imputé son comportement à des médicaments qu'elle aurait pris, mais le procureur n'y a pas cru, pas plus que le juge. Elle a écopé d'une grosse amende et n'a échappé à la peine de prison qu'à cause de son jeune âge. Apparemment, le procureur a démonté son témoignage. Et l'avocat en charge ce jour-là était…

— Jacob Jones, termina Gabrielle à la place de son adjointe.

— Exactement. J'ai posé le dossier sur votre bureau.

— Merci, beau travail.

Gabrielle raccrocha, revigorée. Ils peinaient à trouver un sens à ce meurtre brutal, à déterminer un mobile valable, mais voilà qu'il existait un lien concret entre Jacob Jones et la mystérieuse Kassie Wojcek.

24

— Ta mère sait que tu es ici ?

Kassie leva brusquement la tête.

— Parce que dans ce cas, je vais peut-être devoir me trouver un garde du corps. Je ne crois pas qu'elle m'apprécie beaucoup.

Adam constata avec joie que sa petite plaisanterie arrachait un sourire timide à Kassie. Il s'agissait de leur première séance officielle dans son cabinet et établir un lien, les fondements d'une relation de confiance, avant de commencer était crucial. La nervosité de Kassie était palpable et il cherchait à la mettre à l'aise.

— Je ne suis pas sûre qu'elle m'apprécie non plus, répondit la jeune fille tout bas. Et non, elle ne sait pas que je suis ici. Je lui ai raconté que j'avais un rendez-vous médical. C'est ce que j'ai dit à l'école aussi.

— Et c'est la vérité, répliqua Adam avec un sourire. Mais inutile de préciser la spécialité du médecin que tu vois, n'est-ce pas ? Ça ne me dérange pas que nous soyons les seuls au courant de nos discussions.

Kassie acquiesça brièvement, l'air satisfait, étonnée peut-être de compter un allié. Adam commençait à entrevoir l'étendue de la solitude de l'adolescente. Elle avait perdu son père, n'avait ni frère ni sœur, pas ou peu d'amis ; elle avait changé d'établissement scolaire plus souvent qu'à son tour, renvoyée pour absentéisme ou mauvais comportement, parfois avec violence. Il avait supposé de prime abord que c'était la conséquence de troubles psychologiques non diagnostiqués, mais il se demandait maintenant si Kassie ne sabotait pas sciemment ses interactions sociales, si elle ne recherchait pas la solitude plus qu'elle ne lui était imposée. Une attitude étonnante puisqu'elle la ramenait auprès de sa mère, avec qui elle avait de toute évidence une relation difficile.

— Est-ce que tu veux boire quelque chose ? Un Coca ? Un Sprite ? De l'eau ?

— Un Coca, merci.

Après avoir hoché la tête, Adam se dirigea vers le petit frigo. Alors qu'il en sortait une canette, il s'arrêta un instant pour regarder par la grande fenêtre qui surplombait Lincoln Park. La vaste étendue de verdure, qui comprenait le zoo de la ville, des terrains de base-ball et bien d'autres aires de détente, était d'une beauté captivante dans la lumière du matin, bordée par Lake Shore Drive et, au-delà, le lac Michigan lui-même. Après s'être octroyé un bref moment d'autocongratulation – ce bureau était une pure merveille ! –, il revint vers Kassie.

— Et voilà pour toi, dit-il en lui tendant la boisson. J'en prendrais bien un aussi, mais ça me donne des gaz.

Kassie s'esclaffa ; c'était la première fois qu'il la voyait rire, et il se rendit compte alors comme elle était jolie quand elle n'était pas hantée par ses démons.

— Ce n'est pas une blague, ma femme m'interdit d'en boire avec les patients à cause de ça.

L'idée qu'une figure d'autorité éprouve de l'embarras sembla amuser Kassie, et Adam se demanda à combien de médecins austères, de policiers et de professeurs rigides elle avait déjà eu affaire au cours de sa jeune vie. Il s'installa confortablement dans son fauteuil et lui fit face.

Ce qu'il vit lui plut. À son arrivée, Kassie ne s'était exprimée que par monosyllabes, elle était nerveuse et évitait de croiser son regard. Nul doute qu'elle aurait préféré se trouver ailleurs. Elle s'était assise en boule, les jambes sous elle, les bras croisés. Maintenant, elle paraissait plus détendue. Elle fuyait toujours son regard mais, perchée au bord de son siège, elle balançait légèrement les jambes tout en examinant l'intérieur du cabinet avec un intérêt non dissimulé. Il l'observa un moment avant de rompre le silence.

— Alors, Kassie…

Elle s'immobilisa.

— J'ai demandé à te revoir car j'aimerais qu'on reparle un peu de Jacob Jones. Comme tu le sais, je te reçois désormais dans le cadre d'une relation médecin-patient, et tout ce que tu me diras est protégé par le secret professionnel. Je n'agis pas pour le compte de la police de Chicago. La seule chose qui m'intéresse, c'est toi.

— Il faudra que je paie ?

— Seulement si je t'inscris dans mon registre, ce que je n'ai pas l'intention de faire pour l'instant…

— Je ne veux pas la charité, l'interrompit-elle avec un peu d'effronterie.

— Je sais, répondit-il calmement. Et il ne s'agit pas de charité. Si je contacte ta mutuelle, ta mère sera prévenue et j'ai le sentiment qu'il ne vaut mieux pas l'impliquer pour le moment.

Nouveau sourire timide de Kassie.

— J'aimerais que tu m'en dises plus au sujet de ce qu'il s'est passé avec Jacob Jones dans North Michigan Avenue. Sur ton expérience, ce que tu as ressenti, vu, éprouvé…

Il évitait volontairement des termes comme « prémonition » ou « vision », qui ne seraient d'aucune utilité et ne feraient peut-être que renforcer la conviction de Kassie. Il voulait rester rationnel.

— Eh bien, lui et moi, on s'est rentrés dedans, comme j'ai dit. En fait, il m'a percutée assez fort, et je suis tombée par terre.

— Est-ce qu'il s'est excusé ?

— Oui. Il m'a aidée à me relever, il m'a demandé si ça allait, si j'avais besoin d'un taxi.

— Et ensuite ?

— Ensuite, je l'ai regardé dans les yeux. Et c'est là que c'est arrivé. C'est comme ça que ça se passe chaque fois…

— Ça arrive souvent ? s'enquit Adam, la curiosité piquée.

— Chaque jour que Dieu fait.

Adam nota la grande lassitude qui transparaissait dans cette réponse. De quoi était-elle lasse ? De la vie ? D'elle-même ? Il prit quelques notes dans son carnet puis poursuivit :

— Comment ça se passe, exactement ?

— Si je ne les regarde pas, ça va. Mais si je plonge dans leurs yeux, alors je vois.

— Parce que les yeux sont le reflet de l'âme ?

— Quelque chose comme ça, répondit Kassie d'un ton brusque comme si elle redoutait qu'il ne se moque d'elle.

— Et qu'as-tu vu cette fois ?

— Les images arrivent par flots. C'était un endroit sombre et lugubre. Je sentais une odeur d'essence ou quelque chose comme ça. J'étais dans un sous-sol peut-être… Ou un atelier. Il y avait des ombres qui dansaient autour de moi…

Tout en lui décrivant ses impressions, elle lui décochait des petits coups d'œil furtifs pour jauger sa réaction. Mais Adam conservait une expression neutre, il n'affichait ni incrédulité ni amusement. Satisfaite d'être préservée du ridicule, Kassie continua.

— Mais ce n'était pas tant ce que j'ai vu que ce que j'ai ressenti…

— Qu'as-tu ressenti, Kassie ?

— Le froid. Un froid terrible. Mes pieds étaient posés contre quelque chose de lisse et d'inerte. Je ne sais pas ce que c'était, mais je n'ai pas aimé du tout.

Adam pensa aussitôt à la bâche en plastique dans laquelle Jacob Jones avait été enveloppé puis se hâta de chasser cette idée. Il ne devait pas tirer de conclusions hâtives.

— Et ensuite ?

— J'ai senti une présence en face de moi, puis quelque chose de froid qui s'enfonçait dans ma peau…

Kassie fermait maintenant les paupières de toutes ses forces, elle parlait si vite qu'Adam peinait à prendre des notes.

— Et puis… Je ne pouvais plus respirer. C'était comme si je me noyais…

Adam s'arrêta pour l'observer. Kassie avait beau être en train de lui décrire la souffrance d'un autre, elle donnait l'impression de la vivre au plus profond d'elle-même.

— Et j'ai eu peur… Tellement peur… Mon cœur était prêt à exploser, parce que je savais ce qu'il se passait… J'étais en train de mourir… et après…

Elle porta la main à sa bouche et ses yeux s'ouvrirent d'un coup.

— Et après, je l'ai entendu rire. Un rire aigu affreux.

Elle leva la tête, comme si enfin elle émergeait de l'horreur.

— Le pauvre, il est mort comme ça, déclara-t-elle en haletant, avant de prendre son visage en coupe et de regarder dans le vide. Il est mort avec ce rire abominable dans les oreilles.

25

Le cadavre recomposé de Jacob Jones s'étalait devant elle. Aaron Holmes, le robuste médecin légiste en chef qui hantait la morgue depuis toujours semblait-il, avait remis le torse et les membres de la victime dans leur position anatomique d'origine, mais Gabrielle trouva tout de même ce corps mutilé anormal et sordide. L'homme ressemblait à un puzzle.

Ravalant son dégoût, elle reporta son attention sur Holmes. Ce pur produit du Southside, bourru et barbu, examinait entre trois et cinq cadavres par jour et ne se laissait gagner ni par l'émotion ni par le mélodrame ; il exposait ses conclusions d'un ton monotone, froid et clinique.

— Les blessures secondaires d'abord, marmonna-t-il avec un geste vers le buste marbré devant eux. Importantes contusions sur le torse et le côté du cou, possible strangulation.

— Manuelle ou avec un lien ? demanda Gabrielle sur le même ton.

— Difficile à déterminer, mais je serais tenté de dire que le meurtrier immobilisait sa victime avec son bras passé autour du cou. Regardez ici…

Il indiqua plusieurs points violacés alignés sur la joue de la victime.

— Ça vous fait penser à quoi ?

Gabrielle se rapprocha pour examiner de plus près.

— D'après la taille et l'espacement, je dirais les empreintes des doigts d'une main.

— Tout à fait. Avec un bras autour du cou, le tueur a sans doute empoigné le visage de la victime pour avoir une meilleure prise ; plus il a serré, plus l'oxygène est venu à manquer.

— Et la couleur violette, elle est due à quoi ? La pression appliquée ?

Holmes secoua la tête.

— En regardant bien, on note un léger décollement de la peau, ce qui suggère une réaction allergique. Le meurtrier portait sans doute des gants – on n'a relevé aucune trace d'ADN sur tout le corps – et mon hypothèse, c'est que la victime était allergique à leur matière.

— Du cuir ?

— Du cuir, du latex, du daim… Il va me falloir pratiquer d'autres analyses pour en avoir le cœur net.

Gabrielle réfléchit à cette information puis poursuivit :

— C'est ce qui l'a tué ? La strangula…

Mais Holmes l'arrêtait déjà en secouant la tête. Il montra la bouche couverte de sang séché de la victime.

— Vous pouvez constater par vous-même que sa langue a été sectionnée.

Un frisson traversa Gabrielle tandis qu'elle observait le moignon ensanglanté.

— De même que ses doigts et ses orteils. Au vu de l'hémorragie, on peut en conclure que ces amputations ont été pratiquées *ante mortem*. Le démembrement général – la séparation des bras et des jambes du tronc – a eu lieu après la mort.

Aussitôt, l'esprit de Gabrielle se mit en branle. Le démembrement avait-il pour but de faciliter le transport du corps ou avait-il une signification plus sombre ? Ce meurtre violent comportait-il un élément rituel ?

— Ce qui l'a effectivement tué, continua Aaron Holmes, c'est ça.

Il désigna la longue et profonde entaille qui séparait presque entièrement la tête du corps. De nouveau, Gabrielle s'approcha pour mieux observer.

— Le larynx a été écrasé, la trachée sectionnée, plusieurs artères principales endommagées. La perte de sang a dû être massive, le manque d'oxygène total, si bien que la mort a dû survenir en moins d'une minute.

Une moindre clémence peut-être, songea Gabrielle. Mais quelles souffrances atroces avait-il endurées avant de recevoir ce coup de grâce ?

— Comment a-t-on procédé ? Y a-t-il eu plusieurs tentatives ou…

— Non, ça a été fait en un seul coup. Comme pour une exécution, mais par l'avant.

— Est-il possible…, commença Gabrielle. Est-il concevable qu'une adolescente ait pu infliger une telle blessure ?

— Rien n'est impossible, répondit Holmes avec calme. Mais c'est peu probable selon moi. Le coup a été porté avec une force démesurée. Et si l'on prend en compte les marques de doigts sur le visage de la victime, je pencherais plutôt pour un homme adulte.

Gabrielle quitta la morgue tout en méditant les paroles de Holmes, son rapport préliminaire à la main. Wojcek était leur unique suspect, pourtant il était difficile de la croire capable de la brutalité inhumaine infligée au pauvre Jacob Jones. Elle n'en avait pas la force physique. En outre, rien ne prouvait qu'elle sache conduire ni qu'elle possède l'expérience ou le machiavélisme pour fomenter un enlèvement et un meurtre à l'exécution aussi infaillible. En revanche, elle avait un mobile plausible, et son implication, d'une manière ou d'une autre, était incontestable. Tous ces éléments mis bout à bout firent germer une idée surprenante dans l'esprit de Gabrielle.

L'adolescente perturbée aurait-elle un complice ?

26

— Et tu connais ce genre d'expériences chaque jour ?

Adam avait fait le choix délibéré d'une question anodine pour résumer leur discussion. Après sa description de la « mort » de Jones, Kassie s'était montrée agitée et ils avaient dû faire une pause. Le deuxième soda bu sur le balcon l'avait aidée à se calmer. Néanmoins, lorsqu'ils avaient repris la séance, Kassie s'était installée les jambes repliées sous elle et avait joué nerveusement avec le revers de ses manches ; son attitude corporelle criait l'angoisse et le repli sur soi. Adam devait procéder avec prudence s'il ne voulait pas la perdre ; d'où sa décision de ne poser que des questions d'ordre général.

— Trois ou quatre fois par jour… Quand il y a école. Le week-end, je peux rester seule.

Adam avait déjà noté « tendance à s'isoler » dans son calepin et il souligna les mots d'un trait.

— Et… ce que tu vois est toujours pareil ? Tu éprouves chaque fois la même chose ?

Kassie secoua la tête.

— Plus la mort est proche, plus je la ressens avec force. Plus elle est douloureuse, plus les sensations sont vives.

— L'intensité de l'expérience varie, alors ?

— Oui. Certaines personnes meurent paisiblement dans leur sommeil. Je ressens à peine leur mort, surtout s'il leur reste encore longtemps à vivre. D'autres sont renversées par une voiture, alors c'est douloureux mais rapide. D'autres souffrent vraiment…

Kassie tressaillit avant de poursuivre.

— Mais ça commence toujours de la même manière. J'ai le souffle court, la tête qui tourne, et ça me frappe de plein fouet. Après quoi, je ressens un grand vide, un creux…

Malgré lui, Adam éprouva un élan de compassion. Quelle que soit la psychose qui l'affligeait, cette jeune fille se sentait en tout cas cernée par la mort. Quelle épouvantable sensation.

— Et tu gardes ces souvenirs en toi ?

— Bien sûr. Mais je mentirais si je prétendais que l'herbe n'aide pas…

— Nous en avons déjà parlé, répliqua Adam en conservant un ton amical.

— Je sais, et j'ai dit que je suivrais le traitement, grommela Kassie. Mais c'est dur. Vous ne savez pas comment c'est…

— Tu as raison, je ne le sais pas, concéda-t-il. Pour autant, je crains que la consommation de drogue n'amplifie tes peurs, ne déforme ta perception d'événements et de situations ordinaires.

Kassie répondit d'un haussement d'épaules et se détourna, à l'évidence peu convaincue par cette suggestion.

— D'après toi, pourquoi est-ce que ça t'arrive ? poursuivit Adam avec l'intention de fournir à Kassie l'occasion de mener la conversation.

— C'est difficile à expliquer.

— Essaie quand même.

Kassie joua avec le paquet de cigarettes dans sa main tout en réfléchissant à la meilleure manière de répondre.

— Je ne sais pas si je comprends tout bien mais… c'est comme si… comme si nous avions tous un temps prédéfini sur terre et quand c'est terminé, c'est terminé. Je sais, je ressens, quand ce moment arrive.

— Tu peux le prédire avec exactitude ?

— Au jour près.

— Comment ?

— J'ai appris à mesurer la force de ma réaction, répondit Kassie avec un haussement d'épaules. À décrypter ce que j'éprouve. Je ne connais jamais l'heure exacte, à la minute, mais je sais quel jour ils vont mourir.

— Ça voudrait dire que le moment de notre mort est gravé dans le marbre alors ? Depuis la naissance ?

— Oui, sans doute…

Adam remarqua que Kassie paraissait désormais nerveuse, mal à l'aise, mais il devait continuer à la questionner.

— Ce qui impliquerait que nous n'avons aucun libre arbitre ? Que nous avançons tous vers une fin écrite d'avance ?

Kassie acquiesça avec prudence.

— C'est comme si nous étions tous liés, continua-t-elle d'une voix lente. Comme si tout ce qui arrive, arrive pour une bonne raison, pour nous pousser vers un point déterminé.

Adam médita cette idée. Ça ne pouvait pas être vrai, bien sûr, mais cette notion restait des plus intrigantes.

— Est-il déjà arrivé que… qu'une de ces prémonitions ne se réalise pas ? Y en a-t-il eu de fausses ?

Kassie prit quelques instants avant de secouer la tête.

— As-tu déjà été tentée d'intervenir ? Comme tu l'as fait avec Jacob ? Tu as dû vivre des centaines d'expériences de ce genre au cours de ta vie.

— Une fois, reconnut Kassie à contrecœur. C'est vrai quoi, je ne peux pas faire grand-chose. Je vois des types qui vont se faire tirer dessus ou poignarder presque chaque jour, mais…

— Parle-moi de la fois où tu es intervenue, l'invita Adam.

Un froncement de sourcil vint obscurcir le visage de Kassie.

— Il y avait un gamin… un petit qui jouait devant chez nous. Je le voyais tout le temps qui s'amusait avec ses sœurs, avec sa mère. Je savais… Je savais qu'il allait être renversé par une voiture ce jour-là, alors j'ai essayé de l'attraper, de le retenir de courir…

Elle se tut. Adam patienta.

— Après, il y en a qui ont dit que je l'avais poussé. Que j'avais provoqué l'accident. Alors, j'ai arrêté d'essayer.

Pour la première fois, Kassie le regarda droit dans les yeux. Elle exprimait une vulnérabilité brute, comme si elle cherchait son soutien, voire son absolution. Adam lui offrit un sourire compatissant, prit quelques notes avant de poursuivre :

— Revenons un peu en arrière. Te rappelles-tu la première fois où tu as ressenti cela ?

Aussitôt, Kassie se crispa.

— Écoute, Kassie, on va à l'allure de ton choix. Si tu ne souhaites pas répondre à mes questions, tu n'y es pas obligée. Mon travail n'est pas de te mettre mal à l'aise.

Pour être franc, son indifférence était loin d'être réelle, mais il devait procéder selon la volonté de la jeune fille.

— Mon père.

Deux mots, qu'elle dit d'une voix basse et douce et qu'il lui coûtait visiblement de prononcer. Adam feuilleta les pages précédentes de son carnet.

— Ton père est décédé quand tu avais cinq ans, c'est ça ?

— Oui.

— Tu étais avec lui quand tu as éprouvé ces sensations pour la première fois ?

Kassie se mit tout à coup à trembler puis réussit à répondre :

— J'étais trop jeune pour comprendre ce que je ressentais au début… Je n'étais qu'un bébé… Mais je savais que quelque chose n'allait pas. Je ne voulais pas qu'il me prenne dans ses bras, je ne le laissais jamais me regarder dans les yeux…

Avec un hochement de tête, Adam griffonna dans son calepin : « Problèmes d'attachement ? Sévices ? »

— Ce comportement a-t-il engendré des problèmes ? Au sein de la famille ?

— Bien sûr. C'était un homme bon, un homme aimant. Et ça rendait ma mère folle. J'étais tout le temps accrochée à ses jupes.

Adam nota quelques mots à la va-vite sans quitter Kassie des yeux.

— Qu'as-tu ressenti ? Qu'as-tu vu ? Quand il te regardait…

— Je ne pouvais pas respirer. Ça n'était pas bizarre, ça m'arrivait souvent. Mais avec lui… C'était comme une pression horrible, insoutenable. J'avais l'impression qu'on appuyait sur ma poitrine pour me couper le souffle.

Le regard d'Adam dériva sur son dossier. Dans la case antécédents familiaux, il était inscrit : « Père décédé, accident du travail. »

— En grandissant, je l'ai vue avec plus de clarté. Une grande structure métallique qui s'écroule sur moi juste avant l'horrible sensation. Et puis j'ai su que quelque chose de mauvais allait se produire ; j'ai essayé d'empêcher mon père d'aller travailler, je l'ai supplié de rester à la maison avec nous, mais nous avions besoin d'argent, et maman a dit que je cherchais à attirer l'attention.

Kassie marqua une pause, oscillant entre la colère et le désarroi.

— Ce n'est que plus tard, en voyant des photos du parc à bestiaux, que j'ai compris. Il y avait une grande rampe métallique par laquelle les cochons passaient pour aller à l'abattoir. On l'appelait « le pont des soupirs ». C'est ça qui est tombé sur lui.

Kassie se tut, comme vidée par son récit. Adam pour sa part se sentait pleinement alerte : que Kassie admette qu'elle analysait ses expériences avec le profit du recul l'intéressait au plus haut point.

— À la mort de ton père, tu as compris ce qu'il se passait ? Qu'il était parti ?

— Non. Je n'avais que cinq ans.

— Tu es allée à son enterrement ?

— Je n'ai pas eu le droit…

— Est-ce que ta mère t'a expliqué sa mort ?

— Plus tard, oui.

— Tu as dû te sentir très triste et perdue. Un instant ton père est là, le suivant…

Elle acquiesça, la douleur encore vive dix ans après.

— Comment cela t'a-t-il affectée, selon toi ?

— Je ne sais pas comment j'étais avant que ça arrive… mais j'imagine que ça m'a rendue réservée, renfermée. Il n'y a que moi et maman à la maison.

— Comment tu t'occupais ? Quels étaient tes loisirs ?

— Je lisais des livres, je dessinais beaucoup, mais les adultes n'aimaient pas ça.

— Pourquoi ?

— Parce que mes dessins étaient différents de ceux des autres enfants.

— Différents en quoi ?

Kassie ne répondit pas tout de suite, elle expira avant de reprendre d'une voix plus basse :

— Ils étaient plus « matures ».

— Tu représentais la mort ?

— Oui… Je dessinais ce que j'avais dans la tête, ça aidait au début.

— Crois-tu que tu essayais de donner un sens aux images que tu voyais en les reproduisant ?

— Peut-être.

Adam la considéra, il hésitait un peu à poursuivre.

— Et crois-tu possible que les images de la mort de ton père que tu as vues y contribuaient aussi ?

Kassie leva brusquement la tête, l'air perdu mais aussi méfiant.

— Ce que je veux dire par là, c'est que tu étais perturbée par le décès de ton père. Tu avais une relation difficile avec lui, mais juste avant qu'il ne te soit enlevé, tu te rapprochais de lui. Tu ne voulais pas qu'il aille travailler, tu voulais qu'il reste avec toi et soudain, il était parti. Bien sûr, ça n'a eu aucun sens pour toi. Pourquoi te quitterait-il de la sorte ?

Kassie le dévisagea sans rien dire. Son regard se durcit. Cependant, il était trop tard pour faire machine arrière maintenant. Adam continua :

— Peut-être qu'en comprenant la façon dont il était mort – un accident professionnel – tu t'es sentie coupable. Tu avais essayé de l'empêcher d'aller travailler, mais tu n'as pas réussi, et voilà le résultat. Tu as peut-être même pensé que tu avais causé sa mort ?

— Non, je n'ai jamais pensé ça, répliqua Kassie.

— Pas au premier degré, bien sûr. Mais si tu avais prévu sa mort et n'avais pas pu l'empêcher, alors son décès avait un sens, non ? Une chose en apparence aléatoire, effrayante et affligeante trouvait ainsi une logique.

— Vous pensez que j'ai tout inventé ? Pour me sentir mieux ?

Son ton était cinglant, empli de mépris, de déception et d'un sentiment de trahison.

— Pas consciemment, mais l'esprit nous joue souvent des tours…

— Alors vous me croyez folle.

— Bien sûr que non, Kassie, mais le cerveau humain est un organe d'une puissance rare. Sa capacité à analyser et à reformuler l'information en données plus acceptables est notoire et bien documentée…

— Tout ça ne sert à rien…

Kassie sauta sur ses pieds, Adam se leva avec elle.

— S'il te plaît, Kassie. Je ne dénigre pas ce que tu dis, pas plus que je ne remets en question ton honnêteté, affirma Adam une main tendue vers elle.

— N'importe quoi ! siffla-t-elle entre ses dents en repoussant sa main. Vous croyez que je ne me suis pas demandé la même chose ? J'ai parlé avec des psys presque toute ma vie, et chacun d'eux a sa propre théorie.

— Ce n'est pas un concours, Kassie. Je veux juste t'aider…

— Mais aucun d'entre eux n'a jamais essayé de me croire, tout simplement.

Kassie le fixait, le souffle court et bruyant, sans dissimuler sa déception.

— Aucun.

27

Kassie traversa la pelouse en refoulant ses larmes. Quelle idiote elle avait été ! L'espace d'un bref instant, elle avait cru avoir trouvé quelqu'un qui ne la jugerait pas, qui ne lui collerait pas d'étiquette, mais Adam Brandt était comme les autres. À ses yeux, elle n'était qu'une cinglée qui avait besoin d'être décodée et soignée.

— Kassie !

Adam lui courait après. Dans sa hâte, elle avait remonté North Lincoln Avenue et gagné Lincoln Park sans même s'apercevoir qu'il la poursuivait. Pourtant il était là, silhouette ridicule drapée de son duffelcoat ample, qui la rattrapait d'une démarche entre le pas et la course.

— Kassie ! Attends, s'il te plaît.

Sans lui prêter attention, elle repartit de plus belle. À quelques mètres devant elle, une partie de softball avait cours, au-delà elle distinguait Lake Shore Drive et derrière, la plage. Un désir impérieux de se retrouver au bord du lac l'envahit soudain ; elle avait besoin d'être seule près de l'eau.

Elle accéléra l'allure, resta sourde aux cris outrés des élèves dont elle perturba le match.

— Hé ! On était en train de jouer, là !

Elle continua, allongea encore le pas. Elle trottait presque maintenant, mais elle sentait que, derrière elle, Adam gagnait du terrain. Elle se mit à courir.

— Kassie !

Il se rapprochait. Si elle réussissait à traverser Lake Shore Drive, frontière naturelle à l'est du parc, alors peut-être qu'il saisirait le message et abandonnerait. Elle n'était plus qu'à quinze mètres. Douze…

Mais il ne semblait pas vouloir comprendre. Elle entendait ses pas derrière elle, de plus en plus proches…

Dans une brusque accélération, Adam Brandt la dépassa et vint lui barrer la route au moment même où elle allait atteindre la chaussée.

— Kassie, je t'en prie. Ne pars pas comme ça.

Il était à bout de souffle mais déterminé.

— Je ne voulais pas te contrarier. Reviens dans mon bureau. Je te promets que je ne dirai rien, je ne ferai que t'écouter.

— À quoi bon, si vous n'essayez même pas de comprendre ?

Son ton était désespéré, geignard, ce qui la rendit encore plus furieuse.

— J'essaierai. J'essaie.

— Non, c'est faux. Vous faites semblant de comprendre, mais ce n'est pas pareil.

— Ce n'est pas ça…

— Vous me croyez ?

— Mon travail n'est pas de te croire, mais de te comprendre.

— Oh bon sang ! éructa Kassie en se remettant en marche.

— Kassie, ce que tu m'as raconté n'est pas commun. Et si tu as le sentiment que je ne t'ai pas apporté le soutien nécessaire, c'est seulement parce que je ne possède pas les outils pour analyser ce que tu me confies. C'est mon échec, pas le tien.

Kassie hésita. Adam paraissait si contrit, si inquiet qu'elle culpabilisa d'être partie sans un regard en arrière. Elle s'arrêta, pivota une nouvelle fois vers lui, les bras croisés sur la poitrine. Elle était toujours en colère, mais elle allait lui accorder une dernière chance.

— Apprends-moi, reprit-il. Aide-moi à voir ce que tu vois. Seulement, n'oublie pas que j'ai passé toute ma vie à étudier le fonctionnement du cerveau, les concepts psychologiques, les processus rationnels et irrationnels de l'esprit. Je suis un scientifique ; je déchiffre le monde en me basant sur les preuves à ma disposition, alors s'il m'arrive de... manquer d'imagination, ne me juge pas trop sévèrement. J'essaie, mais j'ai besoin qu'on me montre la voie.

Il paraissait sincère, comme s'il cherchait réellement à l'aider, cependant Kassie avait entendu ce discours à maintes reprises d'une bonne dizaine d'âmes charitables.

— Donnez-moi votre écharpe.

Sa demande surprit Adam qui sembla s'apercevoir à cet instant seulement que son écharpe bordeaux dépassait de sa poche de manteau.

— D'accord, bégaya-t-il en l'attrapant. Tu as froid ou...

— Comme je vous l'ai dit, tout le monde a son moment.

Kassie fit volte-face et parcourut les derniers pas jusqu'à Lake Shore Drive l'écharpe à la main.

— Kassie ! Qu'est-ce que tu fabriques ?

Le muret en ciment qui bordait l'autoroute mesurait moins de trente centimètres de hauteur, et Kassie le franchit sans difficulté. Elle jeta un bref regard devant elle, sur les huit voies de circulation à double sens qui longeaient le lac, puis plaça l'écharpe sur ses yeux et la noua fermement derrière sa tête.

— Kassie, pour l'amour de Dieu, tu n'as rien à me prouver.

La voix d'Adam était perçante, désespérée, pourtant Kassie n'hésita pas une seconde. Alors qu'elle ne voyait rien à travers la laine rêche, elle avança sur la chaussée. Elle entendait le rugissement des camions, sentait le vent qui la fouettait à leur passage comme elle approchait de la première voie. Elle s'élança malgré tout.

Surgi de nulle part, un coup de klaxon assourdissant. Kassie sursauta au moment où le poids lourd passait dans un vrombissement. Elle sentit une main l'agripper – Adam sans doute –, elle s'écarta malgré tout et continua d'avancer. Son cœur battait à tout rompre, la sueur perlait sur son front, mais hors de question de faire demi-tour maintenant.

— Kassie, je t'en prie, ne fais pas ça.

La voix d'Adam était étouffée par le vacarme des véhicules. Soudain, elle entendit un crissement aigu de freins juste à côté d'elle, suivi d'une flopée d'injures.

— Espèce de tarée !

Elle continua d'avancer, de plus en plus vite. Nouveau coup de klaxon, juste devant elle cette fois. Un instant, elle crut qu'elle avait été touchée, mais la voiture frôla le bout de ses orteils et fila en un éclair.

Elle continua implacablement, puis son tibia buta avec force contre quelque chose, sa progression fut stoppée net et une douleur fusa dans sa jambe. À tâtons, elle trouva le parapet qui séparait les voies nord et sud et l'enjamba.

— Tu veux te faire tuer ?

L'accusation s'envola au loin tandis qu'un autre conducteur étonné poursuivait sa route. La mâchoire serrée, Kassie se remit en marche ; le courant d'air soulevé par un semi-remorque manqua de la renverser. Déséquilibrée, elle tenta de s'agripper au vide autour d'elle, trop tard. Elle tombait déjà en avant et chuta avec lourdeur sur le bitume brûlant que ses mains et ses genoux cognèrent avec force.

Et alors, elle l'entendit. Le gémissement aigu et menaçant des freins qui crissent et des pneus qui dérapent dans sa direction sur la surface plane impitoyable. À cet instant, elle comprit qu'elle s'était trompée et que la voiture allait la percuter.

Elle se voyait projetée en arrière, virevolter au-dessus des voies et foncer vers la circulation en sens inverse…

Mais le gémissement s'arrêta d'un coup, au moment même où Kassie sentait le capot de la voiture qui freinait venir lui embrasser la joue droite. Elle s'accrocha à la calandre et se hissa sur ses pieds. Une portière s'ouvrit.

— Oh ! ma pauvre chérie, est-ce que ça va ?

Elle s'écarta, pressée d'échapper à l'inquiétude du conducteur, à ses questions. Elle devinait qu'elle n'était plus qu'à quelques mètres de l'autre muret maintenant et elle accéléra l'allure, se mit à courir d'un pas trébuchant. Elle y était presque. Presque.

Son pied toucha le béton et elle s'arrêta net. Son bandeau retiré, elle découvrit en effet le muret devant elle. Elle pivota et regarda de l'autre côté de l'autoroute à huit voies.

Adam Brandt la fixait, pétrifié et le visage livide de peur.

28

Elle était cernée par la mort.

Rochelle Stevens balaya le wagon du regard et contempla le mur de tabloïdes qui traitaient tous du décès brutal d'un procureur adjoint de la ville. D'ordinaire, elle appréciait son trajet dans le « L », le célèbre métro aérien de Chicago ; vingt petites minutes et elle passait de Loyola à Cermak. Mais là, c'était perturbant, un peu effrayant même. Les gros titres des quotidiens locaux étaient racoleurs, offensants, ils insistaient sur le corps mutilé d'un respectable avocat qui avait été découvert dans le coffre d'une voiture, enveloppé dans une bâche en plastique. Plusieurs articles pointaient déjà du doigt l'incompétence des services de police – l'un d'eux prétendait que la brigade criminelle avait arrêté puis relâché une adolescente de quinze ans et peinait maintenant à trouver d'autres suspects. Le traitement de l'affaire dans le *Tribune* était à peine meilleur, presque toute la une était consacrée à l'effroyable découverte tandis qu'un cahier central détaillait la vie et la mort du fonctionnaire dévoué. Apparemment, le pauvre homme devait se marier dans l'année.

Avec tristesse, Rochelle feuilleta les pages à la hâte pour gagner la section Voyage. Voilà qui était mieux.

Les publicités pour des séjours dans les Caraïbes pullulaient – Porto Rico, Cuba, la Jamaïque –, mais peut-être devrait-elle envisager une destination plus lointaine encore ? Aurait-elle les économies suffisantes pour pousser jusqu'à Hawaï ? Cette idée lui fit tourner la tête, et elle s'aperçut qu'elle souriait. Elle était la seule passagère de toute la rame à sourire.

Tiens bon, se dit-elle en refusant de se laisser décourager. Elle n'avait aucun contrôle sur ce qu'il se passait dans le monde, mais elle pouvait choisir sa propre destinée. Elle avait mis si longtemps à surmonter ses expériences universitaires, à affronter le drame qu'elle avait vécu, à l'accepter et à guérir, à se sentir prête à reconstruire quelque chose. Elle avait peu à peu retrouvé confiance en elle, décidé que sa vie ne se définirait pas par le viol qu'elle avait subi. Maintenant qu'elle se sentait enfin plus solide, elle était résolue à en profiter. Merde ! Elle avait bien gagné le droit à un peu de bonheur.

Le moment était venu d'arrêter de s'inquiéter, de cesser de reproduire les mêmes schémas et d'aller de l'avant. Elle en parlerait à ses copines : un séjour improvisé au printemps les tenterait peut-être ? Et si elles n'étaient pas disponibles, elle pourrait compter sur sa sœur. Tout à coup, Rochelle se sentit revigorée, grisée par les possibilités, le sentiment de liberté. L'époque de l'autoflagellation était révolue.

Il était temps de vivre un peu.

29

Il fit courir son doigt ganté sur le haut de la commode avant de le poser sur les cadres photo. L'envie était grande d'essuyer la poussière sur le verre – Rochelle avait vraiment des habitudes de souillon –, mais il y résista car il était hors de question de trahir sa présence aussi bêtement. Il se contenta d'admirer les photos de famille. Elles avaient été prises quelques années plus tôt ; Rochelle y avait les cheveux beaucoup plus longs, sa couleur était ratée et sa posture debout, flanquée de ses parents et de sa sœur, paraissait empruntée. Elle était si fragile, si peu confiante sur ces photos. Elle était plus forte maintenant, bien sûr, mais malgré l'évolution dont elle se targuait, elle affichait toujours une vulnérabilité qu'il trouvait séduisante.

Il reposa le cadre avec précaution sur la commode et se tourna pour examiner le reste de la chambre. Rochelle n'était pas très soigneuse. Elle laissait ses draps entortillés et ses affaires traîner par terre. Il les enjamba et se dirigea vers le lit pour s'y asseoir. Tout était calme autour de lui, rien ne perturbait la tranquillité de la maison, et il prit soudain conscience des battements bruyants de son cœur dans sa poitrine. Son excitation montait, la perspective de ce qui l'attendait lui donnait le tournis et des sueurs froides. La première fois avait été formidable, mais il était convaincu que la deuxième serait encore meilleure. La fragilité de Rochelle rendrait sa réaction encore plus intense, sa terreur plus profonde.

Tout à ces réflexions, il fut projeté dans le passé ; le jour où sa mère s'était réveillée et où, à moitié endormie et hébétée, elle l'avait trouvé penché au-dessus d'elle dans son lit. Il n'avait qu'un couteau à pain à la main et aucune intention de s'en servir, mais le choc… la peur dans ses yeux gris et froids restaient gravés à l'encre indélébile dans sa mémoire. Il avait été puni pour son comportement, battu comme plâtre. Mais il avait accueilli chaque coup violent comme une douceur. Il avait chéri chacun d'eux, de même que les insultes amères et confuses que sa mère avait proférées. Jamais il ne s'était senti plus important que ce jour-là.

Dehors, un klaxon retentit. Il se leva d'un bond, quitta la chambre pour regagner le salon. Il devait encore effectuer un autre tour complet du périmètre et voulait vérifier son plan ; un excès de confiance n'était pas recommandé. Pas quand l'enjeu était si grand.

Rochelle vivait dans une rue résidentielle paisible, elle n'avait pas d'animaux de compagnie, si bien qu'en son absence un calme révérencieux régnait chez elle. Vite et sans bruit, il inspecta la maison, goûtant la liberté, profitant du silence. Il avait l'impression que l'endroit lui appartenait, ce qui, d'une certaine manière, était le cas. Bientôt, Rochelle aussi lui appartiendrait. Elle était occupée à faire des projets de son côté, les courses, les préparatifs de voyage, sans se douter une seconde de l'inutilité de ses actes.

Son temps était compté.

30

— Tu es sûr que ça va ? Tu n'as rien mangé…

Adam recouvra ses esprits en un éclair et, s'apercevant qu'il tenait sa fourchette en l'air, il la glissa dans sa bouche avant de mâcher pensivement ses *linguine* sous l'œil scrutateur de Faith. Le changement dans son attitude était frappant. À son arrivée, c'était un vrai moulin à paroles, il lui avait raconté dans le détail ce qu'il s'était passé avec Kassie, et Faith comprenait son besoin de s'épancher. Mais peu à peu, Adam s'était renfermé sur lui-même et, au bout d'un moment, il s'était tu et avait cessé toute conversation.

— Pardon, dit-il en reposant sa fourchette dans son assiette encore pleine. Je suis un peu préoccupé…

— Écoute, si tu t'inquiètes autant pour elle, tu devrais peut-être la faire interner ? Si tu crains qu'elle ne soit un danger pour elle-même ou pour les autres.

Adam leva la tête. Il paraissait avide de ses conseils, pourtant il était tiraillé sur la stratégie à adopter.

— J'ai parlé à la conseillère qui la suit et ça devrait suffire pour l'instant, répondit-il. Une hospitalisation engendrerait un vrai sac de nœuds entre sa mère, son lycée, l'assistance sociale… En plus, ça anéantirait le peu de confiance qu'elle et moi sommes parvenus à établir.

— Tu vas la revoir ?

— Je n'ai pas trop le choix. La question est de savoir si elle acceptera. J'ai failli la perdre, aujourd'hui.

— À ton avis, c'est une dépression nerveuse ? Ou elle est en plein délire ?

Adam réfléchit un instant, un peu en peine de trouver les mots justes.

— Tu m'aurais posé la question ce matin, je t'aurais dit qu'elle faisait une crise psychotique. Ce ne sont pas les épreuves et les drames qui manquent dans sa vie pour provoquer cela ! En plus, elle est très isolée, et sa consommation de drogue n'arrange rien.

— Mais ?

— Mais elle ne s'exprime pas comme une folle, elle n'agit pas comme une folle.

— Sauf qu'elle traverse l'autoroute les yeux bandés. Et qu'elle entre par effraction chez des inconnus.

— Oui, il y a ça…, répliqua Adam en esquissant un bref sourire qui plut à Faith. Elle est lucide, calme, raisonnée. La plupart des individus en pleine crise psychotique peinent à s'exprimer. Leur discours décousu est symptomatique d'une pensée altérée, tout comme l'absence de logique dans leurs déclarations, le sentiment général de confusion. Ils ont aussi tendance à négliger leur hygiène corporelle, oublient de changer de vêtements, sont à court d'argent… Kassie est propre, soignée, maîtresse d'elle-même. Et, de son point de vue, ses actes sont sensés.

Faith devinait le débat intérieur qui se jouait en Adam : elle prit sa main dans la sienne, ce qui lui valut un regard chaleureux et approbateur de la part de la femme d'un certain âge à la table voisine. Ils déjeunaient à la brasserie de l'Art Institute, le lieu préféré de Faith à Chicago. Adam et elle s'y étaient souvent retrouvés au début de leur relation : ils s'asseyaient dans la salle Monet pendant des heures, entourés des magnifiques toiles, échangeant des confidences à voix basse. Lorsque Adam, bouleversé, lui avait téléphoné un peu plus tôt, elle lui avait tout de suite proposé qu'ils se voient ici, dans l'espoir que le cadre aurait un effet apaisant sur lui.

— Est-ce qu'elle a vraiment failli… ?

Pour une raison qu'elle ne s'expliquait pas, Faith était incapable de terminer sa phrase.

— Elle a manqué de se faire renverser cinq ou six fois, au moins. Les voitures l'ont frôlée à quelques centimètres.

— Tu es certain qu'elle ne voyait rien ? Est-ce que ce n'était pas… Je ne sais pas, moi, un tour de passe-passe ?

— Non, affirma Adam sans pouvoir s'empêcher de regarder son écharpe qui avait repris sa place dans la poche de son manteau. Elle avait les yeux bandés et, même si elle avait pu discerner quelque chose, cela aurait été incroyablement dangereux.

— Mais si elle ne va pas bien, qu'elle ne réfléchit pas avec raison…

— C'est bien ça, justement. Elle savait exactement ce qu'elle faisait. Elle voulait démontrer son point de vue. Selon elle, son heure n'avait pas encore sonné, c'est pour ça qu'elle n'était pas du tout effrayée.

— Dans ce cas, elle dit peut-être la vérité.

— Ne plaisante pas avec ça, Faith, la gronda Adam gagné par l'irritation.

— Je ne plaisante pas. « Il y a plus de choses au ciel et sur la terre, Horatio, que n'en rêve votre philosophie », déclama-t-elle d'un air réprobateur.

— Tu sais que ce n'est pas mon genre de critiquer les croyances spirituelles des autres…

Adam choisissait ses mots avec prudence. Faith avait toujours été plus ouverte que son mari en matière de foi. Elle croyait au destin, aux présages, même au pouvoir des médiums – elle lui rappelait souvent qu'une diseuse de bonne aventure dans une fête foraine lui avait un jour prédit qu'elle épouserait un médecin. Et s'il ne partageait pas ses convictions, Adam ne s'en moquait en tout cas jamais.

— Mais ceci dépasse le cadre du bizarre et… ça me fait peur. Elle n'a que quinze ans.

Faith le dévisagea, alarmée par son ton fébrile. Elle avait voulu lui parler de quelque chose, seulement le moment semblait mal choisi pour l'assommer avec ses inquiétudes. Elle devrait attendre une prochaine fois.

— Est-ce que ça ne vaudrait pas le coup de la recommander à un confrère, alors ? Quelqu'un qui porterait un regard neuf sur son cas ?

Adam secoua la tête avec vigueur.

— Elle a déjà vu assez de professionnels de santé comme ça. Ce qu'il lui faut, c'est de la stabilité maintenant.

— D'accord mais pourquoi toi ? Alors que tu as déjà tant à gérer ?

— Parce que je me fais du souci. Parce que je peux peut-être l'aider.

— Tu aides des patients tous les jours, tu ne peux pas tous les secourir.

— Je sais, mais quand même…

— J'essaie juste de comprendre ce qu'il y a de spécial chez elle. D'où te vient ce besoin de t'occuper d'elle en particulier.

— Elle n'a personne d'autre.

Ces mots flottèrent un instant dans les airs, simples mais justes. Faith était fille unique et, enfant, elle avait souvent éprouvé les affres de la solitude. Sciemment ou pas, Adam avait touché la corde sensible, celle qui ferait se rallier Faith à la cause de Kassie.

— Alors tu dois faire ce qu'il convient. Si tu penses que tu peux l'aider.

— J'ai envie d'essayer…

— Je te reconnais bien là !

C'était dit avec humour mais aussi avec amour. Impossible de ne pas céder lorsqu'il se montrait aussi bon. Elle prit ses deux mains dans les siennes et les porta à sa bouche pour les embrasser. Il se pencha aussitôt vers elle, posa le front contre le sien. Ils restèrent ainsi un moment, Faith emplie d'un amour puissant pour son mari, mais d'un autre sentiment aussi.

La fierté.

31

Nancy Bright attendait dans la salle d'interrogatoire, les mains tremblantes serrées autour d'un gobelet de café. Le regard fixé dessus sans le voir et sans montrer aucune intention de le boire. Le visage livide, les traits tirés, agitée de tics nerveux, elle était encore sous le choc.

— Je sais que c'est difficile. Il y a beaucoup à digérer d'un coup, déclara Gabrielle avec compassion. Mais je dois vous poser ces questions.

Nancy acquiesça sans rien dire. Jusque-là, elle n'avait répondu que par monosyllabes.

— Votre fiancé a-t-il reçu des menaces récemment ?

Nancy secoua la tête lentement, l'air un peu perplexe.

— Dans le cadre de son travail ? Un individu qu'il aurait contrarié ou fait incarcérer ?

— Il ne m'a rien dit.

— Dans sa vie personnelle, alors ? intervint Miller. Un membre de la famille ? Un ami ? Une ex ?

— Non, non, insista Nancy. Il n'était pas comme ça. Tout le monde l'adorait. Mince, la plupart de ses anciennes copines sont encore amoureuses de lui.

Elle avait prononcé cette phrase avec humour et tristesse, et les larmes lui montèrent aux yeux.

— Vous avez peut-être remarqué quelque chose d'inhabituel, au cours des dernières semaines, alors, insista Miller avec douceur. Quelqu'un qui rôdait autour de la maison ? Une personne étrangère au voisinage ?

Nancy leva les yeux au plafond, comme pour mieux réfléchir. Une larme roula sur sa joue. Elle l'essuya.

— Je ne crois pas. Nous venions juste d'emménager à West Town, mais le quartier semble très sûr.

— Et Jacob ne vous a fait part d'aucune inquiétude ? La moindre préoccupation, même insignifiante, pourrait avoir son importance dans cette affaire, déclara Gabrielle.

— Rien en dehors des histoires de politique interne habituelles au bureau. Il… Nous étions heureux. Nous venions d'acheter la maison, nous nous occupions des préparatifs du mariage…

Une fois encore, elle fut submergée par l'émotion. Elle baissa les yeux, enfonça ses ongles dans ses paumes pour contenir son désespoir. Gabrielle lui accorda un instant afin de se reprendre, puis d'un hochement de tête, elle indiqua à Miller d'ouvrir le dossier devant elle.

— Nancy, j'aimerais vous montrer des photos. Je vous épargne les détails, je veux seulement savoir si vous reconnaissez une de ces personnes.

Miller avait rassemblé les portraits pendant que Gabrielle revenait de la morgue. Il s'agissait des criminels dangereux et violents que Jacob avait poursuivis au cours de l'année.

— Reconnaissez-vous cet homme ?

Elle tendit la photo d'un jeune Colombien au crâne rasé à Nancy qui l'examina puis secoua la tête.

— Et celui-ci ?

Un jeune homme noir avec des tresses et un air hâbleur.

— Non, désolée…

— Lui ?

Et ainsi de suite. Un bref coup d'œil, un geste négatif de la tête. Jusqu'à ce qu'il ne reste qu'une seule photo.

— Et cette personne, vous la connaissez ?

Malgré le ton volontairement neutre de Miller, Nancy devina que ce dernier cliché était différent des autres. Elle examina le portrait de Kassandra Wojcek avec attention, sous le regard scrutateur de Gabrielle qui guettait la moindre réaction. Pourtant, lorsqu'elle releva les yeux, plus perplexe que jamais, Nancy déclara simplement :

— Non, je n'ai jamais vu cette fille auparavant.

32

Partout où elle allait, leurs yeux la suivaient.

Kassie ne s'était jamais sentie à sa place à l'école, et les jours comme celui-ci, elle se demandait pourquoi elle persistait à y aller. Était-ce son style vestimentaire qui les dérangeait ? Sa façon de parler ? Ou était-ce simplement son mépris total, flagrant et systématique du règlement scolaire qui les faisait la dévisager ?

Kassie marcha dans le long couloir. C'était la récré, et les élèves se pressaient devant les casiers ; elle dut jouer des coudes pour gagner le sien. À son passage, les conversations s'arrêtaient, des signes étaient échangés, des paroles murmurées. Rien de très inhabituel, qu'on la trouve bizarre était presque la norme ; mais Kassie perçut un redoublement d'intérêt. Ses camarades avaient-ils eu vent de son arrestation ? La police était tenue d'en informer le lycée, alors c'était tout à fait possible.

— Hé, Mandy, regarde ça. Tu savais qu'il y avait eu des soldes aux bonnes œuvres ?

Kassie ouvrit son casier et y fourra ses livres. Les commentaires de cet acabit étaient monnaie courante et, une seconde, elle songea que peut-être ils ne savaient pas. Mais la réplique suivante anéantit son espoir candide.

— Il paraît qu'il y a une paire de bracelets pour aller avec. En acier, reliés par une chaîne…

Amanda et Jessie, les deux garces du lycée comme il y en a partout ailleurs. En général, elles commençaient leur salve d'insultes quand elles s'ennuyaient ou qu'il n'y avait pas de garçons à draguer à proximité.

— Je sais, trop mignon, s'extasia Mandy pour faire écho à la plaisanterie de sa copine. C'est sans doute le bijou le plus cher qu'elle ait jamais porté.

Kassie referma la porte de son casier d'un coup sec et se tourna vers les deux pestes. En temps normal, elle aurait ignoré leurs railleries, là elle n'était pas d'humeur.

— Tu as quelque chose à dire ? demanda-t-elle avec hargne en fixant Mandy.

— Non, mais je suis sûre que toi, oui, répondit celle-ci avec un sourire narquois.

— On te prévient, intervient Jessie, une main posée sur l'épaule de son amie, tout ce que tu diras pourra être retenu contre toi devant un tribunal…

— Oh, ta gueule, Jessie !

Les paroles de Kassie eurent l'effet escompté et l'autre en resta sans voix.

— Si vous voulez bien m'excuser…

Kassie les bouscula pour s'éloigner, cognant avec force dans l'épaule de Jessie. Huées et répliques furieuses la suivirent, mais Kassie ne prit pas la peine de participer à l'échange d'injures et préféra parcourir le couloir à grandes enjambées. Leur dire d'aller se faire voir l'avait soulagée, bien qu'elle se doutât qu'elle allait le regretter. Mandy et Jessie étaient aussi désagréables que prévisibles et elles s'ennuyaient vite si on ne les provoquait pas. En revanche, elles seraient incapables d'ignorer un tel affront, surtout de la part d'une personne avec si peu d'alliés. C'était la triste ironie de la vie de Kassie au lycée : au cœur de l'amusement et de l'animation, elle se retrouvait quand même toujours seule à Grantham High.

Elle sentit leur regard dans son dos tout le long du couloir. Hors de question de retourner en cours maintenant ; Jessie et Mandy en profiteraient pour se venger. Par conséquent, après avoir emprunté plusieurs allées, Kassie fonça vers la sortie et prit l'escalier de secours.

S'étant assurée que la cour était déserte, elle se précipita vers les terrains de basket décrépits avant de disparaître derrière les conteneurs. Les poubelles municipales étaient gigantesques et offraient une bonne cachette aux élèves les plus rebelles, comme le prouvaient les nombreux mégots de cigarettes par terre.

Kassie ouvrit sa trousse à stylos et en sortit un joint qu'elle avait roulé le matin même. Elle l'alluma et inhala avec avidité, pressée de se vider la tête au milieu de l'odeur écœurante des ordures. Mais lorsqu'elle tira une seconde bouffée, l'image d'Adam Brandt jaillit dans son esprit. Elle s'était efforcée de l'oublier depuis leur rencontre difficile du matin, mais là son visage pâle et effrayé revenait s'imposer à sa conscience. Pourquoi lui avoir fait subir une telle frayeur ? Sur le moment, elle avait été en colère, elle n'avait plus réussi à réfléchir posément, mais maintenant elle s'en voulait de l'avoir repoussé. Peut-être qu'il ne la croyait pas, peut-être qu'il pensait qu'elle était folle, il restait cependant la seule personne de tout Chicago disposée à lui tendre une main secourable.

Devait-elle retourner le voir ? Lui présenter des excuses ? Lui demander son aide ? Une grande part d'elle-même souhaitait garder ses distances, compte tenu de ce qu'elle savait, mais une autre pressentait qu'un dessein plus important se profilait. Était-il possible qu'il y ait une raison à leur rencontre ? Était-ce l'élan dont elle avait besoin pour combattre sa malédiction ? Prendre le taureau par les cornes ?

Elle n'avait pas vraiment le choix. Braver volontairement le danger et faire face à son destin, ou rester ici, seule et malheureuse au milieu des poubelles nauséabondes. Kassie tira avec vigueur sur son joint, espérant une sorte d'inspiration chimique, une image, un signe, quelque chose qui l'aiderait à prendre une décision.

Jamais elle ne s'était sentie aussi perdue qu'aujourd'hui.

33

— Il ne faut pas lui tourner le dos, Natalia. Vous devez l'aider.

Elle ne voulait pas croiser son regard de peur qu'il ne lise la faiblesse dans le sien, mais Natalia savait qu'il le fallait. Ne pas le regarder paraîtrait suspect, ou pire, serait interprété comme une réticence à suivre son conseil. Et elle avait tant besoin de ses conseils ! Pas un jour depuis le brusque décès de son mari, elle ne s'était sentie aussi perdue.

— Je sais que c'est dur. Qu'elle prononce des paroles blessantes, qu'elle a péché et s'est repentie, puis péché encore… Mais vous êtes sa mère. Vous êtes sur cette terre pour la protéger et l'élever.

— Oui, mon père…

Elle murmura ces paroles de bonne grâce. Les choses lui paraissaient toujours plus limpides, plus simples, quand elle avait parlé au père Nowak ; il était un peu un grand-père, un père et un frère aîné réunis en un seul homme. Avec un sourire, il poursuivit :

— Maintenant, réfléchissons à la manière d'aider Kassie à entrevoir les choses avec plus de clarté…

Blottis dans la nef déserte, ils échangeaient à voix basse. St. Stanislaus était l'église la plus populaire au sein de la communauté polonaise de Chicago, un lieu qui leur rappelait l'ancien monde, investi par ceux qui cherchaient réconfort et conseils.

Même si le quartier de Back of the Yards se situait à des kilomètres, Natalia continuait de fréquenter ce lieu saint, parfois trois ou quatre fois par semaine. Elle était dévouée au père Nowak, elle aimait les services religieux traditionnels, mais elle avait aussi un faible pour les événements communautaires et les buffets caritatifs où elle pouvait céder à sa gourmandise pour les mets de son enfance : chou farci, saucisse épicée et pruneaux roulés dans du lard.

Le père Nowak – cent kilos de barbe, de ventre et de bonne humeur – était le cœur et l'âme de l'église depuis de nombreuses années et il accomplissait toujours son devoir envers ses paroissiens avec l'énergie et le zèle d'un jeune homme. Ses paroles pénétrèrent Natalia, bannirent le doute, illuminèrent le chemin qu'elle devait suivre…

— Oui, mon père. Je pense que si je lui parle, elle viendra. Elle a toujours apprécié cet endroit, et vous aussi…

C'était peut-être exagéré, mais ce n'était pas non plus un mensonge. Enfant, Kassandra aimait venir ici et elle n'avait jamais rien dit de méchant sur le père Nowak. Natalia éprouva tout à coup le besoin de le faire savoir au prêtre, de lui assurer que ses efforts envers elles étaient reconnus. Il était depuis toujours un pilier d'un grand soutien pour Natalia.

— Bien, c'est entendu alors. Ensemble. Ensemble, Natalia, nous pouvons aider Kassie à y voir plus clair. À se libérer de sa faiblesse, de ses péchés, et à aller mieux. Maintenant, je recommande de prier la Vierge. Me ferez-vous la grâce de vous joindre à moi, Natalia ?

Natalia pressa ses mains l'une contre l'autre. Les mots franchirent ses lèvres par à-coups, et à chaque seconde qui passait, elle se sentait plus forte et plus déterminée. Elle s'était laissé abattre par le comportement de sa fille, s'était abaissée à l'auto-apitoiement, mais elle avait un but désormais. Elle savait ce qu'elle devait faire.

Coûte que coûte, elle ramènerait Kassie dans le droit chemin.

34

— Donc, d'après vous, ce serait l'œuvre de deux individus ?

La question de Montgomery était pertinente. Elle était nouvelle dans l'équipe, mais Gabrielle avait un bon pressentiment à son sujet.

— C'est une possibilité, répondit Gabrielle qui se tourna pour faire face à la troupe des policiers rassemblée dans la salle de conférences. Il s'agit d'un enlèvement sans heurt et d'un meurtre brutal. Le tueur agit peut-être seul ou Wojcek a un complice. Ce que nous recherchons pour le moment, ce sont des liens.

Tous hochèrent la tête. Leur attention et leur résolution plaisaient à Gabrielle. Elle avait déjà eu le commissaire Hoskins au téléphone, lui-même contacté par le maire, qui exigeait des progrès dans l'enquête. Elle avait donc convoqué toute la brigade dans la salle défraîchie. L'ensemble des indices préliminaires avait été présenté et, pour les analyser et émettre des hypothèses, douze cervelles valaient mieux qu'une.

— Chacun d'entre vous va recevoir les conclusions du labo médico-légal. Vous avez dû étudier le casier de Kassie Wojcek et les dépositions des témoins. L'inspecteur Miller et moi avons interrogé la fiancée de Jones, Nancy Bright, tout à l'heure. Elle n'a pas été en mesure de nous indiquer un suspect, alors il nous revient de trouver des liens. Suarez, où en est-on des antécédents judiciaires de Jones ?

— J'étudie encore la piste des gangs. Les Cobras n'étaient peut-être pas impliqués au premier plan, mais Jones en a mis un paquet à l'ombre au cours de sa carrière. L'un d'eux aurait voulu se venger ? Il compromettait peut-être leurs opérations ? Andre Hill est un suspect envisageable, il bosse près de Humbolt Park. Quatre de ses coursiers se sont fait épingler le mois dernier ; Jones était le procureur en charge pour chaque cas. Hill a un casier pour agression aggravée, agression avec une arme mortelle. Il se balade avec un couteau de chasse.

— Trouvez-le, ordonna Gabrielle. Voyez avec qui il fricote maintenant et si son alibi tient la route. Inspecteur Miller ?

Son adjointe fit un pas en avant tandis que Gabrielle se tournait vers elle.

— Nous avons passé au crible la vie personnelle de Jones. Ses anciennes partenaires étaient toutes en très bons termes avec lui, mais Nancy Bright a un ex qui n'a pas très bien pris ses fiançailles avec Jones. Il n'a pas le profil pour fomenter l'agression, mais il a un mobile et son meilleur pote a un casier. Dale McKenzie, ancien prof de gym devenu videur. Nombreuses arrestations pour possession de drogue, agressions physiques et verbales. Et un jour, il s'est servi d'un démonte-pneu pour tabasser un rival.

— C'est un peu tiré par les cheveux, répliqua aussitôt Gabrielle, à la grande déception de Miller. L'auteur de ce crime est prudent et précis ; Aaron Holmes a confirmé que Jones était allergique au latex, donc son agresseur portait des gants. Bon, interrogez quand même l'ex-copain, évaluez l'ampleur de ses griefs. Et vérifiez son historique informatique pour déterminer à quel point il était impliqué dans la vie de Nancy Bright. Quoi d'autre ?

— Jones a un frère à qui il ne parle plus, intervint l'inspecteur Albright. Il semblerait qu'il ait disparu de la surface de la terre. Il a été vu pour la dernière fois à Minneapolis il y a quatre mois.

— Continuez de creuser.

— Nous passons aussi en revue les délinquants récemment libérés de Cook County, ceux qui ont purgé de longues peines, qui souffrent de troubles psychologiques, qui apprécient ce genre de trucs, intervint Suarez. Il est possible que Jones ait été pris pour cible au hasard.

— Possible, mais peu probable étant donné le niveau de planification nécessaire à un tel crime. Je suppose plutôt qu'il y a une raison, même tordue, au fait qu'il ait été visé. Autre chose ?

— J'ai peut-être un nom…, annonça Montgomery d'un air mal assuré.

— J'écoute, l'encouragea Gabrielle.

Montgomery s'éclaircit la voix.

— Comme vous le savez, j'ai étudié le casier de Kassie Wojcek. Il y a des arrestations, des délits en solo et aucune trace d'affiliation à un gang. Cette gamine a peu d'amis et semble préférer rester toute seule.

— Exact.

— Mais elle a été en contact avec de la mauvaise graine au centre de détention pour mineurs. Elle y fait des allers-retours réguliers depuis des années…

— Et…, la pressa Gabrielle dont la curiosité était piquée.

— Et je m'interroge sur ce type, continua Montgomery en lui tendant une feuille de papier. Kyle Redmond.

Gabrielle consulta la photocopie de l'acte d'accusation et la photo en couleurs d'un jeune homme revêche. Il avait le crâne rasé, ce qui faisait ressortir sa tache de naissance. Des tatouages en recouvraient une partie sur son cou mais attiraient l'attention sur son profil droit où la tache de naissance partait de sa lèvre, frôlait le nez pour monter vers l'oreille. Il avait un piercing au septum et son oreille était percée de clous, renforçant encore la singularité de son allure. Gabrielle étudia ses traits avec attention, surtout ses yeux. Était-ce de la colère qu'elle y lisait ? Ou autre chose ?

— Ils s'y sont croisés alors que Redmond avait quinze ans et Kassie onze. On le sait grâce à un rapport d'incident de l'époque. Vous en avez la photocopie en page quatre.

Gabrielle tourna les pages pendant que Montgomery poursuivait :

— Un des détenus cherchait des noises à Kassie, il la draguait avec lourdeur. Ça n'a pas plu à Redmond qui a envoyé le gars à l'hosto. Redmond est un voyou, il avait peut-être juste envie de se battre, mais le directeur du centre a soupçonné qu'il avait des sentiments pour Kassie, d'où son désir de la protéger.

— Et elle a sans aucun doute été très reconnaissante envers son ange gardien, surtout dans un tel endroit, ajouta Gabrielle.

— À l'époque, des filles tombaient enceintes dans ce centre. Il y avait des rixes au couteau, et bien d'autres choses encore, confirma l'inspecteur Albright.

— Ils ont peut-être sympathisé ? Formé une alliance, continua Montgomery. Eu une relation sentimentale, même. Quoi qu'il en soit, Redmond a dix-neuf ans aujourd'hui, et il n'a pas chômé.

Gabrielle lut le condensé de ses arrestations : séquestration, torture, agressions causant des lésions corporelles et, bizarrement, agressions sexuelles présumées envers des femmes et des hommes. Son CV dessinait le portrait d'un homme épris de pouvoir et aux tendances sadiques. Elle tendit le dossier à Miller qui poussa un léger sifflement devant la liste de ses délits.

— Un vrai taré.

— Où se trouve-t-il à l'heure actuelle ? s'enquit Gabrielle.

— Aucune idée. Il a disparu de la circulation il y a cinq semaines ; il ne s'est pas rendu à sa convocation hebdomadaire au central dans le cadre de sa liberté sous caution.

— Il faut qu'on le retrouve. Miller se charge de la coordination, Montgomery et Albright, vous l'assistez.

Les trois policiers acquiescèrent sans faire mine de partir.

— Qu'est-ce que vous attendez ? aboya Gabrielle. Bougez-vous !

Tout le monde se dispersa, chacun rejoignant son bureau au pas de course. Gabrielle les regarda s'éloigner, le moral remonté. Pour la première fois depuis cette abominable découverte dans le coffre de la voiture, elle sentait qu'ils avançaient. Et il était grand temps ! Le commissaire était sur les nerfs, la presse se montrait incendiaire et virulente, et les citoyens de Chicago étaient inquiets et nerveux. La riposte commençait maintenant.

35

Adam était seul contre une marée humaine. Son prochain rendez-vous n'était qu'à 16 heures, si bien que sur le chemin pour regagner Lincoln Park il avait visité le zoo de la ville afin de s'éclaircir les idées. Il venait ici enfant et, dans son esprit, c'était un vaste labyrinthe dans lequel il pouvait se perdre.

Ce jour-là cependant, le zoo lui parut plus petit que dans son souvenir. En outre, il regorgeait de familles et de scolaires venus profiter du soleil printanier. La première réaction d'Adam fut d'oublier son désir de visite. Il n'avait pas encore payé l'entrée et il y avait d'autres lieux dans le parc où il pouvait se rendre, mais, après une minute d'hésitation, il décida de persévérer. Il n'avait pas envie de solitude, il voulait de la distraction, et il n'était pas prêt à faire une croix sur son voyage dans le passé.

À chaque pas qu'il faisait, son moral remontait. Il découvrait certaines parties du zoo et il en reconnaissait d'autres, comme l'enclos des lions. Les fauves attiraient bien entendu les foules et, posté près de la barrière à contempler le spectacle devant lui, Adam se surprit à sourire. Des dizaines d'enfants extasiés grimpaient sur les barreaux de sécurité dans l'espoir de se rapprocher encore : ils étaient intrépides, stupéfaits, curieux. Adam était pareil à leur âge.

À l'époque, c'était un de ses endroits préférés, et il harcelait souvent ses parents pour qu'ils l'y emmènent. Malgré leurs maigres ressources et le peu de temps libre dont ils disposaient, ils cédaient. Son père assurait un double service, six jours par semaine, il était fourbu le dimanche, mais il traversait malgré tout la ville en bus avec son fils ; ils échangeaient des confidences, discutaient base-ball, inventaient des histoires improbables tout en partageant un sachet de bonbons. Et même si revenir ici procurait à Adam un sentiment doux-amer, maintenant que son père était décédé, le souvenir de leurs visites ensemble l'inondait d'amour. À regarder les parents éreintés d'aujourd'hui, qui jonglaient avec les enfants, les poussettes et le pique-nique, il comprit combien son père s'était montré indulgent envers lui. Mais peut-être était-ce là le rôle de tout parent : mettre de côté ses propres désirs et intérêts dans l'espoir d'élever un enfant heureux et équilibré ? C'était en tout cas ce qu'avaient fait les siens.

Adam délaissa les lions et se dirigea vers les oiseaux échassiers. Ses pensées s'attardaient sur ses parents qu'il avait enterrés à six mois d'intervalle. Plus de dix ans s'étaient écoulés depuis, mais leur souvenir l'émouvait toujours avec force, surtout à cause du caractère soudain de la disparition de son père. Heureux et en bonne santé, exubérant une minute et raide mort la suivante, victime d'une crise cardiaque foudroyante. C'était arrivé alors que sa mère était seule avec lui à la maison. Sous l'effet de la panique, elle avait téléphoné à son fils plutôt qu'aux secours. Adam était arrivé juste après les ambulanciers, mais il était trop tard. Sa mère était déjà fragile et, sans grande surprise, elle avait succombé peu de temps après son mari. Le décès de son père avait été un choc pour eux tous. Ce ne fut que plus tard qu'ils apprirent qu'il souffrait d'une maladie de cœur depuis des années, tout comme son propre père avant lui.

Adam s'éloigna rapidement des volières, tandis qu'une autre réflexion, plus dérangeante, se formait dans son esprit. Kassie. Adam avait réussi à la bannir de ses pensées pendant un temps, mais voilà qu'il se remémorait leur conversation. « Je vois la mort… avant qu'elle ne survienne. Je sais quel jour ils vont mourir… » Malgré lui, Adam se retrouva à méditer sur son propre sort. Sa tension artérielle était un peu élevée ces derniers temps et, à mesure que le terme de la grossesse de Faith approchait, il avait commencé à envisager un bilan médical complet. Il y avait beaucoup plus en jeu désormais, et avec ses antécédents familiaux de problèmes cardiaques…

Il revit Kassie qui évoquait avec animation l'affreuse malédiction que représentaient ses connaissances. Et l'espace d'une brève seconde, Adam se prit à imaginer ce que cela signifierait s'il y avait effectivement du vrai dans ses allégations, ainsi que Faith l'avait suggéré. Si Kassie possédait réellement le don de « double vue ».

C'était une idée aussi exaltante que terrifiante. Pas seulement la perspective de n'avoir aucun contrôle sur son destin, mais que Kassie puisse connaître sa fin. Si elle pouvait lui prédire son avenir avec précision, voudrait-il le connaître ? Si elle était vraiment en mesure de lui annoncer s'il allait mourir à cinquante ans d'une crise cardiaque ou à quatre-vingt-dix dans son sommeil, aurait-il le courage de lui poser la question ? En temps normal, non, mille fois non, mais puisque tant de membres de son arbre généalogique avaient été foudroyés par…

Adam s'arrêta de marcher, étonné de constater qu'il avait atteint la sortie. Plongé dans ses réflexions morbides, il n'avait pas remarqué où ses pas le guidaient. Il avait laissé son esprit vagabonder alors qu'il aurait dû réfléchir au meilleur moyen d'aider Kassie. Il se sentait idiot de s'être absorbé ainsi dans de vaines spéculations et d'avoir mis un terme précipité à sa visite. Mais bon, il devait peut-être y voir un signe… L'oisiveté menait à l'introspection, et le travail était le meilleur remède contre l'anxiété. L'expérience le lui avait enseigné. Avec un bref regard à sa montre, il se fraya un chemin à travers la foule et franchit la grille pour sortir.

Il était presque l'heure de son rendez-vous de 16 heures.

36

Faith fixait l'horloge, elle suivait le mouvement de la petite aiguille. Pourquoi était-ce si long ? Elle était étendue sur la table, dans une position inconfortable, dénudée, depuis plus de vingt minutes. C'était malsain de l'abandonner ainsi, alors qu'elle était aussi nerveuse et angoissée.

— Pardon, pardon…

La sage-femme fit irruption, balançant ses excuses sans un regard pour Faith.

— On dirait qu'elles se sont toutes passé le mot pour accoucher aujourd'hui, continua-t-elle sur un ton amical. À nous ! Voyons si on peut vous rassurer.

Elle rapprocha l'échographe du lit et enfila une paire de gants. Faith la regarda faire, un peu apaisée par son attitude détendue, son efficacité tranquille et expérimentée. Sa réaction était peut-être exagérée, sa venue ici ridicule. Le bébé était souvent calme ; elle plaisantait avec Adam sur leur progéniture qui aurait hérité de sa paresse.

— Vous pouvez remonter votre blouse, s'il vous plaît ?

La sage-femme étala le gel sur le ventre de Faith qui, comme d'habitude, se crispa – la substance visqueuse était froide sur sa peau chaude et tendue. Les premières échographies comptaient parmi les plus beaux moments de sa vie, mais Faith n'aurait pu dire qu'elle les avait appréciées. C'était indigne et exhibitionniste, et elle détestait la sensation de la sonde qui pénétrait sa chair.

Tout en écoutant les crépitements de la machine, Faith joua avec l'amazonite qu'elle portait pour la chance. La sage-femme ne disait rien, elle déplaçait avec zèle son appareil sur son ventre gonflé, les yeux rivés sur le petit écran devant elle. Faith imaginait son bébé sur le moniteur, petite présence fantomatique plongée dans un océan de noir, répondant aux stimulations de la sage-femme. Elle avait hâte d'entendre à nouveau les battements du cœur de son bébé. C'était le plus beau son qu'elle eût jamais entendu.

Le silence emplissait la pièce, et Faith se tourna vers la sage-femme.

— Comment ça se passe ?

La question se voulait détachée, mais l'angoisse de Faith était perceptible. La sage-femme lui décocha un rapide sourire. Pourquoi cette dureté dans son expression ?

— Tout va bien ? Vous entendez les battements du cœur ?

Redoublant de concentration, la sage-femme réessaya avant de se tourner vers Faith.

— Pas encore. Mais pour tout vous dire, cette machine-ci est capricieuse. Je demande à ce qu'on la remplace depuis des semaines. Je vais aller chercher celle de la salle voisine.

Elle s'apprêtait à partir mais prit le temps de poser une main sur le bras de Faith.

— N'y voyez rien d'alarmant. Il n'y a aucune raison de s'inquiéter, j'en suis sûre.

Mais Faith s'inquiétait. En voyant la sage-femme quitter la pièce à toute vitesse, elle fut saisie par la panique. Soudain, elle eut la conviction qu'un drame affreux se profilait.

37

— Pardon, si je vous ai fait peur.

Elle avait prononcé ces mots avec tant de sincérité et une telle conviction qu'Adam ne put que répliquer :

— Il n'y a pas de mal.

Sa réponse était pitoyable et totalement mensongère puisque Kassie avait failli se faire tuer ce matin, mais il ne pouvait se résoudre à la gronder.

— Ce n'était pas mon intention. Je n'ai pas réfléchi…

— C'est bon. Je comprends.

Une nouvelle fois, elle décocha à Adam un regard empli de gratitude qui lui fendit le cœur. Il remarqua que, pour la première fois dans leur brève relation, elle parvenait à le regarder droit dans les yeux. La culpabilité, semblait-il, l'aidait à surmonter sa timidité et sa méfiance naturelles.

— Tu veux rester un peu ? Boire un Coca ? Regarder la télé ? J'ai fini ma journée, alors…

— Non, ça va. Je ne peux pas rester. Je voulais juste m'excuser.

Adam raccompagnait son patient de 16 heures à la sortie lorsqu'il avait aperçu Kassie, de l'autre côté de la rue, les mains dans les poches. Elle paraissait mal à l'aise, dansant d'un pied sur l'autre, mais ne perdit pas une seconde pour traverser et le rejoindre une fois le patient parti. Il l'avait aussitôt fait entrer, loin des regards indiscrets.

— Tu n'as pas à t'excuser. Je te l'ai déjà dit, c'était ma faute ; je ne t'ai pas écoutée comme j'aurais dû et je n'ai pas réagi de la bonne manière.

Kassie haussa les épaules mais ne le contredit pas. Adam éprouva à nouveau un élan de compassion pour cette adolescente marginale et isolée. Être différent était une malédiction.

— Mais j'aimerais faire un nouvel essai, si tu es d'accord. Gratuitement, comme avant.

— Vous voulez que je sois votre cobaye ? répondit Kassie, d'un ton difficile à déterminer.

— Non, juste un autre patient.

Cette réponse sembla lui convenir.

— D'accord, alors. Je veux juste…

— Oui ?

— Je veux juste que quelqu'un essaie de comprendre.

— Bien sûr.

— Et qu'on m'aide, peut-être. Je sais que c'est difficile… Que je ne suis pas… normale. Mais c'est si dur. J'ai l'impression d'être tout le temps seule… mais jamais vraiment seule en même temps. Comme s'il y avait une petite part de tous les autres en moi…

Adam la considéra sans un mot.

— Si j'étais quelqu'un de bien, quelqu'un de fort, poursuivit-elle avec hésitation, je leur parlerais, à tous. Je leur dirais que… qu'ils n'ont plus beaucoup de temps et qu'ils feraient mieux d'embrasser leurs enfants. Ou que, au contraire, ils ont toute la vie devant eux et qu'ils devraient acheter cette maison ou cette voiture…

— Ce n'est pas ta responsabilité, Kassie. Quoi que tu ressentes, quoi que tu penses voir, ce n'est pas ton travail.

— Ah, non ?

— Bien sûr que non. Ta seule responsabilité est envers toi. Tu dois seulement veiller à aller bien.

Kassie ne paraissait pas convaincue. Adam poursuivit :

— Réfléchis-y, Kassie. Même si tu pouvais aider toutes ces personnes, comment ferais-tu pour choisir ? Rien qu'à Chicago, il y a des millions d'habitants.

— Ne dites pas ça.

— C'est la vérité. Et que tu portes le poids de leur vie sur tes épaules n'est pas juste envers toi.

— Mais, et si c'était mon destin ? Si c'était pour ça que je suis née ? D'autres ont essayé…

— Comme qui ?

— Des proches, répondit Kassie d'un air vague. Des gens qui sont venus avant…

Adam dut malgré lui laisser entrevoir une expression – de la surprise ? du scepticisme ? – car un froncement de sourcils vint obscurcir le visage de Kassie.

— Vous me croyez ? demanda-t-elle tout à coup.

— Je crois que tu y crois, répondit Adam avec prudence. Et j'aimerais examiner ce que ça signifie.

C'était peut-être de la langue de bois, mais ça n'en était pas moins vrai. Tout compte fait, il la sentait aux prises avec une forme de pensée magique, la croyance de pouvoir agir sur le monde par la pensée. Mais pour son bien, il était prêt à garder l'esprit ouvert, à travailler avec elle pour traquer la cause de son malheur.

— Merci, murmura-t-elle.

Adam fut une nouvelle fois frappé par le sentiment de tristesse qui émanait d'elle. Il allait la rassurer quand son portable se mit soudain à sonner sur son bureau. Il y jeta un rapide coup d'œil : Faith. Machinalement, il tendit le bras pour répondre – il surveillait sans arrêt son téléphone maintenant que le terme approchait –, mais, après réflexion, il rejeta l'appel et mit l'appareil en mode silencieux. Il reporta son attention sur l'adolescente qui le regardait droit dans les yeux.

— Je ne veux pas être « guérie », ajouta-t-elle à la hâte. Ni maternée.

— Tu as ma parole, promit Adam. Et peut-être qu'avec le temps nous arriverons à comprendre un peu mieux ce que tu vis. Nous y passerons le temps que tu voudras et, qui sait, nous pourrons peut-être aussi arranger les choses avec ta mère, la police, même ton proviseur, afin que tu puisses assister au bal de fin d'année, prendre une cuite, passer un bel été…

Il avait cherché à la faire sourire, mais tout à coup, Kassie lui parut anxieuse. Elle baissa les yeux et se mit à se ronger les ongles.

— Qu'y a-t-il, Kassie ? J'ai dit quelque chose qu'il ne fallait pas ?

Elle ne répondit pas et jeta un vif coup d'œil à la porte.

— C'est l'école ? Est-ce que j'ai…

— Non, ce n'est pas ça. Pas du tout.

— Quoi, alors ?

Tandis qu'il prononçait ces mots, un affreux pressentiment l'envahit. Et en regardant cette enfant solitaire et triste, il eut soudain l'intuition de savoir exactement ce qu'il se passait dans sa tête.

— Tu ne penses pas en avoir le temps, c'est ça ? C'est ce qui t'inquiète…

Kassie opina du chef. Adam la dévisagea, brusquement très angoissé. D'instinct, il fit un pas vers elle.

— Kassie, as-tu vu ta propre mort ?

— Bien sûr.

— Et comment… Comment meurs-tu ?

Cette question était complètement dingue, mais il devait la poser. Si Kassie croyait sa mort imminente, il fallait qu'il le sache.

— Assassinée.

Un simple mot qui coupa le souffle à Adam. Pas à cause de sa signification, bien assez choquante comme ça d'ailleurs, mais à cause de la conviction avec laquelle il avait été prononcé. L'espace de quelques secondes, le silence les enveloppa tous les deux. Puis, avec hésitation, il retrouva la parole :

— Est-ce que tu sais qui… qui te tue ?

Après un long silence tendu, Kassie releva lentement la tête.

— Oui. Vous.

LIVRE DEUX

38

Les deux femmes se faisaient face, aussi inflexibles et arrogantes l'une que l'autre. Avec son mètre quatre-vingts, Gabrielle Grey en imposait, mais son adversaire ne se laissait pas facilement intimider.

— Je n'ai pas envie d'en parler. Ni maintenant. Ni jamais.

— Vous n'avez pas le choix, Dani. Faire obstruction au travail de la police est un délit.

— Alors arrêtez-moi.

Gabrielle était tentée de la prendre au mot. Après leur échec à mettre la main sur Kyle Redmond, elle avait concentré leurs efforts ailleurs. Il avait fallu plusieurs jours à son équipe pour retrouver la trace de l'ex-petite amie de Kyle, et le fruit de leur labeur se révélait une grande déception. Dani Rocheford se montrait hostile et farouche depuis qu'elle avait fait entrer Gabrielle chez elle. La jeune fille maigrichonne de dix-huit ans n'avait pas de temps à consacrer à la police une caractéristique qu'elle partageait avec les autres marginaux qui logeaient dans ce squat du South Side.

— Écoutez, Dani, je comprends que ce soit difficile d'en parler.

— Ah ouais ? cracha celle-ci.

— Je sais ce que vous avez traversé. Vous souffrez encore et j'en suis sincèrement désolée.

Dani, pas convaincue, poussa un petit grognement.

— Mais je suis quand même obligée de vous poser ces questions. Il est impératif que nous retrouvions Kyle au plus vite.

— Si vous aviez fait votre boulot comme il faut dès le début, il ne serait pas dans la nature, pas vrai ?

— Non, en effet. Et à part vous présenter des excuses, je ne peux rien y faire. Mais je ne voudrais pas que quelqu'un d'autre souffre à cause de lui. Je suis sûre que vous ressentez la même chose.

La jeune femme haussa les épaules pour signifier sans enthousiasme son approbation. À n'en pas douter, l'hostilité de Dani provenait d'un sentiment de honte inopportun. Redmond l'avait séquestrée dans la caravane qu'ils partageaient pendant tout un week-end ; il l'avait torturée et avilie. Le souvenir de son traumatisme était encore vif.

— Quand l'avez-vous vu pour la dernière fois ? reprit Gabrielle.

— Ça fait trois mois, peut-être plus. Il m'attendait à l'intérieur quand je suis rentrée.

— Qu'est-ce qu'il voulait ?

— Aucune idée. Il a essayé de me parler mais j'ai hurlé comme une folle.

— Il vous a dit où il avait été ? Où il logeait ?

— Non. Mais il a une tante qui habite dans le quartier de West Garfield ; il y dort des fois.

— On lui a déjà rendu visite.

— Alors j'en sais rien. Il ne fait plus partie de ma vie.

Gabrielle perçut le soulagement derrière cet optimisme forcé.

— Quand vous étiez ensemble, comment se passait votre relation ?

— Sérieux ? s'exclama-t-elle, incrédule.

— C'est difficile, je sais, Dani. Je ne poserais pas ces questions si ce n'était pas important.

La sincérité qu'affichait Gabrielle parut apaiser un peu la jeune femme. Elle sortit un paquet de cigarettes de sa poche avant de répondre :

— Je ne savais jamais à quoi m'attendre… Il était violent, dominateur.

— Il vous battait souvent ?

— Chaque fois qu'il en avait l'énergie.

— Que faisait-il ?

— Il abusait de moi. Physiquement. Sexuellement.

— Est-ce qu'il vous coupait ?

— Oui.

— Avec quoi ?

— Un couteau, un hachoir… Une fois avec un coupe-boulon…

Ce dernier aveu était douloureux. Gabrielle regarda Dani sortir d'une main tremblante une cigarette du paquet et la glisser entre ses lèvres.

— Combien de temps a-t-il vécu avec vous ?

— Six semaines, sept peut-être.

— Il travaillait ?

Nouveau haussement d'épaules.

— Il a bossé pour une entreprise de déménagement. Une société de nettoyage. Dans le bâtiment aussi. Mais il s'est fait virer chaque fois ; il volait, il se battait.

Gabrielle inscrivit ces informations dans son calepin et nota dans un coin de sa tête d'appeler Miller.

— Mais vous ne le retrouverez pas comme ça, continua Dani avec gravité. Il change de nom comme de chemise.

— Quand il était chez vous, reprit Gabrielle en prenant acte de l'avertissement, a-t-il mentionné un lieu où il se rendait souvent ? Un bar ? Le domicile d'un copain ? Un club ?

Dani, l'esprit en ébullition, hésita avant de répondre.

— Il avait une caravane. Où il gardait la marchandise avant de la fourguer. Je crois que c'est dans le Lower West Side. Par contre, je ne connais pas l'adresse exacte.

Les yeux rivés sur Gabrielle, sa cigarette pas allumée aux lèvres, Dani espérait visiblement que l'entretien prendrait vite fin. Gabrielle décida de faire preuve de clémence ; replonger dans ce cauchemar avait bouleversé la jeune femme.

— Merci, Dani. Vous m'avez été d'une grande aide. Je vous suis reconnaissante d'avoir pris le temps de me répondre.

Gabrielle tendit la main et, à contrecœur et un peu gênée, Dani la lui serra à la va-vite avant de laisser retomber son bras le long de son flanc. L'échange avait été des plus brefs, mais Gabrielle avait tout de même remarqué les deux doigts qui manquaient. Elle dut fixer une seconde de trop la main mutilée, car Dani la congédia sans plus attendre.

— Fermez la porte en partant.

Elle se détourna pour allumer sa cigarette, et Gabrielle s'en alla. Une fois dehors, les pensées se bousculèrent dans sa tête sur le chemin de sa voiture. Elle marqua une pause à la portière de sa vieille Pontiac et coula un regard vers l'appartement de Dani.

À sa grande surprise, l'ex de Redmond se tenait à la fenêtre, entourée d'un halo de fumée, et regardait droit dans sa direction. Cette image resterait longtemps gravée dans l'esprit de Gabrielle.

C'était celle d'une femme hantée par la souffrance.

39

Assise sur un tabouret, Faith s'observait sans ciller. Elle avait passé presque deux mois à travailler sur cet autoportrait, mais voilà qu'elle ne le reconnaissait pas du tout. Sa chevelure avait le bon éclat, le charme de son regard noisette et l'espièglerie de ses fossettes étaient parfaitement rendus, pourtant elle avait l'impression de contempler une inconnue.

C'était la première fois qu'elle sortait de son lit depuis son retour de l'hôpital. Elle n'avait pas osé quitter le refuge de sa chambre tant que sa mère et Adam étaient à la maison. Elle ne supportait pas leur attention et leur inquiétude. Mais sa mère était repartie chez elle, et elle avait réussi à convaincre Adam de retourner au cabinet ; elle était enfin seule. Elle souffrait encore et marcher réveillait sa douleur. À petits pas prudents, elle était sortie de sa chambre et avait fini par atteindre son atelier.

Elle y était entrée et avait regardé autour d'elle. Le décor, comme les accessoires, lui était familier, les bustes et les figurines à leur place, pourtant elle se sentait comme une intruse, elle avait l'impression de découvrir la pièce pour la première fois. Qu'elle ait perdu ses repères n'était ni surprenant ni déroutant ;

depuis cette affreuse journée à l'hôpital, rien ne lui semblait plus normal. Tout se déroulait à distance, comme si elle flottait en dehors d'elle-même, qu'elle regardait les événements se produire d'un point en hauteur. En bon professionnel, Adam aurait sûrement dit qu'il s'agissait d'une forme de déni, d'une tentative de se distancier des faits, et il aurait sans doute raison. Mais ça n'atténuait pas sa peine.

Lorsque la sage-femme n'avait pas réussi à entendre le rythme cardiaque du bébé, Faith avait commencé à paniquer. Quand sa collègue avait échoué à son tour, même avec la nouvelle machine, à percevoir un signe de vie, son cœur s'était brisé. Les heures qui avaient suivi, Faith les avait vécues dans une sorte de brume. Elle avait tenté de joindre Adam à plusieurs reprises, en vain, et elle avait fini par abandonner ; son absence n'était qu'un autre élément de l'inexorable cauchemar qu'elle vivait. Au final, sa mère était arrivée et elle était restée à ses côtés pendant qu'elle passait toute une batterie d'examens qui confirmèrent que le placenta s'était détaché, privant le bébé d'oxygène et de nourriture.

Adam avait fini par la rejoindre, mais quand ? Elle n'aurait su le dire… Il était bouleversé bien entendu, cependant elle n'avait pas d'énergie à consacrer à sa douleur, pas alors qu'on lui demandait si elle souhaitait qu'on provoque l'accouchement. Non, elle ne voulait pas accoucher. Non, elle ne voulait pas de césarienne. Tout ce qu'elle désirait, c'était que sa petite fille soit en vie. Pourtant, elle avait fini par accepter le cocktail de médicaments et, douze abominables heures plus tard, la petite Annabelle était née. Elle était parfaite, bien sûr ; le portrait craché de sa mère, avec les mêmes fossettes et la même épaisse chevelure brune. Si belle qu'elle ressemblait à un ange endormi, qui profitait d'un instant de repos avant de saluer le monde. Ces moments ô combien précieux avaient cependant été gâchés par les cris que poussaient d'autres femmes en plein travail dans les salles voisines, des femmes qui donnaient naissance à de beaux bébés en bonne santé.

Quelques heures plus tard, Annabelle était partie. Emmenée à la morgue. Adam avait veillé toute la nuit au chevet de Faith pourtant ni l'un ni l'autre n'avaient dormi. Pas plus qu'ils n'avaient osé quitter la chambre pour déambuler dans les couloirs, de crainte d'y rencontrer de jeunes mamans, des nouveau-nés ou des infirmières effrayées de croiser leur regard. Faith aurait pu rester plus longtemps à l'hôpital ; à cause de ses antécédents de dépression, les médecins voulaient la garder en observation, mais elle avait préféré rentrer chez elle. Au bout du compte, ils l'avaient autorisée à sortir sous la surveillance d'Adam, avec une ordonnance pour un analgésique et une prescription pour des soins postopératoires.

Le retour à la maison n'avait pas été facile : voir Adam ranger discrètement le paquet de couches intact dans la buanderie, passer devant la porte close de la chambre du bébé : toutefois, cela valait mieux que de se retrouver cloîtrée dans cet horrible endroit.

Elle était restée chez elle, à rêver d'Annabelle et à se réveiller dans cette affreuse réalité. Elle pouvait à peine distinguer le jour de la nuit, ne mangeait presque rien… Mais qu'était-elle censée faire ? Comment se comportait-on dans une telle situation ? Adam n'avait pas osé lui affirmer que ça passerait, qu'elle guérirait, et elle se doutait qu'il prévoyait déjà de la faire aider. Elle ne lui en voulait pas – ça avait fonctionné auparavant et elle en avait besoin –, mais c'était encore trop tôt. Elle n'était pas prête à verbaliser sa détresse.

Elle avait nourri le vague espoir que se retrouver dans son atelier éveillerait un semblant d'intérêt ou d'énergie, peut-être un désir d'exprimer sa douleur sous une forme abstraite. En réalité, l'effet inverse se produisait. Son autoportrait semblait la narguer avec son expression heureuse et mélancolique, inconscient du fait qu'elle avait donné naissance à la mort. Faith se leva et déposa un drap sur le tableau pour le cacher à sa vue. Il ne la représentait plus, ni elle ni la vie ; il était faux et mensonger. Tout avait changé. Son bébé, son adorable petite fille bien-aimée, était mort.

Et une part d'elle-même était morte aussi.

40

— Mon histoire n'a rien d'exceptionnel. Au début, c'était le shit et les médocs – la routine, quoi –, mais il m'est arrivé un truc l'année dernière… qui m'a beaucoup marquée. Après ça, j'ai picolé de plus en plus… Et puis, j'ai essayé l'héro.

Elle avait raison, songea Kassie qui tripotait l'ourlet effiloché de sa manche pour tirer sur un fil. L'histoire de cette fille était comme toutes les autres : l'initiation aux drogues douces, le traumatisme, les drogues dures et enfin l'explosion. Non que Kassie ne compatît pas ; elle avait pitié de tous ceux qui connaissaient une période difficile et elle savait que la dépendance pouvait prendre le contrôle sur votre vie. C'était juste d'un prévisible, tellement déprimant…

Cette fille était la troisième à s'exprimer. La conseillère – comment s'appelait-elle déjà ? Rachel ? Rebecca ? – avait l'intention de donner la parole à tout le monde. Mais tous ces récits commençaient à se mélanger. Kassie savait qu'elle ferait mieux d'écouter, de compatir et de hocher la tête aux moments opportuns, sauf qu'elle n'avait pas envie d'entendre tous ces malheurs. La fille était en train de raconter l'incident familial qui l'avait poussée vers les drogues dures et, pour l'instant, Kassie n'avait pas l'énergie de supporter les souffrances de quelqu'un d'autre. Elle n'avait pas envie d'être là. Elle avait déjà essayé les groupes de soutien et elle ne fréquentait celui-ci que pour honorer la promesse faite à Adam. Elle ne tenait pas non plus à partager les grandes lignes de son propre traumatisme. À coup sûr, elle déclencherait les moqueries et, de toute façon, elle n'avait aucune intention de devenir clean. Elle avait parfois l'impression que la drogue était la seule chose qui lui permettait de rester saine d'esprit.

— Et depuis combien de temps tu n'as rien pris ?

La conseillère dirigeait la conversation avec tact, détournant l'attention de la fille des douleurs du passé pour lui faire voir les victoires présentes et les objectifs à venir. Kassie se renferma un peu plus sur elle-même ; glissa la main dans sa poche pour y serrer les quatre grammes de cannabis qu'elle y planquait. Elle laissa ses doigts jouer avec le sachet en plastique, rassurée par sa rondeur et amusée par son acte de rébellion.

— Je vous suis tellement reconnaissante. À vous tous. Pour votre soutien et vos encouragements…

Voilà que la fille pleurait. Si Kassie avait pu s'enfoncer les doigts dans les oreilles, elle l'aurait fait. Oui, elle était injuste, pas très charitable, mais son moral était bien assez fragile comme ça.

— Nous allons bientôt faire une pause, déclara la conseillère tandis que la fille se tamponnait les yeux. Mais d'abord, donnons la parole à notre dernière venue.

Kassie fut arrachée brusquement à ses pensées, saisie d'angoisse par ce brusque revirement.

— Bienvenue, Kassie.

Le groupe murmura un chaleureux bonjour collectif.

— Qu'aimerais-tu partager avec nous aujourd'hui ? poursuivit la conseillère d'un ton encourageant.

Kassie tira sur sa manche, le fil vint tout seul. Ce qu'elle voulait, c'était foutre le camp d'ici. Elle sentait le regard des autres peser sur elle. Tout à coup, elle fut prise d'une bouffée de chaleur ; l'embarras lui serrait la poitrine, elle se sentait claustrophobe.

— Kassie ?

La conseillère – Rochelle, c'était ça son nom – la suppliait des yeux alors que Kassie continuait d'éviter son regard. Elle se mit à avoir des vertiges, la nausée – pourquoi n'ouvrait-on jamais les fenêtres dans ces endroits ? – et une douleur lancinante à l'intérieur du crâne.

— Rien ne presse. Mais tout le monde doit participer. Alors… quand tu veux, quand tu te sens prête, parle-nous de tes expériences.

Ses paroles lui parvenaient indistinctes maintenant. Le cœur de Kassie battait à tout rompre, elle sentait la sueur dégouliner dans son dos. Elle voulait fuir, s'échapper de la pièce exiguë et sortir à l'air frais, pourtant quelque chose l'en empêchait. Et alors qu'elle avait tout fait pour éviter son regard scrutateur, voilà que Kassie se sentit obligée de poser les yeux sur la femme qui l'interrogeait.

Elle lutta de toutes ses forces, avec tout le courage, l'énergie et la volonté qu'elle avait en elle, mais rien n'y fit. Lentement, elle leva la tête et plongea dans les yeux de Rochelle.

41

La salle des opérations était en effervescence. Au cours des derniers jours, le nombre d'analystes, de techniciens et d'inspecteurs y avait peu à peu augmenté, une main-d'œuvre toujours plus importante requise pour résoudre cette affaire sordide. D'ordinaire, les demandes de ressources supplémentaires écopaient d'une fin de non-recevoir par Hoskins, mais pas cette fois, tant la pression de la hiérarchie était forte. La fascination ininterrompue du *Tribune* pour ce crime n'aidait pas, et la conférence de presse chargée en émotions qu'avait tenue la fiancée en deuil de Jones avait attisé les flammes de l'intérêt. Les médias comme le grand public s'accordaient sur le manque d'efficacité de la police de Chicago.

Gabrielle fixait l'écran de son portable – elle venait de recevoir un message de son mari qui lui rappelait le match de base-ball de l'école plus tard –, mais elle n'avait pas besoin de regarder son équipe travailler pour ressentir l'énergie qui électrisait la salle. Si leurs détracteurs pouvaient les voir, pendus au téléphone, à suivre des pistes, discuter, analyser, échanger des hypothèses, alors ils auraient un avis très différent concernant les efforts fournis par la brigade criminelle.

— Chef…

Gabrielle se tourna vers Miller qui approchait.

— J'ai peut-être quelque chose pour vous.

Gabrielle rangea son portable dans son sac.

— Je vous écoute.

— Là-bas ?

Miller fit un geste de la main vers le bureau de Gabrielle puis s'y dirigea. Gabrielle lui emboîta le pas, non sans jeter un bref coup d'œil à Montgomery qui errait à côté. Elle paraissait mal à l'aise, un peu découragée même, ce qui donna à penser à Gabrielle que peut-être c'était *elle* qui avait découvert une piste. Les histoires de politique interne devraient attendre, cependant ; seule comptait une information solide, pour l'instant.

— Nous avons contacté toutes les entreprises en bâtiment de la ville, les sociétés de nettoyage, les spécialistes du déménagement, commença Miller tandis que Gabrielle passait devant elle et jetait son sac sur son bureau. Pour vérifier si un individu correspondant à la description de Redmond avait travaillé pour eux au cours des six derniers moins. Et voilà ce que nous avons trouvé…

Elle lui tendit la copie d'une fiche d'employé de la société CleanEezy.

— Qu'est-ce qu'ils font ?

— Nettoyage de moquettes, rideaux… Ce type travaille pour eux de façon intermittente depuis cinq mois.

Gabrielle lut le nom en haut du formulaire : Conor Sumner – puis examina la photo d'identité en noir et blanc. À moins que Redmond n'ait un sosie, c'était lui. La tache de naissance ne laissait aucun doute.

— A-t-on vérifié l'adresse indiquée sur ce formulaire ? demanda Gabrielle d'un ton pressant. 1566 West Lamont Street. C'est à Cicero ? Forest View ?

— Elle n'existe pas, répondit Miller. La rue s'arrête au numéro 1450. Mais ce n'est pas le plus intéressant…

Gabrielle vit le début d'un sourire étirer les lèvres de Miller quand celle-ci lui tendit une deuxième feuille. Gabrielle l'examina : c'était la photocopie d'une facture de CleanEezy. Son regard se porta aussitôt sur le nom du client : Jacob Jones.

— Ça remonte à quand ?

— Deux mois. Jones faisait nettoyer sa moquette deux fois par an. C'était un maniaque de la propreté. Cette dernière intervention a été réalisée par…

— Connor Sumner…

Les yeux de Gabrielle étaient déjà rivés sur le nom imprimé en caractères gras sur la facture.

— Donc, deux mois avant la disparition de Jones, enchaîna Gabrielle qui réfléchissait à voix haute, Kyle Redmond a les clés de la maison. Le nettoyage d'une moquette, ça prend quoi ? Trois heures ? Quatre maximum.

Miller hocha la tête.

— Un type aussi occupé que Jones ne va pas rester chez lui pendant ce temps. Redmond a sans doute eu le champ libre. Pour aller et venir comme il voulait, faire ce que bon lui semblait. Un double des clés, pourquoi pas ?

Gabrielle se tut, l'esprit bouillonnant des diverses possibilités.

— Bon, je veux tout le monde sur le pont. On interrompt les autres pistes pour l'instant. Nous devons retrouver cet homme aujourd'hui !

Miller quitta le bureau pour suivre les ordres. L'adrénaline qui courait dans ses veines fit oublier à Gabrielle le match de base-ball de son fils. Cinq minutes plus tôt, Redmond était un suspect parmi d'autres. Il venait de passer en tête de liste.

42

Rochelle se précipita dans la rue et sortit son paquet de cigarettes de son sac. Elle s'arrêta pour en allumer une et repartit sans attendre. Elle n'avait jamais aimé ce quartier – ce n'était pas sans raison si la location de la salle municipale était aussi peu chère – et elle voulait s'en éloigner au plus vite pour oublier la scène à laquelle elle venait d'assister.

Sans qu'elle sache pourquoi, elle éprouvait de la honte. Ce n'était pourtant pas elle qui avait fait une crise, qui s'était mise à hurler et à s'agiter, alors pourquoi cette sensation de ridicule ? Elle n'était pas responsable… même si à l'évidence elle avait dit ou fait quelque chose pour déclencher la fureur de cette fille. Jusqu'alors, tout se passait bien. Elle avait laissé exprès les autres participantes partager leur histoire en premier, afin de ne pas mettre la nouvelle tout de suite en avant. Elle espérait que Kassie, dont l'attitude de prime abord était fermée et agressive, se détendrait au fur et à mesure de la séance, qu'elle comprendrait que se confier sur son addiction était une preuve de force et non de faiblesse.

Elle s'était efforcée de la traiter avec délicatesse, de lui accorder le temps nécessaire pour s'acclimater.

Et, après quelques paroles d'encouragement, Kassie avait enfin levé les yeux sur elle, disposée à s'exprimer. Rochelle y avait vu un signe positif, mais en réalité, c'était là que tout avait dérapé. L'adolescente avait dévisagé Rochelle un long moment, comme stupéfiée, puis elle lui avait sauté dessus en criant.

Rochelle avait dû mettre un terme précipité à la réunion et renvoyer chez elles les autres filles. Elle avait appelé un taxi pour Kassie, mais l'adolescente avait refusé de partir ; elle avait répété qu'elle devait parler à Rochelle, la prévenir. La prévenir de quoi, bon sang ? Rochelle aurait peut-être dû rester mais, sitôt le taxi arrivé, elle avait fichu le camp. Son domaine d'expertise, c'était le traitement de l'addiction pas le conseil psychiatrique ! Et puis, pour être tout à fait honnête, elle avait peur. L'adolescente était incohérente, mais obstinée : elle s'était agrippée à Rochelle de toutes ses forces. Cette fille lui avait même fait mal, si bien que Rochelle s'était extirpée et avait pris ses jambes à son cou. Oui, c'était peut-être lâche, un manquement à son devoir, seulement ce n'était pas la première fois qu'on l'agressait pendant une réunion et elle n'avait aucune envie de revivre ça. Dès qu'elle serait chez elle, elle contacterait l'assistante sociale de Kassie ; à elle de s'en charger ! C'était son boulot, après tout, pas le sien.

Un bruit dans son dos la fit se retourner. Un peu plus loin, une canette roulait vers le caniveau. Rajustant son sac sur son épaule, Rochelle allongea le pas. La rue était mal éclairée, et de nombreuses ruelles transversales, sombres et lugubres, y débouchaient. Tout à coup, Rochelle se sentit vulnérable et gagnée par la terreur.

Elle accéléra l'allure en direction de la station de métro aérien. Elle n'allait pas se mettre à courir quand même ! Ça ne servait à rien, elle était juste parano… Mais au fond, elle savait qu'elle craignait surtout qu'en se mettant à courir elle n'incite un individu malfaisant à jaillir de l'ombre pour se lancer à sa poursuite. Elle divaguait… mais elle ne pouvait pas nier ses peurs. Elle était à bout de nerfs aujourd'hui.

Un autre bruit dans son dos. Sans ralentir la cadence, elle tordit le cou pour regarder. Avec horreur, elle découvrit qui la talonnait. Kassie.

Rochelle trébucha, sonnée l'espace d'une seconde, puis piqua un sprint en direction du métro qui se trouvait au bout de la rue. L'adolescente l'avait regardée droit dans les yeux tout en se précipitant vers elle. Elle était bel et bien poursuivie ! Derrière elle, un cri, mais Rochelle ne s'arrêta pas, elle dévala la rue, son sac lourd cognant contre ses côtes à chaque foulée.

Elle n'était plus qu'à cent mètres de la station, cinquante, vingt maintenant. Elle percevait le martèlement des pas derrière elle, alors sans hésitation, elle glissa sa carte de transport dans le lecteur de la barrière, s'engouffra dans l'escalier et gravit les marches trois par trois. Pendant qu'elle montait, le bruit de ferraille caractéristique résonna, elle sentit les vibrations sous ses pieds. Un train était à l'approche.

— Rochelle ! Attendez !

Kassie avait sauté par-dessus la barrière et se tenait au pied de l'escalier, à bout de souffle et complètement affolée. Rochelle se détourna et fonça jusqu'au quai juste au moment où la rame s'arrêtait. Elle prit sur la gauche et se fraya un chemin à travers les quelques voyageurs qui descendaient pour plonger dans la voiture en queue de train.

— Allez, allez, démarre, marmonna-t-elle en priant pour que les portes se referment.

Le signal d'alarme retentit et les moteurs ronflèrent. À cet instant précis, la jeune cinglée arriva sur le quai. Elle l'inspecta d'un regard rapide puis s'élança vers la rame et y pénétra alors que les portes commençaient à se refermer. D'instinct et sans réfléchir, Rochelle sortit du wagon. Les portes se verrouillèrent et, à son grand soulagement, elle vit que l'adolescente était coincée à l'intérieur.

Le train se mit en branle, Rochelle resta seule sur le quai, sous le regard appuyé de la fille qui pressait son visage contre la vitre. Rochelle la regarda s'éloigner, le souffle court et le cœur allégé. Son attention fut alors attirée par un train qui arrivait dans l'autre sens sur le quai opposé. Sans hésitation, elle dévala l'escalier pour rejoindre cette plateforme. Ce métro la conduirait dans la mauvaise direction mais aurait l'avantage de l'éloigner de la fille. Et puis, il y avait une station de taxis à l'arrêt suivant et, ce jour-là plus que jamais, elle était disposée à payer le prix exorbitant d'une course à travers la ville.

Elle voulait juste rentrer chez elle.

43

Seul dans son bureau, Adam étouffait sous le poids du silence. Il travaillait dans cet élégant cabinet depuis plusieurs années maintenant et il y avait connu des expériences aussi intéressantes qu'étonnantes. Des disputes familiales, des tentatives grossières de séduction, il avait même dû poursuivre un patient dans la rue après qu'il avait juré de tuer le maire (un extraterrestre déguisé en humain, selon lui). Il y avait eu tant de bruit, de larmes, de confessions, d'accusations et de querelles entre ses murs qu'à cet instant la pièce paraissait sans vie.

Adam ne voulait pas venir ici ; Faith l'avait presque mis à la porte de la maison. Pourtant, sur le trajet, son moral s'était un peu amélioré, il avait espéré que, dans son environnement professionnel, en train de traiter les cas de ses patients, il pourrait détourner son esprit de l'agonie qu'il vivait ces derniers jours. Maintenant qu'il était là, à écouter les messages sur son répondeur, à consulter sa boîte électronique pleine à craquer, il se sentait encore plus mal, coupable d'avoir laissé Faith seule à la maison en plus d'avoir abandonné ses patients.

Il aurait difficilement pu faire autrement, bien sûr. Faith s'efforçait du mieux qu'elle pouvait d'accepter le drame qui les avait frappés et, en toute franchise, lui aussi. Il avait reçu une formation médicale, il connaissait le fonctionnement du corps humain… Mais un fœtus mort-né n'en demeurait pas moins une injustice criante. Quelle fin horrible et choquante. Tous leurs espoirs d'avenir, tous leurs rêves d'un beau bébé heureux, leur apparaissaient maintenant comme une cruelle plaisanterie. L'impatience et l'enthousiasme qui s'étaient intensifiés au fil des mois n'avaient engendré que chagrin, stupeur et douleur.

Il avait l'impression d'assister, impuissant, au naufrage de sa vie. Faith était à la maison, elle partageait le même désespoir, mais d'innombrables autres ici, dont les dossiers s'empilaient sur son bureau et les messages s'accumulaient chaque jour, se débattaient avec le même type de souffrance. Des patients psychotiques, déprimés, suicidaires ou encore timidement sur la voie de la guérison. Aujourd'hui, il avait le sentiment de comprendre leur douleur avec plus de clarté… Il ne s'en sentait pas mieux pour autant.

Un chien aboya dans la rue, arrachant Adam à ses pensées. Il avala la dernière gorgée de son café froid, s'installa à son bureau et entreprit de répondre à ses patients. Depuis quelques jours, ils avaient pour seuls interlocuteurs le répondeur vocal et le message d'absence automatique de sa boîte électronique, ni l'un ni l'autre ne fournissant d'explication à sa soudaine disparition. Voilà qu'il devait la verbaliser ; par chance, comme la plupart de ses patients ignoraient tout de sa vie privée, il pouvait se contenter de mentionner une simple « urgence familiale ». Quelle imposture ! Le drame qu'il vivait était tellement pire que ça… Cependant cette expression vague lui évitait la peine de s'épancher davantage.

Au fil de sa liste, il arriva bientôt à Kassie. Il sauta son nom pour contacter deux ou trois autres personnes mais y revint très vite. Que devait-il faire ? Il avait promis de l'aider, puis il avait disparu de sa vie sans un mot. Une part de lui souhaitait encore la conseiller et l'épauler, malgré ce qu'elle lui avait déclaré lors de leur dernière entrevue, malgré un ressentiment persistant envers celle qui l'avait tenu à l'écart de Faith pendant l'affreuse épreuve qu'elle endurait. Toutefois, aurait-il la force émotionnelle de surmonter cela maintenant ? Il se sentait suffisamment coupable d'être loin de son épouse pendant une demi-heure. Tiraillé, il fit courir son doigt au bas de la liste, cherchant un autre nom, un cas moins complexe.

La sonnerie de l'interphone retentit avec acharnement et le fit sursauter. Il traversa le bureau pour répondre et contempla l'image qui tressautait sur le petit écran. Il la reconnut sur-le-champ. Kassie avait les yeux baissés et se balançait d'un pied sur l'autre. Elle leva la tête et regarda droit dans l'objectif de la caméra. Tout de suite, Adam voulut reposer le combiné, prétendre ne pas être là. Mais cette réaction était puérile, et l'expression de Kassie était si grave qu'il appuya sur la touche pour la faire entrer.

Il retourna à son bureau et patienta, l'oreille tendue sur les craquements des lattes de parquet alors qu'elle gravissait les marches. Quelques instants plus tard, elle se tenait devant lui, nerveuse et le souffle court.

— Je vous ai appelé.

— Désolé, Kassie, j'ai dû prendre quelques jours de repos. Est-ce que tu vas bien ?

— Oui. Non…

— Quel est le problème ? s'enquit Adam d'un ton prudent en s'étonnant de la facilité avec laquelle il avait rendossé son habit professionnel.

Kassie marqua une pause, reprit son souffle, tenta de se calmer. Adam avait la nette impression qu'elle faisait de gros efforts pour ne pas passer pour une « folle » devant lui.

— Ça a recommencé…

À l'intensité de son regard, il comprit à quoi « ça » se référait.

— Je suis allée à la réunion des toxicos anonymes, comme promis. Et je l'ai vue. Une autre personne, mais la même chose.

— Raconte-moi exactement ce qu'il s'est passé.

— Nous n'avons pas le temps. Il faut l'avertir !

— Kassie…

— Vous la connaissez. Rochelle… celle qui anime le groupe. Je ne connais pas son nom de famille, je ne sais pas où elle habite, mais vous avez son adresse, non ?

— Possible, répondit Adam, évasif. Mais revenons un peu en arrière. Que s'est-il passé ?

Kassie voulut protester, mais le ton d'Adam était ferme et sans appel.

— Je suis allée là-bas, commença-t-elle avec impatience. Quand ça a été mon tour de prendre la parole, j'ai regardé Rochelle et… je l'ai vue. C'est la même chose, exactement pareil qu'avec Jacob Jones… Une douleur atroce et cette terreur abominable, accablante.

Adam la dévisagea, inquiété par son changement d'attitude.

— Je ne me rappelle pas très bien ce qu'il s'est passé après. J'ai un peu pété les plombs, je crois.

Ensuite, elle m'a appelé un taxi et elle est partie en courant. Je l'ai suivie.

— Tu l'as suivie ? répéta Adam, incrédule.

— Oui, répondit-elle avec nervosité. Je l'ai suivie jusqu'au métro aérien, mais elle m'a échappé.

— Kassie…

— Qu'est-ce que j'étais censée faire d'autre ? protesta-t-elle. Elle va mourir ce soir et elle ne le sait pas.

— Il va falloir que nous discutions de ça, Kassie, insista Adam en ignorant sa tentative d'interruption. Si ça peut te rassurer, j'appellerai Rochelle. Je lui présenterai des excuses pour ton comportement et je vérifierai qu'elle va bien…

— Non, nous devons aller chez elle. Il lui reste quelques heures tout au mieux.

— Qu'en sais-tu ?

— C'est ce que j'ai vu, insista Kassie, en colère maintenant. Je sais comment les gens vont mourir, quand ils vont mourir. C'est aujourd'hui, croyez-moi. Elle va mourir aujourd'hui.

— Kassie, nous en avons parlé. Ce n'est pas ton travail. Ta seule responsabilité, c'est t'occuper de toi-même. Tu dois arrêter de fumer du cannabis et te concentrer sur ta guérison…

— Vous croyez que je suis timbrée.

— Non. Je n'aime pas ce mot et je ne l'emploierai jamais te concernant…

— Vous avez regardé mon dossier, mes antécédents… et vous m'avez cataloguée…

— Non. Mille fois non.

— Alors essayez de comprendre que c'est réel ! Ça arrive pour de vrai ! Vous avez dit que vous m'aideriez, que vous viendriez avec moi.

— Et je le ferai. Seulement réfléchis un instant, Kassie. Tu m'as dit que tout ce que tu « vois » est gravé dans le marbre. Que changerait ton intervention ?

— Je dois faire quelque chose. Je ne peux pas l'abandonner comme ça.

— Mais si ça ne change rien ?

— Peut-être que si. Peut-être que je peux la sauver.

Elle dardait sur lui un regard de défi, sa poitrine se soulevait au rythme de sa respiration agitée, comme si elle cherchait à contenir son émotion.

— Si j'arrive à la sauver alors… peut-être que je pourrai me sauver aussi.

Elle avait prononcé ces mots avec hésitation, une légère peur même. Et Adam comprit. Il avait toujours en tête la sinistre prédiction de Kassie sur son propre meurtre, malgré la perte récente qu'il venait de subir. Il voyait dès lors que le désir de Kassie de « sauver » Rochelle était inspiré autant par son intérêt personnel que par souci du bien de l'humanité. Si elle parvenait à contredire une de ses visions, elle prouverait que son « don » n'était pas infaillible, alors peut-être aurait-elle une chance de survivre à sa propre condamnation à mort. Il était effrayant de voir à quel point elle était convaincue par sa version alternative des faits.

— Je sais que tout cela te paraît très réel, Kassie. Et que ça t'effraie. Mais tu dois me croire, ça va s'arranger. D'abord, nous allons te ramener chez toi pour que tu puisses te reposer, ensuite nous envisagerons peut-être d'autres approches. Une médication à court terme peut-être…

— Oh ! bon sang…

— Mais j'ai dit que j'appellerai Rochelle. Alors faisons-le tout de suite.

— Il faut que nous allions chez elle.

— Nous ?

— Ben oui ! J'ai quinze ans, Adam.

— Ne ferais-tu pas mieux de te tenir éloignée de moi ? répliqua-t-il, gagné par l'irritation. Si ce que tu dis est vrai...

C'était un coup bas, ignoble et malhonnête, seulement Adam ne savait pas de quelle autre façon briser sa croyance.

— Peut-être, concéda-t-elle avec calme. Mais vous êtes la seule personne qui ait jamais accepté de m'écouter, qui m'ait prise au sérieux, alors... Nous nous sommes peut-être rencontrés pour une bonne raison. Si j'échoue, nous perdons tous les deux. Mais si nous réussissons à sauver Rochelle, si nous parvenons à empêcher que ça arrive...

Adam ne répondit pas, tenu en respect par son air de défi.

— Je vous en prie, Adam. Je sais que vous ne me croyez pas. Je sais que j'ai l'air d'une folle. S'il vous plaît, vous devez me faire confiance. Vous êtes la seule personne vers qui je peux me tourner.

— Ce n'est pas le meilleur moment.

— Je ne vous demanderai rien d'autre. Si je me trompe, eh bien, je me trompe. Je n'en parlerai plus jamais. Mais si j'ai raison, elle va se faire tuer ce soir, sauf si on agit...

Adam observa l'adolescente tremblante mais déterminée devant lui. Il songea à sa mère, aux flics et aux enseignants qui la dénigraient, à la puissance de sa maladie, à la promesse qu'il lui avait faite de l'aider... Puis il pensa à Faith, à ses larmes, à sa profonde douleur, et à sa petite fille silencieuse qu'il avait tenue dans ses bras.

— Je suis navré, Kassie.

— S'il vous plaît…

— J'aimerais t'aider, mais je ne peux pas pour l'instant.

— Faites juste ça pour moi…

— Non.

La dureté avec laquelle il répondit fit tressaillir Kassie. Il fit un pas dans sa direction et, d'un ton adouci, il déclara :

— J'ai besoin d'être auprès de Faith en ce moment.

Kassie le dévisagea sans comprendre, elle n'en croyait pas ses oreilles.

— Et toi, tu dois rentrer chez toi. Je t'appellerai dans deux jours, et si tu veux parler à quelqu'un aujourd'hui, je peux te recommander à un confrère qui…

— Vous avez promis de m'aider.

— Kassie, je fais de mon mieux, mais…

— Vous êtes un menteur !

Elle tourna les talons, furieuse.

— Kassie, s'il te plaît, ne pars pas. Je vais te reconduire…

La porte claqua derrière elle. Adam se retrouva seul.

44

Elle coupa le moteur, éteignit les phares. Quelques secondes plus tôt, ils illuminaient le sinistre panorama urbain autour de South Morgan Street et une rue en U bordée d'entrepôts et de caravanes sur les berges de la fourche sud de la Chicago River. Maintenant, les bâtiments disparaissaient dans la pénombre.

— Prête ? demanda Gabrielle à l'intention de Miller.

— À cent pour cent, répondit son adjointe d'un ton enjoué en tapotant son étui dissimulé sous sa veste.

— Du calme. On veut juste lui parler, avertit Gabrielle qui s'empara d'une lampe torche avant de sortir de la voiture.

Après de nombreux coups de fil, elles avaient réussi à mettre la main sur un employé de la société de nettoyage qui pensait se rappeler l'adresse du mobil home de son collègue. Des vérifications plus poussées avaient mis au jour une location en bord de rivière effectuée trois mois auparavant sous un des pseudonymes de Redmond. La caravane se trouvait juste devant, perchée sur la rive, entourée par l'eau scintillant dans l'obscurité.

Avec un rapide coup d'œil à droite et à gauche, à l'affût de mouvements et de dangers potentiels, Gabrielle s'en approcha à pas prudents. Un silence de mort régnait dans la rue animée en journée, la semaine. Elle ralentit et, arrivée devant la caravane, leva le bras pour signifier à Miller d'attendre en retrait. Était-ce de la folie de venir fouiner ici sans renforts ? Gabrielle avait envisagé plusieurs approches, dont une démonstration de force avec descente de police en bonne et due forme, mais elle y avait finalement renoncé. Redmond n'était encore qu'un suspect et, en outre, une arrivée en nombre l'avertirait de leur présence, ce qui était la dernière chose que Gabrielle souhaitait. L'endroit offrait une quantité d'itinéraires par où s'enfuir – la rivière, le terrain vague envahi de broussailles… – et elle ne pouvait pas courir le risque qu'il leur file entre les doigts.

La porte blindée de la caravane était verrouillée par trois gros cadenas, Gabrielle s'avança vers la fenêtre afin de scruter l'intérieur. Toutefois, lorsqu'elle jeta un œil à travers la moustiquaire métallique elle ne vit que son pâle reflet. À y regarder de plus près, elle découvrit que la fenêtre était obstruée de l'intérieur par un tissu noir et opaque. L'autre fenêtre, plus loin, était protégée de la même manière. Les curieux n'étaient visiblement pas les bienvenus.

Quels secrets recelait donc cette caravane ? Gabrielle se retourna et son regard tomba une nouvelle fois sur la rivière ondoyante qui poursuivait son cours, ainsi que sur ses berges boueuses. Elle se pencha et ramassa un peu de boue à ses pieds, qu'elle examina ensuite à la lumière de sa lampe torche. La terre était d'un noir profond, comme celle qui avait séché sur les pneus du véhicule de Jones.

— Aucun signe de vie ?

Gabrielle se tourna vers Miller qui approchait avec prudence.

— Non, rien jusque-là, répondit-elle en essuyant la boue sur son doigt.

— Comment voulez-vous procéder ?

— Les possibilités sont restreintes. On peut établir une surveillance, mais à part ça…

Miller hocha la tête comme pour approuver puis demanda :

— Vous voulez jeter un œil à l'intérieur ?

— Pas sans mandat, répliqua Gabrielle, les sourcils froncés.

— Ces fenêtres sont vieilles et pas très solides, poursuivit Miller sans se démonter. Et les individus peu recommandables sont nombreux la nuit, par ici…

Son sous-entendu était clair. Et il était vrai qu'il leur faudrait au moins vingt-quatre heures pour obtenir un mandat. Pourtant, même si Gabrielle mourait d'envie de découvrir les secrets contenus dans cette caravane, il était hors de question de compromettre une future inculpation en enfreignant la procédure.

— Quand vous aurez un peu plus d'expérience, inspecteur Miller, vous comprendrez en quoi ce n'est pas une bonne idée. Cependant j'apprécie votre enthousiasme.

Miller parut déçue mais accepta la remontrance de bonne grâce. Gabrielle retourna à la voiture, plongée dans ses pensées. Elle avait nourri l'espoir de trouver la planque de Redmond et repartait les mains vides. Certains éléments tendaient à indiquer que ce site abandonné pouvait être leur scène de crime, mais il n'existait aucune preuve flagrante que Redmond utilisait encore cette caravane. Leur seule option pour l'instant était de lancer un avis de recherche et de compter sur la vigilance des agents et du public pour le repérer.

Avec irritation, Gabrielle remonta en voiture et démarra. Malgré leurs efforts, elles n'étaient pas plus avancées, et leur suspect principal leur échappait toujours. Où se trouvait Redmond à cet instant ? Et surtout, que manigançait-il ?

45

Rochelle ferma la porte, tourna le verrou et glissa la chaîne. Elle avait vérifié à plusieurs reprises que personne ne la suivait, mais après les étranges événements de la journée, elle ne voulait courir aucun risque. Elle fit rapidement le tour de la maison, s'assura que les fenêtres étaient bien closes et la baie vitrée verrouillée. Tout était en ordre. Elle se dirigea vers la cuisine où elle s'effondra sur une chaise, soulagée. Épuisée.

Elle avait besoin d'un verre. De bourbon, de vin, n'importe quoi qui pourrait la calmer. Alors qu'elle s'efforçait de trouver le courage de marcher jusqu'au frigo, elle se rappela sa décision de prévenir l'assistante sociale de Kassie. Avec un soupir, elle retourna dans l'entrée, sortit son portable de son sac et rechercha dans ses contacts. Comme il fallait s'y attendre, à cette heure tardive, la conseillère de Kassie ne décrocha pas. Rochelle lui laissa un court message pondéré dans lequel elle soulignait ses inquiétudes et qu'elle concluait en proposant d'en discuter le lendemain matin.

Son devoir accompli, Rochelle jeta l'appareil sur la table. Presque aussitôt, l'alarme du portable se déclencha. Elle venait de vivre des heures si déroutantes et perturbantes qu'elle en avait oublié que sa série préférée allait bientôt commencer. L'alcool revigorant attendrait. Elle prendrait une douche rapide, puis elle appellerait Kat pour lui proposer de venir. Elles pourraient regarder *Scandal* ensemble, manger de la glace et vider une bouteille de pinot. Ragaillardie à cette idée, Rochelle s'autorisa un bref sourire avant de bondir dans l'escalier pour gagner sa chambre.

46

Il la suivit des yeux quand elle entra dans la chambre et se demanda ce qu'elle allait faire en premier. Il l'avait observée à de nombreuses reprises et savait qu'elle avait ses petites habitudes. D'ordinaire, elle sortait fumer une cigarette sur le balcon avant de se changer. Il lui arrivait aussi de s'effondrer sur le lit et de passer des heures à faire défiler les publications Facebook sur son téléphone. Quand ça n'allait pas en revanche, si elle était triste ou agitée, elle filait sous la douche.

Pour l'heure, elle se déshabillait : elle descendit la fermeture à glissière de sa robe qu'elle retira ensuite. De son poste d'observation dans la penderie, il l'espionna à travers les lamelles de la porte, les yeux rivés sur elle tandis qu'elle laissait tomber sa robe par terre et s'asseyait au bord du lit pour retirer son collant. Il ne craignait pas d'être découvert ; elle jetait toujours ses vêtements en tas et ne s'en souciait plus jusqu'au moment du coucher. Un individu plus soigneux lui aurait donné du fil à retordre ; pas elle.

Elle était en sous-vêtements maintenant, un bel ensemble assorti. Le dos cambré, elle dégrafa le soutien-gorge puis ôta la culotte. Alors, marchant sans y prêter attention sur ses habits abandonnés par terre, elle se dirigea vers la salle de bains attenante. Quelques secondes plus tard, il entendit la porte de la cabine de douche se refermer, ainsi que le gargouillis familier de la tuyauterie lorsqu'elle fit couler l'eau. Pour des raisons qu'il ne s'expliquait pas, c'était un son qui lui donnait toujours le sourire.

Il compta jusqu'à cinquante, tempérant son désir de se précipiter vers elle, avant de sortir sans bruit de la penderie. Il glissa un œil vers la salle de bains – la porte était entrebâillée et il vit la vitre de la cabine de douche embuée –, puis il marcha à pas de loup sur la moquette. Une main gantée sur la poignée, il poussa la porte qu'il ouvrit en grand. Il entra, tous les sens aux aguets : son arrivée serait-elle détectée ? Rochelle ne parut rien remarquer, elle fredonnait à voix basse sous le jet d'eau.

Le moment était venu de passer à l'acte, pourtant il hésita. Comment résister au spectacle qui s'offrait à lui ? Sa vue avait beau être brouillée par la condensation sur la paroi, il parvenait à distinguer les courbes de ses cuisses, la rondeur de ses seins, sa longue chevelure blonde qui tombait dans son dos. Il sentit l'excitation monter en lui, mais l'heure n'était pas à la concupiscence. Il avança d'un pas décidé dans sa direction, refermant en même temps la porte derrière lui.

47

Adam s'arrêta sur le seuil et glissa la clé dans la serrure. Il s'efforçait de rester calme et d'afficher un visage serein, mais il s'aperçut tout à coup qu'il était nerveux. C'était insensé ! Il rentrait chez lui après tout ; il retrouvait toujours avec enthousiasme sa jolie petite maison de banlieue. Et voilà que l'appréhension le submergeait, qu'il s'inquiétait de ce qui l'attendait de l'autre côté de cette porte.

Cette anxiété était ridicule, il le savait. Oui, Faith s'était battue contre la dépression plus jeune, mais elle était beaucoup plus forte maintenant et faire des scènes n'était pas son genre. Il savait au fond de lui qu'il ne trouverait rien d'aussi terrible que ce qu'il redoutait. Il souffrait tant de la savoir en détresse. Ces derniers jours, elle était comme vidée par ses expériences. Adam avait passé toute sa vie à traiter les problèmes des autres, les émotions et les crises de parfaits inconnus, et pourtant il peinait à gérer la douleur de Faith. Comme il lui était difficile de garder le contrôle de ses propres sentiments quand la femme qu'il adorait s'effondrait sous ses yeux.

Après avoir tourné la clé, il entra. Tout était calme et paisible. En dehors de la bouilloire qui sifflait.

Sans qu'il sache pourquoi, ce banal son d'une activité domestique normale lui mit du baume au cœur, et il se hâta vers la cuisine où il trouva Faith, vêtue d'un bas de jogging et d'un T-shirt, appuyée contre le plan de travail.

— Surprise ! plaisanta-t-elle avec un rire amer en référence au fait qu'elle s'était habillée.

— Je suis impressionné.

Il tenta de se montrer enjoué, mais son ton était forcé. Faith faisait des efforts, il le voyait bien, toutefois son regard laissait transparaître sa douleur.

— Et ce n'est pas tout, continua-t-elle d'une voix égale tandis qu'elle se tournait pour préparer le thé. Je suis allée dans l'atelier aujourd'hui.

— Formidable. Comment ça s'est…

La réponse fusa :

— Trop tôt.

— Bien sûr. Rien ne presse. Un pas à la fois.

Il avait prononcé cette phrase si souvent au cours des derniers jours qu'elle en était devenue un cliché. Faith ne répondit pas. Elle reposa la bouilloire sur son socle et lui tendit une tasse qui fumait.

— Et toi, comment ça a été ?

— Bien. J'ai répondu à la plupart des messages en suspens.

— C'est bien.

— Il m'en reste encore quelques-uns, mais j'ai les numéros des patients. Je peux les appeler d'ici.

Adam se tut, porta son attention sur les volutes qui s'élevaient de sa tasse. Il avait décidé de ne pas raconter à Faith son entrevue avec Kassie, mais sa femme le dévisageait, en attente de la suite.

— Est-ce que tout va bien ? Tu as l'air… tendu.

— Tout va bien, répondit-il, les dents serrées.

— Et… ?

Le regard inflexible qu'elle posait sur lui ne lui laissait aucune chance de se dérober.

— Kassie est venue me voir. Au cabinet.

— D'accord, l'encouragea Faith avec prudence. Que voulait-elle ?

Il ne savait pas trop comment répondre.

— Adam ?

— Elle voulait de l'aide.

— Pourquoi ?

— Elle a eu une autre crise.

— Une autre vision ?

Adam esquissa un geste entre le haussement d'épaules et le hochement de tête. Il n'aimait pas ce terme.

— Et ? Elle t'a dit qui était concerné ?

— Oui.

— Alors…

— Alors rien.

— Comment ça, rien ?

— Je l'ai renvoyée chez elle.

Tout en prononçant ces mots, il sentit une pointe de honte le transpercer.

— Quoi ? s'exclama Faith avec une stupeur sincère.

— Je ne voulais pas… mais je ne peux pas me permettre de m'impliquer dans son cas en ce moment. Nous avons trop de choses à régler.

— C'est ton travail.

— Et alors ?

— Alors ça n'a rien à voir avec nous, et si tu es en mesure de l'aider…

— Je lui ai dit que je ne pouvais pas, donc en discuter ne sert à rien.

— Je crois que tu devrais y réfléchir.

— Pourquoi ?

— Parce que je ne suis pas en sucre, bordel !

La réplique avait jailli avec force et colère. Adam considéra sa femme et discerna les émotions qui tempêtaient en elle.

— Je sais que tu ne cherches qu'à m'aider, reprit Faith qui s'efforçait de se maîtriser. Mais je suis une grande fille. Je m'en sortirai.

— Je tiens juste à m'assurer que…

— Et me traiter comme une enfant ne va pas m'aider. Si merdique qu'elle soit… la vie continue.

Adam ne pouvait dire le contraire. Malgré sa furieuse envie de tenir le reste du monde à l'écart ces derniers jours, celui-ci continuait de s'imposer.

— Donc, si Kassie a des ennuis, si elle a besoin de toi au point de venir te trouver au cabinet…

Elle plongea son regard dans le sien avant de conclure :

— Tu dois l'aider.

48

— Assieds-toi, *kochanie*, et mange quelque chose.

Kassie n'en croyait pas ses yeux. Sa mère était attablée, vêtue d'une élégante robe à fleurs, un sourire aux lèvres. Devant elle s'étalait un véritable festin : de nombreux mets polonais, bien sûr, mais aussi quelques douceurs américaines, d'ordinaire interdites sous ce toit.

— Je t'en prie…

Kassie s'installa avec prudence et se mit à grignoter un Oreo. Toute cette mise en scène était si compassée que Kassie s'attendait presque à ce que sa mère fasse apparaître un gentil Polonais bon à marier, comme un magicien ferait sortir un lapin de son chapeau. Elle avait pensé écoper de l'interrogatoire habituel ou au moins subir le souffle des récriminations, mais pas un instant elle n'avait imaginé *ça*.

— Comment s'est passée ta journée ? Comment était ta… réunion ?

Jusque-là sa mère avait évité toute mention à sa dernière thérapie pour soigner sa dépendance. Un autre signal d'alarme.

— Bien, merci, mentit-elle avec maladresse.

Kassie était rentrée chez elle le moral dans les chaussettes, se torturant les méninges pour trouver comment récupérer l'adresse ou le numéro de téléphone de Rochelle. Elle ignorait son nom de famille, n'avait aucun ami au sein du groupe de soutien et, après la scène qu'elle avait faite ce jour-là, il était fort peu probable qu'un des membres se confie à elle. Non pas que sa mère le sache ou s'en soucie…

— Et toi, tu as passé une bonne journée ? demanda Kassie dans une piètre tentative de faire la conversation.

— Oui, merci. Je suis allée à l'église après le travail. J'en ai profité pour m'arrêter à l'épicerie à côté et j'ai acheté quelques-uns de tes plats préférés.

— Merci, murmura Kassie en se servant une part de chou farci qu'elle engloutit.

Sa mère la laissa manger tranquillement quelques minutes avant de poursuivre.

— J'ai discuté avec le père Nowak l'autre jour…

Kassie se figea, la fourchette à mi-chemin entre l'assiette et sa bouche, et dévisagea sa mère. Voilà qu'elles en arrivaient au plat principal de ce festin.

— Tu te souviens du père Nowak ?

— Bien sûr.

Kassie fut tentée d'ajouter : « Comment pourrais-je l'oublier ? » mais se retint.

— Lui se souvient très bien de toi et il a hâte de te revoir à l'église.

— Si tu le dis, répondit Kassie sans conviction.

— J'ai pensé qu'on pourrait y aller aujourd'hui, quand tu aurais fini de manger…

— Aujourd'hui ?

— Il y a un office dans une heure. On a largement le temps.

Elle avait déjà tout prévu, elle savait même sans doute à quelle heure passait le bus 22. Bien qu'une visite à l'église fût la dernière chose dont Kassie avait envie, il ne servait à rien de lutter. Elle soupçonnait sa mère d'être capable de combustion spontanée si elle refusait et, point positif, elle pourrait profiter du sermon pour réfléchir à la manière de retrouver Rochelle.

Le trajet jusqu'à l'autre bout de la ville se déroula sans encombre et, très vite, elles pénétrèrent dans la sombre église dont Kassie se souvenait si bien. L'office venait de débuter, aussi se dépêchèrent-elles de s'installer, au troisième rang devant. Au moment de s'asseoir, Kassie surprit le regard qu'échangèrent sa mère et le prêtre bedonnant. C'était bel et bien un coup monté, orchestré par une mère inquiète et son confesseur bienveillant.

Kassie tenta de réprimer sa colère et de se concentrer sur les paroles déclamées ; elle devait bien ça à sa mère. Le père Nowak commença par le verset d'introduction habituel puis récita l'invocation puis la liturgie, et Kassie se laissa tomber à genoux sur le coussin de prière alors que démarraient les oraisons eucharistiques.

— Que le Seigneur soit avec vous…

Elle ferma les paupières et joignit les mains, marmonna les paroles qui lui revenaient automatiquement.

— … et avec votre esprit.

Elle voulait méditer sur leur signification, découvrir si elles exerçaient encore un pouvoir sur elle, mais ses pensées ne cessaient de dériver vers Rochelle. Impossible de se concentrer. Le coup de coude qu'elle reçut dans les côtes lui apprit que sa mère avait remarqué son attitude distraite – un bruit l'avait-il trahie ? – et elle redoubla d'efforts.

— Béni soit celui qui vient au nom du Seigneur…

Voilà qu'une autre distraction lui parvenait aux oreilles. Un téléphone portable sonnait. *Son* téléphone portable.

Elle le sortit de sa poche et consulta l'écran. Quelques paroissiens se tournèrent pour lui lancer des regards noirs et sa mère lui saisit le poignet.

— Éteins ça ! siffla-t-elle entre ses dents.

Mais Kassie se dégageait déjà de son emprise. C'était Adam Brandt qui l'appelait.

On avait répondu à ses prières.

49

— Une fois là-bas, c'est moi qui parle. Tu restes dans la voiture.

Cette suggestion n'enchanta pas beaucoup Kassie, bien qu'elle approuvât d'un haussement d'épaules. Qu'elle tienne sa part du marché le moment venu était une autre affaire.

— Qu'est-ce que vous allez lui dire ?

— Que j'ai eu vent de l'incident d'aujourd'hui à la réunion et que je veux m'assurer qu'elle va bien. Je lui présenterai des excuses.

Adam connaissait Rochelle Stevens, il l'avait rencontrée lors de plusieurs séminaires professionnels. Ils n'étaient pas assez proches pour qu'il se rende chez elle sans prévenir, mais il doutait qu'elle lui en tienne rigueur. Et si cette visite permettait de tranquilliser Kassie, il ne fallait pas hésiter.

— Et ensuite quoi ? demanda l'adolescente en l'arrachant à ses pensées.

— Ensuite, rien. Nous faisons cela pour te rassurer, pas pour lui faire peur.

— Qu'elle aille bien maintenant ne signifie pas qu'elle ira bien tout à l'heure…

— Écoute, je ne vois pas trop ce qu'on peut faire d'autre, répliqua Adam avec impatience. À moins que tu ne veuilles que je l'enferme.

Kassie s'apprêtait à répondre, mais Adam la devança :

— Donc, on s'en tient au plan. On vérifie qu'elle va bien et on repart. Ta mère doit être dans tous ses états.

— Je m'arrangerai avec elle.

Adam ne savait pas comment Kassie comptait s'y prendre et, l'espace d'un bref instant de grande couardise, il espéra qu'elle ne l'impliquerait pas. Ce qu'il faisait n'était ni professionnel ni déontologique ; sans parler du fait que c'était dangereux et imprudent.

— On y est, dit-il avec calme comme ils tournaient dans Washington Close.

La rue paisible était faiblement éclairée, mais les plaques numérotées des maisons étaient lisibles. Adam roula au pas dans la rue en quête du bon numéro.

Au 14, il se gara le long du trottoir.

— Ne bouge pas, ordonna-t-il en ouvrant la portière.

— Oh, ça va. Je ne suis pas un chien ! rétorqua-t-elle avec irritation.

Adam ne s'attarda pas pour écouter la suite, il referma la portière et s'éloigna. La maison semblait inoccupée, plongée dans l'obscurité en dehors d'une lumière à l'étage. Ravalant ses doutes, il marcha jusqu'à la porte et appuya sur la sonnette.

Le carillon retentit dans la maison, long et fort. L'angoisse d'Adam montait en flèche – qu'allait-il lui dire ? – mais il n'y avait aucun mouvement à l'intérieur. Il sonna une seconde fois, garda le doigt appuyé.

— Alors ?

Adam retira son doigt et découvrit Kassie plantée à côté de lui.

— Je t'ai dit de rester dans…

— Elle est là ?

— Apparemment pas.

Kassie s'éloigna du seuil et vint coller son visage contre une fenêtre. Les yeux plissés, elle tenta de percer l'obscurité intérieure.

— Je vois son sac à main. Elle l'avait avec elle cet après-midi. Et son portable est sur la table dans l'entrée, alors elle est passée chez elle, c'est certain.

— Elle est peut-être allée se coucher.

— Elle ne répond pas à la porte. Et il n'est pas très tard.

— Elle serait sortie ? suggéra Adam.

— Sans son sac et sans son téléphone ?

Kassie s'avançait déjà vers le garage. Elle tenta la poignée. En vain. Adam jeta un coup d'œil nerveux de l'autre côté de la rue.

— Kassie ! Reviens ici !

Mais son appel resta sans réponse. Au lieu de quoi, Kassie fit le tour de la maison et disparut dans l'allée latérale. Soucieux de ne pas attirer l'attention sur lui, Adam décida de ne pas crier et lui emboîta le pas.

Il la retrouva dans le jardin de derrière en train de scruter avec intensité l'intérieur de la maison à travers la porte-fenêtre.

— C'est fermé.

Elle tapa à la vitre. Mais ses coups ne reçurent aucune réponse. Adam la considéra une nouvelle fois.

— Bon, on a fait ce qu'on a pu pour l'instant. Je lui enverrai un texto et lui demanderai de m'appeler demain matin.

Kassie commença à grimper sur le rebord de la fenêtre.

— Qu'est-ce que tu fais ?

— La porte-fenêtre n'est verrouillée que d'en haut, alors si j'arrive à passer la main…

— Et comment comptes-tu faire ça ?

Kassie enfonça son coude dans le petit carreau. Après avoir essuyé le verre brisé, elle descendit sa manche sur sa main qu'elle passa à l'intérieur pour tirer le loquet. Elle sauta à terre et ouvrit la porte-fenêtre. Avec un coup d'œil à Adam, elle murmura :

— Vous venez ?

50

— Il y a quelqu'un ?

La voix de Kassie résonna dans la maison, mais personne ne lui répondit. Adam enjamba avec précaution le verre brisé pour la rejoindre. Elle s'attendait à moitié à ce qu'il l'empoigne et la traîne dehors, cependant, après lui avoir décoché un regard noir, il la devança à grandes enjambées et appela :

— Rochelle ?

Le silence emplissait la maison.

— Rochelle, c'est moi, Adam Brandt. Il n'y a aucune raison d'avoir peur, si vous êtes là, s'il vous plaît, descendez.

Pas de réponse, mais un léger craquement à l'étage leur fit tendre l'oreille.

— Rochelle ?

Toujours rien. Kassie avança à pas prudents dans le salon ; il était sombre et désert. Elle se dirigea vers l'entrée où son regard tomba aussitôt sur le sac en bandoulière, le portable et les clés de Rochelle qui étaient posés sur la console. Elle tendit la main pour s'en emparer, mais Adam l'en empêcha en retenant son bras.

— Tu as déjà bien assez de problèmes comme ça.

Pour une fois, Kassie obéit. Adam passa devant, jeta un œil dans la petite cuisine. Rien d'intéressant ici. Ils gravirent alors l'escalier jusqu'à l'étage. La troisième marche émit un craquement sonore qui arracha une grimace à Adam. Il se déporta un peu pour poser le pied plus au bord. Kassie l'imita et, très vite, ils atteignirent le palier.

Il n'y avait que deux portes et chacune ouvrait sur une petite pièce. Kassie entra dans la première, alluma et ne découvrit qu'une simple chambre d'ami. Le lit était fait, des vêtements séchaient sur un étendoir, et, après avoir passé le doigt sur la commode, elle vit qu'une fine pellicule de poussière la recouvrait.

Elle pivota et rejoignit Adam dans la chambre principale. Il y avait des photos encadrées, une panière à linge pleine à ras bord et l'une des portes de la penderie était entrebâillée, et à part ça, tout paraissait en ordre. Adam ouvrit en grand le placard pendant que Kassie retenait son souffle – c'était idiot, elle le savait, car elle ne pensait pas vraiment que quelqu'un s'y cachait. Elle s'intéressa ensuite à la panière et y remarqua sans surprise la robe que Rochelle portait dans la journée roulée en boule sur le dessus avec un soutien-gorge, une culotte et une paire de collants.

À la vue de ces vêtements, Kassie se crispa sans savoir pourquoi. S'était-elle changée pour sortir ? Ou avait-elle été attaquée au moment où elle était nue et vulnérable ? D'un pas décidé, elle gagna la salle de bains, dont elle poussa la porte. Il y faisait plus chaud que dans la chambre, plus humide aussi, mais à l'instar des autres pièces, il n'y avait rien de suspect. Aucun signe de lutte ni de désordre… Et aucune trace de Rochelle.

— Alors ?

Adam l'avait rejointe. Kassie examina la salle de bains sans dire un mot.

— Elle n'est pas là, Kassie. Et tout semble normal.

— Elle est rentrée chez elle, c'est sûr, elle a pris une douche…

— Comme des tas d'autres gens.

— Quelque chose ne colle pas. Pourquoi sortirait-elle sans son sac et sans son téléphone ?

— Elle les a peut-être oubliés. Ou elle est allée faire un saut chez un voisin.

— Non, ce n'est pas ça.

— Regarde autour de toi, Kassie. Il n'y a pas de vilain croque-mitaine.

Elle lui décocha un regard noir et s'éloigna. Elle n'aimait pas son ton. Il ne l'accompagnait peut-être que par obligation, mais elle ne le laisserait pas se moquer d'elle.

Elle examina le lavabo, le miroir, la cabine de douche. La paroi était encore mouillée et, lorsqu'elle s'agenouilla pour toucher le tapis de bain, elle s'aperçut qu'il était gorgé d'eau.

L'esprit de Kassie partit au quart de tour. Pourquoi était-il trempé ? Rochelle avait-elle été attaquée pendant qu'elle se douchait ? Son agresseur avait-il essuyé l'eau qui avait giclé partout jusqu'au tapis ? Ou se trompait-elle sur toute la ligne ? Et s'il n'y avait rien de louche dans tout ça ? Elle n'eut pas le loisir de spéculer davantage, car Adam, la main posée sur son bras, déclara :

— Ça suffit, Kassie. Il est temps de repartir.

51

Elle remua les lèvres en silence, inexorablement. La tête baissée, les mains jointes, elle implorait la clémence.

L'église St. Stanislaus était quasiment déserte, et la silhouette solitaire de Natalia se découpait au milieu des bancs vides. Les fidèles s'en étaient allés et le père Nowak s'était retiré pour accomplir quelques tâches administratives, au grand soulagement de Natalia après le départ précipité impardonnable de Kassie. Elle avait promis de la discipliner, de l'aider à renouer avec l'église, mais l'effronterie de sa fille avait cruellement souligné le peu de contrôle et d'autorité qu'elle exerçait sur elle. Personne ne lui avait fait de reproches, bien sûr, mais Natalia se doutait qu'on médisait dans son dos ; encore une tare pour la famille. Les commérages des vieilles mégères, elle pouvait les supporter, elle y était habituée, mais l'expression de grande déception sur le visage du père Nowak l'avait blessée au plus profond de son cœur.

La honte s'était transformée en fureur, puis enfin en désespoir. Elle avait tenté de mettre le holà, d'être bienveillante, seulement rien n'y faisait. Elle se sentait impuissante, seule, et pour la énième fois, elle maudit son mari d'avoir quitté cette vie si tôt en la laissant tout assumer seule. Comme chaque fois que les idées noires l'assaillaient, elle se tourna vers Dieu. Durant sa vie entière, elle s'était comportée en bonne chrétienne dévouée. Elle levait des fonds pour l'Église, participait aux marches pour la paix, priait le Saint-Père tous les jours, et elle avait la conviction qu'Il ne l'abandonnerait pas lorsqu'elle en aurait besoin. Elle priait avec ferveur, acharnement, articulant les mots qui leur offriraient, à elle et à sa fille, le salut.

Mais cela ne semblait pas être pour ce soir. Le vent s'était levé pendant l'office, comme souvent à Chicago, et il avait sifflé dans l'immensité de l'église. Le bois craquait, les portes battaient, les volets pivotaient sur leurs gonds. Durant la messe, le père Nowak avait été contraint de monter le volume de son micro pour être entendu par-dessus le vacarme. Depuis, la férocité du vent n'avait fait que croître. Sans pour autant tomber dans la paranoïa, Natalia avait le sentiment que plus elle priait, plus le vent forcissait. Dieu serait-il en colère contre elle ? Lui reprochait-il ses échecs ? Sa faiblesse ?

Bang ! Un volet vint cogner de nouveau contre la structure de l'église et le claquement fit sursauter Natalia. Elle haussa le ton, psalmodiant les mots à voix haute maintenant, comme pour protester contre l'interruption des forces de la nature. *Bang ! Bang !* La réponse fut prompte et agressive. Voilà que le vent hurlait à travers l'église, il se faufilait par les plus minuscules interstices, ébouriffait les livres de cantiques, faisait danser les journaux dans les airs. Les paupières fermement closes, Natalia persévéra, elle en appela à la miséricorde du Seigneur, L'implora de la guider. *Bang ! Bang ! Bang !*

Natalia bondit sur ses pieds, à bout de nerfs. Tandis qu'elle regardait les portes qui craquaient, les volets qui claquaient, une peur soudaine et inexplicable l'envahit, tel le pressentiment d'un danger, la crainte que l'église ne s'effondre sur elle-même. Un instant, elle envisagea d'appeler le père Nowak, mais en fin de compte, elle tourna les talons et se précipita vers la sortie.

Elle déboucha en trombe dans la rue et fut aussitôt repoussée par le vent qui rugissait. Il commençait à pleuvoir, de grosses gouttes tombaient avec bruit sur les marches en pierre. Natalia enroula son foulard autour de son visage et s'élança.

Elle était venue chercher le salut, elle n'avait trouvé que colère et violence.

52

— Nous devrions appeler les secours.

Adam et Kassie étaient de retour dans la voiture.

— Pour leur dire quoi ? rétorqua Adam.

— Que Rochelle a disparu.

— Nous n'en savons rien.

— Ses clés et son portable sont dans la maison, vous les avez vus. Pourquoi les aurait-elle laissés ?

Elle pivota vers lui et le défia du regard, ne lui laissant guère le choix…

— Écoute Kassie, pour la police, tu es toujours un suspect dans le meurtre de Jacob Jones…

Cette information parut troubler, voire inquiéter, la jeune fille.

— Et je suis un psy un peu trop magnanime qui ne devrait pas se laisser amadouer par sa patiente. La police dira qu'il n'existe aucune preuve qu'un crime ait été commis.

Kassie voulut protester, mais Adam ne lui en laissa pas l'occasion.

— Et c'est la vérité. Je reconnais que le comportement de Rochelle…

— Sa disparition, vous voulez dire.

— … est un peu étrange. Mais rien de plus. À moins que nous n'ayons une preuve concrète qu'elle a été enlevée ou attaquée, les flics ne bougeront pas le petit doigt.

— Alors on va l'abandonner comme ça ?

— Nous repasserons demain matin. Elle sera peut-être revenue.

— Elle sera morte…

— Tu n'en sais rien.

— … et vous l'aurez sur la conscience.

Les mots jaillirent avec éclat, réduisant Adam au silence. Kassie était énervée, son visage rouge, et il vit avec étonnement des larmes perler à ses yeux.

— C'était une erreur, continua-t-elle d'un ton accusateur en ouvrant la portière.

— Ne t'enfuis pas, Kassie. Il est tard. Tu ne devrais pas traîner toute seule dehors à cette heure-ci.

Sans lui prêter la moindre attention, elle descendit de voiture.

— Laisse-moi au moins te reconduire chez toi…

Mais ses paroles s'évanouirent dans la nuit. La jeune fille était déjà loin, s'échappant aussi vite qu'elle le pouvait.

Adam rentra chez lui en tapotant nerveusement des doigts sur le volant. Il était en colère et énervé, il s'inquiétait pour Kassie, pour Rochelle et, en toute franchise, pour lui aussi. Qu'est-ce qu'il faisait ? Pourquoi s'était-il proposé d'aider Kassie s'il ne croyait pas ce qu'elle racontait ? Quel objectif espérait-il atteindre ? S'il se souciait sincèrement de son bien-être, ainsi qu'il l'avait prétendu à Faith, alors il aurait dû lui parler, la calmer, la convaincre de ne pas rechercher Rochelle. Mais il avait échoué en beauté ; Kassie croyait dur comme fer que Rochelle était en danger et elle était résolue à la secourir. Elle, au moins, n'avait aucun doute quant à la signification ou à la précision de son « don », sur sa capacité à lire l'avenir.

En son for intérieur, Adam s'opposait depuis le début à cette vision des événements. Pas simplement parce qu'elle était à l'encontre de son éducation et de sa formation, mais aussi pour tout ce qu'elle impliquait. Si Kassie avait raison au sujet de Jacob Jones et de Rochelle, si elle pouvait prédire avec précision le destin des gens, leur mort, alors cela signifiait… quoi ? Qu'il était un assassin ? Qu'il allait la tuer ?

Cette idée était grotesque. Il avait passé toute sa vie à aider les autres, à les soigner. Il n'était pas un homme violent. Et puis il appréciait Kassie. Alors dans quel univers parallèle pourrait-il lui faire du mal ? Il chassa ces pensées, furieux contre lui-même de les avoir. Il devait aider Kassie, pas l'encourager dans la folie de ses fantasmes. Il devrait revenir à son approche initiale, mettre à profit les talents qu'il avait perfectionnés au cours de nombreuses années pour neutraliser l'origine de sa psychose. Voilà comment il pourrait l'aider, pas en jouant les détectives amateurs au milieu de la nuit.

Un peu ragaillardi par sa décision, il se gara devant chez lui. La soirée avait été perturbante, mais les choses allaient changer. Il s'efforcerait de retrouver un semblant de normalité au travail, à la maison, dans son cœur.

Il ouvrit la porte sans bruit et entra chez lui. Il croyait trouver Faith encore éveillée ; elle regardait beaucoup la télé la nuit depuis son retour de l'hôpital.

Mais tout était éteint, et la maison était plongée dans le noir.

Il posa ses clés sur le guéridon de l'entrée et traversa le salon à pas feutrés, passa devant la cuisine et se dirigea vers la chambre. Ici aussi la lumière était éteinte et, une fois à l'intérieur, Adam distingua la silhouette allongée de Faith, enveloppée dans la couette. Elle s'était couchée tôt, était-ce bon signe ou pas ? S'était-elle réfugiée dans le sommeil car elle se sentait incapable d'affronter le monde ? Ou écoutait-elle enfin son corps qui lui criait son besoin de repos ? Lui comme elle n'avaient pas eu de bonne nuit réparatrice depuis fort longtemps.

Il ôta ses vêtements dans le noir et se glissa sous les draps. Faith ne bougea pas. Il tendit l'oreille, à l'affût du rythme lent et régulier de sa respiration mais ne perçut rien. Il tira la couette sous son menton, ferma les yeux et tâcha de chasser les pensées qui tourbillonnaient dans sa tête.

— Tout va bien ?

La voix de Faith le fit sursauter. Il était persuadé qu'elle dormait.

— Avec Kassie, je veux dire ?

— Fausse alerte, répondit-il en se tournant vers elle.

— Tant mieux.

— Elle est rentrée chez elle. Pour être avec sa mère.

C'était un mensonge – il ne savait pas du tout où elle se dirigeait quand elle l'avait quitté – et il regrettait de l'avoir dit. L'image évocatrice d'une mère et de sa fille dans le cocon familial ne pouvait que blesser Faith.

— Je suis contente qu'elle aille bien, marmonna-t-elle d'une voix légèrement émue.

Elle se tourna de l'autre côté sans rien ajouter. Adam devinait au léger tressautement de ses épaules, à ses aspirations hachées et étouffées, qu'elle était en train de pleurer. Un instant, il fut accablé, vidé, par le bruit de son épouse qui souffrait, puis il se ressaisit et roula vers elle pour la serrer contre lui. En temps normal, il aurait passé le bras autour de son ventre, mais ce soir il le laissa reposer avec délicatesse sur sa cuisse. Il la tint contre lui un moment, avec l'espoir que cela suffirait à soulager sa détresse.

— Est-ce que tu penses que… Tu penses qu'on sera un jour prêts à réessayer ?

Sur le coup, Adam resta sans voix. D'où lui venait une telle idée ? Il était bien trop tôt pour y songer. Ils en étaient encore à chercher comment accepter la perte atroce d'Annabelle et, en outre, après le parcours du combattant traversé pour tomber enceinte, l'idée paraissait presque hors d'atteinte. C'était une épreuve qu'ils ne pourraient envisager qu'une fois leur deuil actuel achevé.

— Je ne sais pas, Faith, répondit-il d'un ton hésitant pour dire quelque chose. Mais peut-être… devrions-nous nous accorder un peu de temps d'abord ?

Néanmoins, le temps ne jouait pas en leur faveur. Faith approchait de la quarantaine et, avec leurs antécédents, les chances n'étaient pas de leur côté. Mais il était vrai aussi qu'aucun d'eux n'était assez solide psychologiquement pour accepter une chose qui pourrait être aussi désastreuse et douloureuse. Quand bien même, il savait que ce n'était pas ce que Faith avait envie d'entendre, ses paroles équivoques étaient évasives et peu convaincantes.

Adam attendit qu'elle réponde, mais Faith resta muette. À la place, elle s'écarta et remonta le drap sous son menton. À contrecœur, il retira son bras et regagna son côté du lit. Il n'avait pas dit ce qu'il fallait. Et il brûlait d'envie de se faire pardonner. Mais aucun mot n'atténuerait sa douleur. Il resta donc allongé sans bouger, au côté de son épouse immobile. Mari et femme, unis dans le deuil et le silence.

53

— Regardez qui va là…

Habituée aux piques amicales de son mari, Gabrielle les prenait avec humour. Aussi parce que, dans l'ensemble, elles comportaient une part de vérité et étaient méritées.

— Je sais, je suis désolée… Dis-moi que ce n'était pas le match du siècle.

— Ton aîné a marqué deux fois, ton cadet trois.

— Oh punaise…, grommela Gabrielle, en jetant son sac et son manteau sur une chaise avant de s'écrouler sur le canapé à côté de Dwayne. Je vais avoir des problèmes.

— Il me semble qu'il a été question d'au moins un jeu vidéo. Peut-être deux.

Il se leva du canapé et déposa un baiser délicat sur son front.

— Bon, ce n'était pas si mal après tout. J'ai pu passer du temps avec les autres mamans, et certaines sont canon !

Gabrielle lui jeta un coussin à la figure, mais il était déjà presque arrivé à la cuisine.

— Je sors la bière et les chips, tu lances Netflix. Tu as mangé ?

— Des chips, ça me va très bien, répondit Gabrielle avant d'attraper la télécommande.

Elle s'adossa au canapé et fit défiler le menu jusqu'à trouver *When We First Met*. Quelques minutes plus tard, Dwayne revint et ils trinquèrent alors que le film commençait. Gabrielle chérissait ces moments – petites oasis de normalité dans une vie rongée par le stress, la noirceur et le danger. Elle avait conscience que son travail pouvait être pesant pour son mari, pour ses fils et pour elle-même aussi, en toute honnêteté. C'était un métier exigeant. Raison pour laquelle chaque occasion de profiter d'un semblant de normalité était primordiale.

Gabrielle fit des efforts pour s'absorber dans l'histoire du film. Les magouilles romantiques de Noah Ashby et de sa bande auraient dû lui permettre de s'évader, mais ce soir, son esprit n'arrivait pas à se poser ; l'incapacité de son équipe à mettre la main sur Kyle Redmond ne cessait de revenir la narguer. Malgré un avis de recherche lancé dans toute la ville, il n'y avait toujours aucun signe de lui. Chicago était une grande métropole, presque trois millions d'habitants arpentaient chaque jour ses rues animées, mais pouvait-on vraiment disparaître aussi facilement ?

— Aïe !

Dwayne venait d'enfoncer son coude dans les côtes de Gabrielle.

— On décroche. Tu n'es plus au poste.

Elle lui rendit un petit coup avant de se concentrer de toutes ses forces sur le drame qui se déroulait à l'écran. Bien que dans les faits, avec ce genre d'affaires, on ne quitte jamais son travail. Chaque erreur, chaque contretemps, pouvait changer la donne. En dépit de leurs efforts, ils n'étaient pas plus près de procéder à une arrestation ni d'apporter une conclusion satisfaisante à ce crime affreux.

Un tueur rôdait dans Chicago.

54

— Dites quelque chose, s'il vous plaît…

Sa voix était faible et fêlée.

— Pourquoi vous ne me parlez pas ?

L'homme à la cagoule l'ignora et tira un sac de marin à travers la pièce. Accablée de désespoir, Rochelle se mit à pleurer, des larmes salées et de la morve piquèrent son cou meurtri. Jamais de sa vie elle ne s'était sentie aussi mal – elle avait l'impression d'avoir subi un grave accident de voiture. Elle avait des vertiges, elle était désorientée et dès qu'elle bougeait la tête, une douleur cuisante irradiait dans sa nuque. Elle savait pourtant que le pire restait à venir. Son ravisseur n'avait pas prononcé un mot depuis qu'elle s'était réveillée dans cet horrible endroit et, à chaque seconde qui passait, sa terreur augmentait.

Elle était tranquille chez elle, à chasser sous le jet de la douche les contrariétés d'une journée difficile, lorsque soudain la porte de la cabine s'était ouverte et que des mains rugueuses l'avaient empoignée. Avant même qu'elle ne comprenne ce qu'il se passait, elle était par terre, ses jambes nues glissant sur le carrelage humide. Et ensuite, cette épouvantable sensation d'étouffement.

Et puis elle s'était retrouvée ici, cernée par l'obscurité, nue et vulnérable, les bras et les jambes attachés dans le dos, le contact horrible des plis de ce plastique sous les orteils. Déconcertée, terrifiée, elle avait hurlé à perdre haleine, mais son ravisseur était resté sourd à ses cris et avait continué à vaquer à ses occupations sans se soucier d'elle. Il portait un bleu de travail et aurait pu passer pour un ouvrier lambda sans la cagoule qui dissimulait son visage et son mutisme impitoyable.

— Je vous en prie..., cria-t-elle une nouvelle fois. Qu'est-ce que vous voulez ? J'ai de l'argent, mon père a de l'argent. Qu'est-ce que vous voulez ?

L'homme ne répondit pas mais cessa de farfouiller dans son sac. Il se redressa, pivota vers Rochelle. La pièce était sombre et étroite, une unique lampe à pétrole diffusait une faible lumière, pourtant la vue de l'homme lui glaça le sang. Dans sa main droite, il tenait un hachoir de boucher. La lueur vacillante de la flamme scintillait avec malice sur sa lame luisante.

— S'il vous plaît, ne me faites pas de mal...

Les larmes coulaient sur les joues de Rochelle. L'homme ne réagit pas, il se contenta de pencher la tête comme pour évaluer son désespoir, avant de s'approcher d'elle.

— Je vous en supplie.

Elle pleurait tout son saoul.

— Ne me tuez pas...

Il s'arrêta juste devant elle. D'un geste calme, il fit courir la lame aiguisée de son hachoir sur la joue de Rochelle. L'acier était froid et implacable contre sa peau.

— Tu sais qui je suis ? souffla-t-il.

— Non, non. Pas du tout.

— Tu sais ce que je fais ?

— Non, je ne sais rien de vous.

— Tant mieux.

Il leva le hachoir en l'air, prêt à l'abattre sur son crâne. Avec un mouvement de recul, Rochelle hurla d'effroi. Mais à sa grande surprise, l'autre baissa le bras en poussant un léger ricanement. Rochelle le considéra d'un air étonné, le rythme de son cœur s'accordant à l'intensité de sa terreur. Elle avait cru qu'elle allait mourir. Maintenant, elle craignait qu'il ne lui réserve un sort pire encore.

Devinant sa peur, l'homme se baissa à sa hauteur. Si près que la pointe de son nez touchait presque celui de Rochelle. Elle sentait l'odeur de tabac froid dans son haleine, la note piquante de sa transpiration.

— On va y aller sans se presser, Rochelle, murmura-t-il.

Elle ne pouvait plus parler. La malveillance qui perçait dans sa voix, l'éclat qui brillait dans ses yeux étaient insupportables. Elle voulait s'évanouir, que tout ça se termine, mais son corps, cruel, refusait de lui obéir. Elle était prise au piège de ce cauchemar.

— On va faire ça tout doucement…

— Je vous en supplie, non…

— Morceau par morceau…

Il lui caressa le bras avec le hachoir. Rochelle eut envie de vomir ; soudain, elle savait exactement ce qui l'attendait.

— Et on va commencer par cette jolie petite langue.

55

La lueur du soleil matinal filtra entre les rideaux, illuminant un triste décor. Assise sur le lit intact de sa fille, Natalia caressait les perles de son chapelet, le regard rivé sur le sol. Elle était furieuse contre Kassie, se sentait honteuse, amère, mais surtout inquiète. Kassie n'était pas rentrée à la maison cette nuit.

Où était-elle ? Que faisait-elle ? Sa fille n'avait pas vraiment d'amis, aucune famille dont elle était proche, alors qui était ce mystérieux correspondant qui avait requis sa présence ? Elle avait filé de l'église sans aucune hésitation et sans un remords. Avait-elle un petit copain ? Une nouvelle amie rencontrée dans l'un des groupes de soutien auxquels elle avait participé au fil des ans ? Serait-il possible qu'il s'agisse de ce psychologue, celui qui n'avait rien fait jusque-là sinon l'encourager dans ses délires ? Elle penchait pour cette dernière hypothèse, bien qu'elle n'eût aucun moyen d'en avoir le cœur net.

Natalia se leva et s'approcha de la fenêtre, ouvrit les rideaux d'un coup sec et scruta la rue pour la cinquième fois ce matin. Elle avait attendu jusqu'à 2 heures avant d'aller finalement se coucher en se disant pour se rassurer qu'il arrivait à Kassie de rentrer très tard. Mais lorsque le réveil, après avoir indiqué 4 heures puis 5 heures, avait sonné 6 heures, Natalia avait cessé d'essayer de dormir et tenté une nouvelle fois de joindre Kassie sur son portable avant de s'habiller et de sortir dans la rue à la recherche de sa fille dévoyée.

De dépit, elle s'était réfugiée dans sa chambre avec l'espoir d'y découvrir un indice sur ses allées et venues, mais c'était peine perdue. Il n'y avait que des vêtements sales en boule par terre, des manuels scolaires éparpillés sur le bureau de fortune. Natalia avait attendu, impuissante, que Kassie réapparaisse. Était-elle en vie ? Morte ? Avait-elle des ennuis ? Natalia avait la conviction qu'elle saurait si un malheur était arrivé à sa fille, elle le sentirait dans sa chair. Ne pas éprouver ce pressentiment maternel la réconfortait un peu. Pour autant, elle n'avait aucune idée de ce qu'il avait pu lui arriver. Devait-elle contacter la police ? Sans doute pas, pas après ses récents démêlés. Elle devrait au moins prévenir l'école de son absence ; mais elle n'était pas pressée de passer cet appel. Elles devaient déjà marcher sur des œufs avec le principal Harrison.

Natalia s'affala sur le lit, soudain abandonnée par le courage et l'espoir. Et tandis qu'elle se couchait sur le matelas défoncé, son œil fut attiré par la photo encadrée sur la table de nuit. Kassie plus jeune, avec ses parents, souriant de toutes ses dents devant Wrigley Park qui s'étendait en arrière-plan. Une multitude d'émotions vint comprimer la poitrine de Natalia – la joie, la fierté, le remords ; le tout teinté d'une profonde tristesse. Elle avait fourni de gros efforts pour Kassie. Consciente de ne pas être quelqu'un de démonstratif, elle avait fait de son mieux pour prodiguer de l'affection à son précieux bébé. Elle l'avait habillée, nourrie, emmenée en vacances lorsque leurs finances le leur permettaient. Après la mort de Mikolaj, la vie avait été beaucoup plus dure, bien sûr ; elle avait été contrainte d'assumer plusieurs emplois pour subvenir à leurs besoins, et elle était souvent trop fatiguée pour discuter avec sa fille, revêche et secrète. Malgré tout, elle avait essayé, résolue à ne pas répéter les erreurs du passé.

La propre enfance de Natalia avait été difficile et solitaire ; sa mère était une femme perturbée qui avait fini par perdre la tête après avoir élevé six enfants. Dès le début, elle avait eu ses préférés, et Natalia n'en avait pas fait partie. Aleksy, le garçon blond aux yeux bleus, et Emilka, sa sœur aînée à l'esprit volontaire et à la beauté captivante, étaient la prunelle de ses yeux. Tous deux étaient décédés avant d'atteindre l'adolescence, mais pendant leur courte vie, ils étaient passés avant tous les autres. Cette négligence avait marqué Natalia qui avait décidé de procéder autrement. Elle n'avait eu qu'un enfant, alors c'était plus facile, bien sûr, mais elle avait tout fait pour que Kassie se sente désirée et aimée, tout en lui inculquant des règles de vie justes. Elle lui avait appris à être polie, obéissante, à se rendre utile, à se montrer respectueuse envers l'Église et ses aïeux.

Et pour quelle récompense ? La désobéissance, le rejet, l'isolement. Elle avait tenté de donner à sa fille l'amour qu'elle n'avait jamais reçu, mais n'y avait rien gagné en retour. Et maintenant, elle se retrouvait seule dans sa chambre vide ; triste, perdue et effrayée.

56

Même dans ses pires cauchemars, Adam ne s'était jamais imaginé devoir affronter une telle situation. Cela semblait irréel – atrocement irréel –, et il regrettait désormais de s'être porté volontaire pour assumer seul ce fardeau.

Sur le moment, cela lui avait paru sensé et correct, mais sa formation médicale ne l'avait pas préparé à cela. En théorie, la logique froide de la maladie et de la mort est une notion facile à appréhender, mais en pratique, lorsqu'on l'expérimente soi-même, c'est une autre paire de manches. Côtoyer et traiter des individus en proie au deuil peut être délicat, Adam y avait souvent été confronté, mais lorsqu'il s'agissait d'une personne à qui on tenait, qu'on aimait… Il revoyait encore le visage livide de Faith, maculé de larmes, lorsqu'il s'était précipité en salle de travail cette nuit-là, bafouillant de piètres excuses. Elle était assommée, abasourdie, comme après un accident. En réalité, elle était sous le choc et dans le déni ; comment croire que la vie puisse être aussi impitoyable, violente et cruelle ?

Depuis, elle était passée de la stupeur à un désespoir infini et non contenu, puis à l'amertume et la colère.

Et maintenant, où en était-elle ? Elle s'était montrée attentionnée ce matin, regrettant peut-être leur curieux échange de la veille ; s'ils n'avaient pas beaucoup parlé, au moins s'étaient-ils rapprochés, cramponnés l'un à l'autre sans prononcer un mot tandis que le soleil se levait. D'après lui, elle se trouvait maintenant au cœur du processus de deuil, ce qui, à long terme, pourrait se révéler bénéfique. Lui en était encore loin. Il était toujours sous le choc et peinait à accepter les événements qui avaient ébranlé son monde.

— Prenez votre temps. Quand vous êtes prêt.

Il leva la tête et vit que la directrice de l'hôpital lui souriait d'un air compatissant.

— Pardon, je…

— Rien ne presse, docteur Brandt. Nous avons tout notre temps.

Adam lui rendit son sourire et baissa les yeux sur le formulaire devant lui, le stylo à la main. C'était un acte d'une grande simplicité à accomplir, une signature sur des pointillés, mais tout à coup, c'était pour lui la chose la plus difficile au monde. L'hôpital requerrait son autorisation pour disposer du corps d'Annabelle ; qu'il allait leur donner bien sûr, mais voilà qu'il hésitait. Bizarrement, la savoir en sécurité au Rush University Medical Center, un centre hospitalier universitaire qu'il connaissait bien, l'avait réconforté. Le formulaire signé, son petit corps serait remis aux pompes funèbres, et le sinistre processus débuterait : les préparatifs, la cérémonie, la veillée. Soudain, il ne voulait rien de tout cela, c'était trop définitif. Un gigantesque point final à leurs espoirs et leurs rêves.

Les larmes lui montèrent aux yeux tandis que l'image d'Annabelle s'imposait dans son esprit.

Elle était nichée dans ses bras, elle le regardait avec une expression vitreuse et bienveillante, comme si elle s'était assoupie une minute. C'était un souvenir auquel il se raccrochait même s'il lui causait une peine immense. Dans la salle réservée aux visiteurs, flanqué d'une inconnue pétrie de bonnes intentions, Adam se rendit compte qu'il ne mesurait pas encore l'étendue de leur malheur, que son désespoir attendait toujours d'éclater. Mais ça n'arriverait pas ici, pas devant cette femme qu'il connaissait à peine. Il griffonna sa signature sur le papier qu'il lui tendit.

Il devait rester fort. Pour lui. Pour Faith. Et aussi pour Annabelle.

57

Elle n'était pas du tout comme elle l'avait imaginée. Depuis la première fois où il avait mentionné Faith, Kassie s'était fait son idée sur l'épouse de l'éminent psychologue : sophistiquée, bien coiffée et bien habillée, évoluant dans un monde totalement étranger à Kassie. Elle devait donc sûrement déambuler avec grâce dans une imposante demeure en brique brune, hôtesse brillante et accomplie. La réalité était quelque peu différente. La maison d'Adam était impressionnante, mais quand même jolie, et Faith n'avait rien d'une mégère raffinée. Elle était aérienne, bohème, voire un peu débraillée, et son attitude à la fois nerveuse et folle. Dans l'entrée, sa robe de chambre ouverte sur une épaule, elle fixait Kassie avec une expression qui ressemblait à de l'irritation.

— Pardon de vous déranger, souffla Kassie les yeux baissés, son petit discours préparé avec soin envolé.

— Quoi que vous vendiez…

— Je cherche Adam… le Dr Brandt. Je suis Kassie Wojcek.

Silence. Kassie glissa un œil vers Faith et nota un léger changement dans son expression. Elle savait qui elle était, pas de doute, mais il y avait autre chose : de la surprise ? de la curiosité ?

— Je ne devrais pas venir ici, je le sais, mais il n'est pas au cabinet et il ne répond pas au téléphone.

— Non, il est allé…, répondit Faith avant de s'interrompre. Il a dû sortir.

— D'accord.

Et d'un coup, Kassie ne sut plus ce qu'elle devait faire. Elle comprenait qu'il y avait eu une sorte d'urgence familiale – au ton sombre d'Adam, elle avait supposé un deuil, un des parents de Faith peut-être –, et elle était convaincue qu'il serait rentré chez lui pour consoler sa femme. Elle n'avait pas prévu ce qu'elle ferait si elle se trompait. Se balançant d'un pied sur l'autre, elle se mordilla un ongle, indécise.

— Tu veux que je lui demande de t'appeler ?

La voix de Faith la tira de ses réflexions.

— Oui, d'accord, marmonna-t-elle. Et dites-lui bien que c'est urgent, s'il vous plaît.

— Bien sûr.

La conversation s'arrêta là. Kassie manquait d'expérience en matière de civilité et elle trépigna sur le seuil sans savoir si elle devait rester ou s'en aller. Depuis une heure environ, les fils d'informations locales sur Twitter étaient inondés de rumeurs au sujet de la découverte d'un second cadavre ; Kassie avait ressenti le besoin de venir en discuter avec Adam. Mais que faire, maintenant ? Déçue et frustrée, elle tourna les talons pour partir ; elle s'en voulait beaucoup d'avoir dérangé Faith, alors qu'il était évident qu'elle avait de la peine.

— Tu peux l'attendre ici, si tu veux.

Kassie s'arrêta, surprise, et se retourna.

— Il devrait être rentré dans une demi-heure. Il n'a pas prévu d'aller au cabinet aujourd'hui, alors si c'est important…

Malgré son envie irrésistible d'accepter la proposition, Kassie s'entendit répondre :

— C'est bon. Je ne veux pas déranger.

— Tu ne me déranges pas. Vraiment.

C'était dit avec douceur mais fermeté. Kassie lui décocha un regard et s'étonna de lire de la bonté, voire de la compassion, dans l'expression de Faith. Comme une âme en peine qui viendrait en aide à une autre. Un sourire de remerciement aux lèvres, elle entra.

Cinq minutes plus tard, Kassie se trouvait dans le spacieux atelier à l'arrière de la maison. Elles avaient traversé le salon, décoré de nombreuses photos de famille et de souvenirs de vacances, et s'étaient dirigées droit dans la cuisine. Du café avait été servi, puis elles avaient gagné la caverne aux merveilles de Faith.

Kassie n'avait jamais rien vu de tel. La pièce tout entière était remplie de sculptures, de tapisseries, de figurines : des bouddhas corpulents se frottaient à des statuettes de fées irlandaises et des chats chinois porte-bonheur. Quant aux peintures, elles étaient époustouflantes. Il y avait des tableaux de toutes les tailles, des petits et intimes, des grands et imposants, et de tous les styles. Rien que des portraits, certains aux couleurs électriques presque lumineuses, d'autres au fusain plus austère ; mais tous attiraient l'œil du spectateur, l'invitaient à explorer la personnalité du sujet représenté.

— C'est vous qui les avez peints ? demanda Kassie de but en blanc.

Faith regarda autour d'elle comme surprise de voir ses œuvres.

— Oui, répondit-elle d'un ton détaché.

— Ils sont fabuleux.

Elle ressemblait à une groupie survoltée mais ne pouvait réprimer son admiration.

— Ça vous a pris combien de temps pour peindre tout ça ?

— Des années, déclara Faith avec indifférence.

— Vous devriez les exposer dans une galerie. Ou les vendre dans une boutique, bafouilla Kassie.

— Oui…

Faith paraissait être ailleurs, comme si les peintures n'étaient pas les siennes, comme si elles ne méritaient pas qu'on s'y intéresse, elle encore moins. Lorsque Kassie pivota de nouveau vers elle, elle vit combien son teint était pâle, son expression comme abandonnée, vidée. Alors qu'elle laissait pour la première fois son regard courir sur Faith, Kassie remarqua le léger renflement de son ventre. Dans un éclair de lucidité, elle comprit alors ce qui avait détruit le monde de ce couple heureux.

— Je ferais peut-être mieux d'y aller, déclara Kassie avant de reposer sa tasse de café.

— Non, ne t'en va pas. Je préfère que tu restes. C'est très silencieux quand je suis toute seule.

Kassie hésita. Devait-elle suivre son instinct et partir, ou rester et tenir compagnie à son hôtesse affligée ?

— Nous venons de perdre un bébé, annonça Faith à la va-vite.

— Je suis désolée.

— Parfois, j'aime bien être seule… C'est plus facile. Mais à d'autres moments…

Elle se tut, submergée par l'émotion. Une image d'une clarté douloureuse s'imposa alors dans l'esprit de Kassie, celle d'une femme accablée par le deuil qui errait comme une âme perdue dans cette grande maison, guidée par ses espoirs inassouvis dans des pièces silencieuses sans enfants. D'instinct, elle fit un pas en avant et posa une main réconfortante sur le bras de Faith. À sa grande surprise, celle-ci l'attrapa et s'y accrocha de toutes ses forces.

— Ça doit être affreux, s'entendit déclarer Kassie qui se mit à caresser le bras de Faith de sa main libre dans une tentative pour consoler la mère bouleversée.

Faith approuva d'un hochement de tête vigoureux ; deux larmes roulèrent sur ses joues.

— Pire que ça.

Kassie marmonna des paroles d'assentiment, sans trop savoir quoi répondre. Faith avait plus du double de son âge et l'adolescente se sentait complètement dépassée. Une fois encore, elle se demanda s'il ne vaudrait pas mieux qu'elle s'en aille ; Adam n'apprécierait pas qu'elle fasse de la peine à sa femme. Faith leva la tête et jaugea Kassie un moment, comme pour peser le pour et le contre, avant de demander :

— Est-ce que tu crois… ?

Elle hésita, cherchant des réponses dans les traits de Kassie.

— Tu crois qu'elle a souffert ?

La question prit totalement Kassie au dépourvu, tout comme le regard intense dont Faith, avide de son conseil, la couvait. Nerveuse et mal à l'aise, Kassie baissa la tête.

— Quand Annabelle est morte, est-ce qu'elle a souffert ?

Kassie s'efforça de garder son calme mais elle était agitée, troublée, perdue.

— Je t'en prie, Kassie, j'ai besoin de savoir.

Qu'attendait-elle d'elle ? Que lui avait raconté Adam à son sujet ? Elle n'avait aucune idée de ce que le bébé mort-né avait ressenti : elle n'avait aucune image de lui, aucune conscience de son existence. Néanmoins, le besoin, la nécessité d'être consolée et rassurée que Faith éprouvait étaient si profonds que Kassie se surprit à répondre :

— Non. Non, elle n'a pas souffert du tout.

Et, à la grande honte de Kassie, Faith lui sourit à travers ses larmes.

58

Gabrielle eut envie de vomir.

Elle avait été prévenue à la première heure, au moment où elle déposait les garçons à l'école. C'était toute l'absurdité de sa vie : un instant, elle bavardait tranquillement avec le principal, évoquait avec lui les projets universitaires de Zack, et la minute d'après, elle assimilait les informations confuses délivrées par Suarez. Elle s'était précipitée sur la scène de crime – un club de voile au bord du lac – dans l'espoir d'arriver à temps pour contenir l'incident, mais lorsqu'elle s'était garée dans le parking bondé, elle avait compris que c'était illusoire. Les techniciens de scène de crime étaient déjà sur place, tout comme les agents en uniforme, et derrière eux, un attroupement de badauds et des journalistes toujours plus nombreux.

Emily Bartlett, chef du service médico-légal, venait d'arriver et rejoignit Gabrielle près du 4 × 4 Ford Ranger abandonné au moment où elle examinait l'intérieur du coffre. Elle avait beau savoir à quoi s'attendre, elle n'en fut pas moins horrifiée par le spectacle. Une bâche en plastique, poisseuse de sang, enveloppait un corps mutilé. Le visage terreux de la victime était figé dans une expression d'épouvante, ses longues boucles raidies par le sang séché retombaient sur l'atroce entaille dans son cou. Saisie par le dégoût, Gabrielle se détourna et fit signe à Bartlett de procéder aux examens préliminaires. À cet instant, Miller apparut à côté d'elle.

— Qui a découvert le corps ? demanda Gabrielle, encore bouleversée.

— Le directeur du club de voile. La voiture était sur le parking à son arrivée. Il a remarqué que le coffre n'était pas bien fermé, alors…

— On connaît l'identité de la victime ?

— Pas officiellement, à l'évidence, répondit Miller d'un ton prudent. Mais le véhicule est enregistré au nom de Rochelle Stevens.

Une heure plus tard, Gabrielle et son équipe avaient effectué une première fouille du domicile de Rochelle Stevens, un coquet petit pavillon de banlieue. Elle travaillait comme thérapeute spécialiste du traitement des dépendances, et puisque aucune des nombreuses photos disposées à l'intérieur ne laissait supposer l'existence d'un petit ami ou d'un mari, Gabrielle en conclut que ses parents avaient dû financer la propriété. Tout paraissait en ordre dans la maison bien entretenue, mis à part un carreau brisé dans la porte-fenêtre non verrouillée à l'arrière. S'il y avait eu intrusion, c'était le point d'entrée. Les officiers de scène de crime installaient déjà un chemin de sécurité pour éviter toute contamination et examinaient le sol à la recherche de fibres, de cellules épithéliales et autres.

Gabrielle espérait de tout cœur qu'ils trouveraient quelque chose car, en dehors de la fenêtre brisée, il n'y avait aucun signe d'effraction ou de lutte.

Le mobilier était en place, les lits étaient faits, les serviettes séchaient normalement dans la salle de bains. Le sac à main de la propriétaire, ses clés et son portable étaient posés sur une table dans l'entrée, à côté du courrier de la veille, et une sacoche à bandoulière grise, par terre, contenait un ticket du métro aérien utilisé l'après-midi de la veille. Sa voiture n'était pas au garage, évidemment, mais la porte de communication était fermée. Au bout du compte, en dehors du fait que Rochelle ne s'était pas présentée à son travail le matin, rien ne laissait supposer qu'elle était le cadavre mutilé découvert dans le coffre de sa voiture.

Armée de si peu d'indices, Gabrielle entreprit d'examiner le portable de la femme disparue. Rien d'intéressant dans ses e-mails ni ses textos ; Gabrielle étudia son agenda qui se révéla plus instructif. Rochelle aimait organiser sa vie. Tout était planifié et enregistré, jusqu'à la diffusion de sa série préférée, *Scandal*, qu'elle regardait religieusement tous les mardis soir. L'après-midi de la veille, elle avait animé une réunion de soutien dans le Lower West Side. L'heure de compostage de sa carte de métro correspondait plus ou moins avec la fin de la réunion, et puisque son sac et ses clés étaient ici, elle était rentrée chez elle… pour disparaître ensuite de la surface de la terre. Selon toute probabilité, les dernières personnes à avoir vu Rochelle étaient les membres du groupe de soutien.

Gabrielle partit donc à leur rencontre.

59

Adam tourna le volant à gauche d'un coup sec, traversa deux voies de circulation et se gara sur une place de stationnement libre. Il s'y inséra trop vite et dans un angle dangereux, ses pneus mordirent le bord du trottoir et l'impact le projeta en avant. Autour de lui, les klaxons beuglaient, les automobilistes furieux l'insultaient, mais il s'en fichait. Il n'entendait que la voix à la radio :

— … juste avant 7 heures ce matin. Selon une source proche des enquêteurs…

Adam monta le volume d'une main secouée de tremblements.

— … le corps a subi d'importantes mutilations et la victime a eu la gorge tranchée. Jacob Jones, procureur adjoint de l'Illinois, a été assassiné dans des circonstances similaires il y a moins d'une semaine, et l'on s'interroge sur les progrès de l'enquête menée par la brigade criminelle de Chicago…

Les mots le pénétrèrent, mais Adam peinait à les comprendre. Lorsque Kassie et lui étaient partis de chez Rochelle la veille, tout allait bien, rien n'indiquait qu'un crime avait été commis. Il était encore possible, bien sûr, que les deux meurtres n'aient aucun lien entre eux, pourtant voilà que cette faible lueur d'espoir était obscurcie par le ton grave de la présentatrice.

— La police n'a pas encore procédé à une identification officielle, mais la victime serait une femme âgée entre vingt et trente ans, domiciliée dans le quartier de West Town. Elle serait connue localement grâce à son travail comme psychothérapeute spécialiste des dépendances…

Le bulletin d'informations se poursuivit avec la journaliste qui livrait de nombreux détails, sans aller jusqu'à révéler le nom de la victime. Pour sa part, Adam savait exactement de qui elle parlait. Rochelle Stevens était morte, ainsi que Kassie l'avait prédit. Comment était-ce possible ? Adam mesura soudain avec quelle force il s'était raccroché à l'espoir que Kassie avait tort, que Rochelle réapparaîtrait, saine et sauve, contraignant Kassie à affronter la réalité et à examiner les raisons profondes qui la poussaient à avoir ses « visions ». Mais qu'est-ce que tout cela signifiait, maintenant ? À quel jeu Kassie jouait-elle ? Que savait-elle ?

Pour la première fois de sa vie, Adam se sentit partir à la dérive. Il se pencha pour éteindre le poste de radio, incapable d'en entendre davantage. La journée, déjà difficile et déprimante, venait de s'assombrir encore plus.

60

— C'est affreux, non ? Une femme si jeune. Avec toute la vie devant elle…

Madelaine Baines avait une matinée très chargée, elle devait déposer des vêtements au pressing, aller récupérer les courses, passer à Phone Shack et au bar à ongles, mais certains événements étaient trop graves pour ne pas être commentés. Elle n'était pas convaincue que l'employé qui s'occupait de régler son renouvellement de mobile partageait son sentiment, mais ça ne la découragea pas pour autant et elle ne se gêna pas pour donner son avis.

— Aux infos, ils ont dit qu'elle n'avait que vingt-six ans. Finir comme ça, dans le coffre d'une voiture. D'après eux, ce serait la seconde victime… Vous savez, après ce pauvre homme…

— Ouais…, répondit le vendeur en insérant la nouvelle carte SIM.

— Comment s'appelait-il, déjà ? Jacob…

Tout en parlant, Madelaine regarda autour d'elle à la recherche de quelqu'un qui serait disposé à converser avec elle. Les hommes n'étaient vraiment bons à rien parfois… mais personne n'était disponible dans le magasin bondé pour partager sa stupeur. Ils ne mesuraient pas la grande angoisse que cette affaire provoquait. Les homicides étaient courants à Chicago, pourtant dans ce cas précis, c'était différent.

Deux innocents enlevés à leur domicile, puis assassinés avec une rare brutalité. Et à West Town, en plus ! Un quartier qu'elle avait fait sien depuis son arrivée à Chicago vingt ans auparavant. Jacob Jones – c'était ça, son nom ! – habitait à quelques rues de chez elle. La jeune femme vivait-elle aussi à proximité ?

Madelaine continua de ressasser ces pensées tandis qu'elle regagnait sa voiture d'un pas vif. Les obligations qui pouvaient détourner son esprit de cette histoire sordide ne manquaient pas – les enfants, Paul, son engagement caritatif –, mais déjà un plan se formait dans sa tête. Madelaine avait conscience de posséder une forte personnalité, d'être parfois un peu autoritaire, voire de jouer les grands chefs, mais qu'on dise ce qu'on voulait à son sujet, elle savait réagir en cas de crise. Toujours prête à apporter sa contribution.

Et c'était exactement ce qu'elle comptait faire. Ils ne se laisseraient pas intimider. Ils ne se laisseraient pas terroriser. L'heure était venue pour les habitants de West Town de riposter.

61

— Tu ne peux pas venir ici, Kassie. Ce n'est pas comme ça que ça marche.

Adam considéra l'adolescente avec une expression de pur étonnement. La journée avait pris une tournure surréaliste, comme s'il nageait en plein rêve. L'épreuve douloureuse qu'il avait vécue à l'hôpital, la découverte du cadavre de Rochelle Stevens, et pour finir le spectacle de Faith et Kassie en train de bavarder tranquillement dans son atelier, comme si elles se connaissaient de longue date, comme si elles étaient *amies*. Était-il en train de rêver ? Allait-il se réveiller d'un instant à l'autre et se rendre compte que tout allait pour le mieux dans le meilleur des mondes ? Retrouverait-il une Faith heureuse et enceinte endormie à côté de lui ?

— Je sais et je suis désolée, répondit Kassie d'un air penaud.

— Je veux t'aider, tu le sais, mais j'ai une vie, une vie privée, et lorsque je ne travaille pas…

— Je le comprends, vraiment. Je n'ai jamais cherché à m'imposer auprès de vous ou de Faith…

Adam suivit le bref coup d'œil que Kassie lança vers l'atelier où Faith s'était discrètement retirée.

— Mais vous vous doutez de la raison de ma venue ? Vous avez écouté les infos ?

— Oui.

Adam n'avait pensé à rien d'autre pendant tout le trajet de retour. Que Rochelle – une femme à qui il avait parlé, avec qui il avait bu un verre – soit décédée était atroce. Que Kassie et lui aient pénétré chez elle par effraction empirait la donne.

— Kassie…

Il hésita, peinant à trouver les mots adéquats pour formuler sa question.

— Kassie, si tu sais quoi que ce soit au sujet de ces meurtres, tu dois me le dire tout de suite. Si tu as des ennuis, je peux t'aider, mais pour cela il faut que je sache la vérité.

Il s'efforçait au mieux de conserver une voix calme et ferme. Kassie lui renvoya un regard interrogateur, elle ne comprenait pas sa question.

— De quoi parlez-vous ?

— Tu as suivi Rochelle hier soir, après la séance de thérapie.

— Elle m'a semée. Je vous ai dit que…

— S'est-il passé quelque chose qui t'a contrariée pendant la réunion ? insista-t-il. Entre Rochelle et toi ?

— Je vous ai tout raconté ! s'obstina-t-elle. J'ai eu peur à cause de ce que j'ai vu. J'ai crié, c'est tout…

— Où es-tu allée hier soir, après m'avoir quitté ? Es-tu rentrée chez toi ?

À cet instant, Kassie parut un peu gênée. Tête basse, comme honteuse, elle répondit :

— Non, je n'en avais pas la force.

— Et ?

— Et j'ai passé la nuit dans le métro. Je suis montée dans une rame et j'ai fait des tours jusqu'au matin. Des tas de gens font ça… Les clodos, les poivrots, les fugueurs…

Elle releva les yeux sur lui pour vérifier qu'il la croyait. Adam avait quant à lui du mal à déchiffrer son expression. Était-ce de la culpabilité qu'il y lisait ? Ou de l'embarras ?

— Tu devines pourquoi je dois poser la question, poursuivit-il. Tu connaissais Jacob Jones, c'est lui qui a mené l'accusation contre toi au tribunal pour enfants. Tu connaissais aussi Rochelle.

— Je ne l'ai rencontrée qu'une fois. Et je ne me souvenais même pas de Jones. J'ai passé une demi-heure grand maximum au tribunal, je n'ai retenu ni les noms ni les visages…

Adam ne répondit pas, il contemplait l'adolescente bouleversée.

— Et non, je n'ai rien à voir avec leur mort, conclut Kassie avec irritation. Je voulais les aider, je veux arrêter ce type…

— Kassie, tu n'as que quinze ans.

— Je n'ai pas le choix. Vous le savez.

Elle le fixait intensément. Adam poussa un long soupir, se passa la main sur le visage. En vérité, il ne savait plus rien.

— C'est pour ça que je suis venue chez vous… pour vous demander votre aide.

— Je ne vois pas ce que je peux faire.

— Je veux que vous m'y rameniez.

— Chez Rochelle ? s'exclama Adam, incrédule.

— Non, dans ma vision. Aux choses que j'ai vues.

Nouveau rebondissement dans une journée pleine de surprises.

— Vous ne croyez pas à ce que je ressens, à ce que je vois. Mais je pense que mon expérience peut s'avérer… utile. J'ai essayé de me remémorer ce qu'il s'était passé, d'y ramener mon esprit, mais je ne me rappelle que de bribes…

— Je ne saurais même pas par où commencer, répliqua Adam, tout à coup déstabilisé. Ce ne sont pas des souvenirs. Ce n'est pas…

Il se retint à temps de dire « réel », mais Kassie avait saisi.

— Quand bien même, reprit-elle sans se décontenancer. Je les ai vécus. J'ai eu la sensation d'être là-bas avec elle, et certaines des choses que j'ai éprouvées au sujet de Jacob Jones étaient vraies. La matière froide sous ses pieds, c'était sans doute la bâche en plastique…

— Tu tires des conclusions faussées, Kassie. Tu laisses tes croyances te guider…

— Nom de Dieu ! explosa-t-elle soudain. Deux personnes sont mortes. La police n'a aucune piste, alors s'il existe une chance que je puisse aider, vous ne croyez pas qu'on devrait essayer ?

— Et si les effets sur toi sont néfastes ? rétorqua Adam. Si ça te perturbe, ça accentue le traumatisme dont tu souffres déjà…

— C'est un risque que je suis prête à courir.

Sa réponse était ferme et définitive : elle ne laissait aucun choix à Adam. Collaborer avec elle selon ses propres termes. Ou la rejeter.

— Bon, il y a des techniques de distanciation que l'on peut tenter, finit-il pas déclarer. Pour te permettre d'accéder à ces… expériences sans les revivre complètement…

À la grande surprise d'Adam, Kassie souriait. Elle posa une main sur son bras.

— Je n'en demande pas plus, dit-elle à voix basse, les larmes aux yeux. Je veux juste qu'on essaie.

62

— Je n'ai jamais vu un truc comme ça. Un instant, tout allait bien, et puis…

Gabrielle Grey observa la fille en larmes qui lui faisait face. Simone Fischer et une douzaine d'autres personnes s'étaient rassemblées devant la salle municipale miteuse du Lower West Side. Certains avaient apporté des fleurs, d'autres se tenaient bras dessus bras dessous pour se réconforter, tous étaient profondément choqués par la nouvelle du meurtre de Rochelle Stevens.

— Continuez, l'incita Gabrielle.

— Eh bien, c'était trop bizarre… Rochelle encourageait le groupe à partager ses expériences, ce qu'on a fait, et elle s'est tournée vers la nouvelle, poursuivit Simone, elle lui a demandé de nous raconter son histoire… et c'est là que tout est parti en vrille.

— Comment ça ?

— La fille… Elle n'a rien dit. Elle s'est juste mise à faire des drôles de bruits.

— Quelle sorte de bruits ?

— Des grognements et des halètements, comme si elle n'arrivait plus à respirer. Ensuite, elle a hurlé à nous en percer les tympans. Au début, j'ai cru qu'elle faisait une crise, mais elle avait ce regard… fou, et elle s'est avancée vers Rochelle, elle l'a agrippée…

— Je vois, répondit Gabrielle soudain très intéressée.

— Évidemment, après ça, la réunion a pris fin et le groupe s'est dispersé. Et pour être honnête, on était tous contents de partir de là. Rochelle, par contre, est restée avec la fille.

Simone se tut tout à coup, inquiète peut-être que leur départ précipité ait coûté la vie à Rochelle.

— Et cette fille, elle s'appelle comment ? demanda Gabrielle pour revenir au sujet qui l'intéressait.

— Kassandra, je crois, souffla Simone. Mais Rochelle a dit qu'on pouvait l'appeler Kassie.

Dix minutes plus tard, Gabrielle redescendait la rue à grandes enjambées, zigzaguant entre les canettes vides et autres détritus qui jonchaient le trottoir. Elle se dirigeait vers la station de métro où s'était rendue Rochelle après la séance de thérapie interrompue et recherchait par la même occasion des témoins potentiels dans la rue déserte. Elle n'avait pas un bon pressentiment. La plupart des bâtiments dans ce secteur de Chicago étaient abandonnés – peu de gens voulaient vivre ici et encore moins y monter une affaire : les rues étaient en général peu fréquentées. Gabrielle ne croisa personne durant tout le trajet ; sans son Colt 45 calé contre ses côtes, elle se serait sentie très vulnérable.

Bientôt, elle arriva à la station de métro. Sous le coup de l'énervement, elle suivit une impulsion et s'engouffra à l'intérieur. Bingo ! Une caméra de sécurité était braquée sur les portillons d'entrée. Gabrielle marcha jusqu'au guichet et frappa du poing sur la vitre avant de brandir sa plaque devant l'employé des transports de Chicago étonné d'être interrompu dans sa dégustation d'un beignet à la confiture.

— Ça enregistre, votre truc ? aboya Gabrielle avec un geste vers la caméra.

— Ouais, je suppose, répondit-il d'une voix étouffée.

— Bien. Je veux voir les vidéos.

Cinq minutes plus tard, Gabrielle était assise devant un petit moniteur crasseux, les yeux rivés sur des images granuleuses qui tressautaient. Pour une fois, la chance était avec elle : les enregistrements étaient effacés au bout de vingt-quatre heures et il s'était écoulé moins d'une journée depuis la disparition de Rochelle. Après avoir laissé les images défiler pendant quelques minutes, Gabrielle trouva ce qu'elle cherchait.

La silhouette mince de Rochelle Stevens surgit devant les tourniquets et jeta un bref coup d'œil par-dessus son épaule. Elle plongea la main dans son sac, glissa sa carte de transport dans le lecteur et franchit les barrières avant de soudainement lever la tête. Avait-elle entendu un train approcher ? Aussitôt, elle se mit à courir et grimpa l'escalier. Elle disparut bientôt de l'écran, mais Gabrielle garda les yeux rivés dessus. Quelques secondes plus tard, elle en fut récompensée.

Une fille tout en jambes entra dans le champ de la caméra, sauta par-dessus les barrières et se précipita dans l'escalier. Gabrielle fit un retour en arrière puis un arrêt sur image à l'arrivée de la fille. Elle s'approcha pour l'étudier avec attention puis, avec un soupir, se rencogna dans son siège.

Aucun doute possible. Même de profil, on reconnaissait parfaitement la personne qui pourchassait Rochelle : Kassandra Wojcek.

63

Parfaitement immobile, Faith fixait la toile devant elle.

Elle n'avait pas voulu aller dans l'atelier mais, baignée de la douce lueur du soleil matinal, c'était la pièce la plus lumineuse de la maison, l'endroit évident pour recevoir Kassie en attendant le retour d'Adam. Lorsqu'il avait enfin franchi la porte d'un pas chancelant, le teint pâle et l'air éperdu, il s'était empressé de conduire l'adolescente dans son bureau pour ce qui serait à l'évidence une conversation houleuse. Plantée dans l'entrée, telle une ombre abandonnée, Faith s'était sentie honteuse et mal à l'aise. Adam ne recevait jamais de patient à la maison, et elle ne voulait pas qu'on l'accuse d'écouter aux portes ou de se mêler de ce qui ne la regardait pas, elle était donc retournée s'enfermer dans l'atelier.

Maintenant, la grande pièce qui un peu plus tôt était claire et spacieuse lui paraissait étouffante, presque asphyxiante. Toutes les toiles que Kassie avait pris tant de plaisir à admirer semblaient se resserrer autour d'elle, la narguer avec sa productivité passée, la facilité avec laquelle elle avait donné forme à son dernier élan d'inspiration. Elle se détourna et se retrouva une nouvelle fois face à son autoportrait.

Faith regarda Faith, l'être de chair et de sang confronté à sa version en pigments de peinture, comme pour un duel. Le portrait était presque achevé. Il ne restait plus qu'une matinée de travail, une journée tout au plus, pour la touche finale. Un tube de peinture noire était posé sur le chevalet où elle l'avait laissé tout à l'heure. Elle le prit avec précaution et le pressa pour déposer une noisette sur sa palette. Elle jeta le tube sans le refermer et fit de même avec celui de blanc. Elle s'empara du premier pinceau qu'elle trouva et mélangea les deux couleurs. Bientôt, un beau gris onctueux recouvrit les poils de son pinceau qu'elle approcha du tableau.

La pointe vint caresser la toile, sensation étrange et pourtant familière, et, d'un geste lent, Faith traça un trait. Puis un autre. Mais plus hésitant, moins sûr, et elle s'aperçut qu'elle avait brouillé les lignes. Elle s'apprêtait à l'effacer, recommencer, lorsqu'elle s'arrêta net. Elle se tenait tout près de la toile, son propre visage à quelques centimètres à peine, les yeux rivés sur les traits devant elle. Tout à coup, elle ne voyait plus son visage, mais celui d'Annabelle. Son petit nez retroussé, son menton à fossette, ses yeux bleus d'une beauté poignante. Ses yeux vitreux et sans vie…

La main tremblante, Faith laissa échapper le pinceau qui tomba au sol dans un cliquetis qu'elle ne remarqua même pas. Elle vacilla légèrement, comme près de s'évanouir, puis se pencha et posa le front contre la toile. Elle sentit les larmes qui coulaient le long de ses joues, tombaient sur la peinture, mais elle s'en fichait. Elle n'avait pas la force de bouger, l'aurait-elle voulu.

Elle avait eu tort de réessayer. Elle n'était pas encore prête, et elle ignorait si elle le serait un jour. Elle désirait peindre, elle en avait besoin, mais elle en était incapable pour l'instant. Elle ne verrait rien, ne ressentirait rien, à part Annabelle. Elle était hantée par le fantôme d'un enfant qu'elle avait aimé et perdu.

64

Ils avaient roulé jusqu'à son cabinet sans échanger un mot. Malgré sa réticence à laisser Faith seule, Adam n'avait guère eu le choix : elle l'avait quasiment mis à la porte avec colère quand il était venu la trouver dans l'atelier. Et puisqu'il était inenvisageable de procéder à cette séance chez lui, avec Faith dans les parages, Adam et Kassie étaient donc partis pour Lincoln Park.

Tandis qu'ils gravissaient les marches qui menaient à l'étage, Adam fut frappé par le silence qui enveloppait l'immeuble. Lui n'avait aucun rendez-vous prévu dans la journée, bien sûr, mais où étaient tous les autres ? Les employés de bureau et les coursiers qu'ils croisaient régulièrement dans cette cage d'escalier ? Rien ne semblait normal. Tout était un peu bancal.

Cinq minutes plus tard, ils se faisaient face dans son cabinet. Kassie était assise toute droite dans un des fauteuils confortables. Elle avait refusé avec une pointe d'impatience la boisson qu'il lui proposait. Apparemment, maintenant que la décision avait été prise, elle voulait en finir au plus vite. Adam, quant à lui, se montrait plus circonspect, même s'il était parvenu à la conclusion que rejeter Kassie n'aurait rien de bénéfique. Pour aller au fond de cette histoire, pour l'aider vraiment, il devait se mouiller.

— Les techniques de distanciation varient, commença Adam, mais toutes ont le même objectif : permettre au sujet de revivre un traumatisme dans un cadre sécurisé, avec l'assurance qu'il ne peut être ni blessé ni affecté par l'expérience. Comme un spectateur extérieur. Tout d'abord, nous devons déterminer laquelle fonctionnera pour toi, celle à laquelle tu seras sensible. Certaines personnes s'imaginent bien installées dans un canapé, en train de regarder leur traumatisme sur un écran de télévision. La télécommande en main, on peut éteindre quand on le souhaite. D'autres préfèrent y revenir directement, mais dans une bulle protectrice où elles ne peuvent être ni touchées, ni blessées, ni même vues…

— La bulle, ça me va, l'interrompit Kassie à la hâte. On fait la bulle.

Adam ne dit rien. Devait-il discuter du bien-fondé de ce choix ou laisser couler ? Devinant ses doutes, Kassie déclara :

— C'est le mieux pour moi. Inutile d'envisager d'autres options.

Elle paraissait sûre d'elle, confiante. Adam reprit :

— Je vais te mettre sous hypnose, mais n'oublie pas que tu es dans ta bulle, en sécurité, tout le temps.

Kassie hocha la tête. Adam la fit alors compter jusqu'à cinquante afin de la plonger dans un état second et la ramener dans son souvenir.

— Je veux que tu libères ton esprit, Kassie. Imagine que tu flottes dans le néant. Il n'y a ni couleur ni forme. Rien. C'est vide, pur et clair. Tu planes en douceur, légère, détendue et heureuse.

Adam marqua une pause pour laisser à ses paroles le temps de pénétrer son cerveau. Kassie parut réceptive. Il poursuivit.

— Maintenant, tu aperçois quelque chose au loin. On dirait une lumière, réelle, tangible. Tu avances vers elle sans te presser. Peu à peu, elle s'intensifie. Tu vois ce que c'est, maintenant. Il s'agit de ton groupe de soutien, et tu es avec Rochelle, Simone et les autres. Tu vois ça, Kassie ?

Elle acquiesça.

— Tu te trouves dans la salle avec elles, mais tu es en sécurité. Tu ne crains rien. Tu les observes à l'intérieur de ta bulle. Maintenant Kassie, tout doucement, je voudrais que tu lèves la tête. Je voudrais que tu regardes dans les yeux de Rochelle. Tu veux bien faire ça pour moi ?

La réaction fut instantanée. Kassie se mit à haleter, à postillonner comme elle commençait à hurler.

— Non, je vous en prie, non ! Ne me faites pas de mal. Je ne veux pas… S'il vous plaît…

Ces derniers mots jaillirent de sa bouche au moment où elle tombait du fauteuil et s'affalait par terre. Adam sauta sur ses pieds, se précipita vers elle et la releva. Elle était consciente, sortie de son état d'hypnose. Adam était stupéfié par la transformation physique opérée en elle. Elle transpirait à grosses gouttes et son teint était d'un blanc cadavérique.

— Tout va bien, Kassie, la rassura-t-il en l'aidant à se rasseoir. Tu es en sécurité. Tu es avec moi, le Dr Brandt, dans mon cabinet et…

— Ça va. Je vais bien.

Elle murmurait, à bout de souffle mais tout à fait cohérente. À mesure qu'elle parlait, la couleur lui revenait un peu aux joues.

— Je suis désolée. Je n'aurais pas dû faire ça, dit-elle à voix basse.

— Tu n'as pas à t'excuser, Kassie.

— J'avais tellement peur…

— Je comprends. Reste là. Je vais te chercher un verre d'eau et ensuite nous appellerons un taxi pour te ramener chez toi.

— Je veux réessayer.

— Certainement pas.

— Nous devons recommencer.

— Non. Ce serait contraire à l'éthique et…

— S'il vous plaît, le coupa-t-elle. Rien qu'une fois. Je sais à quoi m'attendre là ; je pourrai le supporter.

Après quelques minutes de discussion supplémentaires, Adam finit par capituler, à la condition qu'ils prennent le temps d'une pause pour s'aérer et s'hydrater. Un petit quart d'heure plus tard, ils étaient de nouveau assis l'un en face de l'autre. Malgré ses craintes plutôt sérieuses, Adam remit Kassie sous hypnose.

Comme la première fois, il la guida jusqu'au groupe de thérapie puis lui demanda de regarder Rochelle dans les yeux. Kassie, qui se tenait un peu avachie, se redressa soudain et commença à émettre des gémissements bas. Son corps était tendu, les traits de son visage tordus, les coins de sa bouche tressautaient. Cette fois, elle ne tomba pas de son siège ; au contraire, elle semblait lutter, peut-être pour rester dans son souvenir…

— Il veut me faire souffrir, laissa-t-elle échapper soudain, d'une voix serrée et aiguë. Il va me tuer. Je sens sa main sur mon cou…

Elle se tut et poussa un long et puissant hurlement, avant de s'arrêter brusquement. Sa respiration était hachée, sa poitrine se soulevait et s'abaissait à toute allure.

Son instinct commandait à Adam de mettre un terme à la séance mais, sans crier gare, Kassie reprit la parole :

— Il est juste au-dessus de moi. Je peux le sentir. Et…

Elle se tut à nouveau ; le sang quitta son visage.

— Qu'y a-t-il, Kassie ?

— Il va me trancher la gorge.

Elle poussa un cri entre le halètement et le grognement. Malgré lui, Adam tressaillit, comme s'il sentait l'entaille dans la gorge de Rochelle.

— Il n'y a que lui ?

— Oui… Non… J'entends des rires… Comme une femme en train de rire…

— Cette femme, tu la vois ? Est-ce qu'elle est là ?

— Non… Je ne vois… plus personne, répondit-elle dans un souffle. Je regarde le plafond. Je vois la lune. Une grosse lune rose…

Kassie commença à s'étouffer, à chercher désespérément l'oxygène tout en essayant d'agripper le vide. Le moment était venu d'intervenir, et Adam se dépêcha de la sortir de son état d'hypnose. Kassie paraissait profondément secouée ; Adam comprenait pourquoi : jamais il n'avait pratiqué une séance de distanciation au cours de laquelle le patient éprouvait le traumatisme avec autant d'ardeur.

— Est-ce que je suis aussi pâle que vous ?

La question de Kassie le tira de son introspection. Un peu étonné, Adam aperçut un mince sourire triste aux lèvres de l'adolescente.

— Pire, répondit-il d'un ton aussi léger que possible.

— Et maintenant ?

— Maintenant, si tu te sens d'attaque, tu me racontes tout ce que tu as vu.

Face à elle, le stylo en position pour noter son récit, il attendit. Il n'en était pas à sa première fois mais jamais encore sa main n'avait tremblé ainsi.

— Je me trouvais dans une cabane ou une remise.

— C'était le même endroit que l'autre fois ?

— Oui.

— Tu disais que Jacob était dans une cave.

— Je me suis trompée. Ce n'était pas en sous-sol, c'est sûr. Quand j'ai regardé en l'air, j'ai vu la lune entre les chevrons. Une grosse lune rose.

Adam écrivit « lune rose » dans son carnet. Ces phénomènes célestes rares se produisaient au printemps ; au moins, l'indication temporelle de Kassie correspondait. Que ce soit par chance ou intentionnel, impossible à dire.

— Pouvais-tu voir qui était avec toi ? L'homme ?

— Pas vraiment. Il faisait sombre. Mais je sentais l'odeur de tabac dans son haleine. J'entendais sa voix. Il était tout près, il la narguait, il s'amusait…

— Est-ce qu'il avait un accent particulier ?

— Du Midwest, je crois. Difficile à dire.

— Et la femme ?

Kassie secoua la tête.

— Je l'ai entendue rire, c'est tout. Un rire haut perché, et cruel… comme si elle ne pouvait pas s'arrêter.

Kassie frissonna et serra ses bras autour d'elle.

— Elle se trouvait là-bas avec toi ?

— Oui, non. Je ne sais pas. Ça provenait de plus loin, mais c'était parfaitement audible.

— Et sa voix, tu l'as reconnue ?

— Non, répondit Kassie d'un ton ferme, comme irritée par la suggestion.

— Tu étais habillée ?

— Non. J'étais nue. J'avais si froid…

— Et le couteau, tu l'as vu ?

— Non, je l'ai juste senti sur ma peau. Une lame longue et fine… Je l'ai sentie s'enfoncer dans ma chair, m'entailler…

Kassie commença à pleurer, des sanglots bas et effrayés. Adam mit fin à la séance et prit le temps de la consoler avant de l'installer devant la télé pendant qu'il rédigeait ses notes. Même si elles paraissaient contredire certaines de ses déclarations antérieures, les pensées de Kassie étaient claires, précises et détaillées. Pourtant, une question demeurait : y avait-il une part de vrai là-dedans ?

65

— Je vous l'ai dit : je ne sais pas où elle est.

Natalia s'exprimait avec ferveur et angoisse. Assise à sa table de cuisine, elle observait d'un œil horrifié les policiers qui mettaient sa maison sens dessus dessous. Que cherchaient-ils ? Qu'espéraient-ils trouver ?

— La dernière fois que je l'ai vue, c'était hier, à l'église. Nous étions à St. Stanislaus Kostka…

— Quelle heure était-il ? l'interrompit l'inspecteur Grey.

— L'office commence à 21 heures. Elle est partie environ vingt minutes plus tard. Elle a reçu un appel et elle a filé.

L'enquêtrice nota ces informations. Natalia la considéra avec attention. Empirait-elle la situation pour Kassie en mentionnant cela ?

— Elle n'est pas rentrée hier soir ?

— Non, je l'ai attendue, mais…

— Ça lui arrive souvent de rester dehors toute la nuit ?

— Non, jamais. Enfin, presque jamais.

— Votre fille a disparu, alors ?

Pour toute réponse, Natalia haussa les épaules. L'admettre ne lui plaisait pas, mais c'était la vérité.

— Et vous ne l'avez pas signalé ?

Natalia hésita, gênée, avant de répondre tout bas :

— On a bien assez de problèmes comme ça.

— Sur ce point, nous sommes d'accord, répliqua Grey d'un ton sec. Une femme a été brutalement assassinée hier soir. Votre fille a été vue en train de la suivre.

Le ton calme et prudent avec lequel l'inspecteur Grey s'adressait à elle terrifia encore plus Natalia. Dans quoi s'était embarquée sa fille ?

— Il est très important que nous retrouvions Kassie, continua Grey. Pour sa propre sécurité notamment. Si vous détenez la moindre information, si vous pensez à un individu avec qui elle pourrait être, un endroit où elle pourrait aller, c'est le moment de nous le dire.

Elle fixait Natalia d'un regard perçant. Tout l'univers de Natalia sembla s'effondrer autour d'elle, pourtant elle devait faire en sorte de se protéger et de protéger sa fille.

— J'aimerais pouvoir vous aider, bégaya-t-elle, conciliante. Mais il n'y a personne. Rien qu'elle et moi. Franchement, je ne sais pas du tout où elle traîne, mais…

Une lueur d'espoir s'alluma dans le regard de Grey.

— J'ai une petite idée quant à la personne qui l'a appelée hier soir. La personne qu'elle est allée rejoindre…

Grey la dévisageait. Pour la première fois depuis le début de cet entretien difficile, Natalia sentit qu'elle avait le dessus.

— En fait, conclut-elle en savourant ce bref moment de répit, vous la connaissez. Ils se sont rencontrés par votre intermédiaire.

Natalia s'apprêtait à faire sa grande révélation quand l'expression de l'inspectrice lui apprit que c'était inutile. Gabrielle Grey savait exactement de qui elle parlait.

66

Kassie se renfonça furtivement dans l'obscurité au moment où Gabrielle Grey sortait du pavillon. De son poste d'observation de l'autre côté de la rue, elle voyait tout ce qu'il se passait, mais elle se demandait si sa misérable cachette empêcherait qu'on la repère. Les conteneurs à ordures n'étaient ni très hauts ni très larges, et l'officier de police paraissait aux aguets et remonté à bloc.

En quittant le cabinet d'Adam, Kassie avait rallumé son téléphone et découvert plusieurs messages de Grey qui la pressait de la rappeler. Méfiante, Kassie avait éteint l'appareil et s'était précipitée chez elle. Et dès qu'elle était arrivée dans sa rue, elle les avait vus. Dans son quartier d'ordinaire si morne, les trois véhicules de patrouille et la Pontiac cabossée ne passaient pas inaperçus. Natalia et Kassie ne recevaient jamais de visites ; un tel débarquement chez elles était presque risible ! Sauf que personne ne riait – ni Grey ni Kassie, et sûrement pas sa mère. Kassie l'avait aperçue qui faisait les cent pas dans la cuisine. Même de loin, on devinait sa grande contrariété.

Maintenant, Grey marchait vers sa voiture, le portable collé à l'oreille. Les autres policiers restèrent à l'intérieur de la maison, poursuivant leur fouille humiliante. Mais Gabrielle Grey s'en allait… Qu'avait-elle découvert ? Que lui avait dit sa mère ? D'instinct, elle aurait cherché à protéger Kassie, mais elle ne savait pas mentir. Elle avait sans doute avoué à Grey qu'elle n'était pas rentrée cette nuit, qu'elle était énervée lors de sa visite forcée à St. Stanislaus, mais qu'avait-elle bien pu ajouter pour provoquer ce départ hâtif ? Soudain, Kassie fut saisie d'appréhension.

Grey s'éloigna au volant de sa voiture, jetant des coups d'œil furtifs à droite et à gauche pour s'assurer que la voie était libre. Kassie recula d'un pas, de crainte d'être repérée. Après sa séance avec Adam, elle avait décidé de rentrer chez elle, de se réfugier loin du monde quelques heures, mais son foyer n'offrait aucun abri, pas tant que la police de Chicago le mettait à sac.

Pour la première fois de sa jeune vie, Kassie se sentit traquée.

67

Madelaine Baines termina son message sur Twitter puis ouvrit aussitôt l'application WhatsApp. Depuis sa discussion de tout à l'heure au magasin de téléphonie Phone Shack, elle débordait d'énergie et inondait les réseaux sociaux de publications pour faire entendre son point de vue. La nouvelle d'un second meurtre dans ce quartier avait déjà filtré, même auprès de ceux qui ne suivaient pas avec assiduité les bulletins d'informations. Pourtant, remarques et commentaires ne suffisaient pas. Il fallait agir.

Madelaine avait toujours aimé rendre service. Depuis qu'elle avait cessé de travailler pour s'occuper des enfants, elle avait du temps libre, plus que nécessaire, pour être honnête. Elle participait donc avec joie aux collectes d'œuvres de bienfaisance, aux ventes de gâteaux et autre événements socioculturels. Consciente de sa bonne étoile – des parents aimants, un mari dévoué, des enfants adorables –, elle se sentait en devoir d'aider les moins fortunés qu'elle. Chaque fois qu'une catastrophe survenait, qu'un enfant avait besoin d'une opération vitale que l'assurance de ses parents ne couvrait pas, elle montait au créneau pour apporter sa contribution. De cette manière, elle se sentait utile, elle avait le sentiment de valoir encore quelque chose. Et à cet instant, elle éprouvait cet élan particulier, l'énergie et l'exaltation qui enflaient en elle. Son mari répétait qu'elle s'impliquait trop – elle ne pouvait pas porter sur ses épaules le poids du monde entier ! – mais pour elle, venir en aide aux autres était aussi naturel que respirer. Voilà pourquoi elle devait s'investir.

Nul doute que les habitants du quartier souhaiteraient rendre hommage aux pauvres victimes – un fonctionnaire et une jeune conseillère morts injustement. Elle avait envisagé l'organisation d'un office religieux, mais y avait renoncé car elle ignorait les croyances des défunts. À la place, elle opta pour une veillée aux chandelles à Granary Square. Le lieu était approprié et idéal pour un rassemblement. En plus de célébrer la mémoire des victimes, il était crucial de veiller à ce que de telles tragédies ne se reproduisent jamais, d'assurer la protection de la communauté.

En réalité, c'était là sa motivation principale. Elle vivait dans ce quartier depuis vingt ans – son mari y travaillait, ses enfants y étaient scolarisés. À l'idée qu'il puisse leur arriver quelque chose… Mais quand elle songeait à ce que cette pauvre fille avait enduré… Non, il était primordial que les habitants du quartier se mobilisent et se soutiennent pour déraciner ce mal qui les rongeait. Personne, pas même le criminel le plus aguerri et le plus déterminé, ne serait un adversaire à la hauteur d'une communauté soudée.

Après avoir lancé un cri de ralliement à tous ses groupes WhatsApp, elle passa à Facebook. Déjà les réponses affluaient – scandalisées mais résolues –, et Madelaine sentit son optimisme remonter. Ils pouvaient le faire, ils pouvaient se battre. Une des premières personnes à lui répondre avait été Amy, sa plus jeune fille, qui partageait de nombreux traits de caractère avec sa mère et recrutait déjà ses camarades de classe pour la veillée. Malgré elle, Madelaine éprouva un élan de fierté – envers Amy, Joanne et Paul, son mari. Dans cette affaire, elle savait qu'elle pourrait compter sur leur soutien inconditionnel le moment venu. C'était le point positif de tels drames. Malgré leur horreur, ils rappelaient la chance d'avoir une famille aimante.

68

— Que je comprenne bien… Vous êtes allé chez Rochelle Stevens hier soir et vous y êtes entré par effraction ?

Le ton employé par Gabrielle Grey était un mélange de consternation et de stupeur.

— Oui, reconnut Adam un peu embarrassé.

Gabrielle le dévisagea, cherchant à comprendre les implications de ce retournement de situation. La recevoir dans son cabinet produisait un drôle d'effet sur Adam – ils se rencontraient toujours sur son terrain à elle –, et voilà qu'elle avait débarqué sans prévenir. L'enquêtrice qui n'était venue que dans l'espoir de retrouver Kassie en avait eu pour son argent.

— Quelle heure était-il ?

— 22 heures passées.

— Vous connaissiez bien Rochelle ?

— Sur le plan professionnel uniquement. Nous nous sommes rencontrés quelques fois, et je lui recommandais souvent des adolescents qui ont besoin de suivre une thérapie pour guérir d'une dépendance.

— Kassie Wojcek est une de ses patientes ?

— Oui, je les ai mises en contact il y a une semaine. Je vous ai dit que je trouvais important que Kassie soit suivie.

Gabrielle ne le quittait pas des yeux, comme pour mieux lire en lui. Bien qu'il n'ait rien à cacher, Adam se sentait très nerveux.

— Pourquoi être allé chez elle hier soir ?

— Kassie désirait lui parler coûte que coûte, alors je l'ai accompagnée. Elle s'inquiétait pour Rochelle et voulait s'assurer qu'elle allait bien.

— Vous vous êtes donc introduit chez elle pour lui poser la question ? insista Gabrielle, incrédule.

— C'était Kassie, pas moi. Moi, je voulais attendre le matin mais…

— C'est une chose que vous faites régulièrement avec vos patients ? Entrer par effraction chez les gens ?

— On a sonné, Rochelle ne répondait pas, la coupa Adam, irrité. Pourtant elle était rentrée chez elle…

— Qu'en savez-vous ?

— On pouvait voir son sac à main et son portable à travers la fenêtre.

Adam se rendit compte que ce détail ne jouait pas en sa faveur : tous les deux en train d'espionner à travers la vitre avant de pénétrer à l'intérieur de la maison. Malgré tout, il continua, décidé à tout déballer.

— Kassie avait la conviction que quelque chose n'allait pas…

— Et elle se fondait sur quoi ?

Voilà la question qu'Adam redoutait. Prenant garde à bien choisir ses mots, il poursuivit :

— Elle avait le très fort pressentiment que Rochelle était sur le point d'être agressée… par la ou les personnes qui ont assassiné Jacob Jones, alors…

— Elle voulait la prévenir ?

— Oui, répondit Adam sans tenir compte de son ton sarcastique. C'est pour cela qu'elle l'a suivie en sortant de la réunion.

— Et pour quelle raison était-elle persuadée que Rochelle était en danger ?

La question flotta entre eux un instant.

— Elle a eu… une sorte de vision. Pendant la séance de thérapie de groupe.

— Une autre ? Elle a des visions tous les jours ou juste lorsque quelqu'un va se faire découper en morceaux ?

— Gabrielle, je m'efforce de répondre au mieux de mes capacités, grommela Adam. J'apprécierais que vous ayez la courtoisie de me prendre au sérieux.

— Et moi, j'apprécierais que vous répondiez à ma question.

— Oui ! éructa-t-il. Elle affirme en avoir tous les jours. Mais nous n'avons évoqué que celles qui concernent Jacob et Rochelle.

Gabrielle prit quelques instants pour réfléchir.

— Bon, qu'avez-vous fait une fois à l'intérieur ?

— Rien. Rien du tout, insista Adam, conscient de paraître sur la défensive. Nous avons cherché Rochelle. Elle n'était pas là. Nous sommes partis.

— Quelle heure était-il ?

— 22 h 15, peut-être 22 h 20. Nous ne sommes pas restés longtemps.

— Et vous êtes repartis ensemble ?

— Non, reconnut Adam. Je suis rentré chez moi en voiture. Kassie… Je crois que Kassie a passé la nuit dans le métro.

— Elle a passé toute la nuit dans le métro ?

— C'est ce qu'elle m'a dit.

— Et où étiez-vous, après, disons, 22 h 30 ?

— Chez moi. Avec ma femme.

— Toute la nuit ?

— Oui, toute la nuit, répliqua Adam agacé.

— Quelqu'un d'autre peut le confirmer ?

— Non. Sauf si un voisin m'a vu rentrer.

Gabrielle ne répondit pas, elle sortit un petit carnet de la poche de son blouson et prit quelques notes.

— Vous ne me soupçonnez pas sérieusement quand même ? s'inquiéta Adam.

— Je n'écarte aucune possibilité.

— Oh, bon sang !

— Vous êtes entré par effraction chez Rochelle Stevens hier soir. Ce matin, nous avons retrouvé son cadavre.

— Nous cherchions à l'aider.

Il savait que son explication était faiblarde.

— Où se trouve Kassie en ce moment ? demanda Gabrielle en ignorant ses protestations.

— Je ne sais pas. Si elle n'est pas chez elle, elle est peut-être au lycée.

— Non. D'après le proviseur, elle est absente depuis plusieurs jours.

— Alors je n'en sais pas plus que vous.

Adam la fixa droit dans les yeux cette fois-ci, bien décidé à ne pas se laisser intimider. Gabrielle ne parut pas le moins du monde ébranlée par son air de défi et soutint son regard sans ciller.

— Dites-moi une chose, finit-elle par reprendre. Pour quelle raison êtes-vous allé chez Rochelle hier soir ?

— Je vous l'ai déjà expliqué.

— Vous m'avez raconté que Kassie s'inquiétait pour elle. Pourquoi *vous*, y étiez-vous ?

— Je voulais lui prouver que Rochelle allait bien, qu'il n'y avait pas de souci à se faire.

— Vous avez donc communiqué l'adresse d'une collègue à une patiente…

— Ça ne s'est pas passé…

— Et comme si ça ne suffisait pas, vous avez accompagné votre patiente chez ladite collègue, où vous vous êtes introduit sans hésitation et…

— Je l'admets, je n'aurais pas dû faire ça, je le sais. Mais Kassie était convaincue que Rochelle courait un grave danger, et il s'est avéré qu'elle avait raison.

Les mots lui échappèrent avant qu'il ne puisse les retenir. Aussitôt, Adam les regretta mais il était trop tard.

— Ça alors !

Gabrielle porta la main à sa bouche, la surprise prenant le pas sur le doute.

— Vous la croyez, n'est-ce pas ? Vous pensez vraiment que cette fille est un genre de… médium ?

— Bien sûr que non, cracha Adam.

— Quoi alors ?

— J'essaie de l'aider.

— En l'encourageant dans ses délires ?

— En lui prêtant une oreille attentive. C'est la différence entre vous et moi, Gabrielle. Vous mettez en doute tout ce qu'on vous raconte. Je n'ai pas ce luxe. Je dois travailler avec ce que les gens me confient.

— Traduction : vous devez avaler leurs mensonges.

— Je dois les écouter, interpréter ce qu'ils me disent et tenter de les aider.

— Non mais, vous vous entendez ?

— Pourquoi Kassie mentirait-elle à ce sujet ? l'interrompit Adam, la colère lui faisant hausser le ton. Si elle est impliquée, pourquoi attirer l'attention sur elle en me parlant ?

— C'est bien ce que j'ai l'intention de découvrir.

— C'est insensé ! Elle n'a aucun mobile.

— C'est faux.

— Et puis, elle ne pourrait pas les avoir assassinés toute seule, c'est impossible.

— Quelle est la nature exacte de votre relation avec Kassie, docteur Brandt ?

— Comment ça ?

— Vous paraissez très protecteur envers elle. Et si je ne m'abuse, vous avez des antécédents. Votre épouse était une de vos patientes, il me semble ?

— Allez vous faire voir ! aboya Adam. Kassie a quinze ans. Pour qui me prenez-vous ?

Gabrielle ne répondit pas. Inutile désormais de feindre la politesse. Jusqu'alors, Adam et Gabrielle s'entendaient plutôt bien, leur relation professionnelle venait d'exploser.

— Merci de m'avoir accordé un peu de votre temps, déclara soudain Gabrielle en ramassant son sac. Un membre de mon équipe viendra prendre votre déposition. En attendant, je vous remercie de ne pas quitter la ville.

Adam acquiesça d'un signe de tête, incapable de parler. Gabrielle se tourna pour partir puis marqua une pause afin de lancer une dernière pique.

— Je ne sais pas ce qu'il se passe ici, Adam, mais permettez-moi de vous donner un conseil. Coupez les ponts avec Kassie Wojcek aujourd'hui, reprenez le cours normal de votre activité professionnelle et ensuite…

Elle le fixa d'un œil implacable.

— Regardez-vous bien en face dans le miroir.

69

Elle entra à pas de loup dans la maison et balaya l'intérieur du regard. Elle redoutait que sa mère ne lui tombe dessus avec une avalanche de récriminations mais, en fait, tout était calme. Les officiers de police étaient partis dix minutes plus tôt sans se soucier de ranger après leur passage. Leur intrusion chez elles, la mise à sac de leur petit foyer propret la piquaient au vif.

Contrariée et énervée, Kassie se dirigea vers l'arrière de la maison. Tandis qu'elle traversait l'étroit couloir sur la pointe des pieds, elle perçut du mouvement plus avant et se rendit dans la chambre principale. Sa mère s'y trouvait. Natalia ne prononça pas un mot, elle lui décocha simplement un regard en coin avant de continuer à emballer les affaires. Une valise presque remplie à ras bord était posée sur le lit, une autre attendait par terre.

— Qu'est-ce qu'il se passe ?

— Nous partons.

Kassie ne répondit pas, à court de mots.

— Je viens de discuter avec tante Marija au téléphone. Elle accepte de nous héberger quelque temps, même si ce n'est pas l'idéal.

— On va à Minneapolis ?

— Dès qu'on sera prêtes. J'ai préparé tes affaires. Si tu veux autre chose dans ta chambre, prends-le maintenant.

— On ne peut pas partir.

— Tu voudrais que je reste ? cracha sa mère avec méchanceté. Pour que la police revienne ? Qu'elle mette cette maison – *ma* maison – sens dessus dessous encore une fois ? Pour que les voisins puissent baver sur nous ?

Elle se signa en prononçant ces mots.

— Maman, je suis désolée.

— Si tu oses... Non.

Elle pointa un doigt pour faire taire sa fille sans rien ajouter, submergée par l'émotion. Elle se remit à la tâche, les larmes aux yeux, l'air furieux.

— J'ai essayé, Kassie. J'ai essayé de t'élever comme il fallait. Dans le respect de la religion, le respect de la loi, le respect de ta mère. Mais je dois me montrer mature maintenant et reconnaître que j'ai échoué.

— Ne dis pas ça, la supplia Kassie, tout à coup au bord des larmes elle aussi.

— Je ne sais pas à quoi tu es mêlée, ce que tu crois être en train de faire, mais je vais te dire une chose : je ne resterai pas ici pour me faire humilier. Dieu sait que je l'ai suffisamment été toutes ces années.

Kassie dévisagea sa mère, stupéfaite.

— Nous reviendrons peut-être. Peut-être pas. Mais j'ai besoin d'aide. Et toi, tu as besoin de quitter cet endroit. Peut-être que ton oncle Max pourra te remettre sur le droit chemin. Il est moins tendre que moi.

Kassie tressaillit à la mention de son oncle. D'après sa mère, il était strict, d'après elle, c'était une brute.

— Bref, je veux qu'on prenne la route avant l'heure d'affluence, alors ne reste pas plantée là comme une ahurie…

— Je ne peux pas m'en aller, maman.

— Pourquoi ? Pourquoi ne peux-tu pas aller rendre visite à la tante qui t'a toujours aimée ?

— Tu sais pourquoi.

— Non, je n'en sais rien. Et je ne veux pas le savoir.

— Des gens meurent…

— C'est ce qu'a dit la police.

— Qu'est-ce qu'ils ont dit d'autre ? interrogea Kassie, soudain inquiète.

— Peu importe. Ils se trompent. Et si tu n'es pas là, ils ne pourront pas fourrer leur nez dans nos affaires et insinuer des choses. Nous partons, un point c'est tout.

— Mais si je peux aider ?

— Tu n'as jamais aidé personne à part toi.

Kassie cilla, ébranlée par la méchanceté de cette réplique.

— Alors c'est l'occasion pour moi de réparer mes torts. De faire le bien.

Natalia parut horrifiée, elle dévisagea sa fille comme si elle avait perdu la raison.

— Je pars, Kassie. Je quitte cette maison. Si tu veux continuer à faire partie de cette famille, tu viens avec moi.

— Mais si…, hasarda Kassie avant de poursuivre : Mais si je voyais toutes ces choses dans un but précis ?

Sa mère planta son regard dans le sien, un masque d'amertume et de résignation plaqué au visage.

— Alors tu as fait ton choix.

Sans ajouter un mot, Natalia tira la fermeture Éclair de sa valise et sortit d'un pas vif, passant devant sa fille en l'ignorant. Kassie se retrouva seule dans la chambre, secouée, bouleversée. Malgré tout, elle aimait sa mère, elle l'aimait profondément.

Mais elle savait qu'elle ne la reverrait jamais.

70

Elle se jeta sur elle dès qu'elle franchit la porte. Jane Miller essayait de joindre sa patronne depuis des heures et tombait chaque fois sur son répondeur. Lorsque Gabrielle Grey apparut enfin dans la salle des opérations surpeuplée, arborant une expression à la fois inquiète et distraite, Miller se précipita vers elle.

— Inspecteur Miller, la salua Gabrielle. Dites-moi que vous avez de bonnes nouvelles…

Miller s'étonna de la bonne humeur forcée de sa supérieure. D'habitude, celle-ci était pleine d'énergie ; ce matin, elle paraissait blasée. En vérité, la pression se faisait plus forte sur chacun d'eux à mesure qu'ils enquêtaient sur cette délicate affaire. Le commissaire principal Hoskins les avait honorés de sa présence la veille pour leur rappeler l'importance d'une arrestation dans les plus brefs délais. Il était venu armé d'un exemplaire du *Chicago Sun* dont la une faisait étalage des actes d'un meurtrier que les journalistes avaient surnommé « le boucher de Chicago ».

— Suarez et moi avons épluché les transactions bancaires de Rochelle Stevens. Et sur le relevé du mois dernier, nous avons trouvé ceci…

Elle tendit à Gabrielle une feuille sur laquelle une ligne était surlignée au fluo.

— Quatre-vingts dollars pour CleanEezy. Je les ai contactés et ils ont confirmé l'intervention : un nettoyage de moquette à son domicile. Et devinez quoi ? L'agent qui s'en est chargé était…

— Conor Sumner.

— *Alias* Kyle Redmond.

Miller observa Gabrielle pendant qu'elle méditait cette information.

— Il est donc entré en toute légitimité chez les deux victimes, continua Gabrielle qui réfléchissait à voix haute. Il a pu y rester le temps nécessaire pour planifier leur enlèvement…

— C'est clair.

— Et si vous avez raison sur son lien avec Kassie Wojcek, alors il est fort probable qu'il soit son complice. On a une idée de l'endroit où elle se trouve ?

— Pas pour l'instant.

— Et Redmond ? insista Gabrielle, visiblement frustrée.

— Personne ne l'a vu, mais nous avons parlé à quelques clients de la société de nettoyage qui ont eu affaire à lui au cours des deux derniers mois. D'après eux, il conduit un pick-up Ford de couleur marron immatriculé en Louisiane. Nous n'avons pas le numéro de la plaque en entier mais…

— Prévenez quand même la police de la route. On va avoir besoin d'eux.

— Sans faute.

— Et assurez-vous que le reste de l'équipe est au courant. Renforcez aussi les effectifs dans les rues pour mener les recherches.

— Entendu.

— Pendant ce temps, je vais récupérer le mandat. Il faut qu'on retourne fouiller cette caravane.

— Il est arrivé il y a une heure, répliqua Miller, ravie, en le lui tendant.

— Que ferais-je sans vous ? demanda Gabrielle d'un ton léger, en retrouvant le sourire. On part dans cinq minutes, c'est bon ?

Gabrielle tourna les talons et se dirigea vers son bureau. Miller sentit une bouffée de fierté monter en elle, mais la ravala bien vite et se précipita à son poste de travail pour rassembler ses affaires. Enfin, ils avançaient. Ils avaient un suspect.

Il ne restait plus qu'à l'appréhender.

71

Il mit la cigarette entre ses lèvres et tira dessus, laissant la fumée âcre lui emplir la bouche. Le bout incandescent rougeoya de plus belle, et cette vision fit courir un frisson le long de son échine. Il donnait un sens aux choses les plus insignifiantes ces derniers temps : les braises minuscules qui crépitaient lui apparurent comme la preuve irréfutable de son pouvoir.

La télé était allumée devant lui, les journalistes conservaient un ton sombre tandis qu'ils jacassaient sur le cadavre découvert dans un parking. Rien d'autre ne les intéressait depuis plusieurs heures. Encore une fois, une brave âme de la classe moyenne avait été enlevée chez elle pour finir en morceaux dans le coffre de sa propre voiture. Pour les présentatrices au maquillage outrancier qui délivraient ces nouvelles et leurs crétins de téléspectateurs, c'était terrifiant. La violence était à leur porte. Elle pouvait les surprendre chez eux, pendant qu'ils dormaient, se douchaient, récitaient leurs prières… Imaginer ces milliers de cadres, de mères de famille, de jeunes mariés, de célibataires qui peineraient à trouver le sommeil ce soir-là le transportait d'une joie sans commune mesure.

Le cauchemar n'était plus seulement dans leur tête, il était juste devant leurs yeux.

« Le boucher de Chicago ». C'était prévisible, compte tenu de l'intérêt malsain que les médias portaient à l'état dans lequel les corps de Jones et Stevens avaient été retrouvés, mais ce surnom l'agaça tout de même. Il était stupide et brutal, comme si ces deux individus avaient été choisis au hasard dans le troupeau pour être découpés. Oui, la douleur, la peur l'excitaient, tout comme l'horreur qu'il lisait dans leur regard au moment où la vie s'échappait par le trou béant de leur gorge. Mais sa démarche était bien plus profonde. La presse comme la police n'avaient aucune idée de la raison qui l'avait poussé à choisir ces deux-là, ni du temps qu'il avait passé à peaufiner leur anéantissement. Rien de tout cela n'était le fruit du hasard. Rien n'était dû à la malchance.

Il tira une autre longue bouffée. Il avait peut-être tort de s'énerver, cela n'avait aucune importance de toute façon. Ils pouvaient bien l'appeler comme ça leur chantait, la ville aurait quand même la trouille. Chicago, sa ville natale, cette métropole amère, abîmée, imprudente, tremblait de peur, terrorisée par l'un des siens. Comme ils l'avaient ignoré ! Comme il allait le leur faire payer !

Jones n'avait eu que ce qu'il méritait. Rochelle Stevens aussi. Et ils ne seraient pas les derniers. Quelque part, parmi les millions d'âmes damnées qui grouillaient, s'en trouvait une autre dont l'heure était venue. Elle ne le savait pas encore, c'était tout. Elle l'ignorait, mais cette garce naïve avait rendez-vous avec le couteau du boucher.

72

Madelaine Baines contempla la vue qui s'offrait à elle, émue et inspirée. Elle savait que son appel au rassemblement de la communauté avait suscité beaucoup d'intérêt sur Facebook et Twitter – il lui avait même valu une mention dans le journal local –, mais elle ne s'était pas attendue à une si grande participation. Les gens arrivaient à Granary Park des quatre coins de la ville, ils brandissaient des lampes torches, des lanternes, des bougies, ainsi que des photos de Jacob Jones et de Rochelle Stevens. C'était à la fois d'une immense tristesse et follement émouvant, le chagrin mêlé à la méfiance et à la détermination.

La veillée allait débuter sous peu, aussi Madelaine prit-elle une seconde pour jeter un dernier coup d'œil à son texte. Elle avait dû l'écrire dans la précipitation et elle espérait qu'elle s'en sortirait, tout comme les autres orateurs présents sur la scène montée à la hâte. Parmi eux, il y avait le prêtre de l'église du quartier, un politicien très en vue, un ami de Rochelle, pourtant c'était à Madelaine qu'il incombait de conclure la veillée. Elle désirait se montrer à la hauteur ; elle n'avait pas demandé à être la maîtresse de cérémonie mais, puisque le rassemblement était à son initiative, cela allait de soi. Voilà que la nervosité la gagnait, ainsi que l'impatience : elle avait l'habitude d'œuvrer pour la communauté mais les discours en public n'avaient jamais été son fort.

Elle débordait d'énergie, le matin, lorsqu'elle avait contacté les notables du quartier et les influenceurs, et qu'elle avait mobilisé les personnes intéressées. Elle n'avait pas pris une minute pour réfléchir au mouvement qu'elle lançait. À observer les citoyens qui s'amassaient dans le petit parc, elle commençait à en prendre la mesure. L'endroit se remplissait à vue d'œil ; bientôt, plus un carré d'herbe ne fut visible. Une telle solidarité faisait chaud au cœur : il restait encore des gens qui se souciaient de leurs semblables. Deux équipes de télévision parcouraient la foule, interviewaient les participants, prenaient des photos. Madelaine avait convié les journalistes, bien sûr, mais leur présence l'excitait comme une puce.

Elle relut une dernière fois son texte, se souvint de parler lentement, chaque mot avait son importance. Après tout, il ne s'agissait pas de partager ses propres sentiments, mais d'assurer la sécurité de chacun. Si elle réussissait à sensibiliser les gens au danger, si elle pouvait les mobiliser pour qu'ensemble ils chassent ce mal, alors elle aurait accompli sa mission. Car qui pouvait douter de la détermination de cette foule et de sa portée ? Ils étaient rassemblés dans le parc, soudés à la lueur des bougies et au son des chants entonnés. C'était un spectacle fabuleux, une preuve d'union inébranlable entre jeunes, vieux, Blancs, Noirs, homos et hétéros qui faisaient front côte à côte, à la lueur des flammes des chandelles et des lanternes dansant sous le vent.

Plus qu'une démonstration d'intention.

C'était la beauté à l'état pur.

73

La jolie adolescente tenait une photo de Rochelle dans une main et une bougie à la flamme vacillante dans l'autre. Elle chantait, comme beaucoup d'autres à la veillée, mais la caméra resta braquée sur son visage pour immortaliser les larmes qui roulaient sur ses joues. Elle affichait une expression arrogante et en même temps un air bouleversé par la tragédie.

Adam se détourna, incapable d'en supporter davantage. L'écran de télé dans le bar diffusait WGN depuis un moment et la plupart des habitués n'en décrochaient pas. Adam, lui, voulait juste faire abstraction, alors il se concentra sur son verre et découvrit que sa pinte était déjà vide.

— La même chose, s'il vous plaît.

Le barman le resservit sans un regard, bien plus intéressé par les informations que son client assoiffé. Adam leva sa bière et en but la moitié d'un trait ; sans pour autant se sentir apaisé. Il lui faudrait peut-être un remède plus fort ? Il tourna la tête vers l'étagère du fond. Les bouteilles s'alignaient avec fierté devant le miroir piqué dans lequel il surprit son reflet. Était-ce le miroir symbolique dont lui avait parlé Gabrielle Grey ? se demanda-t-il avec amertume.

Depuis qu'il avait trouvé refuge dans ce bar, il se repassait en boucle leur conversation. Que leur relation se soit dégradée aussi vite paraissait impossible. Mais après tout, rien de ce qu'il s'était passé ces derniers jours ne semblait normal. Une semaine auparavant, il était un psychologue respecté, en bons termes avec la police et même confident de certains officiers, marié à une femme au comble du bonheur et attendant un bébé. Et aujourd'hui ? Il n'était plus qu'un homme qui noyait son chagrin dans l'alcool en regrettant, comme tant d'autres dans ce rade miteux, de ne pas pouvoir revenir en arrière…

Était-il en train de devenir fou ? De succomber à une crise de nerfs ? En compagnie de Kassie, il se laissait porter par son enthousiasme passionné, nourrissant des pensées qu'il savait grotesques, faisant des choses dangereuses et non professionnelles. Mais dès qu'il s'éloignait d'elle, il reprenait pied dans le monde réel et l'atterrissage était douloureux. Les paroles que lui avait lancées Gabrielle étaient si blessantes, son ton si méprisant qu'il ne pouvait faire autrement que méditer sur ses actes récents avec une pointe de honte. Elle avait raison, il avait eu un comportement idiot, imprudent et complaisant.

Pourtant, comment affirmer en toute sincérité que Kassie mentait ? Qu'elle se jouait de lui ? Sa description des meurtres était détaillée, empreinte d'émotions, et sa réaction sous hypnose paraissait authentique. En temps normal, il aurait diagnostiqué une forme de psychose délirante, mais le fait était qu'elle avait bel et bien prédit la mort de Rochelle. Ce qui signifiait soit qu'elle était impliquée soit qu'elle en connaissait l'auteur et qu'elle cherchait à compromettre Adam. Mais dans quel but ? En guise de diversion ? Pour s'amuser ? Au cours de leur séance de tout à l'heure, il s'était demandé, dans un moment de folie, si les rires qu'entendait Kassie n'étaient pas les siens, si elle ne redéfinissait pas mentalement son rôle dans ces meurtres, conduisant Adam au cœur de son énigme d'une manière alambiquée. Cependant, cette explication ne le satisfaisait pas totalement, il n'avait encore jamais observé un état de fugue dissociative aussi prononcé, et il avait la conviction qu'elle ne faisait pas semblant. Mais alors, la seule autre possibilité serait que le don de Kassie soit authentique, ce qui était impossible.

Baissant le regard, Adam remarqua que son verre était de nouveau vide, alors qu'il n'avait aucun souvenir de l'avoir bu. Même les actes les plus prosaïques semblaient revêtir un caractère surnaturel ces temps-ci, l'empêchant de fonctionner normalement. Que valait-il mieux ? Continuer à boire ou rentrer retrouver Faith ? Appeler Kassie et la prévenir des soupçons de la police ou couper les ponts pour de bon ? Pour la première fois de sa vie, Adam Brandt ne savait absolument pas quoi faire.

C'était dans des moments tels que celui-ci que son père lui manquait. Tout au long de sa vie, il avait été une source de conseils précieuse. C'était un homme aux convictions affirmées, doté d'un sens moral solide et d'un esprit de décision sûr.

Ce soir, courbé sur sa pinte de bière vide dans un bar minable, Adam ne se sentait que l'ombre de lui-même.

74

La puanteur était insoutenable. Tandis qu'ils forçaient au levier la porte blindée, l'odeur âcre, industrielle, la frappa de plein fouet, lui donna la nausée. Gabrielle se couvrit le nez et la bouche d'un masque et se tourna pour vérifier que Miller était prête. Elles avaient l'air ridicules, toutes les deux vêtues de combinaisons stériles et de surchaussures tandis qu'elles braquaient lampe torche et pistolet devant elles, mais elles n'avaient pas le choix. S'il s'agissait de la scène de crime primaire, elles devaient prendre garde à ne pas la contaminer, tout en veillant à se protéger. Selon Gabrielle, il n'y avait personne à l'intérieur – la caravane était froide et tranquille –, mais elle ne voulait courir aucun risque, surtout avec un jeune officier à ses côtés.

— À trois. Un, deux, trois…

Gabrielle fonça à l'intérieur en pointant sa lampe et son arme. Un mouvement sur la gauche la fit se tourner, mais ce n'était qu'une ombre qui dansait sur le mur. Elles avancèrent, Gabrielle couvrant le côté gauche, Miller le droit. Elles marchaient à pas prudents en scrutant l'obscurité en quête d'un signe de vie. Mais il n'y avait personne ici – l'endroit était désert et vide, en dehors d'une pile de produits et d'appareils ménagers dans un coin.

Gabrielle éclaira le matériel entassé. Une lessiveuse à moquette qui avait connu des jours meilleurs, avec un tuyau tordu… D'autres accessoires, en revanche, paraissaient flambant neufs. Des protections pour chaussures et des combinaisons. Des bâches en plastique et des gants en latex. Gabrielle s'accroupit pour examiner ces derniers, repensant aux marques sur le cou de Jacob Jones causées par son allergie au latex. Le corps de Rochelle portait-il aussi les traces d'une utilisation de gants en caoutchouc ? Aucune empreinte ni aucune fibre n'avait été relevée dessus, mais Gabrielle nota dans un coin de sa tête d'interroger Aaron Holmes sur ce point spécifique à la première occasion.

À côté du tas de bâches en plastique se trouvait un énorme bidon. Gabrielle y projeta le faisceau de sa lampe et découvrit toute une série de symboles d'avertissement sur la toxicité de son contenu, ainsi que le nom de la substance : hypochlorite de sodium.

— Qu'est-ce que c'est que ce truc ? demanda Miller en lisant l'étiquette par-dessus son épaule.

— De la Javel industrielle. Mais je ne vois pas bien l'utilité pour nettoyer une moquette.

Gabrielle s'éloigna du bidon et éclaira le sol.

— Et pourquoi y en a-t-il autant ?

Elle s'arrêta et se pencha pour observer de plus près les surfaces planes de la caravane. Pour un pied-à-terre à l'abandon, l'endroit était d'une propreté immaculée, sans un grain de poussière. Redmond était-il un maniaque du ménage ou cette hygiène impeccable dissimulait-elle des agissements plus glauques ? Le faisceau de Gabrielle s'arrêta sur un tuyau de canalisation, dans l'angle droit de la caravane.

— Donnez-moi un coup de main, voulez-vous ? dit-elle en s'en approchant.

Le conduit était surmonté d'une lourde grille métallique. À elles deux, elles la soulevèrent sans difficulté et Gabrielle braqua sa lampe à l'intérieur. Le tuyau descendait, large et profond, sur au moins un mètre cinquante avant de s'enfoncer dans l'eau. C'était sale et sombre, et même le puissant faisceau de sa lampe ne permettait pas de distinguer autre chose que son reflet lumineux. Ce qui était évident, en revanche, c'était qu'une très grosse quantité de Javel avait été déversée à l'intérieur – les effluves toxiques remontaient le long du tuyau et envahissaient la pièce.

— Il faut faire venir les techniciens de scène de crime ici, déclara Gabrielle tandis qu'elles replaçaient la grille. Cet endroit doit être passé au peigne fin.

— Je les appelle tout de suite, répondit sans attendre Miller qui prit son téléphone dans sa poche et sortit.

Gabrielle ne bougea pas, elle scruta la caravane abandonnée. Cet endroit lui donnait la chair de poule – quelque chose d'inquiétant et de dangereux flottait dans l'air –, et elle avait hâte de découvrir ce qu'il s'était passé entre ces murs. Pour cela, cependant, elle devrait attendre que Bartlett et son équipe investissent les lieux à la première heure le lendemain matin. Quels que soient les secrets que cette caravane recelait, ils restaient cachés… pour l'instant.

75

Dans l'entrée, Adam prit un moment pour se ressaisir ; une fois encore, il était à fleur de peau. Si tentant qu'il fût d'imputer sa sensibilité à la quantité de bière qu'il avait ingurgitée, la vérité était que chaque fois qu'il rentrait chez lui dernièrement, un sentiment différent l'habitait : la crispation, la colère, le soulagement, la nervosité. À mille lieues de ce qu'il éprouvait il n'y avait pas si longtemps, quand il franchissait le seuil le cœur léger et le sourire aux lèvres.

Désormais, les émotions se bousculaient en lui. Il ressentait de la culpabilité à laisser Faith seule, de l'irritation à être rejeté par sa femme, de la colère envers les injustices de la vie et, de temps à autre, un désir ardent de hurler sa haine, de tout casser autour de lui. Par-dessus tout, il y avait la peur, l'appréhension de ne pas savoir ce qu'il allait trouver une fois la porte franchie.

Ce soir-là, il s'attendait au calme ; Faith se serait réfugiée dans son atelier ou couchée. Cependant, au moment où il entra sans bruit, des voix lui parvinrent du salon. Il y découvrit avec stupeur Kassie et Faith qui bavardaient sur le canapé.

Son arrivée interrompit leur conversation ; Kassie rougit légèrement.

— Salut, toi, lança Faith.

— Salut, répondit Adam avec un sourire qu'il savait peu convaincant.

— Kassie est en froid avec sa mère qui est partie en voyage, poursuivit Faith. Alors je lui ai proposé de rester ici un jour ou deux, le temps qu'elle trouve une solution.

Elle avait fait son annonce avec une telle légèreté, comme s'il n'y avait rien de plus anodin, qu'Adam se surprit à acquiescer. Pourtant au fond de lui, tout son être s'y opposait. Jamais, en aucune circonstance, ce n'était une bonne idée qu'un patient séjourne chez son psy. Mieux valait solliciter l'assistante sociale pour qu'elle lui trouve un hébergement, et, en temps normal, il aurait insisté pour qu'ils la préviennent. Mais Faith semblait résolue à venir en aide à l'adolescente et, à cet instant, Adam ne se sentait pas la force de la contrarier. Faith mesurait sans aucun doute l'ampleur de sa demande, d'où son ton à la nonchalance forcée, mais rendre cette faveur lui tenait à cœur…

— Nous sommes ravis de pouvoir aider, déclara Adam, ce qui était à moitié vrai.

— Ce n'est que pour un jour ou deux, se hâta de préciser Kassie avec un coup d'œil gêné à son sac posé près du canapé.

— Pas de problème, la rassura Adam. Mais la police souhaite toujours t'interroger, alors nous les appellerons à la première heure demain matin pour voir comment arranger les choses.

Cette perspective ne sembla guère enchanter Kassie, cependant elle accepta d'un hochement de tête.

D'un regard, Faith fit comprendre à Adam qu'elle n'était pas dupe : il n'appréciait pas la présence de Kassie chez eux.

— Tu as faim, Kassie ? demanda Faith en se tournant vers elle.

— Non, ça va. Je ne veux pas vous déranger…

— Tu ne déranges pas. Nous allons nous faire livrer.

— C'est gentil mais j'ai déjà mangé, et puis…, hésita Kassie avant de poursuivre : J'aimerais aller à la veillée à Granary Park.

— Oui, bien sûr.

La spontanéité de ce consentement laissait entendre que Faith n'en attendait pas moins de la part de Kassie. Un peu honteux, Adam se rendit compte que le rassemblement populaire de ce soir lui était complètement sorti de la tête.

— Je ne sais pas si ça servira à quelque chose mais ne rien faire me rend malade, poursuivit Kassie avec un haussement d'épaules timide.

— Je vais te donner une clé alors, dit Faith. Au cas où nous serions couchés quand tu rentreras…

Elle sortit en trombe, laissant Adam et Kassie seuls.

— Tout va bien ? demanda Adam.

— Oui, ça va.

— Et ta mère ? Que s'est-il passé ?

L'adolescente se contenta de secouer la tête. Quelques secondes plus tard, Faith revenait. Elle fourra la clé dans la main de Kassie.

— Je vais te préparer le lit de la chambre d'amis.

Ces dernières semaines, celle-ci avait été le domaine de Christine, la mère de Faith ; elle était vacante depuis quelques jours.

— C'est très gentil, merci, répondit Kassie. Je ne savais pas où aller sinon…

— Nous sommes contents que tu sois venue ici, n'est-ce pas Adam ?

— Tout à fait.

Kassie lui jeta un regard en coin, sans doute afin de jauger la sincérité de sa réponse, puis elle s'en alla. Le silence emplit alors la maison, le bruit des pas de Kassie s'évanouissant peu à peu, tandis que Faith et Adam se dévisageaient sans ciller. Puis, sans crier gare, Faith s'avança vers la table et attrapa la carte de livraison à domicile.

— Tu préfères quoi ? Indien ou chinois ?

— Faith…

Elle interrompit sa lecture du menu et se tourna vers lui.

— Tu es sûre que c'est bien sage ?

— Sage ?

— C'est une de mes patientes.

— J'en ai bien conscience.

— Et un témoin dans une enquête policière en cours…

— C'est n'importe quoi. Ils se raccrochent à une chimère.

Adam considéra son épouse un instant, envieux de sa certitude décomplexée. Elle soutint son regard : elle n'allait pas s'excuser pour son sens de l'hospitalité.

— Ce que je veux dire, c'est que si le fait que j'héberge un patient vient à se savoir, cela pourrait avoir des conséquences graves d'un point de vue professionnel.

— Je le comprends, mais c'est l'affaire d'un jour ou deux seulement. Et personne n'a besoin de savoir qu'elle est ici.

Adam aurait voulu céder de bon cœur, seulement il en était incapable. La présence de Kassie sous son toit était synonyme de complications. Devinant ses réticences, Faith passa à l'offensive.

— Après tout, quelle autre solution y a-t-il ? Une chambre d'hôtel ? Une place dans un de ces affreux centres où ils mettent les fugueurs ?

— Ils ne sont pas si mal.

— C'est une adolescente, Adam. Une jeune fille vulnérable…

— Je sais. Mais il existe d'autres façons de l'aider. Que ce soit notre responsabilité n'est pas une obligation.

— Au cas où tu ne l'aurais pas remarqué, rétorqua Faith qui retrouvait des couleurs, elle n'a personne d'autre. Sa propre mère, la personne censée la protéger et veiller sur elle, est partie, sans doute pour de bon. Le reste de sa famille ne veut rien savoir, elle n'a pas d'amis…

— Il existe des endroits sûrs où elle peut se rendre. Si je m'entretiens avec son assistante sociale…

— Kassie a besoin d'être protégée, insista Faith en lui coupant la parole. Elle a besoin d'être aimée, conseillée. Tu dois bien t'en rendre compte, quand même ?

— Bien sûr.

— Et pourtant tu veux la mettre dehors ?

Elle dardait sur lui un regard noir. La culpabilité envahit Adam ; il avait raison, mais elle aussi de suivre son instinct maternel et de se comporter en être humain digne de ce nom. Il aimait la force de Faith, son intégrité, son esprit de solidarité et, tout à coup, il voulut se faire pardonner, se réconcilier avec elle. Mais elle ne lui en laissa pas l'occasion, elle quitta le salon sur une dernière réplique assassine :

— Je croyais que tu valais mieux que ça.

76

Kassie marchait le long de la rue, ses talons claquaient sur le trottoir. La veillée avait déjà débuté, mais il restait des retardataires qui se dirigeaient vers Granary Park et elle cala son pas sur le leur. Elle dissimulait un joint dans le creux de sa main et tirait discrètement dessus, résolue à ne pas gâcher les dernières précieuses bouffées.

Elle fumait dans l'espoir de se remonter le moral, mais les questions continuaient à tourner sans cesse dans son esprit. Pourquoi était-elle aussi nulle ? Pourquoi semait-elle la misère et la discorde partout où elle passait ? Elle faisait le désespoir de sa propre mère qui l'avait rayée de sa vie. Et que dire de ses nouveaux « protecteurs » ? Faith l'avait accueillie avec chaleur, mais Kassie devinait que sa présence chez eux dérangeait Adam, malgré ses efforts pour le dissimuler. Elle ne se sentait pas capable de retourner chez elle – drôle d'expression pour un lieu qui ne représentait plus que rejet et tristesse. Pourtant, elle n'ignorait pas les tensions qu'elle avait provoquées entre les Brandt. Se disputaient-ils en ce moment même ? Adam cherchait-il à convaincre Faith de revenir sur son offre d'hébergement ? À cette idée,

Kassie se sentit encore plus abattue et elle jeta le mégot de son joint dans le caniveau. Tout allait de travers aujourd'hui.

Elle perçut des voix plus loin devant elle, des voix fortes, amplifiées ; ainsi que des applaudissements. Elle était arrivée à l'entrée du parc. À travers les haut-parleurs, elle entendait un homme exhorter les personnes présentes à la détermination et à la solidarité.

Un message qui touchait profondément Kassie, ce soir plus que n'importe quel autre. La majeure partie de sa vie, elle s'était sentie seule, sans jamais avoir l'impression d'être désirée ou acceptée, et voilà qu'elle se retrouvait à marcher vers ces voix, saisie du désir d'éprouver elle-même ce sentiment de solidarité communautaire. Elle dépassa un couple de traînards et suivit l'allée pour gagner le terrain central du parc.

Elle s'arrêta net. Non seulement elle ne pouvait plus avancer – une foule impressionnante envahissait le petit espace –, mais, surtout, elle n'avait jamais vu un spectacle aussi magnifique. Le parc était bondé, investi par les habitants du quartier qui presque tous brandissaient une bougie ou une lanterne. Des personnes âgées se tenaient bras dessus bras dessous, de jeunes enfants avaient grimpé sur les épaules de leurs parents pour mieux voir, des couples se réconfortaient mutuellement. Kassie sentit les larmes lui piquer les yeux. C'était presque magique.

L'homme continua son discours. Un prêtre sans doute, mais Kassie était trop loin pour en être sûre. D'ordinaire, elle n'aurait pas tenu compte de ses paroles – son expérience ne l'aidait pas à croire au Dieu miséricordieux que priait sa mère –, mais ce soir-là, elle les laissa lui réchauffer le cœur.

— Côte à côte nous nous tenons, main dans la main avec notre semblable. Croyez-moi, il n'existe aucun mal qui ne puisse être vaincu par des citoyens ordinaires à l'âme charitable qui refusent de se laisser intimider. Croyez en vous et en votre prochain, veillez les uns sur les autres et cette sombre période prendra fin. La délivrance est à portée de main, mais il revient à chacun de nous de la saisir…

L'auditoire approuva avec fougue, Kassic aussi. Elle se surprit à sourire et à avoir tout à coup envie de rire afin d'expulser toute son angoisse et sa tristesse et d'accueillir l'optimisme et l'espoir à la place. Elle sentait ses soucis la quitter tandis qu'elle se laissait happer par la rhétorique du prêtre et la ferveur de la foule. Pour la première fois depuis bien longtemps, Kassie était heureuse, enthousiaste même, et elle s'enfonça davantage dans le public pour se rapprocher du cœur de l'action. Un sentiment inconnu, l'adrénaline, le désir d'appartenance, la pressaient d'avancer, et elle succomba de bonne grâce, savourant la chaleur de ceux qui l'entouraient. Avec un sourire, elle baissa la tête et se fraya un chemin vers la scène, se coulant peu à peu dans la marée humaine.

77

La voiture roulait au pas sur le bitume. Dans l'habitacle, le silence régnait ; à l'intérieur, les deux femmes scrutaient la rue et examinaient chaque véhicule garé, chaque piéton. Cela faisait presque deux heures qu'elles patrouillaient, et elles rêvaient toutes les deux d'une pause. Mais hors de question de s'arrêter maintenant.

Gabrielle et son adjointe écumaient le Lower West Side depuis qu'elles avaient quitté la caravane de Redmond. Il pouvait se planquer n'importe où en ville, voire en banlieue, et en toute logique les recherches devaient démarrer dans le périmètre de la caravane. Elles n'étaient pas seules à traquer le suspect : plus d'une vingtaine d'agents et plusieurs inspecteurs de la brigade criminelle leur prêtaient main-forte et quadrillaient les quartiers de Pilsen, Chinatown, Medical District, Near West Side et au-delà. Malheureusement, jusque-là, on n'avait pas trouvé la moindre trace de Redmond ni de son pick-up.

La participation de Gabrielle et de Miller au travail sur le terrain pouvait sembler une démarche désespérée ; elles auraient pu diriger les opérations du quartier général, mais puisqu'elles n'avaient ni nouvelles théories à échafauder ni nouveaux éléments à examiner – pas tant que Bartlett n'aurait pas rendu ses conclusions préliminaires –, elles étaient tout aussi utiles dans la rue. Pour l'heure, toutes les pistes menaient à Redmond et, tant qu'ils ne lui auraient pas mis la main dessus, l'enquête resterait au point mort.

Miller étouffa un bâillement, une main devant la bouche pour dissimuler sa fatigue. Mais Gabrielle n'était ni dupe ni insensible à sa détresse. Sa collègue avait à peine dormi cette semaine, elle avait passé tout son temps à enquêter et à arpenter les rues.

— Si vous voulez rentrer chez vous, ça ne me dérange pas de continuer seule. C'est l'histoire d'une heure ou deux de toute façon.

— Ça va, vraiment.

— Ce n'est pas un souci. Vous avez travaillé d'arrache-pied ces derniers jours.

— Servir et protéger, c'est notre credo, répliqua Miller d'un ton enjoué.

— Et vous m'en voyez ravie, mais inutile de s'user jusqu'à la moelle. Tout le monde a droit à une vie en dehors du boulot.

— Pas moi. J'adore mon travail, il m'apporte tout ce dont j'ai besoin.

— Et la famille ? s'enquit Gabrielle, consciente d'en savoir bien peu sur sa collègue.

— Ils sont tous à Detroit.

— Un compagnon, peut-être ?

— Pas le temps pour ça.

— Vraiment ? Je croyais que vous, les jeunes, vous adoriez papillonner à droite à gauche.

— Ce n'est pas mon genre, répondit Miller en suivant du regard le pick-up qui arrivait en sens inverse.

La conductrice leur sourit en passant à leur hauteur. Elles poursuivirent leur route et délaissèrent Medical District pour se diriger vers le Nord. La gigantesque autoroute Chicago-Kansas City se profilait devant elles, tandis qu'elles traversaient le Lower West Side. Gabrielle doutait qu'elles auraient plus de chance ici, mais il ne fallait rien laisser au hasard.

— Vos parents vivent à Detroit ? demanda Gabrielle comme elles tournaient dans South Laflin Street.

— Oui, oui.

— Vous y retournez souvent ?

— Une fois par an peut-être. Je ne suis pas très proche d'eux.

Gabrielle jeta un coup d'œil discret à sa coéquipière qui scrutait la route, imperturbable.

— Vous savez Jane, nous apprécions tous votre dévouement, mais il est important d'avoir quelqu'un d'extérieur sur qui compter. Ce boulot est exigeant et parfois on a besoin de…

— J'ai l'équipe, ça me suffit.

— Et c'est très bien. Mais les équipes changent. Vous serez promue un jour, et vous vous retrouverez avec d'autres personnes, des inconnus…

Miller secouait lentement la tête.

— Je suis bien où je suis. Cette équipe est ce qui se rapproche le plus d'une famille pour moi.

C'était dit sans prétention, comme une simple constatation, mais cet aveu prit tout de même Gabrielle au dépourvu.

— Je ne me suis jamais vraiment sentie à ma place ailleurs, poursuivit Miller lorsqu'elle remarqua la réaction de Gabrielle. À l'école, au travail, à la maison même. Vous m'avez donné ma chance… et je ne l'oublierai jamais.

— Vous avez plus que mérité ma foi en vous.

— C'est sincère, s'empressa d'ajouter Miller. Je n'avais pas d'objectif, pas de but avant de rejoindre votre brigade.

Gabrielle s'étonna de l'émotion qui perçait dans la voix de Miller. Jamais auparavant elle n'avait entendu son adjointe s'exprimer ainsi. Elle profita d'un arrêt à un feu rouge pour se tourner vers elle, curieuse de découvrir ce qui avait déclenché ces confidences. Miller lui rendit brièvement son regard avant de détourner les yeux à la va-vite.

— Je ne devrais sans doute pas vous parler comme ça, dit Miller en fixant un point derrière l'épaule de Gabrielle. C'est juste que… J'imagine que personne n'a jamais cru en moi avant. C'est pour ça que c'est si important. Pourquoi accepterais-je une promotion ? Tout ce que je souhaite, c'est travailler à la criminelle, et faire du bon boulot avec vous et le reste de l'équipe…

Sa voix, son expression même étaient empreintes d'ardeur, mais il y avait autre chose. Quelque chose qui troubla Gabrielle.

— Et votre bienveillance est-elle aussi valable envers Montgomery ? demanda Gabrielle.

— Elle est jeune, se hâta de répondre Miller. Elle a encore à apprendre. Mais elle y arrivera.

— Avec de bons conseils.

— Bien sûr, répondit Miller. Je n'ai aucun problème avec elle. Elle va être… Elle est une très bonne inspectrice. Et je l'aiderai de mon mieux. C'est mon devoir, étant donné ce que vous avez fait pour moi…

Gabrielle se prépara mentalement pour la suite – une déclaration hésitante et embarrassée de solidarité et de détermination –, mais à sa grande surprise, Miller se figea soudain. Gabrielle se tourna vers elle sans savoir à quoi s'attendre et, une fois de plus, elle fut prise de court. Miller fixait un point derrière elle.

— Regardez, souffla Miller avec un geste de la main derrière l'épaule de Gabrielle.

Celle-ci se contorsionna sur son siège, osant à peine espérer. Mais pas de déception cette fois. Dissimulée dans l'ombre d'une ruelle qui partait de la rue principale était garée une Ford de couleur marron immatriculée en Louisiane.

78

— Vous voulez attendre les renforts ou on y va ?

Les deux femmes se tenaient dans l'ombre de l'immeuble délabré. Il ne restait plus rien de l'émotion qui avait saisi Miller tout à l'heure, elle était de nouveau au taquet. Sous le coup de l'excitation, elle tournait autour du pick-up et vérifiait encore et encore son arme.

Gabrielle recula d'un pas pour observer de nouveau le bâtiment abandonné qui se dressait devant elles. L'édifice en pierre calcaire était usé, terne, mais pas encore oublié : des panneaux annonçaient sa démolition prochaine. Les travaux ne débuteraient que trois mois plus tard, un délai qui faisait de cette carcasse vide une planque idéale. L'endroit paraissait éteint, sans vie, pourtant à force d'insister, les yeux plissés, Gabrielle parvint à distinguer une faible lueur à l'intérieur.

— Je dirais qu'on y va.

— Ça me convient, répondit Miller avec enthousiasme.

— Les renforts ne seront là que dans vingt minutes. Et l'arrivée de la cavalerie risque de le faire fuir.

C'était une décision difficile. Entrer sans renforts était risqué, mais l'élément de surprise leur offrait une chance d'appréhender Redmond sans heurt. Gabrielle sortit son arme de son étui et ôta le cran de sûreté.

— OK, allons-y. Mais on fait ça en douceur.

Avec un hochement de tête, Miller s'avança. La porte principale était barricadée de deux planches clouées en croix. Miller se cambra pour se glisser dans l'interstice et s'empara de la poignée. Sans surprise, la porte s'ouvrit aussitôt. Miller se tortilla pour se faufiler entre les planches. Gabrielle lui emboîta le pas et disparut avec elle dans l'obscurité.

Elles avancèrent à pas feutrés, osant à peine respirer. Le bâtiment était à l'abandon depuis un sacré moment ; le plancher émettait des craquements inquiétants, le briquetage s'effritait et des câbles dénudés pendaient du plafond. Ils n'étaient sans doute pas branchés, mais Gabrielle n'allait pas se risquer à vérifier et poursuivit sa route avec prudence : elle posait le pied avec précaution avant d'avancer. Tout l'immeuble tombait en ruine et menaçait d'avaler ses visiteurs au moindre faux pas. Chaque déplacement était périlleux.

Elles entendirent du mouvement, il y avait quelqu'un dans le bâtiment ! Mais où ? Les bruits semblaient provenir des étages supérieurs, seulement l'obscurité trompait leurs sens. Malgré sa furieuse envie d'allumer sa lampe torche, Gabrielle se retint de peur d'alerter Redmond de leur présence. Elle avança dans le noir, l'arme braquée devant elle.

Sur la gauche, elle parvint bientôt à distinguer l'embrasure d'une porte. Gabrielle s'arrêta, s'assura que Miller la suivait et murmura :

— À trois. Un, deux, trois…

Elles firent irruption dans la pièce, scrutèrent la pénombre, le canon à la recherche d'une cible. Quelque chose fila promptement dans un coin, et d'une main sur son bras, Gabrielle retint Miller qui était prête à faire feu.

— Des rats.

Elles examinèrent le reste de la pièce, rien. Les deux femmes ouvrirent une autre porte sur la droite : vide aussi. La dernière salle du rez-de-chaussée était trop insalubre pour s'y risquer, plusieurs lames de plancher manquaient : personne n'avait pénétré ici depuis longtemps.

Elles regagnaient l'entrée lorsqu'un bruit soudain les stoppa net. Un long craquement, juste au-dessus d'elles. Suivi de voix étouffées. Redmond avait-il de la compagnie ? D'un signe de la tête, elles s'entendirent pour revenir sur leurs pas, vite et sans bruit, jusqu'au pied de l'escalier principal. Gabrielle consulta sa montre dont le cadran s'éclaira dans l'obscurité. Il restait encore au moins dix minutes avant l'arrivée des renforts ; une attente trop longue quand l'opportunité d'attraper le ou les meurtriers était si proche.

Elle gravit les marches d'un pas sûr et preste. En partie car elle était nerveuse, mais surtout parce que les voix se faisaient plus distinctes. Elle discernait celle d'une femme, maintenant. Gabrielle resserra sa prise sur son arme tout en espérant ne pas avoir à s'en servir et priant pour que la chance soit de son côté si elle y était contrainte.

Arrivée en haut, Gabrielle découvrit un long couloir obscur. Le bruit provenait d'une pièce tout près, sur la gauche. Se guidant d'une main le long du mur, elle avança à grandes enjambées discrètes. Le moindre souffle pourrait révéler leur présence. Elle s'arrêta à l'encadrement de la porte et fit signe à Miller de la rejoindre en silence avant de passer de l'autre côté pour se mettre en position. À présent, les deux femmes couvraient différents angles de la pièce. Gabrielle refoula dans un coin de son esprit toute pensée concernant sa famille et le danger qu'elle courait, puis donna le signal à son adjointe. Elles jaillirent de leur cachette et balayèrent la pièce de leur arme.

Personne. Rien qu'une chaise et une table sur laquelle étaient posées des boîtes de nourriture à emporter et une cigarette qui fumait en équilibre précaire sur un cendrier. Par terre, il y avait deux cartons, de vieux journaux et, plus loin, un poste de télévision dont l'écran tressautait sur le JT du soir de WGN. Le ton clair et haché avec lequel la présentatrice relatait les derniers développements de la traque du « boucher de Chicago » fit s'immobiliser Gabrielle. Était-ce la voix féminine qu'elle avait entendue depuis en bas ? La cigarette encore rougeoyante indiquait la présence de quelqu'un. Mais qui ?

Perplexe, Gabrielle revint dans le couloir, son Colt 45 pointé en avant. Elle avança d'un pas résolu, une seule idée en tête : appréhender leur suspect numéro un. Concentrée sur son but, elle faillit passer au travers d'une lame mangée par la pourriture ; la policière chevronnée qu'elle était parvint à relever le pied à temps. Après s'être redressée, elle fit signe à Miller de la suivre.

À cet instant, une silhouette traversa l'autre bout du couloir comme une flèche et tira un coup de feu. Gabrielle bondit sur la droite ; la balle percuta le mur en brique devant lequel elle se tenait juste avant. Elle riposta aussitôt, tira une fois, deux fois, trois fois. Les balles sifflèrent le long du couloir, ratant de peu leur cible qui avait filé dans la pièce opposée.

Gabrielle fit volte-face pour vérifier que Miller n'était pas touchée et hurla à son adjointe sous le choc :

— Restez derrière moi.

Miller obéit. Collée au mur, Gabrielle avança dans le couloir, l'arme braquée sur l'embrasure de la porte. Son doigt était crispé sur la détente, prêt à tirer. Elle n'avait pas voulu que les choses se passent ainsi mais c'était désormais une question de vie ou de mort. Elle se déplaça rapidement et, arrivée au seuil de la porte, elle s'élança de l'autre côté, au plus près du sol. Elle s'attendait à devoir faire feu, mais la pièce était déserte, un vent froid et mordant s'engouffrait par la fenêtre ouverte.

Gabrielle s'y précipita et regarda prudemment au-dehors ; juste à temps pour apercevoir un homme grand au crâne rasé qui se remettait sur pied au milieu des sacs-poubelle en dessous. Un instant, leurs regards se croisèrent – c'était Redmond. Gabrielle pointa son arme pour tirer, mais une seconde trop tard : il avait déjà déguerpi. Avec un juron, elle pivota et sortit en trombe, bousculant Miller au passage.

En moins de deux secondes, elle s'élançait au bas de l'escalier, traversait le couloir vers l'entrée. Elle ouvrit la porte à la volée, donna un coup de pied puis un deuxième dans les planches qui éclatèrent. Elle entendait Miller juste derrière elle, mais ne ralentit pas pour l'attendre. Elle surgit dans l'air glacial et fonça sur la droite, prit dans un virage serré l'étroite allée qui menait à l'arrière du bâtiment. Elle longea l'immeuble en courant, sauta par-dessus les meubles cassés et les jouets abandonnés jusqu'à retrouver la fenêtre d'où avait sauté Redmond. Après s'être repérée, elle vit la ruelle par laquelle il s'était enfui et s'y engouffra. Avec soulagement, elle l'aperçut plus loin devant elle, qui filait à toute allure.

— Police ! Arrêtez-vous !

Une balle siffla au-dessus de sa tête, mais Gabrielle ne s'arrêta pas et se lança à sa poursuite. Redmond croisa brièvement son regard, puis renonçant à tenter sa chance une deuxième fois de si loin, il tourna les talons et s'enfuit.

La chasse était ouverte.

79

Tête baissée, Kassie faufila sa frêle silhouette à travers la foule. Elle n'était plus qu'à une dizaine de mètres de la scène, mais le mur de spectateurs qui se dressait devant elle contrariait sa progression. Ils s'étaient montrés plutôt tolérants jusque-là et, maintenant qu'elle approchait du but, elle commençait à s'attirer les remarques agacées et quelques jurons des personnes qu'elle bousculait pour passer. C'était ridicule de vouloir s'avancer ; en fait, elle entendait très bien de là où elle était et, si elle prenait la peine de lever les yeux, elle verrait parfaitement le podium. Pourtant, une force invisible la forçait à continuer.

Était-ce l'espoir qui la poussait en avant ? Le besoin de croire que tout allait s'arranger ? Ou autre chose ? Son cœur battait à tout rompre et la tête lui tournait. Une minute, elle était transie de lassitude, près de s'évanouir au milieu de la bousculade, celle d'après elle se sentait légère et euphorique. C'était déconcertant, un peu effrayant et néanmoins fascinant ; voilà ce qui l'empêchait de s'arrêter malgré les difficultés.

Petit à petit, elle gagna du terrain, marcha sur un pied mais poursuivit son chemin si vite qu'elle n'entendit pas la fin des exclamations de mécontentement. Et tout à coup, elle y fut, pressée contre la barrière de sécurité qui entourait la scène. Elle se tourna pour regarder derrière elle et découvrit la multitude de visages levés vers le podium. Comment avait-elle pu traverser une telle masse compacte d'êtres humains ? Une nouvelle vague d'acclamations la tira de ses pensées, et elle reporta son attention sur l'estrade.

Une femme d'une quarantaine d'années était au micro et invitait les citoyens de Chicago à surveiller leur ville, à chasser le mal qui avait pris racine dans leur communauté. Elle avait l'air d'être l'oratrice principale, l'organisatrice de la veillée peut-être, et les réactions du public s'intensifiaient à chacune de ses prises de parole. Le rassemblement semblait approcher de son apogée, se transformer en un mouvement plus tapageur. Un appel à l'action de tous les habitants de la ville.

Les spectateurs se laissèrent porter par cet enthousiasme, tout comme Kassie. La femme qui s'exprimait semblait transportée, elle aussi ; elle haussait la voix en pointant le doigt sur des personnes de la foule, les incitant individuellement à agir, à riposter. Son geste rappelait un sacrement, comme si elle leur octroyait l'autorisation de mener le combat, et Kassie rechercha son approbation, sollicita sa bienveillance et le réconfort qu'elle lui apporterait.

La femme ne semblait pas la voir, son regard se posait sur sa gauche, au-dessus d'elle, à sa droite… puis soudain leurs yeux se rencontrèrent. Elle se tut un instant avant de reprendre son discours sans se détourner de Kassie. Aussitôt, l'adolescente se mit à chanceler, tomba sur l'homme qui se trouvait derrière elle.

— Hé ! Qu'est-ce que tu fais ?

Ces mots lui parvinrent étouffés, lointains. Kassie voulut s'y agripper, se forcer à revenir dans le moment présent, mais il était trop tard. Ses yeux étaient accrochés à ceux de la femme et il n'y avait plus de retour possible. Un court instant suspendu dans le temps et, sans prévenir, Kassie poussa un long hurlement avant de s'effondrer au sol.

80

Il souffrait le martyre, mais il se força à continuer. Il avait fait une chute de presque cinq mètres de la fenêtre et il était tombé lourdement. Si l'impact avait été un peu amorti par les sacs-poubelle qui jonchaient l'allée, il s'était tout de même violemment cogné l'épaule contre le bitume. Tout son bras était engourdi – se l'était-il cassé ? –, il n'avait pas le temps de s'en préoccuper maintenant, pas tant que la femme flic était à ses trousses.

Comment l'avaient-ils retrouvé ? Ça n'avait aucun sens. Il s'était montré très prudent, terré dans l'un des rares immeubles à l'abandon qui ne soient pas encore devenus le repaire de jeunes branchés. C'était le refuge idéal pour qui avait besoin de se faire oublier.

Une nouvelle sommation fut lancée dans son dos. La policière gagnait du terrain et il n'aurait pas été étonné d'être bientôt touché par une balle. Mais il ne s'avouait pas encore vaincu. Il connaissait ces ruelles comme sa poche et il tourna à gauche puis à droite avant de revenir sur ses pas afin de semer sa poursuivante. Chicago regorgeait de petites allées et il savait les utiliser à son avantage.

Elle était toujours sur ses talons malgré sa ruse. Elle ne manquait pas de jugeote. Ni de courage, à courir vers le danger plutôt que de le fuir. Les flics de Chicago avaient la réputation d'être des durs à cuire, et elle en était la preuve vivante. Il lui restait cependant une carte à jouer. Elle ne tirerait pas s'il y avait des civils dans la ligne de mire, et les rues étaient bondées, ce soir-là. Il entendait des voix au loin – il se passait quelque chose – et à mesure qu'il se faufilait à travers les allées qui reliaient les artères principales de la ville, il aperçut des gens qui marchaient tous dans la même direction ; à quel événement se rendaient-ils ? Il n'y avait pas de match prévu. Peu importe ! C'était son échappatoire. S'il ne pouvait pas distancer la policière, il pouvait se montrer plus futé qu'elle.

Il était resté caché jusque-là, de peur d'être repéré par des agents de patrouille, mais la prudence n'était plus de mise. La fliquette n'était plus qu'à une quinzaine de mètres derrière lui, à portée si elle était bonne tireuse, et il n'avait aucune envie de mourir dans une ruelle nauséabonde de Chicago, pas alors qu'il avait encore tant à accomplir.

Au bout du passage, il déboucha dans la rue.

Une femme le dévisagea un instant d'un air étonné, remarquant sa figure rouge ruisselante de sueur, avant de s'éloigner. Il la suivit du regard : elle se dirigeait vers le parc à proximité qui grouillait de monde. Sans hésitation, il la doubla et s'avança autant qu'il put jusqu'à l'autre côté de la rue, espérant perdre sa poursuivante dans la foule.

Mais la policière – une femme noire d'une quarantaine d'années – était déjà derrière lui, le regard collé à sa proie. Après une courte seconde d'incertitude, elle partit sur la gauche, dans la même direction que lui. Il lâcha un juron silencieux ; il avait gagné quelques mètres, mais elle le rattraperait bientôt s'il ne trouvait pas un endroit où se cacher. Redoublant d'effort, il progressa en boitant vers le parc bondé devant lui.

Un son lui parvint alors. La voix d'une femme, amplifiée par un micro, mais aussi des applaudissements et des cris d'enthousiasme. Enfin, il comprit. Ils en avaient parlé à la télé mais lui n'y avait pas prêté attention ; et voilà qu'il se retrouvait au cœur de la veillée aux chandelles à la mémoire de Jacob Jones et Rochelle Stevens. C'était presque trop beau pour être vrai. C'était parfait. Et maintenant, à cette heure où il en avait le plus besoin, ce serait sa planche de salut.

Au prix d'un gros effort, il fonça vers l'entrée. Mais soudain, il fut projeté sur le côté. Il percuta le trottoir avec violence, sa tête vint cogner le sol. Le souffle coupé, il parvint à se remettre debout et vit son assaillante en faire autant. La jeune policière mettait déjà la main à son étui pour dégainer.

— Police de Chicago. Jetez votre arme et…

Redmond n'hésita pas une seconde – il lui donna un coup de tête. Elle recula en titubant, tomba à la renverse. Il ramassa son arme ; il pouvait la descendre sans problème, mais il devait repartir. Le parc était tout proche.

Il fit à peine un pas avant de sentir le canon froid d'un pistolet s'enfoncer à l'arrière de son crâne. Dans la confusion, il n'avait pas remarqué sa première poursuivante qui s'était approchée. Que faire ? Pouvait-il écarter son arme, se retourner et tirer, tout ça dans la même fraction de seconde ? Ce devait être possible, mais tandis qu'il évaluait ses chances, une voix dans son dos déclara d'un ton glacial :

— Vas-y, Kyle. Donne-moi une bonne raison d'appuyer sur la détente.

81

Assise sur une chaise en plastique craquelé, Kassie tenait une poche de glace contre sa tête qui l'élançait. Elle gardait les paupières closes, pour fuir la lumière douloureuse des néons de l'hôpital, qui empirait son mal de crâne. Elle entendit des pas qui approchaient et sut aussitôt à qui ils appartenaient.

— Je suis vraiment désolée, dit-elle à voix basse. Ils ont insisté pour que j'appelle quelqu'un…

— C'est bon, répondit Adam d'un ton las en prenant place à côté d'elle. Tant que tu dors sous notre toit, tu es sous notre responsabilité.

Cette réponse fit encore plus culpabiliser Kassie.

— Que s'est-il passé ? demanda-t-il avec douceur.

Brusquement, elle éprouva un grand élan de gratitude envers Adam. En dépit de tout, il se montrait encore bienveillant. Peu de gens seraient aussi patients avec elle.

— J'étais à la veillée et je me suis évanouie et cogné la tête. Je me suis réveillée dans l'ambulance. Je leur ai dit de me laisser partir, mais ils n'ont rien voulu savoir et m'ont amenée ici.

— Comment te sens-tu, maintenant ?

— Bien. Et les médecins disent qu'il n'y a rien de grave. Pour être honnête, j'ai juste envie de partir d'ici.

— Tu avais fumé, avant de perdre connaissance ?

Kassie hésita, Adam insista :

— D'après le médecin, ton haleine sentait le cannabis.

— Un joint, c'est tout.

— Tu es censée arrêter…

— Je sais, et je vais arrêter. Mais ce n'était pas à cause de ça.

— Quoi alors ?

Kassie savait que ce moment devait arriver, mais elle n'était pas prête à l'affronter.

— C'était à cause de la foule ? Quelqu'un t'a fait quelque chose ?

Kassie se mit à se mordiller les ongles.

— Écoute, je ne suis pas en colère contre toi, quoi que tu puisses en penser…

— J'ai eu une autre vision.

Adam se figea. À l'expression de son visage pourtant, nul doute qu'il avait suspecté, redouté même, cette réponse.

— J'assistais à la veillée et tout se passait bien, poursuivit Kassie en toute hâte. C'était très exaltant, motivant. Et puis je l'ai vue…

— Qui ça ?

— La femme qui parlait… Madelaine quelque chose.

— Madelaine Baines.

— C'est ça. J'ai croisé son regard et je l'ai vue. Sa souffrance, sa terreur, puis le feu tout autour d'elle, qui la consumait.

Elle se tourna vers Adam et conclut d'une voix tremblante :

— Madelaine Baines est sa prochaine victime.

82

Kyle Redmond fixait Gabrielle d'un regard furibond et tirait sur les sangles qui le maintenaient à la chaise de contention. Il était resté calme tout le temps où il avait eu le pistolet braqué sur la nuque mais, dès qu'il s'était retrouvé en garde à vue, il avait été pris de folie furieuse – il avait donné des coups de pied, des coups de poing, il avait même mordu l'officier qui enregistrait son arrestation. Au final, ils avaient dû l'immobiliser avant de le conduire en salle d'interrogatoire. Si l'utilisation de chaises de contention était plus courante à Guantánamo, Gabrielle était en droit d'en faire usage occasionnellement et, dans le cas présent, elle préférait ne courir aucun risque. Miller se trouvait encore avec les médecins qui l'examinaient, mais il y avait fort à parier que son nez était cassé.

— Jacob Jones. Rochelle Stevens.

Gabrielle fit glisser les photos des deux victimes sur la table. Redmond n'y jeta pas un regard et continua de la fixer sans ciller. Il semblait détailler chacun de ses traits, comme pour les graver dans sa mémoire.

— Tous les deux brutalement assassinés. Dites-moi quand vous les avez rencontrés pour la première fois.

Redmond reporta son attention sur l'inspecteur Suarez, qui remplaçait Miller pour l'occasion. La tactique du « diviser pour mieux régner » était évidente de la part d'une petite frappe comme Redmond, mais Gabrielle avait toute confiance en Suarez : il ne se laisserait pas intimider. Il était expérimenté et avait affronté son lot de criminels au cours de sa carrière.

— Laissez-moi vous rafraîchir la mémoire. Vous êtes intervenu chez M. Jones, domicilié à West Erie Street. Et chez Rochelle Stevens, à Washington Close. Leur avez-vous parlé à ce moment-là, Kyle ? Avez-vous cherché à faire plus ample connaissance avec eux ?

D'un mouvement paresseux, Redmond posa de nouveau son regard sur Gabrielle. Il semblait presque amusé par toute cette procédure. Pas le moins du monde inquiété par son arrestation.

— Non ? Ils étaient peut-être pressés de partir travailler, poursuivit Gabrielle comme si de rien n'était. Ils étaient tous les deux très occupés. Et après leur départ, vous aviez leur maison pour vous tout seul. Vous vous êtes servi ? Vous avez pris des clés pour en faire un double, peut-être ?

Redmond plissa légèrement les yeux mais resta muré dans son silence.

— Parce que le truc, voyez-vous, c'est que l'individu qui les a enlevés avait accès à leurs domiciles et que tous les jeux de clés ont été retrouvés, alors…

Gabrielle laissa sa phrase en suspens ; Redmond ne mordit pas à l'hameçon.

— Non ? Bien, reprenons depuis le début alors, poursuivit-elle. Où étiez-vous la nuit du 10 avril ?

Redmond parut réfléchir à la question mais ne répondit pas.

— Non plus ? Et celle du 17 avril ? La nuit où Rochelle Stevens a été assassinée ?

Redmond remua sur sa chaise, tira avec colère sur les sangles.

— Je vous ai posé une question, Kyle.

De mauvaise grâce, il cessa de s'agiter.

— J'étais sorti. Je ne me rappelle pas où.

— Vous avez fait quoi ? La fête ? Vous avez bu ?

— J'ai roulé en voiture.

— Vous vous êtes approché de West Town ?

Il haussa les épaules.

— C'est le quartier où habitaient les victimes. Mais vous le savez. Vous y êtes déjà allé, continua Gabrielle sur le ton de la conversation.

— Je n'ai pas la mémoire des visages, répondit-il avec un air de défi.

— Vraiment ? Deux beaux morceaux comme ça ? Regardez les photos, Kyle. Ce sont deux canons. On n'oublie pas ce genre de visages. Mais peut-être qu'ils ne vous ont même pas adressé la parole.

Redmond considéra Gabrielle comme pour déterminer si elle se moquait de lui. La figure du suspect était en grande partie mangée par sa tache de naissance, à laquelle s'ajoutaient les nombreux tatouages, les piercings et le crâne rasé : le genre de personnage qui vous faisait changer de trottoir.

— Vous aimez avoir le pouvoir sur les autres, n'est-ce pas ?

— Quoi ?

— Agression sexuelle, séquestration, torture. Tout est là, inscrit noir sur blanc. Vous aimez terroriser les gens, les humilier…

Avec un grognement, Redmond se remit à tirer sur les liens qui le retenaient. Son impuissance commençait à l'agacer et la sueur perlait sur son front plissé.

— Vous n'irez nulle part tant que vous ne m'aurez pas parlé, Kyle. Alors, racontez-moi pour Dani. Qu'est-ce qu'elle vous avait fait ?

Redmond s'immobilisa, étonné par la mention de son ex.

— Elle vous aimait bien. Elle vous a accueilli chez elle. Et pour la remercier, vous l'avez gardée prisonnière pendant quarante-huit heures. Vous l'avez torturée, vous lui avez coupé deux doigts.

— Cette garce n'a aucune loyauté, aucune classe…

— Je sais aussi d'après votre casier juvénile que vous avez agressé votre mère.

— Elle le méritait bien ! cracha-t-il tandis qu'un sourire s'épanouissait pour la première fois sur ses lèvres.

— Ainsi que vos frères et sœurs, des camarades de classe…

Redmond haussa les épaules, mais Gabrielle devinait la fierté que lui inspiraient ces souvenirs.

— Et maintenant Jacob Jones et Rochelle Stevens. Dites-moi, qu'avez-vous ressenti lorsqu'ils se sont retrouvés à votre merci ?

Redmond l'observait avec attention.

— Vous vouliez les anéantir ? Les rendre méconnaissables aux yeux de leur famille, de leurs proches ? Ont-ils dit ou fait quelque chose pour vous rabaisser ? Vous ont-ils pris de haut ?

Redmond baissa les yeux sur les photos et les examina.

— Non ? Si ça se trouve, je me trompe du tout au tout. Vous êtes peut-être innocent ?

— Ben voilà, vous comprenez enfin…

Il esquissa un sourire forcé, dévoilant plusieurs dents en or. Gabrielle sentit un relent de tabac dans son haleine mais réprima son dégoût, bien décidée à ne pas répondre à sa provocation.

— Pourquoi avoir fui dans ce cas ? rétorqua-t-elle. Si vous n'avez rien à vous reprocher, pourquoi avez-vous tiré sur un officier de police ? Pourquoi avez-vous agressé ma collègue ?

— J'ai enfreint ma conditionnelle. Si je me fais choper, je retourne en taule.

— Foutaises. On ne tire pas sur un officier de police pour éviter une violation de liberté sous caution.

— Vous avez déjà été emprisonnée à Cook County ? demanda-t-il avec mépris.

— Bien sûr que non.

— Qu'est-ce que vous en savez, alors ? Il y a toutes sortes de tarés, là-bas. Je préfère me prendre une balle ; merde, je préfère rejoindre ma mère en enfer que remettre les pieds là-bas.

— C'est bien vrai, ça ?

— Si je vous le dis, rétorqua Redmond avec assurance, comme s'il venait de réussir un atterrissage en trois points.

— Eh bien, c'est dommage, intervint Suarez, parce que c'est exactement là que vous allez.

Son regard irradiait de colère, maintenant. Redmond s'apprêtait à arroser Suarez d'une flopée de jurons, mais Gabrielle prit les devants.

— Où avez-vous procédé, Kyle ?

— Nom de Dieu…

— Nous savons que l'endroit se situe près d'un point d'eau, reprit Gabrielle. Une rivière ou un lac. À mon avis ? Votre caravane à South Morgan Street.

Redmond se crispa, apparemment pris au dépourvu par les informations détenues par Gabrielle.

— Peu de gens sont au courant, n'est-ce pas ? Et personne d'important. C'est un endroit privé, discret et à l'écart.

— Et puis vous aviez tout sous la main pour faire disparaître les preuves, ajouta Suarez. Facile…

— Mais de quoi vous parlez ? Je n'ai pas de caravane à South Morgan Street.

— Oh que si, Kyle. Elle a été louée sous un de vos pseudos préférés.

Nouveau tressaillement de Redmond. Enfin, Gabrielle sentait qu'elle prenait l'avantage.

— Nos techniciens de scène de crime y sont en ce moment même. Il suffit qu'ils y découvrent un cheveu appartenant à Rochelle Stevens ou Jacob Jones…

— Ils trouveront que dalle.

— Parce que vous avez si bien nettoyé ? Ça empestait la Javel là-dedans et pas celle des supermarchés, non, les produits professionnels.

— N'importe quoi !

— Vous connaissiez les victimes ; vous avez des antécédents…

— Non, non, non, non.

— Vous n'avez pas d'alibi et vous disposez du lieu parfait pour commettre des crimes.

Redmond se tut, il baissa les yeux. Gabrielle laissa le silence s'installer et peser quelques instants avant de reprendre.

— Vous me mentez depuis le début, mais… je vais vous offrir une deuxième chance. Je sais que vous n'agissez pas seul. Selon moi, vous n'êtes peut-être même pas la tête pensante. Alors je vais vous poser une autre question et, cette fois, je veux la vérité.

Redmond gardait la tête baissée. Il paraissait complètement perdu maintenant, ignorant ce qui l'attendait.

— Vous connaissez cette fille ?

Gabrielle fit glisser le portrait de Kassie Wojcek sur la table. À contrecœur, Redmond le regarda, le front plissé.

— Les prochains mots que vous allez prononcer vont peser lourd pour vous, Kyle. Alors réfléchissez bien avant de me répondre. Connaissez-vous cette fille ?

Redmond examina la photo pendant plusieurs minutes comme pour évaluer ses chances et réfléchir à la meilleure parade. Au bout d'un moment, il marmonna :

— Non…

Il secoua lentement la tête sans croiser le regard de Gabrielle.

— Jamais vu cette gonzesse.

83

La radio en fond sonore, ils roulaient à travers les rues plongées dans la pénombre. Les idées de Kassie commençaient à s'éclaircir, la douleur s'atténuait, et le sentiment de honte et d'embarras reprenait le dessus. La réaction d'Adam à sa dernière vision avait été pour le moins contenue, il avait préféré s'occuper de signer les papiers pour sa sortie d'hôpital sous sa garde, comme s'il désirait l'éloigner au plus vite, avant qu'elle n'en dise davantage.

Ils avançaient tranquillement le long de la chaussée, un silence pesant entre eux. Ils rentraient à la maison… mais pour faire quoi ? Aller se coucher et tout oublier ? Discuter de sa dernière crise et prendre les mesures nécessaires ? Contacter les services sociaux ? Tout était si compliqué, si confus… Kassie ressentit le brusque besoin d'y voir plus clair. Adam avait accepté de l'aider à affronter son don, n'est-ce pas ? Ou son intention était-elle juste de ne pas la contrarier ?

Kassie vit Adam se pencher pour monter le volume de la radio. À l'évidence, la tension qui régnait commençait à lui peser aussi. Ils étaient branchés sur WKSC, la station préférée des quinquas pères de famille, qui diffusait du rock des années quatre-vingt et du grunge des années quatre-vingt-dix. Kassie se surprit à réprimer un sourire ; elle aimait bien ces tubes ringards que passait la radio locale, mais c'était plus étonnant de la part d'Adam qui se targuait d'être encore jeune et dans le coup. Elle ravala son amusement et tenta de s'absorber dans la musique ; un bon rock suivi par une ballade des années quatre-vingt. C'était agréable de déconnecter, de se laisser bercer par les paroles stéréotypées et les mélodies familières. Malheureusement, ce moment de répit prit fin trop vite. Le dernier bulletin d'informations rompit le charme.

— Avant la météo, une information de dernière minute, annonça le journaliste. Aux alentours de 21 heures ce soir, la police a procédé à l'arrestation et à la mise en garde à vue d'un suspect dans l'affaire dite du « boucher de Chicago », les meurtres de Jacob Jones et de Rochelle Stevens. Selon des sources proches de la police, le suspect est à présent détenu au commissariat central de Bronzeville, où il est interrogé par les inspecteurs en charge de l'enquête…

Kassie resta paralysée, stupéfaite par ce qu'elle venait d'entendre. La voix du présentateur se brouilla puis s'évanouit tandis que le silence qui les enveloppait de nouveau se faisait encore plus assourdissant. Elle avait la tête qui tournait. Qu'est-ce que cela signifiait ? Ce n'était pas possible qu'elle se soit trompée, si ? Ça n'était jamais arrivé auparavant.

Elle pivota vers Adam et remarqua la pâleur de son teint, la force avec laquelle il crispait les doigts sur le volant. Angoissée, nerveuse, assaillie par le doute, elle demanda malgré elle :

— Vous me croyez ?

Adam ne répondit pas, il regardait droit devant lui comme s'il cherchait à transpercer la nuit.

— Je vous ai posé une question, Adam. Est-ce que vous me croyez ?

Long silence puis :

— Pour être honnête, je ne sais plus ce que je dois croire…

— Ne dites pas ça, répliqua Kassie, affligée.

— Tu m'annonces qu'il va y avoir un autre meurtre, mais la police a arrêté un suspect. Tu prétends qu'une femme aide le tueur, mais la seule personne de sexe féminin qu'ils soupçonnent, c'est toi. Tu me dis que je vais… te faire du mal, et pourtant jamais cette idée ne m'a traversé l'esprit. Jamais je ne ferais ça.

Son débit était précipité, les mots sortaient trop vite et étaient trop dévastateurs pour que Kassie puisse riposter.

— Alors, explique-moi, Kassie : que suis-je censé penser ? Dis-moi… Quoi ?

Elle le dévisagea un instant, choquée par ses paroles et son ton aussi agressif que désespéré. Elle se détourna brusquement.

— Je ne cherche pas à t'accabler, poursuivit-il en lui décochant un regard nerveux. Mais franchement, je ne sais plus rien.

La culpabilité s'abattit sur Kassie comme un coup de massue. Le psychologue enthousiaste et dévoué qui lui avait proposé son aide paraissait désormais découragé et vidé. Elle se renfonça dans son siège, malheureuse comme les pierres. Adam regrettait son éclat et cherchait comment renouer le lien, mais elle n'avait plus la force de parler. À la place, elle regarda par la vitre et lui dissimula ses larmes tandis qu'ils traversaient les rues paisibles de Chicago.

84

Madelaine Baines posa le front contre sa porte d'entrée qu'elle venait de fermer. Elle était épuisée, vidée de toute énergie, la gorge asséchée ; mais elle était heureuse. La veillée s'était encore mieux déroulée que ce qu'elle avait espéré.

Après un tour de verrou, elle se ressaisit et se traîna jusqu'à la cuisine où elle fut accueillie par une note colorée posée sur le comptoir du petit déjeuner. Écrite au feutre, elle disait : « Bien joué, Supermaman. Tu es la meilleure ! » Le message était entouré de petites fleurs et rédigé avec les pattes de mouche de ses filles. L'attention remplit de joie le cœur de Madelaine.

Elle avait envisagé de les autoriser à assister à la veillée, mais y avait renoncé après réflexion. Il y avait école le lendemain et il était inutile de les perturber. Paul était resté auprès d'elles à la maison, avec pour consigne stricte de les laisser regarder la minute de silence à la télé puis de les envoyer au lit. De toute évidence, voir les hordes de spectateurs brandir des bougies avait suffi à les impressionner et leur donner envie de la féliciter.

Madelaine ramassa le mot et l'accrocha au réfrigérateur avec l'aimant qu'ils avaient acheté au Grand

Canyon. L'idée avait beau la faire rougir, ses filles avaient raison : elle avait accompli quelque chose, ce soir-là. À la place de la panique et de la peur, elle avait insufflé de la détermination et de la résolution. Voilà qui lui réchauffait le cœur et compensait presque sa fatigue écrasante.

Après s'être servi un verre d'eau, elle gravit l'escalier. La maison était plongée dans le silence ; les filles devaient dormir à poings fermés et, à en croire le léger ronflement en provenance de leur chambre, Paul aussi. Madelaine ressentit une pointe de déception au moment de le rejoindre ; certes, elle tombait de sommeil, mais elle mourait aussi d'envie de partager son triomphe avec quelqu'un, de décortiquer les nombreuses émotions ressenties.

La fin de la soirée avait été quelque peu perturbée : une adolescente au premier rang s'était évanouie. Mais en dehors de cet incident, tout s'était déroulé selon les espérances de Madelaine. Il y avait eu beaucoup de larmes, bien sûr, mais aussi des applaudissements, la contribution apportée par les deux habitants de Chicago à leur ville avant leur décès prématuré avait été grandement saluée. La minute de silence avait été bien respectée, les discours avaient galvanisé les foules et, même si elle se refusait à le dire à voix haute, Madelaine avait l'impression que ses efforts avaient payé. Le public avait apprécié ses paroles et, tandis que les spectateurs s'éparpillaient, rassérénés et remotivés, Madelaine s'était accordé une minute pour profiter du sentiment du travail bien fait. Peu après, son téléphone avait commencé à sonner ; des appels de la radio, de la télé, des journaux… Il était maintenant prévu qu'elle participe à une émission sur WGN le lendemain matin, puis qu'elle soit interviewée par le reporter du *Tribune*. C'était déroutant, mais aussi, il fallait bien le reconnaître, un peu exaltant.

Elle fut tentée d'allumer la télévision pour voir comment les chaînes locales retransmettaient la veillée, mais elle décida d'attendre le lendemain. Elle était trop épuisée pour même s'emparer de la télécommande. Elle gagna donc son côté du lit et s'assit avec délicatesse sur le matelas avant d'allumer sans bruit sa lampe de chevet.

Elle se tourna vers Paul, pour vérifier qu'elle ne l'avait pas réveillé : il n'avait pas bougé. Satisfaite, elle commença à se déshabiller, déboutonna son chemisier et le jeta dans la panière à linge avant de retirer ses boucles d'oreilles. Elle les posa sur la table de nuit à côté de son verre d'eau. Ce faisant, elle remarqua que sa photo de famille préférée, celle d'eux quatre qui faisaient du canoë dans le Montana, n'était pas à sa place. D'habitude, le cadre était parfaitement positionné de sorte que, allongée, elle pouvait contempler cette image réconfortante d'une époque révolue. Mais ce soir, il était de travers, légèrement tourné vers le mur, si bien qu'elle ne distinguait que les filles.

Madelaine s'immobilisa. La femme de ménage n'était pas venue ce jour-là et Paul ne s'aventurait jamais de son côté du lit, effrayé par ses crèmes de beauté et autres sérums tonifiants. Les filles alors ? Mais que seraient-elles venues faire près de sa table de nuit ? Il n'y avait pas grand-chose d'intéressant pour elles ici, les iPad n'étaient pas autorisés dans la chambre.

C'était un mystère que Madelaine n'avait pas la force de démêler maintenant. Elle poserait la question aux filles le lendemain matin et se demandait déjà quelle excuse extraordinaire elles allaient inventer pour expliquer leur intrusion.

Avec un sourire, Madelaine ôta le reste de ses vêtements, puis se glissa entre les draps. Après un dernier regard bienheureux sur la photo dès lors bien en place, elle s'allongea et éteignit sa lampe, plongeant la chambre dans l'obscurité.

85

Faith garda les paupières closes, son souffle régulier.

— Faith ? répéta Adam tout bas.

Elle les avait entendus rentrer dix minutes plus tôt. Peu après, Adam l'avait rejointe dans leur chambre, il s'était déshabillé dans le noir et s'était glissé dans leur lit. Là, il était penché au-dessus d'elle.

— Est-ce que tu dors ?

Elle resta parfaitement immobile, ne bougea pas un muscle. Au bout de quelques instants, Adam se détourna et s'allongea. Elle sentait bien sa déception, elle avait entendu le soupir de frustration, si faible qu'il en était presque inaudible, mais reprendre leur discussion était au-dessus de ses forces. Elle n'était pas encore prête à s'excuser, même si elle avait conscience d'avoir été trop dure avec lui tout à l'heure. Son désir évident de se débarrasser de Kassie l'avait mise en colère, un dénigrement injustifié, elle le savait. C'était peut-être son chagrin qui la poussait à surprotéger Kassie, et les hormones qui alimentaient son irritation. Quoi qu'il en soit, elle regrettait les paroles cruelles qu'elle avait prononcées, surtout alors qu'Adam n'avait pas hésité une seconde à voler au secours de l'adolescente quand l'hôpital l'avait contacté. Son départ de la maison dans le silence et son acte de compassion désintéressé au milieu de la nuit étaient la plus éloquente des ripostes aux accusations qu'elle avait proférées.

Et pourtant… Faith ressentait le besoin de défendre Kassie et se braquait à l'idée qu'on veuille la rejeter. Pas seulement parce que l'adolescente perturbée était seule au monde, ni parce que Faith se trouvait quelque affinité avec Kassie – elle aussi avait souffert de troubles psychologiques dans sa jeunesse –, mais parce que Kassie savait si bien écouter. Adam aussi, bien sûr, sauf que leurs conversations sur Annabelle étaient chargées d'émotion et, dans son esprit, elles étaient associées à son échec à porter leur enfant à terme, et liées à des questions sans réponse : pourraient-ils réessayer ? Et si oui, quand ? Kassie n'avait aucune implication, ne jouait aucun rôle dans leur histoire, elle venait tout juste d'entrer dans leur vie et se contentait de partager le chagrin de Faith, sa peine. Voilà pourquoi elle appréciait tant sa compagnie.

Adam avait roulé sur le côté et semblait endormi ; sa cage thoracique se soulevait et s'abaissait à un rythme régulier. Faith se glissa hors du lit et se dirigea sur la pointe des pieds vers la cuisine. Elle avait chaud, sa peau était moite et sa bouche sèche, et elle rêvait d'un verre d'eau bien fraîche. Dans la cuisine, tandis qu'elle approchait de l'évier, elle aperçut une silhouette solitaire assise dans l'obscurité. Ravalant un hoquet de stupeur, elle alluma le plafonnier et découvrit Kassie installée à la table de la cuisine. Un verre de lait était posé devant elle et des miettes de gâteau parsemaient la table.

— Désolée, je n'arrivais pas à dormir, s'excusa Kassie, visiblement inquiète d'avoir effrayé son hôtesse.

— Moi non plus, répondit Faith en remplissant un verre d'eau.

— J'espère que ça ne vous embête pas que j'aie…

— Non, ne t'en fais pas. Sers-toi. Pour être franche, je ne mange que des biscuits secs et du fromage depuis plusieurs jours. Je ne peux rien avaler d'autre…

Kassie hocha la tête sans répondre. C'était une de ses grandes qualités, sa capacité à comprendre que, parfois, se taire était bienvenu. Ce soir, cependant, c'était différent. Quelque chose la perturbait.

— Tu vas bien ? demanda Faith en s'asseyant à côté de la jeune adolescente.

— Oui.

— Qu'est-ce que les médecins ont dit ?

— Ce n'est pas grave. Un petit coup à la tête…

— Ils ne t'ont rien donné ? Pour la douleur ? Nous avons des médicaments…

— Ça va, franchement.

Kassie esquissa un bref sourire puis but une gorgée de lait. L'étrangeté de la situation apparut soudain à Faith – leur différence d'âge, le peu de choses qu'elles savaient l'une sur l'autre. Tout à coup, elle se trouva à court de mots. Elle se contenta alors d'observer Kassie. Elle n'avait jamais vraiment pris le temps d'examiner ses traits et elle y découvrait à cet instant une vraie beauté : la constellation de taches de rousseur sur sa peau pâle, la magnifique chevelure auburn qui encadrait son visage. Mais aussi une grande lassitude, la preuve que la vie n'avait pas été tendre avec elle. Ce mélange était captivant.

Kassie jouait avec son verre, le faisait tourner entre ses mains. Elle semblait puiser de l'apaisement dans ce mouvement, mais, lorsqu'elle leva les yeux, elle surprit Faith qui la dévisageait et s'arrêta d'un coup.

— Désolée, marmonna-t-elle avec embarras.

— Ce n'est rien, répondit Faith. Continue si tu veux…

Mais Kassie laissa son verre en place, et un nouveau silence s'installa. Faith ne savait pas quoi dire, de quoi parler, et pourtant elle était convaincue que ni l'une ni l'autre ne pourrait trouver le sommeil ; cette absurdité l'agaça. Qu'allaient-elles faire ? Elle allait proposer d'allumer la télé – même à cette heure tardive, il y aurait un programme qui pourrait plaire à Kassie –, lorsqu'une autre idée lui traversa l'esprit. C'était imprévu, spontané, mais soudain cela lui apparaissait comme une évidence. Et elle pourrait même y trouver du plaisir, l'attrait d'un nouveau sujet.

— Kassie, est-ce que je peux te dessiner ?

86

— Baisse un peu ton menton et regarde vers la porte.

Kassie obéit, mais l'angle ne convenait toujours pas, si bien que Faith s'approcha d'elle, posa la main sur son visage et le tourna légèrement. De retour à sa place, à quelques mètres de Kassie, elle se réjouit de constater que l'expression de l'adolescente était parfaite. Il y avait de la beauté, bien sûr, une certaine allure, mais elle dégageait aussi de la vulnérabilité et de la complexité.

Chaque fois que Faith commençait un portrait, c'était ce qu'elle recherchait. L'esthétique avait son importance, mais c'était la représentation de la simple vérité qui était cruciale. Son œuvre était censée être le croquis d'une personnalité. Avec le sentiment de l'avoir trouvée, Faith prit son crayon et commença à dessiner.

Elle s'aperçut avec une légère surprise qu'elle travaillait vite. Deux jours auparavant encore, son crayon lui paraissait étrange, lourd dans sa main. Le sujet ne l'aurait pas intéressée, d'autant qu'elle était piégée dans sa tragédie personnelle. Mais là, c'était facile, les gestes lui semblaient naturels et elle y prenait vraiment du plaisir. Très vite, elle disposa du contour exploitable du visage et d'un premier jet des traits de la jeune fille. Il faudrait les affiner, bien sûr, puisque c'était l'expression du regard, les plis du front, l'attitude de la bouche qui révélaient la personnalité du modèle. Afin d'y parvenir, plusieurs coups d'essai seraient nécessaires ainsi qu'une compréhension plus approfondie du sujet, mais elle était sur la bonne voie.

— J'aimerais bien avoir ta couleur de cheveux, déclara Faith de but en blanc.

Elle avait toujours trouvé les rousses plus exotiques et fascinantes que les autres femmes.

— J'aimerais avoir votre style, répondit Kassie avec simplicité.

— Arrête, tu es magnifique.

— Vous plaisantez ?

Kassie caressa l'une de ses boucles avec embarras.

— Je me coupe les cheveux toute seule et maman n'a jamais voulu que je me maquille.

— Eh bien, nous pouvons arranger ça, répliqua Faith. De qui tiens-tu cette couleur ? Ta mère est rousse aussi ?

— Non, elle est brune. Ça me vient de ma grand-mère. La mère de ma mère.

— Parle-moi d'elle.

Faith posa son crayon et se percha sur le bord de son tabouret.

Souvent, amener le sujet à se confier, à révéler quelque chose de sa personnalité, de sa famille, était une démarche forcée et guindée. Mais Faith avait sincèrement envie d'en apprendre davantage sur cette mystérieuse adolescente mélancolique. Kassie, pour sa part, semblait plus hésitante et, l'espace d'un instant, Faith crut qu'elle allait refuser. Mais au bout du compte, elle répondit, pesant chacun de ses mots.

— Ma grand-mère est en maison de retraite maintenant, elle souffre de démence. Mais lorsqu'elle était plus jeune, elle était très impulsive. Elle suivait son cœur plus que sa raison. Elle pouvait se montrer dure, parfois cruelle, mais avec moi elle a toujours été aimante et généreuse.

— Comment s'appelle-t-elle ?

— Wieslawa. Wieslawa Zuzanna, déclama Kassie avec un sourire au coin des lèvres.

— Tu es proche d'elle ?

— Très.

C'était dit avec assurance et fermeté, presque avec défi.

— Elle ne s'entendait pas avec tout le monde. En fait, avec peu de gens. Mais elle et moi…

— Pourquoi ça, à ton avis ?

Kassie se tut, comme si elle ignorait comment répondre, aussi Faith poursuivit :

— Est-ce que tu es comme elle ?

— Oui et non. C'est une femme forte, bien plus que moi. Elle a connu beaucoup de tragédies dans sa vie, mais elle les a surmontées. Quand elle est arrivée aux États-Unis, elle n'avait pas un sou en poche, elle a bâti un foyer pour elle et ses enfants… mais elle a été très affectée par ce qu'elle a vécu, par son enfance. Alors elle est un peu soupe au lait, elle peut se montrer dure avec les gens. Et puis, elle avait ses préférés…

— Ta mère ?

Kassie s'esclaffa, mais son rire n'avait rien de joyeux.

— Non, pas elle. Moi oui, mais pas ma mère.

Faith se pencha en avant, la curiosité piquée.

— Pourquoi est-ce qu'elles ne s'entendent pas ?

— Parce qu'elles sont… très différentes. Ma mère est pragmatique, responsable, dévouée. Ma grand-mère est tout l'opposé.

— Ça arrive dans certaines familles. Des personnalités et des tempéraments différents.

— Non, c'est plus que ça, insista Kassie. Ma grand-mère… a vu des choses qui l'ont fait douter de l'importance de jouer selon les règles, de miser sur le futur…

— Tu parles de la guerre ?

— Oui, répondit Kassie avec un hochement de tête. La Pologne a beaucoup souffert pendant la Seconde Guerre mondiale. Ma famille a eu de la chance, ils s'en sont sortis. Ils ont vu ce qui allait arriver. Enfin, ma grand-mère en tout cas. Heureusement, ses parents l'écoutaient, elle, ils n'étaient pas aussi soupçonneux que…

— Comment l'a-t-elle su ? l'interrompit Faith.

— Pardon ?

— Elle n'était qu'une enfant à l'époque.

— Elle avait neuf ans, en effet, confirma Kassie.

— Elle était si jeune, comment pouvait-elle prévoir ce qui allait se passer ?

Mais tandis que Faith prononçait ces mots, la réponse se présenta d'elle-même dans son esprit, comme une évidence depuis le début. Soudain, toutes ses conversations avec Adam – les réponses confuses et douloureuses qu'il faisait à Kassie – vinrent tourbillonner dans sa tête. Elle hésitait à poser la question, mais ne put s'en empêcher.

— Est-ce que ta grand-mère… était comme toi ? Est-ce qu'elle pouvait voir des choses ? Sentir quand les gens allaient… ?

Faith ne put terminer sa phrase, mais elle n'en eut pas besoin. Kassie hocha brièvement la tête.

— Je ne l'ai compris que tard, quand elle était déjà vieille. Je suis allée lui rendre visite à la maison de retraite et elle m'a raconté des choses, des choses qui m'ont fait peur, mais qui étaient aussi parfaitement logiques. Ce n'est que plus tard, après y avoir réfléchi encore et encore que j'ai compris pourquoi elle avait ses petits préférés, pourquoi elle donnait davantage d'amour et d'attention à ses enfants qui allaient mourir jeunes, pourquoi ma mère se sentait… mise à l'écart.

Faith ne dit rien, son esprit tâchait d'appréhender ce qu'elle venait d'entendre. C'était impossible, déconcertant, pourtant Kassie en parlait comme de la chose la plus simple et la plus normale au monde.

— Je me souviens d'une fois où elle m'a raconté un épisode de son enfance en Pologne…

Kassie regardait dans le vide, elle semblait se parler à elle-même.

— Elle séchait souvent l'école… Elle détestait y aller, n'y était pas très populaire. Un jour en particulier, le directeur l'a attrapée, il l'a conduite en classe et quand elle y est entrée, tous les autres élèves se sont tournés vers elle pour la regarder. Et c'est là qu'elle a vu…

Kassie tremblait maintenant, assaillie par l'émotion. Faith fut tentée de poser une main réconfortante sur son bras, mais elle se retint.

— Elle a vu que… moins d'un an plus tard, les deux tiers de ses camarades seraient morts. Tués par les nazis.

Kassie essuya une larme. Son teint était encore plus pâle que d'habitude.

— Je crois que cette image l'a hantée, poursuivit Kassie d'une voix basse et tremblotante. Tout le reste de sa vie.

Et soudain, Faith comprit. Ce don que Kassie partageait avec sa grand-mère – s'il était réel, si ce que Kassie racontait était vrai – était extraordinaire, divin presque. Comme si elle possédait une carte de la vie de chaque être humain, comme si elle pouvait éclairer les coins les plus sombres, répondre aux questions les plus fondamentales… Seulement cette connaissance avait un prix et il était faramineux. Songer que son inclination à croire en un monde spirituel pouvait se révéler fondée mettait Faith en émoi ; mais la confession de Kassie la rendait également nerveuse. La malédiction du don de voyance était de toute évidence puissante ; Kassie, comme sa grand-mère, évoluait cernée par la mort depuis sa naissance.

Posant le regard sur son croquis, Faith parut enfin le découvrir avec clarté. Au moins, elle comprenait maintenant l'expression tourmentée de son sujet.

87

L'aube était fraîche et paisible, une couverture nuageuse compacte dissimulait le soleil. Gabrielle Grey descendit de voiture et contempla l'eau grisâtre et sale qui ondulait dans le courant. Le fleuve Chicago était à l'origine de la construction de la ville, mais désormais c'était une rivière fatiguée et entachée, qui évoquait le sang en manque d'oxygène. Sans savoir si c'était dû à ce spectacle ou à la fraîcheur de l'aurore printanière, Gabrielle frissonna.

Elle resserra son manteau autour d'elle et hâta le pas vers la caravane. La dernière fois, l'endroit suintait la misère, là il bourdonnait d'activité. Les plongeurs de la police se mêlaient aux techniciens de scène de crime pendant que des agents en uniforme maintenaient les curieux à l'écart. Au milieu de tout ça se tenait l'inspectrice Jane Miller, un épais bandage sur le nez.

— Je vous ai dit de prendre deux jours de repos, lança Gabrielle d'un ton accusateur.

— D'après le médecin, ce n'est qu'un méchant hématome et, en plus, il est hors de question que je rate ça.

D'un geste du bras, elle engloba l'agitation derrière elle.

— Bartlett est à l'intérieur ?

— Elle vous attend, répondit Miller qui fit un pas de côté pour la laisser passer.

Un bref sourire aux lèvres, Gabrielle entra dans la caravane. Le contraste entre ses deux visites était flagrant. La dernière fois, la caravane était vide et sombre, là, elle était surpeuplée et de puissants néons en éclairaient les moindres recoins. Emily Bartlett, camouflée dans sa combinaison de protection, se tenait près du trou d'évacuation dont la grille avait été retirée. Tout en s'approchant, Gabrielle repéra l'un des hommes de Bartlett dans la fosse à l'extérieur et se rappela tout à coup pourquoi elle avait préféré intégrer la brigade criminelle plutôt que la scientifique.

— Désolée de vous appeler si tôt, déclara Bartlett d'un ton enjoué à l'arrivée de Gabrielle.

— Deux heures de sommeil, c'est bien suffisant…

— Mais je me suis dit que vous voudriez voir ça.

Elle tenait à la main un sachet de pièces à conviction qui, de prime abord, paraissait vide.

— Nous examinons ce conduit depuis presque quatre heures, lui apprit Bartlett en lui tendant le sac. Pour être honnête, c'est le tuyau le plus propre que j'ai jamais vu, et en plus, il débouche directement dans la rivière : on ne peut rêver d'une meilleure décharge, surtout avec la Javel qui a eu le temps de faire son œuvre.

Gabrielle buvait ses paroles quand son regard fut attiré par le coin inférieur du sachet où un petit objet doré était coincé.

— Cependant, il y a un bord naturel dans l'égout où deux morceaux de tuyau se rejoignent. Ils se sont légèrement déformés ce qui a créé un rebord où des résidus peuvent rester coincés. C'est là que nous avons trouvé ceci.

Gabrielle approcha le sachet de son visage pour l'examiner de plus près et découvrit alors ce qui ressemblait à un élément de bouton de manchette en or. Le chaînon qui reliait les deux extrémités avait sauté, il n'y en avait plus qu'une partie.

— Nous n'avons pas encore pratiqué les analyses, mais regardez ça.

Gabrielle se doutait déjà de ce qu'elle allait trouver, pourtant son cœur manqua tout de même un battement lorsqu'elle lut sur le métal cassé les deux initiales entrelacées : J. J.

Gabrielle leva les yeux vers Bartlett, le soulagement peint sur son visage. Enfin, ils avaient trouvé un indice probant ainsi que leur scène de crime primaire. L'endroit où Rochelle Stevens et Jacob Jones avaient vécu les dernières heures agonisantes de leur vie sur terre.

88

Il contempla la chambre vide, perplexe et inquiet. Le lit n'était pas défait, ses affaires étaient éparpillées au sol, mais aucune trace de Kassie. Tournant les talons, Adam se précipita à la cuisine.

— Tu as vu Kassie, ce matin ?

Faith secoua la tête. Assise à la table, elle se tenait penchée au-dessus d'une tasse de café.

— Je ne la trouve nulle part. Elle ne répond pas à son portable.

— Elle était déjà partie quand je me suis levée, déclara Faith d'un ton morne.

— Tu as une idée de l'endroit où elle aurait pu aller ? Elle t'a dit quelque chose hier ?

Faith haussa les épaules. Elle paraissait bien plus captivée par le contenu de sa tasse que par son mari.

— Essaie encore une fois son portable si tu es si inquiet, finit-elle par proposer en se levant pour gagner l'évier.

Adam fut tenté de suivre son conseil. Il avait espéré discuter avec Kassie ce matin-là, la dissuader de tenter de contacter Madelaine Baines, la persuader de s'entretenir avec la police, mais la vue de Faith qui traînait des pieds dans la cuisine le fit y réfléchir à deux fois. Elle ne l'avait toujours pas regardé en face et paraissait plus distante que jamais.

— Écoute, Faith, je suis désolé pour hier…

Adam n'était pas convaincu d'être celui qui devait s'excuser, mais il désirait plus que tout réinstaurer la paix entre eux. Faith allait mieux depuis deux jours et, soudain, elle se montrait de nouveau d'une grande fragilité.

— … si tu as eu le sentiment que j'ai été insensible ou peu enthousiaste à l'idée que Kassie séjourne chez nous. Sa sécurité est bien entendu la priorité, alors elle peut rester jusqu'à ce qu'on trouve une meilleure solution.

Ses paroles semblèrent glisser sur Faith, comme si elle ne les entendait pas.

— Faith ?

— On est obligés de parler de ça maintenant ?

Elle se tenait toujours devant l'évier, appuyée sur le côté comme pour se soutenir.

— Est-ce que ça va ?

— Je suis un peu fatiguée, c'est tout.

— Faith, regarde-moi.

Lentement, à contrecœur, elle se tourna vers lui. Adam fut peiné par son teint d'une pâleur extrême et les cernes noirs sous ses yeux.

— Tu as réussi à dormir ?

— Par intermittence.

— Tu t'es levée pendant la nuit ?

— J'ai du mal à débrancher.

— Est-ce que tu continues à prendre tes médicaments ? Il est important que tu…

— Oui, docteur. Je fais tout ce que tu m'as dit de faire.

— Faith, j'essaie de t'aider, répliqua Adam, piqué au vif par son sarcasme.

— En me faisant passer un interrogatoire ?

— En prenant soin de toi.

— Je t'ai dit que ça allait, s'empressa-t-elle de répliquer en commençant à partir.

— Reste, parle-moi.

— Pour dire quoi ? Que pourrions-nous dire qui arrangerait ça ?

Son attitude était plus défaitiste qu'hostile. Adam se sentit tout à coup submergé par l'émotion ; toute la tristesse des derniers jours s'abattit sur lui. Pourquoi est-ce que ça leur était arrivé ?

— Aucune parole ne peut arranger ça, affirma Adam avec sincérité. Bien sûr que non. Mais si tu es malheureuse, je veux le savoir. Parce que je t'aime…

À sa grande surprise, ses mots effritèrent un peu la colère de Faith, son corps s'affaissa légèrement et les larmes lui brûlèrent les yeux.

— Je sais, murmura-t-elle en jouant avec la ceinture de sa robe de chambre. Je sais et je suis désolée. C'est juste que… je n'aime pas qu'on me surveille.

— Personne ne te surveille.

— Comme si j'étais un maillon faible, une gosse.

— Voyons, chérie. Je n'ai pas dit ça.

Adam fit un pas dans sa direction, mais Faith leva une main pour l'arrêter.

— Adam, je t'en prie. Je suis sérieuse.

Il s'immobilisa.

— Va chercher Kassie. Va au cabinet. Fais quelque chose. Mais laisse-moi un peu d'espace.

C’était la dernière chose dont il avait envie, mais son ton ne tolérait aucune objection. Elle marcha jusqu’à l’embrasure de la porte et s’y arrêta une seconde pour murmurer :

— Je t’aime aussi.

Et elle s’en alla.

89

Installée seule au comptoir, Kassie ignorait les coups d'œil curieux que le chef cuistot lui décochait tout en retournant d'un air distrait ses pancakes sur le gril. Elle faisait tourner son téléphone sur le zinc, le regardait pirouetter comme une toupie. S'il s'arrêtait face à elle, elle appellerait, sinon, elle n'appellerait pas. Le mouvement était hypnotisant, captivant, et elle n'en décrocha pas les yeux tandis que le portable ralentissait puis s'arrêtait, pointant droit sur elle.

— En trois coups, marmonna-t-elle avant de le relancer.

Le téléphone acheva ses tours et s'immobilisa dans la même position. Avec colère, Kassie le ramassa et le fourra dans sa poche. Qui croyait-elle berner ? Elle savait qu'elle ferait mieux de téléphoner à Adam pour s'excuser de son départ précipité, lui expliquer pourquoi elle avait dû s'en aller, mais saurait-elle trouver les mots ? Et puis, de toute façon, elle avait pris la décision d'agir seule et ne voulait plus l'impliquer.

Elle ne pouvait pas lui en vouloir d'avoir des doutes, d'être sceptique, seulement il était clair qu'il n'était pas disposé à l'épauler plus longtemps. Il la protégerait, la conseillerait, il essaierait même de la soigner, mais jamais il ne prendrait ses peurs et ses inquiétudes au sérieux. Alors à quoi bon s'éterniser chez lui ? Mieux valait laisser Faith et Adam tranquilles. Elle leur avait causé bien assez de souci comme ça.

— Tu commandes quelque chose ou tu chauffes juste le siège ?

Le cuistot la fixait toujours. Sortant de sa torpeur, Kassie fouilla dans sa poche et y dénicha un billet de dix dollars tout froissé.

— Deux pancakes, s'il vous plaît.

Elle n'avait pas faim et aucune intention de les manger, mais le café-restaurant était accueillant et il y faisait chaud, c'était un bon refuge temporaire. Elle fit glisser l'argent sur le comptoir et, ce faisant, prit conscience des sons et des mots familiers qui résonnaient : « Jacob Jones », « Rochelle Stevens ». Pivotant sur son siège, elle remarqua le poste de radio installé en hauteur près du gril.

— Vous voulez bien monter le son ?

De mauvaise grâce, le chef revêche augmenta le volume. Kassie tendit l'oreille, le corps crispé par la tension.

« … que Kyle Redmond, ancien résident à Bedford Park, a été inculpé des deux meurtres violents. D'après nos informations, Redmond sera bientôt transféré du commissariat central à la prison de Cook County. Une audience de demande de mise en liberté provisoire est prévue demain matin. Les obsèques de Jones, sa première victime, auront lieu dans deux jours. On s'attend à une grande présence médiatique… »

Kassie se détourna, peinant à en croire ses oreilles. Madelaine Baines allait mourir aujourd'hui, alors qu'est-ce qui poussait la police à considérer la culpabilité de Redmond ? Était-il possible qu'un autre individu s'en prenne à elle ? Un complice ? L'explication la plus évidente serait que Kassie se trompe, qu'elle ait mal interprété son expérience, mais elle était persuadée d'avoir raison. Sa vision de la mort de Madelaine était si puissante, si limpide ; elle entendait encore ce ricanement inhumain.

Non, ça ne collait pas. La police pouvait bien avoir inculpé Redmond, s'être convaincue qu'il était le « boucher de Chicago », Kassie avait la certitude que quelque chose ne tournait pas rond. La seule question était de savoir ce qu'elle était prête à faire pour y remédier.

Elle devait agir. Son destin, tout comme celui de Madelaine, en dépendait. Aussi, après avoir glissé au bas de son tabouret, Kassie ramassa son blouson et franchit la porte au moment où le cuistot médusé posait une assiette de pancakes encore fumants sur le comptoir.

90

La porte du garage s'ouvrit et, quelques secondes plus tard, le break noir en sortit. Madelaine Baines marqua un bref arrêt dans l'allée – il vit sa main jaillir par la vitre pour commander la fermeture électrique de la porte – et s'en alla. Peu après, la porte redescendit dans un grincement et le calme revint.

Il regarda la voiture disparaître au coin de la rue puis sortit son portable de sa poche. Après avoir jeté un rapide coup d'œil autour de lui pour s'assurer qu'aucun voisin indiscret ne le surveillait, il reporta son attention sur son téléphone et fit apparaître d'un geste habile le calendrier de Madelaine. Bien, rien n'avait bougé. Elle se rendait toujours à WGN ce matin puis dans les locaux du *Tribune* à midi. Avec un soupir de contentement, il rangea son portable dans sa poche. Il avait tout son temps.

Une fois de plus, il fouilla la rue du regard en quête de curieux éventuels, mais le quartier résidentiel était désert. Il sortit de son véhicule et traversa d'un pas pressé pour gagner le domicile des Baines. Il y avait un buisson touffu en bordure de l'allée et, pour la énième fois, il se cacha derrière. Après une ultime vérification, il appuya sur le bouton de son dispositif de piratage de fréquence. La porte du garage s'ouvrit aussitôt. Avant qu'elle ne soit à moitié levée, il se précipita et se glissa à l'intérieur puis appuya de nouveau sur son appareil pour commander la fermeture.

Avec un sourire, il fourra son petit gadget dans sa poche. Il ne lui avait coûté que trente-deux dollars, mais il valait chaque cent dépensé. Il permettait de pirater et de copier facilement une télécommande radio, ainsi il pouvait ensuite ouvrir une porte de garage ou une voiture sans difficulté : le propriétaire de la télécommande d'origine pouvait remarquer que son appareil ne marchait pas du premier coup, mais cet infime dysfonctionnement n'éveillait en général pas les soupçons. Il appuyait une seconde fois, avec succès, et reprenait sa vie bien remplie. Peu avaient conscience d'avoir été victimes d'un piratage.

La porte de communication entre le garage et le reste de la maison n'était pas verrouillée. Il l'avait déjà empruntée plusieurs fois et la famille Baines ne prenait jamais la peine de la fermer. Pourquoi le feraient-ils, alors qu'ils habitaient dans une banlieue tranquille et prospère ? Les récents événements ne leur avaient pas fait changer leurs habitudes – malgré la brutalité des meurtres –, et ils ne pensaient pas être touchés ou concernés par cette vague de crimes.

Il referma la porte doucement et marqua un temps d'arrêt. Si, par le plus grand des hasards, il y avait quelqu'un d'autre dans la maison, il pourrait repartir sans se faire remarquer. Mais, bien sûr, le pavillon était vide, il avait vu tous ses occupants s'en aller. Il avait l'endroit pour lui tout seul.

Il resta immobile un instant, à savourer le moment. Il avait accompli ces gestes à de nombreuses reprises auparavant, dans différentes maisons, mais il ressentait toujours la même excitation. Il était un intrus, un envahisseur, et il régnait désormais sur ce domaine. Les Baines menaient leur journée comme à l'accoutumée, ils vaquaient à leurs occupations avec suffisance, sans avoir conscience qu'un étranger se promenait dans leur salon. Il pouvait faire ce que bon lui semblait, sans crainte d'être découvert ni repéré. Il avait du pain sur la planche, mais il comptait bien profiter de cet instant au maximum. Il apprenait encore, tirait plus de plaisir de ses actes chaque fois, et une chose était devenue parfaitement claire…

Pour lui, la traque était aussi jouissive que la mise à mort.

91

« Merci de me rappeler dès que vous aurez ce message. »

La voix désincarnée emplit le cabinet d'Adam, debout à son bureau.

« J'ai eu une conversation plutôt inquiétante avec Gabrielle Grey hier et j'aimerais entendre votre version de l'histoire. »

La voix se tut, remplacée par un bip sec. Adam appuya sur le bouton rouge, éteignit le répondeur mais n'esquissa pas le moindre geste pour prendre son téléphone. Il se doutait de ce que Gabrielle avait raconté au Dr Gould, président du comité de réglementation professionnelle de l'Illinois, et il ignorait comment y répondre ou comment se défendre. Ses actes au cours des derniers jours étaient injustifiables. Aux yeux du reste du monde en tout cas.

Ignorant son téléphone, Adam s'assit à son bureau et alluma son ordinateur portable. En réponse aux e-mails qu'il avait envoyés en début de semaine, il avait prévu des rendez-vous avec quelques patients réguliers les deux prochains jours. Il n'était toujours pas convaincu d'être prêt à les recevoir mais, s'il voulait aller de l'avant, il n'avait pas le choix. Reprendre une routine lui ferait peut-être du bien.

Toutefois, quand il ouvrit son agenda, il s'étonna de le trouver quasiment vide. Lorsqu'il l'avait consulté la veille, il avait cinq rendez-vous programmés dans la journée ; maintenant, il n'en avait plus que deux : trois de ses patients avaient annulé au cours des dernières vingt-quatre heures. Ce pouvait être le hasard, bien sûr, mais la coïncidence était curieuse. En plus d'être un psychologue de grande renommée, le Dr Gould était un vrai bavard. S'il avait mentionné à des collègues ou à des amis de la profession les inquiétudes de Grey au sujet d'Adam, alors il était tout à fait possible que tout le monde soit au courant qu'il avait révélé l'adresse de Rochelle Stevens à une patiente, qu'il était entré chez elle par effraction et qu'il entretenait une relation étroite avec un suspect dans une enquête policière en cours.

Il s'empara de son téléphone et appela l'agence qui lui envoyait la plupart de ses patients.

— Ils ont annulé ce matin, lui expliqua son contact d'une voix lasse sans noter l'angoisse dans celle d'Adam.

— Vous leur avez proposé de reporter ?

— Oui, je leur ai proposé à tous d'autres horaires, mais ils ont dit qu'ils rappelleraient…

Adam raccrocha et se rencogna dans son fauteuil. Rochelle était un membre apprécié de la communauté médicale de Chicago – des rumeurs qui impliqueraient Adam d'une manière ou d'une autre dans son décès pourraient mettre fin à sa carrière. Chicago était une grande ville, cependant l'univers professionnel dans lequel il évoluait était restreint, et son petit cabinet ne tarderait pas à mettre la clé sous la porte. Mais chaque chose en son temps. D'abord, il devait joindre Gould et découvrir ce qu'il savait. Cette perspective terrorisait Adam. Jusqu'où devrait-il pousser son honnêteté ? Quelle était la limite ?

Sa journée n'avait pas commencé sous les meilleurs auspices et elle empirait de minute en minute. Kassie avait disparu – il ne savait toujours pas où elle était ni ce qu'elle faisait – et Faith l'avait repoussé. Même sur son lieu de travail, son sanctuaire depuis toujours, les choses tournaient en sa défaveur. Adam eut soudain la très forte impression que des forces qui échappaient à son contrôle étaient à l'œuvre pour ébranler son petit monde bien rodé, et menaçaient de le jeter dans l'abîme. C'était idiot de penser ainsi ; il devenait fou, paranoïaque même, pourtant malgré ses efforts pour chasser ce sentiment, il ne pouvait le nier : pour la première fois de sa vie, Adam avait réellement peur.

92

Gabrielle Grey regarda par la fenêtre la cour en contrebas. Elle avait choisi ce couloir à l'écart du quatrième étage, car il offrait en toute discrétion le meilleur point d'observation, avec une vue imprenable sur la zone de transfert des prisonniers. Elle s'était déjà postée à cet observatoire à de nombreuses reprises et n'allait pas rater cette nouvelle occasion.

La petite silhouette de Redmond se découpait dans la cour en dessous, flanquée de deux gardiens solidement charpentés. Lorsqu'elle l'avait fait remonter le matin pour l'interroger, il avait refusé de coopérer. Elle lui avait présenté la dernière pièce à conviction, et il avait d'abord répondu d'un silence désintéressé et glacial, puis à coups de protestations violentes et de menaces. Il lui avait même craché au visage ; un affront qu'elle avait pris grand plaisir à ajouter à ses charges d'inculpation. Une goutte d'eau dans un océan au regard des autres motifs d'accusation, mais Gabrielle n'allait pas laisser passer.

Redmond serait transféré à la prison de Cook County où il troquerait ses fringues miteuses pour la combinaison orange – première étape de son passage du statut de tueur présumé à celui de prisonnier condamné. Parfois, Gabrielle éprouvait de la compassion envers ces délinquants qu'elle faisait tomber ; beaucoup étaient issus de milieux défavorisés. Or, ce n'était pas le cas de Redmond. Ses crimes dénotaient une grande brutalité et un véritable sadisme, trop pour être excusés. Elle apprécierait de voir la porte de sa cellule se verrouiller sur lui.

Redmond se tenait près du fourgon, le regard sombre posé sur les portes arrière qui s'ouvraient. Gabrielle s'installa pour profiter des dernières secondes de son malaise avant de percevoir un bruit de pas précipités dans le couloir. Elle pivota et vit avec surprise l'inspectrice Montgomery qui approchait.

— Dites-moi comment une nouvelle recrue a pu découvrir cette planque ? l'interrogea-t-elle.

— L'inspecteur Suarez, répondit Montgomery d'un air absent. D'après lui, vous venez souvent ici.

— Tiens donc, répliqua Gabrielle d'un ton enjoué. Vous êtes venue profiter du spectacle ?

D'un geste de la main, elle désigna la cour en contrebas.

— Pas vraiment, répondit sèchement Montgomery.

Gabrielle s'immobilisa. L'expression tendue de Montgomery l'inquiéta.

— Qu'y a-t-il ? Que se passe-t-il ?

— Il faut que je vous parle.

— Allons dans mon bureau.

— Non, je pense que c'est mieux de faire ça ici.

L'inquiétude de Gabrielle franchit un nouvel échelon sans qu'elle sache pourquoi.

— Je vous écoute.

— Il s'agit de l'indice découvert ce matin, commença Montgomery à voix basse. J'ai quelques interrogations à son sujet.

— Comment ça ? demanda Gabrielle, prise au dépourvu.

— Ces boutons de manchette sont très particuliers. Plaqués or, gravés…

— Offerts à Jones par sa fiancée. Nous le savons…

— Ce que je veux dire, poursuivit Montgomery, un peu hésitante, c'est qu'ils sont reconnaissables. C'est pour ça que je me suis rendu compte que je les avais déjà vus.

— Qu'entendez-vous par là ? s'enquit Gabrielle, sur le qui-vive maintenant.

— Je les ai remarqués chez Jones au moment de la fouille préliminaire de la propriété. Ils ne présentaient aucun intérêt, alors je les ai seulement mentionnés dans mon rapport et je suis passée à autre chose. Mais je suis certaine qu'ils se trouvaient sur la table de nuit de Jones.

Ses paroles flottèrent un instant entre elles.

— Il s'agissait peut-être d'une autre paire de boutons de manchette ? suggéra Gabrielle. Comment pouvez-vous en être aussi sûre ?

— Parce que je me souviens d'avoir examiné l'inscription. Ça m'a rendue triste de lire ses initiales alors qu'il venait de mourir.

— Vous n'avez aucun doute ?

— Je vous ai apporté mes notes d'origine et…

Montgomery tendit un dossier transparent à Gabrielle.

— Les photos que les techniciens médico-légaux ont prises du domicile de Jones, continua-t-elle tandis que Gabrielle ouvrait le dossier. Nous n'avons qu'une vue partielle du lit et du chevet, mais regardez.

Montgomery montra un cliché du doigt, Gabrielle avait déjà repéré ce qui ressemblait à une paire de boutons de manchette en or, légèrement dissimulée derrière un livre de poche sur la table de nuit.

— Évidemment, on ne distingue pas clairement, mais je vous assure que ce sont les mêmes que celui retrouvé par Bartlett ce matin.

— Bon, la première chose à faire est de retourner chez Jones, déclara Gabrielle d'un ton résolu.

— C'est déjà fait, répliqua Montgomery un peu gênée.

— Et ?

— Ils n'y sont plus.

Gabrielle sentit son estomac se nouer. Elle n'était pas encore convaincue ; il faudrait qu'elle le constate elle-même. Car si Montgomery avait raison, si la preuve avait été fabriquée, alors ils venaient de commettre une épouvantable erreur, une erreur aux conséquences catastrophiques.

93

Madelaine ferma la porte et poussa un soupir de soulagement. Enfin, elle était chez elle.

Elle avait passé une journée aussi enrichissante qu'épuisante. Avant son interview télévisée, elle était une vraie boule de nerfs, mais elle s'en était plutôt bien sortie sous les projecteurs puissants du studio surchauffé ; pour preuve l'avalanche de messages sur Twitter à la suite de son passage. Après coup, une grande fatigue s'était abattue sur elle, et elle n'avait pas eu le temps de se reposer : deux stations de radio l'avaient contactée pour l'interviewer et elle avait tout juste pu répondre à leurs questions avant de se rendre dans les locaux du *Tribune*. C'était sans doute la partie la plus gratifiante de la journée : arpenter les couloirs du célèbre immeuble et être traitée comme une reine, répondre aux questions et se faire photographier. Partie de nulle part, en l'espace de deux jours, elle était devenue la voix de Chicago.

Cette idée lui donnait le vertige, cependant elle était presque trop épuisée pour s'en délecter. Même si elle avait été du genre à se repaître d'autosatisfaction, elle n'en aurait pas eu l'occasion. Il était bientôt 14 heures, et elle allait devoir repartir pour assister au match de softball de ses filles. Elle aurait pu demander à Paul de s'y rendre à sa place, bien sûr, mais elle n'en avait pas envie. Un peu de normalité contrebalancerait la folie des dernières quarante-huit heures.

Après un regard sur l'horloge, Madelaine se précipita à l'étage, retira sa veste de tailleur et commença à déboutonner son chemisier. Si elle se dépêchait, elle aurait tout juste le temps de se changer et de retoucher son maquillage avant de partir. Déjà elle rêvait d'une soirée de détente, l'occasion de passer du temps en famille et de profiter d'une bonne nuit de sommeil, tranquille et reposante.

Alors qu'elle traversait le palier pour se rendre dans sa chambre, elle s'immobilisa. La trappe du grenier se trouvait juste au-dessus de sa tête et elle remarqua la lumière qui filtrait par l'interstice. Elle retint un juron, Paul montait souvent dans les combles pour farfouiller dans les outils qu'il amassait en cas de besoin, et il oubliait régulièrement d'éteindre quand il en redescendait. Elle hésita : il fallait vraiment qu'elle se dépêche, l'heure tournait, pourtant elle savait déjà qu'elle allait monter éteindre. Elle ne supportait pas le gaspillage. Elle attrapa donc l'escabeau dans le placard, grimpa dessus et ouvrit la trappe avant de pénétrer dans le grenier poussiéreux.

Elle fouilla rapidement la pièce du regard, un peu ennuyée : il y régnait un tel désordre, il était vraiment temps que Paul fasse quelque chose ! Chassant son irritation d'un mouvement d'épaules, elle fit quelques pas en direction de l'interrupteur, l'éteignit avec satisfaction. La pénombre s'installa, la seule lueur désormais provenait du palier en dessous. Madelaine s'apprêtait à repartir lorsque l'obscurité se fit à l'étage inférieur aussi. La trappe du grenier s'était refermée dans un claquement.

Que se passait-il ?

Son cœur s'emballa ; elle tâcha de se calmer. Peut-être ne l'avait-elle pas suffisamment ouverte ? Le vent l'avait peut-être claquée ? Ça paraissait peu probable pourtant… Elle voulut rallumer la lumière du grenier et perçut à cet instant un petit craquement, comme si on marchait vers elle.

— Il y a quelqu'un ?

Sa voix était faible et étranglée.

— Il y a quelqu'un ? répéta-t-elle plus fort sans obtenir de réponse.

Voilà que Madelaine paniquait. Elle n'avait jamais aimé le noir et commençait à imaginer toutes sortes de choses affreuses. Reculant d'un pas, elle chercha l'interrupteur à tâtons. Elle reçut alors la réponse à sa question ; une réponse qui lui glaça le sang. Une voix basse murmura deux mots, si près de son oreille qu'elle sentit son souffle contre sa nuque.

— Bonjour, Madelaine.

94

Immobile, elle contemplait la vue devant elle.

La demeure des Baines était impressionnante. Cette famille avait de l'argent, c'était clair. On le comprenait à la façade impeccable et à l'intérieur somptueux. Madelaine et son mari Paul étaient très fiers de leur maison : elle était le sujet de nombreuses publications sur Facebook qui, sous couvert de promouvoir brocantes et réunions caritatives, soulignaient en réalité l'ambiance exclusive de leur banlieue et la splendeur de leur foyer. Kassie avait deviné leur quartier d'habitation en un rien de temps, elle avait ensuite trouvé la rue. La petite boîte aux lettres argentée perchée avec fierté sur le poteau fraîchement peint et ornée du nom de famille lui confirma qu'elle se trouvait à la bonne adresse.

Après avoir vérifié que personne ne la surveillait, Kassie traversa la route. Elle colla son visage à la fenêtre, aperçut l'immense écran plasma, les canapés en cuir, les œuvres d'art dans le salon aménagé avec goût. Tout était calme et les rideaux n'étaient pas tirés, ce qui donna à Kassie un brusque élan d'espoir. Elle n'arrivait peut-être pas trop tard.

Délaissant la fenêtre, elle appuya sur la sonnette et patienta. Aucun mouvement à l'intérieur ; elle sonna une nouvelle fois, toujours sans obtenir de réponse. De frustration, elle se mit à tambouriner à la porte.

Rien. Kassie recula de quelques pas, leva la tête vers les étages supérieurs, à la recherche de quelque chose, n'importe quoi. Bredouille, elle scruta la rue de haut en bas, mais il n'y avait aucun voisin à l'horizon et le calme régnait. Kassie se demanda tout à coup si le meurtrier – ou les meurtriers – ciblait volontairement ces banlieues tranquilles. Il devait être beaucoup plus difficile de procéder dans le chaos tapageur de South Shore.

À cette pensée, elle se rappela ce qui attendait Madelaine. Elle recula de quelques pas et, les mains en porte-voix, elle cria :

— Madelaine ! Vous êtes là ?

Pas de réponse, rien que les paroles de Kassie qui s'évanouissaient dans la rue.

Plus fort, elle fit une nouvelle tentative :

— Madelaine ! Est-ce que vous m'entendez ?

95

Madelaine Baines tourna la tête, jeta un regard éperdu en direction des cris ; son ravisseur, lui, resta figé. Par le mince entrebâillement des rideaux, il épiait la silhouette en contrebas, sans comprendre ce qu'il voyait. Qui était cette fille ? Que voulait-elle ?

Il risqua un autre coup d'œil au-dehors. Était-ce une amie de Madelaine ? Il la connaissait bien moins que Rochelle et Jacob, certes, mais d'après lui, cette fille ne faisait pas partie de sa vie. Elle ressemblait à un cas social avec sa coupe de cheveux négligée et son sweat à capuche Motörhead. Quel était donc son lien avec Madelaine ? Et pourquoi cherchait-elle à la voir à tout prix ?

En sueur, il consulta sa montre. Impossible de quitter la maison tant qu'elle était ici – même s'il parvenait à emmener Madelaine dans le garage et à la mettre dans le coffre sans se faire repérer, il se ferait coincer en partant. Cette fille ne serait sûrement pas en mesure de stopper sa fuite, mais elle le verrait. Bien sûr, il pourrait enfiler sa cagoule, sauf que cela ne ferait qu'éveiller ses soupçons et l'inciterait à prévenir la police. D'autre part, Madelaine était attendue au match de softball. Son absence soulèverait des questions et provoquerait l'inquiétude. Son mari allait se précipiter chez eux, les filles allaient rentrer aussi… Que ferait-il alors ? Il lui trancherait la gorge et s'enfuirait par l'arrière ? Non, non, non. Ce n'était pas censé se dérouler ainsi.

La fille s'était tue et tambourinait à la porte. Elle reculait maintenant, scrutait les fenêtres de l'étage. Son regard était si perçant qu'une fraction de seconde, il craignit qu'elle ne l'ait repéré, mais finalement, elle détourna les yeux, examina l'autre côté de la maison.

La respiration bruyante, il se tourna vers sa victime. Pouvait-elle éclairer sa lanterne ? Il aurait adoré l'interroger, mais hors de question de lui retirer son bâillon.

Non, la meilleure chose à faire pour l'instant était d'attendre. De voir ce que la fille allait faire ensuite. Elle allait bien se fatiguer et finir par partir, non ? Ou essaierait-elle d'entrer dans la maison ? Tout à coup, il fallait qu'il sache.

Son destin et celui de Madelaine en dépendaient.

96

— C'est des conneries ! C'est n'importe quoi…

Miller faisait les cent pas dans le bureau de Gabrielle. Elle était furieuse, contrariée, et clamait son innocence. Mais elle ne regardait pas sa supérieure dans les yeux, ce qui n'échappa pas à cette dernière.

— Je pose la question, c'est tout. Le devoir m'y oblige.

— Bien sûr, mais quand on accuse quelqu'un, on dissimule un motif. Un compte à régler. Si ça se trouve, on en a après mon poste…

— Il ne s'agit pas de ça.

— Vraiment ?

Son scepticisme avait beau être appuyé, à Gabrielle, il paraissait forcé.

— Qu'est-ce que ça pourrait être d'autre ? insista Miller. Je suis d'une grande loyauté envers vous, envers cette équipe. Je bosse jour et nuit…

— Je sais combien votre travail compte pour vous…

— Ça, c'est clair !

— Mais je sais aussi qu'il vous arrive d'être impulsive, que vous êtes parfois tentée de prendre des raccourcis. Nous en avons déjà parlé.

Miller ne répondit pas mais cessa ses allées et venues.

— Nous subissons une pression énorme. Cette enquête est d'une grande complexité, tous les regards sont tournés vers nous. Et je peux comprendre qu'avec le suspect principal en garde à vue et des preuves insuffisantes pour prouver sa culpabilité, on puisse avoir envie de faciliter un peu les choses…

— Non, non, non ! rétorqua Miller en secouant la tête avec vigueur.

— Jane, lorsque nous sommes allées à la caravane de Redmond la première fois, vous avez proposé de nous y introduire en douce pour examiner les lieux. Quelles sont les chances, si nous nous rendons là-bas maintenant, pour que nous découvrions qu'une fenêtre a été forcée ?

Soudain, Miller stoppa toute protestation. Son regard balaya le sol comme si elle y cherchait un objet perdu. Elle refusait toujours de croiser le regard de Gabrielle.

— Je suis allée au domicile de Jones ce matin. Les boutons de manchette présents sur les photos des techniciens médico-légaux ne s'y trouvent plus. Quelqu'un les a pris.

Miller ne décrocha pas son regard du sol.

— Je vais vous le demander encore une fois, Jane : avez-vous mis les boutons de manchette de Jones dans la caravane ?

Miller hésita une seconde de trop avant d'ouvrir la bouche et se trahit ainsi. L'espace d'un instant, on aurait cru que l'adjointe de Gabrielle allait continuer de clamer son innocence, mais les mots restèrent bloqués dans sa gorge et elle éclata en sanglots, le corps secoué de tremblements désespérés.

Gabrielle la dévisagea. Elle avait envie de l'engueuler, de hurler contre elle, de décharger toute sa colère sur elle, mais lorsqu'elle prit enfin la parole, elle souffla seulement avec tristesse :

— Oh Jane, qu'avez-vous fait ?

97

— Non mais, vous allez me dire de quoi il s'agit ?

Ahuri, Paul Baines considéra cette adolescente qui ne manquait pas de culot et qui lui faisait face après avoir réussi à franchir la sécurité. Sa surprise était décuplée par les questions qu'elle lui posait sur son épouse.

— Je veux juste savoir si vous avez eu des nouvelles de votre femme aujourd'hui.

— C'est ça… Vous la connaissez comment ?

— Je l'ai rencontrée à la veillée, prétendit Kassie. Je devais la retrouver tout à l'heure, mais elle n'a pas répondu quand je suis allée chez vous.

Baines la dévisagea avec circonspection ; il ne croyait pas à son histoire.

— Et c'était quand, ça ?

— Il était un peu plus de 14 heures.

Paul réfléchit, perplexe mais aussi un peu suspicieux.

— Vous aviez vraiment rendez-vous ? Elle était censée assister à un match de softball à l'école juste après…

— On devait se voir très rapidement…

L'attitude de la fille était louche, elle évitait de croiser son regard.

— Vous pourriez l'appeler ? demanda-t-elle tout à coup. Pour vérifier qu'elle va bien ?

— Elle doit être en train de rentrer à la maison avec les filles à l'heure qu'il est. Je peux lui demander de vous téléphoner…

— S'il vous plaît…

— Mais qu'est-ce qu'il se passe à la fin ? De quoi s'agit-il ?

— Rien de grave, mais si vous pouviez juste l'appeler… Si elle va bien, je vous promets que vous n'entendrez plus parler de moi. C'est très important.

Alors son inquiétude sincère le toucha. Il attrapa son portable et téléphona à sa femme.

— Bonjour, vous êtes sur le répondeur de Madelaine. Merci de laisser un message…

— C'est moi, dit Paul lorsque la voix enregistrée se tut. Appelle-moi dès que tu peux.

Il raccrocha et ressaya aussitôt, pour tomber encore une fois sur la messagerie.

— Elle devrait être rentrée chez nous maintenant, dit-il autant pour lui que pour Kassie.

Il fit une tentative sur leur ligne fixe, mais le téléphone sonna dans le vide puis le répondeur se déclencha. La voix joyeuse de sa femme l'accueillit. Il essaya une nouvelle fois de la joindre sur son portable, en vain. Il se tourna vers l'étrange fille.

— Pas de nouvelles, j'en ai peur.

À sa réaction tendue, il comprit que cette réponse la perturbait et l'alarmait. Et tout à coup, lui aussi.

98

Un millier de questions traversa l'esprit de Madelaine, chacune plus angoissante que la précédente. Où était-elle ? Qui était l'homme qui l'avait attaquée ? Que comptait-il faire d'elle ?

Il s'en était pris à elle dans le grenier. Trop stupéfaite pour réagir, elle était revenue à elle un peu plus tard, allongée sur le sol de sa chambre. Ses souvenirs des événements étaient brumeux et incohérents – il y avait eu de l'agitation au-dehors et, peu après, elle s'était retrouvée enfermée dans le coffre de sa voiture. Ligotée, bâillonnée, un bandeau sur les yeux. L'heure qui avait suivi, ballottée sans repères au rythme de la voiture qui avançait, s'arrêtait, repartait, avait été la plus terrifiante de toute sa vie.

L'obscurité était impénétrable, la chaleur plus étouffante à chaque minute qui passait, l'air vicié et désagréable. Au départ, elle était convaincue qu'elle allait mourir là, dans ce coffre, que c'était l'intention de son ravisseur depuis le début. Mais au fur et à mesure que le temps passait, tandis que la rumeur de la circulation s'amenuisait, une autre possibilité s'était présentée à elle. L'emmenait-on dans un lieu reculé ?

Si oui, dans quel but ? Pour la retenir en otage ? La violer ? La tuer ?

Madelaine s'efforçait de rester positive, d'envisager les meilleures issues possibles à cette affreuse situation, mais avant qu'elle ne puisse en trouver une qui soit acceptable, la voiture s'immobilisa. Quelques instants plus tard, le coffre s'ouvrit et elle se retrouva hissée au-dehors et traînée sur un sol rugueux, ses chevilles cahotant douloureusement sur des cailloux. Puis soudain, elle fut à l'intérieur où on la força à s'asseoir sur un siège dur et raide, auquel ses bras furent attachés.

Alors… on la laissa tranquille. Elle entendait l'homme qui se déplaçait autour d'elle, sans la toucher. Elle tenta de rassembler ses pensées, de percevoir son environnement. Une odeur d'essence flottait, et autre chose… celle du bois. Un bois humide et pourri. Elle discernait des sons également. L'homme qui se mouvait, le craquement du plancher ainsi que le faible écho d'un rire.

Sans défense sur la chaise, le cœur battant au rythme de sa terreur grandissante, Madelaine s'interrogeait. Pourquoi était-elle ici ? Qu'avait-elle fait pour provoquer cette situation ? Elle remua la tête, tentant ainsi de se libérer de ses liens, de voir ou d'entendre quelque chose qui pourrait l'informer sur le sort qui l'attendait. Et tandis qu'elle s'agitait et gigotait, elle remarqua une chose. Le bandeau sur ses yeux avait légèrement glissé lorsqu'il l'avait traînée dans l'abri et l'étoffe devant son œil gauche était plus fine que devant le droit, si bien qu'en clignant de l'œil, elle pouvait voir à travers.

Elle se trouvait dans une sorte de remise. Les murs étaient d'un brun foncé et le sol d'une teinte plus claire, presque blanc. Troublée, Madelaine frotta son pied par terre : il glissa dans un crissement, comme sur du plastique. Elle reporta alors son attention sur l'homme qui vaquait à ses occupations non loin. Il était de taille moyenne, en léger surpoids, son ventre rebondi tendait le tissu de son bleu de travail. Il portait toujours sa cagoule, et imaginer le genre de monstre qui se dissimulait dessous la terrorisa encore plus.

Elle s'était efforcée de garder le moral dans l'épreuve, mais son instinct lui soufflait que son enlèvement était lié à ses récentes actions pour la communauté. Elle avait beau repousser cette idée, celle-ci revenait la tenailler. Madelaine sut alors sans l'ombre d'un doute pour quelle raison on l'avait enlevée et ce qui allait lui arriver. Un soupçon que vint confirmer l'énorme couperet que l'homme tenait à la main lorsqu'il se retourna.

D'instinct, elle voulut crier, mais sans savoir comment, elle réussit à maîtriser sa terreur. Malgré le grave danger qu'elle encourait, elle disposait d'un minuscule avantage qu'elle ne devait pas gâcher. L'agresseur ignorait qu'elle pouvait le voir. Alors, le cœur tambourinant dans sa poitrine, Madelaine resta immobile. L'homme se planta devant elle, et elle se prépara à sentir la lame contre sa peau. Mais à la place, il se baissa à sa hauteur. Ils étaient presque nez à nez, et son ravisseur prit plaisir à l'examiner avec attention, espérant peut-être la voir trembler de peur.

D'un coup sans réfléchir, Madelaine se jeta en avant. Fini de tergiverser, elle agissait. Elle vint écraser son front contre le visage de l'homme. Avec un hurlement de douleur, il tomba à la renverse et s'affala dans un bruit sourd. Madelaine ne perdit pas une seconde, elle se pencha en avant jusqu'à ce que ses pieds soient bien à plat sur le sol pour qu'elle puisse se mettre debout. Aussitôt, elle perdit l'équilibre, entraînée en arrière par la chaise à laquelle elle était attachée. Elle tituba mais parvint à se stabiliser et se mit à courir aussi vite qu'elle le pouvait, son drôle de fardeau sur le dos.

L'homme était toujours par terre, gémissant, aussi Madelaine se précipita tant bien que mal vers la porte, pour avoir une chance de s'enfuir, d'appeler à l'aide.

Comble du miracle, lorsqu'elle l'atteignit, Madelaine découvrit que la porte était entrebâillée. Elle se tourna de côté, glissa les orteils dans l'interstice et poussa de toutes ses forces. La porte s'ouvrit, et Madelaine put distinguer la côte boueuse qui s'étirait dehors, l'eau au-delà. Elle partit en avant… mais se retrouva brusquement ramenée en arrière, sur le dos. Un instant de désorientation puis, tendant le cou, elle comprit que l'homme s'était emparé de la chaise et la tirait.

C'était une question de vie ou de mort, et Madelaine se débattit avec toute la hargne qui l'habitait, hurlant de fureur et de peur en même temps. Or, l'avantage avait tourné et elle était inexorablement ramenée dans sa prison. Quelques instants plus tard, épuisée et désespérée, elle était de retour sur la bâche en plastique. Un coup violent l'immobilisa et, lorsqu'elle put recouvrer ses esprits, elle découvrit l'homme face à elle, à bout de souffle, le regard irradiant de colère et cette épouvantable lame à la main.

Elle voulait pleurer, supplier, mais elle était maintenant incapable du moindre son, sa voix dérobée par la terreur. Tandis que l'homme s'approchait d'elle, le hachoir en l'air, prêt à s'abattre, Madelaine entendit le rire abominable retentir.

99

Elle sentit les regards posés sur elle. Tous les officiers présents dans la salle d'opération sans exception s'étaient interrompus dans leur tâche afin de contempler ce spectacle. À chaque seconde qui passait, sa honte augmentait, les humiliations s'accumulaient.

On l'avait fait patienter trente minutes dans le bureau de Gabrielle, tandis qu'on sollicitait l'intervention des affaires internes. Cela avait été la demi-heure la plus longue de sa vie. Gabrielle et elle s'y étaient souvent isolées ensemble, à médire sur le café du poste tout en examinant les éléments d'une enquête. Elle avait toujours considéré ce bureau comme un lieu spécial, un peu magique, qu'elles auraient partagé. Leur petite oasis à l'écart du chaos et du désordre. Mais là, elle s'y sentait davantage comme en prison, avec Gabrielle, la femme qu'elle admirait tant, qui la retenait en otage. Sa chef n'avait pas décroché un mot pendant tout le temps où elles avaient attendu, sans doute par peur de ce qu'elle pourrait dire, songeait Jane.

Enfin, les agents des affaires internes avaient débarqué ; une femme à l'air revêche et à l'allure pincée accompagnée d'un homme bourru et malodorant.

Et maintenant, elle était debout près de sa table de travail, ses tiroirs vidés et ses dossiers éparpillés, étiquetés et emballés. On lui avait confisqué son téléphone, son ordinateur portable. Et ils gardaient le meilleur pour la fin.

— Votre sac, s'il vous plaît, demanda l'homme sans prendre la peine de lever les yeux vers elle.

Obéissante, elle lui tendit son vieux sac à main fatigué. À gestes lents et mesurés, il entreprit de le vider et d'étaler ses affaires personnelles à la vue de tous : un mouchoir en papier roulé en boule, sa carte de transport, des tampons, un paquet de cigarettes, alors qu'elle avait juré à tout le monde qu'elle avait arrêté de fumer. Cette manœuvre inutile n'avait aucun rapport avec l'enquête pour faute professionnelle, son seul but était de la rabaisser et de mettre en garde les nombreux spectateurs.

Jane fit profil bas. Elle serait libérée sous caution, bien entendu, mais ensuite, que se passerait-il ? Son salaire serait gelé en attendant les conclusions de l'enquête, et elle ne possédait aucune économie. Qu'allait-elle devenir ? Elle avait bien un ou deux amis à Chicago, mais aucun à qui elle pourrait se confier sur cette situation. Allait-elle être obligée de retourner vivre chez ses parents à Detroit ? Mary et Eric Miller, à la morale irréprochable, qui aimaient leur fils aîné, leur beau et talentueux fils aîné plus que tous leurs autres enfants ? Quelle déception pour eux, à défaut d'être une surprise… Imaginer leur expression renfrognée lui donna envie de pleurer, toutefois elle ravala son chagrin. Elle ne ferait pas ce plaisir à ceux qui la scrutaient.

— Prête à y aller ?

La lassitude qui transparaissait dans le ton de l'officier était accablante. Pour lui, cette opération était une routine, alors qu'elle vivait un drame personnel. Elle acquiesça d'un hochement de tête bref.

— Allons-y, alors, poursuivit-il avec un geste en direction de la sortie.

Depuis plus d'une demi-heure que durait son supplice, elle voulait quitter cet endroit. Là, elle hésitait. Un silence de plomb était tombé sur la salle, ses collègues ne dissimulaient même plus leur curiosité. Tous assistaient à la scène avec des yeux avides, choqués et horrifiés à la fois. Elle aurait voulu qu'ils disparaissent tous, que cet affreux cauchemar prenne fin. Mais la sortie ne se ferait pas en douceur pour la pécheresse qu'elle était.

Jane Miller fit le tour de son bureau, tourna le dos à cette femme qu'elle avait mise sur un piédestal, et entama sa longue marche de la honte.

100

Kassie traînait les pieds sur le linoléum fatigué. Les regards s'animaient sur son passage, mais elle les remarquait à peine, toute son attention était tournée vers la frêle silhouette qui se découpait sur la terrasse en face. Elle ne savait même pas ce qu'elle faisait ici. Qu'est-ce que ça allait lui apporter ? Et pourtant, elle n'imaginait pas être ailleurs. Lorsque la vie réduisait ses espoirs en cendres, elle venait trouver refuge auprès de la seule personne qui lui avait jamais témoigné un amour véritable.

Absorbée dans la contemplation du lac, Wieslawa suivait des yeux les déambulations des oiseaux. Elle portait un peignoir épais et une couverture en laine réchauffait ses genoux. Kassie la rajusta pour bien la protéger du froid. Après l'avoir embrassée sur le front, elle s'installa à côté de sa grand-mère et prit ses mains constellées de taches brunes entre les siennes.

Wieslawa réagit à peine ; elle posa un bref regard sur sa petite-fille avant de s'intéresser de nouveau au paysage. Au moins, elle ne retira pas sa main, comme elle le faisait lorsqu'elle était agitée ou contrariée. Au fil des années, Kassie avait appris que l'humeur de sa grand-mère était imprévisible. Certains jours, elle se montrait passive et inerte, d'autres fois vive et charmante. Dans ces moments-là, Kassie arrivait presque à croire que Wieslawa la reconnaissait tandis que sa grand-mère mentionnait des lieux et des événements du passé. D'autres fois, en revanche, elle était fébrile, en larmes, et lançait des œillades méfiantes. Les médecins avaient utilisé plusieurs termes pour diagnostiquer son état : démence, psychose délirante, et d'autres que Kassie avait oubliés, volontairement ou pas. Pour sa part, Kassie avait toujours eu sa propre théorie. Depuis toujours, Wieslawa vivait cernée par la mort, mais plus encore ici, où on plaçait les personnes âgées qui finissaient leurs jours loin des yeux et du cœur de leur famille. Elle frissonna en songeant à ce que voyait sans doute Wieslawa : une mort imminente pour tant de personnes croisées dans les couloirs, à la salle de repos, aux tables qui surplombaient le lac. Elle pria pour que l'esprit de sa grand-mère soit déjà trop brumeux pour saisir tout cela, mais elle redoutait que ce ne fût pas le cas.

— *Kochanie*, murmura la vieille femme.

Kassie leva les yeux vers elle, le cœur empli d'espoir, cependant Wieslawa continuait de fixer l'horizon. Kassie baissa de nouveau la tête, soudain accablée d'un grand poids. Elle était venue en quête de répit, de temps pour rassembler ses pensées et accepter son échec à sauver Madelaine, à se sauver elle-même. La mère de famille aimante était sur le point d'être brutalement assassinée, et Kassie, pour sa part, avait moins de deux semaines à vivre. Son fiasco leur serait fatal à toutes les deux. Savoir qu'ainsi le sort de sa grand-mère lui serait épargné ne lui apportait aucun réconfort. Kassie se sentait vaine et vaincue.

— *Kochanie*, répéta sa grand-mère, un peu plus fort cette fois.

Kassie ne réagit pas, elle ne pouvait pas se permettre de croire que la vieille femme comprenait sa détresse ou s'en souciait. À la place, elle embrassa délicatement sa main qu'elle reposa avec douceur sur la couverture et s'en alla. Elle détestait l'atmosphère claustrophobe du salon des visiteurs et, plutôt que de revenir sur ses pas, Kassie marcha jusqu'à la rive. Elle trouverait un autre chemin pour partir, un où l'on n'épierait pas ses moindres déplacements. Une fois sur la berge, elle s'arrêta, frappée par le panorama qui s'étalait devant elle.

Le lac Michigan était somptueux, ce soir-là. Le soleil couchant striait sa surface de rayons dorés qui ondoyaient de-ci de-là au rythme de ses mouvements. Au loin, on devinait le centre-ville de Chicago, bourdonnant d'énergie et d'activité, mais le lac, lui, était paisible, préservé de toute présence humaine, sûr de sa grandeur et de sa majesté. Rien ne le perturbait, rien ne brisait son calme, en dehors des bécasseaux et des aigrettes, des aigles et des pluviers qui tournoyaient au-dessus en échangeant des cris. Sur la rive, Kassie tendit le cou pour mieux observer les élégants cercles qu'ils traçaient, espérant trouver un peu de réconfort dans leurs mouvements assurés. Année après année, ils revenaient, sans se soucier des drames et des horreurs qui se jouaient dans la ville. Et chaque année à venir, ils reviendraient. Voilà qui remonta un peu le moral de Kassie. Sa vie, son histoire personnelle, étaient peut-être insignifiantes au regard du grand ordre des choses. Elle demeura immobile, soucieuse de s'absorber dans la distraction qui lui était offerte, de profiter d'un moment de paix.

Pourtant, tandis qu'elle s'émerveillait de ce spectacle, une pensée surgit dans son esprit. Non, pas une pensée, un son. Un son qu'elle avait déjà entendu quelque part. Une fraction de seconde, Kassie retourna mentalement dans cette affreuse cabane, auprès de cet homme, vers l'horreur et la peur. Et tout aussi brutalement, elle revint dans le présent, les yeux levés au ciel avec fascination.

Elle savait.

101

Elle gravit les marches trois par trois, aussi vite que possible. Tout le trajet jusqu'à Lincoln Park, elle avait bouilli de frustration et, arrivée devant l'immeuble d'Adam, elle n'avait eu aucune hésitation. Une jeune femme sortait du bâtiment, et Kassie s'était précipitée, la bousculant au passage pour traverser le hall et foncer vers l'escalier.

Elle arriva en trombe à l'accueil du huitième étage et courut jusqu'à la porte du cabinet qu'elle ouvrit à la volée. Adam était au téléphone et il jeta un regard noir à Kassie qui entrait et s'avançait vers lui. La main posée sur le combiné, il s'apprêtait à la réprimander, elle ne lui en laissa pas l'occasion. Elle lui arracha le combiné des mains et raccrocha.

— Non mais, qu'est-ce qui te prend, bon sang ?

— Il faut que je vous parle.

— Cet appel était très important ! s'exclama Adam, aussi furieux qu'affligé.

— Je sais ce que c'est, poursuivit-elle en ignorant ses protestations.

— Qu'est-ce que tu veux di…

— Je sais ce que c'est, le rire.

Adam paraissait complètement perdu, Kassie s'expliqua.

— Le rire de femme, dans la cabane… J'ai dit qu'il avait l'air inhumain. C'est parce qu'il l'est ! Ce sont les oiseaux, en fait.

D'un geste, elle indiqua l'immense fenêtre qui donnait sur le lac. Au loin, on apercevait les échassiers qui poursuivaient leurs cercles sans fin.

— Ce sont les oiseaux, répéta-t-elle en souriant, au bord du rire.

Adam la dévisageait comme si elle avait perdu la raison. Kassie s'approcha de la fenêtre et l'ouvrit. Plusieurs espèces d'oiseaux peuplaient les abords du lac : des butors, des aigles, des hérons… Et leur caquetage aigu incessant était perceptible même à cette distance.

Kassie se retourna pour faire face à Adam. Quelques instants plus tôt, il semblait sur le point d'exploser, maintenant il se concentrait, l'oreille tendue vers la rumeur désagréable.

— Madelaine… Elle se trouve près de l'eau, affirma Kassie. Elle est retenue prisonnière quelque part au bord du lac ou du fleuve, j'en suis convaincue.

Pendant qu'elle parlait, elle vit une ombre voiler le visage d'Adam, comme si une de ses paroles avait résonné en lui.

— Nous devons juste trouver où.

— Kassie…

— Il ne lui reste plus que quelques heures à vivre. Mais on a une chance maintenant…

— Sois raisonnable, Kassie. Le lac est immense et il existe de nombreuses rivières.

— Il suffit de découvrir où se rassemblent les oiseaux. Un endroit à l'écart, où le type ne risque pas d'être dérangé. Ensuite, on n'aura qu'à y aller…

— Ce serait comme chercher une aiguille dans une botte de foin.

— On peut la sauver. Je sais qu'on peut y arriver, insista Kassie qui refusait d'abandonner. Mais j'ignore par où commencer, à qui en parler.

Malgré lui, Adam tressaillit. Soudain, un élan d'espoir inonda Kassie : Adam savait comment faire ! Si seulement elle parvenait à le convaincre…

— Vous connaissez quelqu'un qui peut nous aider ?

— Non. Enfin si. Mais je ne peux pas…

— Il faut qu'on aille lui parler sur-le-champ !

— Pas avant que tu m'aies expliqué où tu étais et pourquoi tu penses que…

— Nous n'avons pas le temps !

Les mots jaillirent sans qu'elle puisse les retenir et réduisirent Adam au silence.

— Deux fois, j'ai eu raison et nous n'avons rien fait. Je vous en prie, ne me rendez pas responsable d'une autre mort. Je ne le supporterai pas.

Adam hésitait toujours.

— Rendez-moi ce service, et je promets de ne plus jamais vous embêter.

— Je ne sais pas, Kassie…

— Si nous arrivons à la sauver, alors peut-être que tout ira bien. Pour vous et pour moi. S'il vous plaît, Adam. Faites ça pour moi. Je vous en supplie.

Le ton implorant de Kassie suffirait-il à le convaincre ? Adam la fixait, visiblement partagé entre l'envie de lui faire plaisir et celle de l'envoyer promener. Puis, au grand soulagement de Kassie, il attrapa son portable et son manteau, et l'entraîna avec lui vers la sortie.

102

Les larmes roulaient sur son visage ravagé, mais cela ne faisait aucune différence. Elle ne bénéficierait d'aucune clémence.

L'homme l'avait battue et frappée avec rage, au point qu'elle avait perdu connaissance, puis il s'était calmé tout à coup. Ligotée à la chaise, Madelaine était restée ainsi, nue, meurtrie, tremblante. L'homme avait alors libéré une de ses mains pour la poser à plat sur une table qu'il avait approchée. Madelaine ne quittait pas des yeux l'horrible couperet qui attendait tout près, mais pour l'heure, son bourreau semblait l'avoir oublié. Il paraissait beaucoup plus intéressé par elle.

Il tenait sa main dans la sienne et semblait se réjouir de la sentir trembler.

— Tu as peur, Madelaine ?

Elle émit un son étrange, entre le sanglot et l'approbation.

— Tu devrais.

Elle vit son sourire s'épanouir et dévoiler ses dents tachées par le tabac, tandis que son corps tout entier était secoué d'un nouveau sanglot.

— On va jouer à un jeu, continua-t-il d'un ton guilleret.

— Je ne veux pas…

— D'habitude, je commence par la langue, mais aujourd'hui, j'ai envie de changer un peu.

— Je vous en prie, ne me faites pas de mal.

Il l'ignora, continua à tenir sa main en lui caressant le pouce.

— Ce petit doigt va au marché…

Il tapota son index.

— Ce petit doigt reste à la maison…

— Non !

— Ce petit doigt a mangé du rosbif…

— S'il vous plaît… Non, hoqueta-t-elle, plus fort cette fois.

— Et ce petit doigt n'en a pas eu…

Il passa de l'annulaire à l'auriculaire.

— Et ce petit doigt a pleuré. Snif ! snif ! snif ! tout le trajet jusqu'à la maison.

Tout en maintenant son auriculaire à plat sur la table, il s'empara du hachoir. Madelaine cria – un cri long, fort et terrifié –, mais il parut ne pas l'entendre. Il plaça la lame à la base de son doigt, visa, leva le couperet et l'abattit d'un coup sec. Madelaine hurla : ses hurlements stridents masquèrent le léger bruit sourd de son doigt coupé qui tombait sur la bâche en plastique.

Un bref moment de stupeur et de consternation, puis la brûlure cuisante de la douleur. C'était insoutenable, et Madelaine perdit connaissance quelques instants ; le trou noir avant d'émerger à nouveau dans l'horreur du présent. Elle se mit à bafouiller, à implorer son tortionnaire, à invoquer tout ce qui lui tenait à cœur, ceux qui lui étaient chers, mais ses suppliques ne firent qu'augmenter l'excitation de l'homme.

Madelaine beugla de plus belle, elle s'époumona jusqu'à être à bout de souffle. Elle avait la tête qui tournait, le corps engourdi ; elle était assaillie par un profond désespoir et priait pour que son cœur cesse de battre et lui permette d'échapper à ce cauchemar. Mais l'autre ne l'entendait pas de cette oreille, il la gifla avec fureur pour qu'elle arrête de hurler. Elle se tut un instant, mais très vite, elle se remit à bredouiller et à grogner sa colère et son angoisse. Elle vivait une telle agonie qu'il lui était impossible de se taire, elle avait besoin d'évacuer, de trouver un exutoire, du répit. Mais elle n'en eut aucun.

— Bon, Madelaine, roucoula l'homme en reprenant sa main ensanglantée, tu es prête à rejouer ?

103

— C'est très important, Brock. Réfléchis.

Brock Williams se trouvait en pleine réunion avec ses partenaires financiers à qui il montrait les plans d'un projet de complexe d'appartements à Lake Shore lorsque sa secrétaire lui avait annoncé la visite d'Adam. Il avait faussé compagnie aux banquiers et s'était précipité à sa rencontre. Après la terrible épreuve subie par Faith, il avait laissé un message de sympathie, mais n'avait pas revu Adam depuis. Il offrit à son ami des excuses à foison tout en les conduisant, Adam et l'adolescente bizarre qui l'accompagnait, dans son bureau.

Adam avait balayé ses regrets du revers de la main. Il avait besoin des connaissances ornithologiques de Brock. C'était une plaisanterie ? Une farce ? Non, Adam était on ne peut plus sérieux. Brock se demanda alors si Adam était saoul. Cependant, son vieil ami paraissait égal à lui-même, un peu agité peut-être, mais en tout cas lucide, sagace et précis.

— On dirait le cri d'un aigle, ce que tu me décris, avança Brock d'un ton hésitant. Refais-le-moi.

L'adolescente, qui s'appelait Kassie avait-il appris, imita de son mieux le piaillement de l'oiseau, un caquetage long et fort. Brock s'approcha de son ordinateur.

— Ça ressemble à ça ? demanda-t-il en lançant une vidéo.

Un ricanement éraillé emplit la pièce tandis que des volées d'oiseaux se répondaient.

— Oui, c'est ça. C'est exactement ça ! s'écria-t-elle, une légère émotion dans la voix.

— C'est un pygargue à tête blanche que tu as entendu.

— Ça a été tourné où ? demanda Adam en désignant la vidéo.

— Pas ici. C'est un film générique, répondit Brock, surpris du ton pressant de son ami.

— Mais on en trouve à Chicago, non ?

— Oui, ils viennent ici au printemps.

— Où est-ce qu'ils nichent ? intervint la fille.

— Partout. Ils viennent chercher de la nourriture, ils restent environ six semaines…

— Mais où spécifiquement ?

— Près de grandes étendues d'eau, bafouilla Brock qui sentait que ses réponses ne satisfaisaient pas les deux autres. Le lac Michigan est un bon terrain…

— C'est trop grand, déclara Adam. Il n'y a pas un autre endroit où on peut les trouver ? On cherche un coin isolé.

— Eh bien, le lac Winnebago en accueille beaucoup aussi, mais c'est au nord de Milwaukee.

— Plus près d'ici, insista la fille.

— Bon, si vous cherchez vraiment quelque chose de local, il y a un étang qui pourrait convenir. Je n'y suis pas allé parce que c'est difficile d'accès, mais il paraît qu'il y a une grande population d'aigles à tête blanche là-bas cette année.

— Où est-ce que c'est ? le pressa Adam.

Brock marqua une pause de quelques secondes avant de répondre :

— Au lac Calumet.

104

Ils roulèrent en silence, chacun absorbé dans ses pensées. Le lac Calumet, qui s'étendait au sud de la ville, servait autrefois de base maritime et de centre industriel. Avec le déclin de l'industrie, il avait été utilisé pour l'enfouissement des déchets, mais cette activité s'était aussi révélée non viable. Désormais, ce n'était plus qu'un site à l'abandon près de l'autoroute Ford Bishop, visité uniquement par les oiseaux migrateurs et d'intrépides ornithologues amateurs.

Kassie en avait entendu parler, mais elle n'y était jamais allée. Tandis qu'ils roulaient sur le sentier rugueux jusqu'à la chaîne où étaient accrochés les panneaux « Attention ! Danger ! », « Défense d'entrer ! », Kassie comprit pourquoi. Un immense élévateur à grain en ruine, décharné et lamentable, se dressait devant une pléthore d'entrepôts décrépits. Vestige d'une prospérité passée, tout l'endroit suintait la misère et le délabrement, et représentait un danger potentiel à en croire les nombreuses pancartes sur la grille, qui mettaient en garde contre les produits chimiques toxiques enterrés sur le site. Impossible de ne pas éprouver une grande tristesse en contemplant ce lieu déchu.

La vue d'un aigle à tête blanche qui tournoyait au-dessus d'eux rappela à Kassie la raison de leur venue. Elle se mit à triturer l'ourlet de sa manche et glissa un œil vers Adam. Il ressentait la même chose qu'elle : il était tendu et tapotait des doigts avec nervosité sur le volant.

Adam arrêta la voiture et coupa le moteur. Il mit les clés dans sa poche et observa par la vitre la vue inquiétante qui s'offrait à eux.

— On jette un coup d'œil et, s'il y a quoi que ce soit de suspect, on appelle la police, dit-il en attrapant la poignée pour ouvrir la portière.

— Adam, attendez.

Elle posa la main sur son bras et il se tourna vers elle.

— Vous avez fait ce que je vous ai demandé. Vous devriez rentrer chez vous maintenant.

Il s'apprêtait à protester, mais elle ne lui en laissa pas le temps.

— Quoi qu'il y ait ici, je peux y faire face seule.

— Fais-moi un peu confiance, Kassie, répondit-il avec dédain.

— Je sais que vous ne vouliez pas vous impliquer dans cette affaire et que je ne vous ai causé que des ennuis.

— Je ne vais pas te laisser ici toute seule.

— Je vous en prie, Adam, insista-t-elle. Vous avez une femme, des responsabilités. Rentrez chez vous auprès de Faith, laissez-moi terminer ce que j'ai commencé.

— J'ai dit que je te rendrais ce dernier service, et je le ferai. Il est hors de question que je t'abandonne ici…

D'un geste, il désigna le site lugubre.

— Mais s'il n'y a rien, si tu as tort, je veux que tu me promettes de me laisser t'aider. Nous pourrons peut-être organiser une prise en charge dans une institution spécialisée.

— D'accord, mais…

— Alors allons-y. Nous perdons du temps.

Les paroles d'Adam pesèrent sur sa conscience : chaque seconde comptait et pouvait coûter cher à Madelaine. Pourtant, elle hésitait toujours… Était-ce juste ? Pouvait-elle vraiment faire cela ? Mais Adam était déjà sorti de voiture et s'approchait du coffre. À contrecœur, Kassie descendit du véhicule. Il la rejoignit avec une lampe torche. Le soleil était presque sous l'horizon et bientôt l'obscurité les envelopperait.

— Allons-y.

Il partit d'un pas décidé, et Kassie le suivit à la hâte. Ils longèrent le haut grillage jusqu'à ce qu'ils aient trouvé l'entrée. Les grilles étaient solides, de bonne facture, conçues pour empêcher les voleurs de métal d'entrer, et elles étaient fermées par un gros verrou de sûreté. Ils s'en approchèrent tout en cherchant par quel moyen ils allaient accéder au site, lorsque le faisceau de la lampe d'Adam éclaira le cadenas et leur révéla qu'il était cassé. Adam le prit dans sa main et l'examina avec attention avant de le montrer à Kassie : une des branches avait été sectionnée d'un coup net, sans doute à l'aide d'un coupe-boulon.

— Ça ne veut rien dire, marmonna Kassie. Ça pourrait être des voleurs…

Adam n'avait pas l'air plus convaincu qu'elle. Il poussa la grille, et ils entrèrent à pas lents, passèrent devant un vieux bâtiment. Le soleil couchant projetait des ombres mystérieuses sur le sol et, plus d'une fois, Kassie crut voir la silhouette d'un homme. C'était seulement son imagination qui lui jouait des tours, tenta-t-elle de se rassurer. Ils poursuivirent leur chemin, longèrent des caisses d'emballage oubliées, des réserves à grain vides et des bureaux désertés ; ils marchaient en silence et fouillaient du regard tout autour d'eux en quête d'une cabane en bois.

— Vous ne croyez pas qu'on ferait mieux d'éteindre la lampe ? demanda soudain Kassie. S'il y a quelqu'un et qu'il voie la lumière…

Adam la considéra comme si elle avait définitivement basculé dans la folie. Toutefois, il reconnut à contrecœur qu'elle n'avait pas tort et il éteignit.

— On y voit assez clair avec les lumières de l'autoroute, ajouta Kassie.

— D'accord, répliqua-t-il sans grande conviction. Mais tu restes près de moi.

Ils s'enfoncèrent plus profondément dans le site. Ici, les bâtiments se resserraient, les allées se rétrécissaient. Kassie se tenait tout près d'Adam, ses yeux perçaient l'obscurité. Ils allaient bientôt atteindre le bord de l'eau et…

Soudain, quelqu'un l'attaqua. Une ombre noire fonça sur elle. Avec un petit cri, elle trébucha dans les bras d'Adam, une main levée pour se protéger… quand elle prit conscience que son agresseur n'était qu'un pigeon effrayé qui battit des ailes pour s'envoler dans la nuit, sans doute pour rejoindre les aigles qui tournoyaient.

— Désolée, murmura-t-elle en se redressant.

Elle ignorait pourquoi elle chuchotait, mais la tension lui nouait l'estomac et une petite voix lui soufflait d'être vigilante. Elle continua jusqu'au bout de l'allée et, après un regard à l'angle, elle repéra enfin le lac. Il ressemblait à une vaste tache sombre dans le paysage, encadré par l'imposante voie express, vision contre-utopique du déclin et du délabrement. À cette vue, un frisson lui parcourut l'échine. Elle rassembla son courage et s'avança à pas hésitants.

Elle sentit alors une main ferme la retenir. Adam la ramena dans l'obscurité et lui indiqua un petit édifice qui se dressait un peu plus loin en bordure du lac. C'était une sorte de cabanon, vieux et érodé, qui n'aurait pas attiré l'attention sans cette lueur vacillante à l'intérieur. Plus étonnant encore était le 4 × 4 garé sur le côté.

— C'est celui de Madelaine, à votre avis ? souffla Kassie en montrant le véhicule.

Adam haussa les épaules, mais au fond, Kassie connaissait la réponse. Elle pivota vers la cabane, superbement isolée au bord du lac, dans la plus profonde solitude en dehors des dizaines d'oiseaux qui nichaient dans les terres marécageuses tout autour. C'était donc ça. Ils avaient trouvé Madelaine. Et s'ils voulaient la sauver, c'était maintenant ou jamais.

105

Elle était arrivée au bout. Elle l'avait combattu, elle avait lutté avec chaque fibre de son corps, mais elle avait atteint les limites de sa résistance. La torture s'était poursuivie sans relâche, la cruauté s'était révélée infinie. Il lui avait coupé la langue, sectionné les doigts et les orteils. À chaque amputation, elle avait perdu connaissance, assaillie par la douleur, mais chaque fois, il l'avait réveillée, en lui jetant de l'eau au visage, en la giflant… tout ce qui était nécessaire pour qu'elle reste consciente.

À deux reprises, elle avait cru que son cœur allait exploser. Elle avait alors prié pour qu'une crise cardiaque l'emporte, pour un peu de répit dans ce calvaire. Mais son bourreau était bien entraîné, il la faisait revenir à elle au dernier moment, encore et encore. Là, cependant, la fin était proche, et comme s'il le sentait, son ravisseur s'adressa à nouveau à elle.

— Regarde, Madelaine, regarde ce que tu es devenue…

Obéissante, Madelaine leva la tête pour observer le petit miroir qu'il tenait devant elle. Le reflet qu'elle y découvrit lui donna la nausée : elle était défigurée, ensanglantée. C'était un massacre.

— Jolie, pas vrai ?

Elle fut secouée d'un nouveau haut-le-cœur, la bile lui emplit la bouche.

— Il manque une toute petite chose encore. Tu aimes les colliers, n'est-ce pas ?

Madelaine n'était pas sûre d'avoir compris, mais elle hocha à moitié la tête.

— Bien, approuva-t-il d'une voix chantante en s'emparant de son couperet dont il plaça la lame sur sa gorge. Parce que c'est l'heure de la touche finale.

106

Le coffre de la voiture était ouvert, pareil à la bouche béante d'un prédateur en attente de sa proie. Kassie passa à côté sur la pointe des pieds ; elle refusait de regarder à l'intérieur et préféra garder les yeux braqués sur la cabane. La porte était entrebâillée et, lorsqu'ils s'en approchèrent, ils perçurent des voix. Celle d'un homme, basse et terrifiante, et celle d'une femme, faible, fêlée, plaintive.

Inquiète, Kassie fit un pas en avant, la main tendue vers la porte, mais Adam la retint à temps.

— Moi d'abord, murmura-t-il.

Il serra la lampe torche éteinte dans son poing et poussa doucement la porte, Kassie sur ses talons. Le spectacle qu'ils découvrirent était répugnant. L'intérieur était faiblement éclairé par une lampe à pétrole, mais la lueur qu'elle diffusait suffisait à révéler un homme en bleu de travail planté au-dessus de Madelaine Baines – ou ce qu'il en restait. Ses mains et ses pieds n'étaient plus que des moignons sanguinolents, elle était recouverte de sang, et la lame d'un hachoir était pressée contre sa gorge.

L'homme encagoulé, sur le point de l'égorger, la narguait, il se délectait de sa peur. À temps, Madelaine perçut un mouvement près de la porte et elle poussa un grognement long et fort. Aussitôt, il fit volte-face et laissa échapper un juron.

Kassie se figea, tandis qu'Adam partait au quart de tour. L'homme, lui, se prépara à l'attaque en ôtant le couperet du cou de Madelaine pour le brandir face à l'intrus. Sans hésitation, Adam abattit d'un coup sec sa lampe torche et fit voler le hachoir de la main de l'homme qui réagit sur-le-champ. Il se jeta en avant pour donner un coup de tête à Adam qui l'évita de justesse et planta son genou dans l'aine de son adversaire. Avec un grondement, l'homme chancela en arrière, buta contre Madelaine qu'il fit tomber, offrant à Adam l'occasion de poursuivre son attaque.

Il lança un puissant coup de poing, et l'homme encagoulé vacilla. Adam s'avança pour en finir, l'attrapa par la tête et chercha à le faire tourner. Mais brusquement, Adam se mit à tomber en arrière. L'autre s'était dégagé de son emprise. Kassie aperçut alors le visage de l'homme – un Blanc au teint terreux, avec une barbiche – juste avant qu'il ne pirouette sur lui-même et n'envoie son poing dans le menton d'Adam qui, sous le choc, chuta au sol dans un bruit sourd. L'homme lui sauta dessus et posa les mains autour de sa gorge.

Adam se débattit, se tortilla, il donna des coups de pied pour essayer de se libérer. Retrouvant ses esprits, Kassie se précipita en avant. L'homme ne semblait pas avoir remarqué sa présence et, profitant de l'avantage, elle enroula son bras autour de son cou de taureau et le tira en arrière de toutes ses forces.

L'homme poussa un autre grognement, de surprise autant que de douleur, et relâcha un temps la pression de ses mains autour d'Adam. Kassie tira plus fort, il se rejeta en arrière sur elle, arracha son bras de son cou et planta un coude dans sa tempe. Kassie glissa sur le côté, la pièce se mit à tourner autour d'elle et, une seconde plus tard, sa joue cogna durement contre le sol rugueux.

Elle resta étendue là, gémissante, incapable de bouger, nauséeuse. Il fallait qu'elle se relève ! Elle s'agenouilla tant bien que mal. Elle voulait aider, sauver Adam et Madelaine de ce tueur impitoyable, mais elle se rendit compte en observant la scène que c'était sans espoir. L'homme s'acharnait à nouveau sur Adam, les mains pressées autour de son cou, il serrait, il serrait…

Il fallait qu'elle intervienne. À quatre pattes, elle s'avança vers lui mais perdit l'équilibre et tomba sur le côté. Ce n'était plus qu'une question de secondes : les yeux d'Adam sortaient de leurs orbites, son visage prenait une teinte violacée ; et malgré l'urgence, Kassie ne parvenait toujours pas à forcer son corps à bouger. Elle cracha un juron et se mit à pleurer. Cela allait-il vraiment se terminer ainsi ?

Elle vit alors avec surprise l'homme se lever d'un bond. Adam était toujours conscient, à peine certes, secoué de haut-le-cœur et de quintes de toux. Sans comprendre la raison de ce brusque revirement, Kassie fut toutefois soulagée, jusqu'au moment où elle remarqua l'horrible odeur insidieuse qui commençait à emplir la cabane. La lampe à pétrole avait été renversée dans la bagarre et avait enflammé le bois sec et pourri de la structure. Un pan entier de mur était déjà en feu, et l'abri entier serait sous peu la proie des flammes.

Stupéfaite, Kassie regarda l'homme attraper son hachoir et s'enfuir, abandonnant victime et intrus sans un regard en arrière. Elle entendit le 4 × 4 démarrer et partir dans un rugissement de moteur. À ce bruit, elle reprit ses esprits et se précipita vers Adam.

— Est-ce que ça va ? cria-t-elle en l'agrippant.

— Ça va, gémit-il en essayant de se mettre debout.

Kassie repéra ensuite Madelaine, allongée par terre, les flammes toutes proches qui menaçaient de l'encercler. Elle s'élança auprès d'elle et glissa ses bras sous ses aisselles pour tenter de la remettre d'aplomb. Kassie sentait la chaleur du feu, elle entendait le bois qui crépitait et, malgré tous ses efforts, elle n'y parvenait pas. Elle s'intéressa alors aux liens qui la retenaient à la chaise.

Un bruit vif. Elle leva la tête à temps pour voir une poutre consumée par le feu tomber à quelques pas, rebondir sur le plastique et envoyer des étincelles tout autour. Kassie jeta un rapide coup d'œil au toit qui émettait des craquements menaçants et redoubla d'efforts.

Elle tira de toutes ses forces, glissa les doigts entre les nœuds pour les défaire, en vain. Les émanations âcres de la bâche en plastique qui fondait envahissaient l'intérieur de la cabane. La fumée lui piquait les yeux, irritait ses poumons, mais elle ne pouvait pas abandonner maintenant. Elle devait faire sortir Madelaine.

La sueur dégoulinait sur ses joues, elle peinait à respirer. Elle attrapa les mains mutilées de Madelaine et se mit à tirer dessus. Si rien d'autre ne fonctionnait, elle pouvait essayer de la traîner dehors. Un de ses ongles se cassa, puis un autre, mais elle continua malgré tout. Elle déplaça Madelaine de quelques centimètres.

Une autre poutre vint s'écraser au sol, tapant Kassie à l'épaule et lui faisant ainsi perdre l'équilibre. L'espace d'un instant, elle fut désorientée, la fumée tournoyait autour d'elle, puis elle distingua le corps inerte de Madelaine et se remit à le tirer. Elle réussit à le bouger de quelques centimètres encore avant d'être brutalement stoppée dans son élan.

— Madelaine ?

Son appel jaillit, fêlé et aigu. Et ne reçut aucune réponse. Kassie reprit ses efforts et sentit soudain qu'on la saisissait par la taille. Elle fit volte-face et distingua avec stupeur le visage d'Adam dans l'obscurité. Il essayait de dire quelque chose, elle voyait ses lèvres qui remuaient, mais ses paroles se perdirent dans le fracas d'une autre poutre qui s'effondrait.

Il lui attrapa le bras. Kassie tenta de le repousser, mais il la tenait comme dans un étau. Voilà qu'il l'entraînait, elle, vers la sortie. Avec colère, elle se tourna et chercha à agripper Madelaine encore une fois. Mais elle l'avait perdue dans la fumée.

— … ssie, il faut qu'on sorte !

La voix d'Adam lui parvint enfin et quelques secondes plus tard, elle sentit le souffle de l'air frais sur son visage tandis qu'il l'éloignait de la cabane en feu. Un instant, elle se débattit dans ses bras, pourtant c'était inutile, elle le savait. Toute la structure se consumait et il n'y avait plus aucun espoir de sauver qui que ce soit.

— On ne peut rien faire de plus, Kassie, hoqueta Adam en la tenant contre lui.

Elle remua un peu, sans grande conviction maintenant, puis se recroquevilla alors que venaient les larmes. Peu après, tout le toit s'écroulait.

— Nous sommes arrivés trop tard…

Ses muscles se relâchèrent, et elle s'écroula dans les bras d'Adam ; le désespoir et l'épuisement eurent raison d'elle. Adam la serra contre lui. Ils avaient fait de leur mieux, mais ils avaient échoué. C'était terminé. Ils restèrent là, à s'étreindre et se bercer, les yeux rivés sur la cabane d'où s'élevaient de gigantesques flammes, encadrée par les eaux noir d'encre du lac.

107

— Redis-moi à quoi il ressemble.

Kassie leva la tête, incrédule. Elle était épuisée, elle empestait la fumée et les ambulanciers avaient fini de l'examiner peu auparavant, cependant rien de cela n'empêchait Gabrielle Grey de la harceler.

— Qu'est-ce que vous voulez que je vous dise de plus ? gémit Kassie.

— Ta description de « l'homme » est plutôt imprécise et commune. Il avait un signe distinctif ?

— Il faisait sombre et il y avait de la fumée partout. Je ne l'ai vu qu'une brève seconde…

— Donc : « blanc, quarante, cinquante ans, avec une barbiche ». Ça correspond à la moitié des hommes de Chicago !

Kassie lui décocha un regard noir ; décidément, elle n'aimait pas cette inspectrice ni son cynisme ! Une fois réchappés de la cabane en feu, Adam et elle s'étaient mis à l'écart et avaient prévenu les secours. Gabrielle Grey avait débarqué cinq minutes après les agents en uniforme. Elle avait rongé son frein pendant que les urgentistes auscultaient Adam et Kassie et, dès qu'ils avaient eu le feu vert, elle les avait embarqués chacun dans une voiture de patrouille pour les conduire au poste et les y interroger. Kassie n'avait qu'une envie : qu'on lui fiche la paix et qu'on la laisse pleurer tout son saoul. Mais ici, elle n'avait pas voix au chapitre.

— Sa barbe était grisonnante, ajouta-t-elle, amorphe. Et il était un peu obèse. Je l'ai attrapé par le cou quand j'ai voulu dégager Adam, et il était très gros…

— Nous n'avons prélevé aucun fragment de peau sous tes ongles au cours des analyses.

— Peut-être parce que, en essayant de libérer Madelaine, je me suis cassé deux ongles sur les cordes…

Sa gorge était serrée, les larmes lui piquaient les yeux. Repenser au sort funeste de la pauvre femme la fit tressaillir.

— La couleur des yeux ? demanda Grey sans aucune compassion.

Kassie secoua la tête.

— Des tatouages ?

— Pas sur la figure ni dans le cou. Le reste de son corps, je ne l'ai pas vu.

— Mais tu le reconnaîtrais si tu le voyais ?

— Oui, tout à fait.

— Eh bien, c'est déjà ça !

Cette dernière remarque s'adressait à son collègue, mais le trait d'humour de Grey tomba à plat. L'inspectrice chevronnée avait changé depuis leur dernière entrevue ; elle paraissait vidée, soucieuse même.

— Et il s'est enfui en voiture ? intervint l'autre policier d'un ton un peu machinal. Pendant que vous vous trouviez encore à l'intérieur ?

— Oui, dans un 4 × 4 Escalade noir. Vous avez bien dû voir les traces.

— Il y avait en effet des empreintes de pneus, répliqua-t-il avec froideur.

— Oh, bon sang ! explosa Kassie, la voix fêlée par l'émotion. Pourquoi est-ce que vous ne me croyez pas ? Le Dr Brandt pourra vous confirmer tout ce que j'ai dit.

Les deux officiers de police échangèrent un regard que Kassie ne sut interpréter. Adam la soutenait, n'est-ce pas ? Il avait appuyé sa version ?

— Il y avait un homme là-bas. Vous devriez faire circuler son portrait, le montrer aux infos.

— Ah oui ?

— Il est sans doute blessé, brûlé. Quelqu'un remarquera quelque chose, quelqu'un le reconnaîtra.

— Rappelle-moi la nature de ta relation avec Madelaine Baines, intervint Gabrielle sans tenir compte de la suggestion de Kassie.

— Je vous l'ai dit, je ne l'ai jamais rencontrée. Je l'ai vue à la veillée, c'est tout.

— Et pour quelle raison le Dr Brandt et toi étiez-vous au lac Calumet ?

— J'ai déjà expliqué pourquoi nous sommes allés au lac…

— Bien sûr, la coupa Gabrielle. Mais ce qu'il y a, c'est que je ne crois ni aux médiums ni aux diseuses de bonne aventure… Pas plus qu'au Père Noël ou à la petite souris. Je crois aux preuves, aux faits, aux liens concrets, alors je me demande pourquoi le Dr Brandt et toi, vous vous retrouvez sans cesse mêlés à cette affaire. Jusqu'à présent, tu es le seul lien entre les trois victimes. Tu as accosté Jacob Jones, tu t'es introduite chez Rochelle Stevens. Une adolescente correspondant à ta description a été vue en train de tambouriner à la porte des Baines dans l'après-midi.

— C’est du délire.
— Vraiment ?
Le ton de Gabrielle était dur, son regard impassible. Mais Kassie n’avait pas terminé.
— Si j’étais impliquée, pourquoi est-ce que j’aurais mis le feu à la cabane ? Risqué ma vie ? Pourquoi aurais-je appelé les secours ?
— L’incendie était peut-être accidentel : le feu est devenu incontrôlable. Peut-être bien que tu ne me racontes que des salades.
À court de mots, Kassie secoua la tête de dépit.
— Tu as avoué que tu connaissais Rochelle Stevens grâce aux réunions des drogués anonymes. Et Jacob Jones est responsable d’une de tes condamnations précédentes. Ce que j’aimerais savoir, c’est ton lien avec Madelaine Baines.
— Je ne la connaissais pas.
L’expression sur le visage des enquêteurs était sans appel : ils ne la croyaient pas une seconde.
— Je jure que c’est vrai, dit-elle avec moins de fermeté cette fois.
— Nous avons examiné l’emploi du temps de ces derniers mois de Mme Baines, poursuivit Gabrielle. Il s’avère qu’elle était bénévole dans une association qui propose du soutien en lecture dans les écoles en difficulté ; ils promeuvent la littérature classique auprès des élèves à problèmes. Ton nom est inscrit sur la liste des participants à ce projet…
— Quoi ?
— Mais tu en as été exclue pour comportement perturbateur…
— Je ne l’ai jamais rencontrée, insista l’adolescente.
— Kassie…

— Des tas de gens interviennent au lycée et, en plus, je sèche souvent…

— Madelaine Baines est venue dans ton établissement pendant des mois. Tu persistes à me dire que tu ne l'as jamais croisée ? Qu'elle n'a rien à voir avec ton exclusion du programme ?

— Si c'est le cas, je ne m'en souviens pas.

— Ce n'est pas très convaincant, Kassie. Trois figures d'autorité ont été brutalement assassinées, trois personnes avec lesquelles tu as été en contact – et en conflit.

— Non…

Pourtant, les protestations de Kassie faiblissaient. Gabrielle assena le coup de grâce.

— Le lien, c'est toi, Kassie. Toi seule.

108

Il considéra son reflet, furieux et malheureux.

Après s'être enfui du lac, il avait roulé à tombeau ouvert avant d'abandonner le véhicule de Baines dans un parking désert à South Shore. C'était de toute façon son plan initial, mais il l'avait exécuté avec une agitation et un trouble inattendus. Il avait nettoyé l'intérieur, nauséeux à cause de l'odeur du désinfectant, sans cesser de jeter des regards anxieux tout autour de lui. Les gangs sévissaient la nuit, et il n'avait pas besoin de se faire braquer pendant son grand ménage.

Il avait eu son lot de surprises pour la soirée.

Absorbé à savourer l'agonie de Baines, il n'avait pas entendu ses sauveurs du dimanche approcher. La stupéfaction d'abord, et l'incompréhension. Puis il s'était ressaisi et avait riposté, repris le dessus, et c'était là qu'avec stupeur il avait reconnu la fille, celle qui l'avait interrompu chez les Baines.

Mais qui était cette gamine, bon sang ? Et comment avait-elle découvert sa planque du lac Calumet ?

Ces questions le taraudaient pendant qu'il traversait à pied South Shore ; il avançait d'un pas rapide, veillait à rester dans l'ombre, l'œil aux aguets du bus de nuit. L'avait-elle suivi ? Non, il s'en serait rendu compte. Avait-elle installé un appareil GPS sur la voiture de Baines pour le pister ? Cette idée était absurde. La question la plus urgente était de déterminer comment elle avait su. Comment savait-elle que Madelaine Baines était en péril, alors qu'il était le seul à décider de son sort ? C'était impossible, insensé et pourtant, elle l'avait trouvé, elle avait su ce qu'il prévoyait de faire.

Maintenant, de retour à l'abri dans la maison miteuse dans laquelle il louait une chambre, cette pensée le fit de nouveau tressaillir. Comment ? Pourquoi ? Le miroir ne lui délivra aucune réponse, rien que des mises en garde. Une de ses incisives était cassée, mais il pouvait faire avec : elle était juste ébréchée, et de toute façon il souriait rarement. Il portait des griffures et des marques sur la joue droite, faciles à expliquer ; accident domestique, chat, n'importe quoi. En revanche, le gros hématome sur l'aile du nez, souvenir du coup de tête de cette garce de Baines, serait plus problématique. Il avait volé du fond de teint à l'une de ses colocs et réussi à atténuer le rond violet, cependant l'ecchymose était encore visible. Lui ferait-on des remarques ? Ou éviterait-on de trop y prêter attention ? Il n'avait jamais été populaire, ni chez lui ni au travail et, pour le coup, ce serait peut-être un avantage.

Néanmoins, ce bleu n'était pas son unique souci. La fille l'avait vu ; elle devait sûrement être en ce moment même en train de donner une description détaillée aux flics. Y aurait-il un portrait-robot ? Une recherche dans un système de reconnaissance faciale ? Il n'avait pas le choix, il devait raser sa barbe sur-le-champ. Ça ne résoudrait pas tout, mais ça lui donnerait un peu de répit. Il n'avait plus qu'à croiser les doigts pour que personne ne l'identifie. Une perspective qui l'inquiétait beaucoup. Cette fille s'était incrustée dans ses affaires depuis le départ. Au début, elle était même soupçonnée de son crime ; il était convaincu qu'il s'agissait de l'adolescente de quinze ans dont les journaux avaient parlé après le meurtre de Jones. Mais maintenant ? Elle était devenue justicière ? Pourquoi avait-elle débarqué à la cabane et tenté de sauver Baines ? Comment pouvait-elle prévoir chacun de ses mouvements ?

Pour la première fois depuis qu'il avait commencé à tuer, il sentait l'étau se resserrer autour de lui.

109

— Quelle est la nature de votre relation avec Kassie Wojcek ?

Adam considéra Gabrielle, choqué par son insistance et son hostilité. On l'avait fait poireauter pendant plus d'une heure dans une salle d'interrogatoire glaciale, sans lui proposer ne serait-ce qu'un verre d'eau, ni l'autoriser à passer un coup de fil. Et voilà qu'on le soumettait à un interrogatoire agressif qui n'en finissait pas.

— Je vous l'ai déjà dit. C'est ma patiente.

— Et ce soir, c'était une séance de thérapie active ?

— Vous savez que nous pensions que Madelaine Baines était en danger…

— À cause des visions de Wojcek ?

— Je n'appellerais pas ça comme ça.

— Mais vous vous trouviez sur place à cause d'elle, non ? Parce qu'elle vous avait convaincu que Baines serait la cible ?

— Oui.

Il ne servait à rien de le nier ; tout ce qui était arrivé ces derniers temps était à cause de Kassie. Gabrielle prit un instant avant de demander :

— Êtes-vous impliqué dans les meurtres de Jacob Jones, Rochelle Stevens…

— Non !

— Et Madelaine Baines ?

— Bien sûr que non.

— Et pourtant, vous n'êtes jamais loin. Vous aidez Kassie à sortir du centre de détention pour mineurs et, quelques heures plus tard, Jacob Jones est enlevé et assassiné.

— Je ne faisais que mon travail…

— Vous vous introduisez avec elle au domicile de Rochelle Stevens et peu après son cadavre est retrouvé. Madelaine Baines est brutalement assassinée dans une cabane isolée et vous êtes sur les lieux…

— Je vous ai expliqué de quelle manière je me suis retrouvé impliqué, je vous ai donné mon alibi pour les soirs où Jacob Jones et Rochelle Stevens ont été attaqués.

— Chez vous, avec votre épouse, intervint Suarez en secouant la tête.

— Écoutez, j'ai essayé de jouer franc-jeu avec vous, rétorqua Adam avec colère. Mais si vous le prenez comme ça, je requiers un avocat.

Gabrielle balaya ses objections d'un geste de la main, comme si son élan d'indignation était sans importance.

— Kassie Wojcek est-elle le cerveau de ces crimes ? C'est elle qui les a planifiés ?

— Non. J'étais avec elle ce soir. Elle s'est battue contre le type, elle a essayé de sauver Madelaine Baines. J'ai dû la sortir de force de la cabane en feu.

Gabrielle répondit d'un hochement de tête sans pour autant paraître convaincue.

— Kassie a été blessée, poursuivit-il avec énervement. Et moi aussi, pour votre gouverne. Regardez ces ecchymoses, bon sang !

Il désigna les traces violacées sur son cou.

— Vous pensez que je me suis fait ça tout seul ?

— Aucune idée, mais il n'en demeure pas moins qu'elle connaissait toutes les victimes.

— Non, c'est faux.

— Jacob Jones l'a poursuivie en justice. Rochelle Stevens était sa conseillère. Madelaine Baines a fait du bénévolat dans son lycée, auprès d'enfants tels que Kassie.

Adam se tut, réduit au silence par cette nouvelle information.

— Trois personnes qui sont intervenues dans sa vie, qui ont tenté de la discipliner, de l'aider, sont aujourd'hui décédées, poursuivit Gabrielle. Vous devriez faire attention à vous, docteur Brandt. Vous pourriez être le prochain.

— Ne soyez pas ridicule.

— La dernière fois que nous avons discuté, vous avez laissé entendre que vous croyiez au « don » de Kassie.

— Je n'ai rien dit de tel, protesta Adam.

— Sur le moment, j'ai pensé que vous étiez cinglé, mais maintenant je la soupçonne de se servir de vous, de vous entraîner dans son jeu. Peut-être pour couvrir ses traces, ou pour éloigner les soupçons, peut-être juste pour s'amuser. Je crois que vous faites partie du puzzle.

— Mon seul objectif a toujours été de l'aider.

— Et qu'avez-vous accompli ? Trois personnes sont décédées. Et chaque fois, Kassie Wojcek avait « prédit » leur mort. Avec Madelaine, elle vous a même conduit sur le lieu du crime, sous prétexte de… C'était pourquoi, déjà, Suarez ?

— Parce qu'elle a entendu des oiseaux dans une prémonition, avança-t-il avec complaisance.

— Parce qu'elle a entendu des oiseaux dans une prémonition, répéta Gabrielle d'un ton moqueur. Une vision qu'elle aurait eue dans votre cabinet, prétendument sous hypnose. Vous comprenez ce qu'il se passe ici ?

— Je ne vois pas du tout ce que vous voulez dire.

— Vous croyez qu'elle est médium ?

— Non. Non…

— Alors quelle autre explication y a-t-il ? s'enquit Gabrielle en se penchant en avant. Regardez la vérité en face, Adam. Elle se joue de vous depuis le premier jour.

110

Assise sur le banc froid, Kassie observa les graffiti obscènes sur les parois, les taches dégoûtantes sous ses pieds. Elle s'était déjà retrouvée dans un fourgon de police après des bagarres ou des fêtes trop arrosées, mais jamais toute seule. Tout à coup, elle se sentit vulnérable et effrayée.

Rien ne pouvait lui arriver ici, bien sûr. Le trajet était court entre le commissariat central de Chicago et le centre de détention pour mineurs. Non, c'était ce qui l'attendait là-bas qui l'inquiétait. Elle avait été interrogée sans relâche. Grey et Suarez s'étaient relayés pour l'assommer d'accusations. Grey surtout semblait résolue à la malmener : elle avait examiné tous les délits passés de Kassie, revu encore et encore les dates et les heures, établi un lien concret entre les trois victimes et elle.

Était-il possible qu'on l'inculpe ? La police disposait-elle de suffisamment d'éléments ? Cette idée fit frissonner Kassie. Elle avait quinze ans, elle était peu instruite et naïve ; quelles seraient ses chances face à Grey et à la machine impitoyable de la justice ? Ils lui avaient promis un avocat, quelqu'un qui veillerait au bon respect de la procédure, mais ce dont Kassie avait besoin, c'était de parler à une personne qui la connaissait et se souciait de son bien-être. Elle avait essayé de joindre sa mère pendant une courte pause lors de son interrogatoire. Le combiné à l'oreille, elle s'était fait le serment que si sa mère venait à son aide, elle s'évertuerait le reste de sa vie à être une fille modèle. Mais le portable de Natalia avait sonné dans le vide et, la file d'attente s'allongeant derrière elle, Kassie avait été contrainte d'abandonner.

Plus que jamais, elle avait besoin de soutien et de compassion. Sa mère avait disparu et Adam… Comment savoir ce qui lui était arrivé ? Kassie se sentit brusquement submergée. Toute la misère, la colère et le dégoût qui emplissaient cet affreux fourgon depuis des années s'abattirent sur elle, l'enveloppèrent de désespoir, anéantirent sa détermination. Elle se sentait piégée, acculée, prisonnière du système, à la merci de vents violents qui la fouettaient sans relâche. Elle finirait ses jours entourée de suspicion et vilipendée par tous ceux qui la connaissaient.

Dans le fourgon qui roulait et franchissait les grilles en cahotant pour s'enfoncer dans les rues sombres, Kassie se prit la tête entre les mains et se mit à pleurer.

111

Adam se précipita au bas de l'escalier et fouilla la rue du regard, à la recherche d'un taxi. Sa voiture se trouvait à la fourrière, examinée par la police, et les chauffeurs de taxi ne manquaient pas sur cette portion d'avenue, avec toutes les allées et venues des avocats au commissariat, tel un manège qui ne cessait jamais de tourner. Il était agité : les accusations de Gabrielle tournoyaient dans sa tête tandis que des bribes de loyauté envers Kassie – un reste de foi en elle – luttaient pour continuer d'exister. Soucieux, affligé, épuisé, Adam voulait rentrer chez lui.

Un taxi approcha et il le héla d'un geste frénétique mais la voiture passa sans s'arrêter. Avec un juron, il sortit son portable et l'alluma. Il fallait au moins qu'il prévienne Faith des derniers événements, qu'il la rassure. Ensuite, il appellerait un taxi. Dès qu'il ralluma son téléphone, celui-ci se mit à vibrer. Il avait cinq nouveaux messages vocaux.

Fébrile, il pressa la touche pour les écouter. Le premier était de Faith, dont la voix était difficile à entendre derrière la rumeur de la circulation. Elle murmurait et paraissait en larmes. Il passa au message suivant, puis à celui d'après. De Faith encore.

Ils étaient confus, et le cœur d'Adam fit un bond ; il écouta directement le dernier message. Il était bref et encore plus alarmant.

— Je suis désolée, Adam. Tellement désolée pour tout. Je t'aime…

Adam lâcha le téléphone et se mit à courir.

— Faith ?

Son appel résonna dans l'entrée déserte. Il était parvenu à la maison en moins de dix minutes, après avoir hélé un taxi dans South Giles Avenue et jeté une poignée de billets au chauffeur étonné une fois devant chez lui.

— Faith ? Tu es là ?

Sa voix était tendue, désespérée. Pas de réponse. Il se rendit à la cuisine à grandes enjambées. La radio était allumée, comme ce matin, mais il n'y avait aucun signe de sa femme.

— Faith ?

Il longea le couloir jusqu'à l'atelier, vide lui aussi, et plongé dans l'obscurité. Cette vue le fit frissonner : cette pièce si chère au cœur de Faith paraissait abandonnée et sans vie. Il tourna les talons et se précipita dans leur chambre. Rien.

Il traversa le palier pour contacter Christine depuis la ligne fixe. Faith aurait peut-être trouvé refuge chez sa mère ? Alors qu'il approchait du téléphone, il s'arrêta. La porte de la chambre du bébé était fermée et un filet de lumière filtrait par-dessous. Soudain, Adam eut le souffle court, son cœur s'emballa. Faith n'y avait pas mis les pieds depuis…

— Faith ?

Il saisit la poignée, la tourna et ouvrit la porte. Le sol était jonché de vêtements pour bébé, ceux-là même qu'il avait dissimulés dans le grenier, tous soigneusement étalés, comme prêts à être enfilés.

La peur au ventre, Adam fit un pas en avant et se figea, incapable de comprendre ce qu'il avait sous les yeux, alors qu'un cri strident lui échappait. Faith était là. Son corps inerte pendait au bout d'une corde accrochée à une poutre et se balançait lentement d'avant en arrière.

LIVRE TROIS

112

La rue grouillait de monde et les passants ne cessaient de la bousculer. On lui avait marché sur le pied, elle avait reçu un coup de coude dans les côtes, mais Kassie n'y prêtait aucune attention. Il fallait qu'elle continue. Il fallait qu'elle le trouve.

Une semaine plus tôt, elle n'aurait pas été en mesure de maintenir cette allure. Son expérience au lac Calumet l'avait ébranlée ; sa gorge et ses poumons avaient été irrités par les inhalations de fumée, et elle avait souffert d'une légère commotion cérébrale après son coup à la tête. Lasse et abattue, elle s'était soumise à la routine du centre de détention pour mineurs. Elle éprouvait une profonde culpabilité d'avoir échoué à sauver Madelaine et une immense tristesse face à la mort vaine de Faith. Elle avait en outre la certitude écœurante qu'elle servirait de bouc émissaire pour ces horribles meurtres. Mais une journée entière s'était écoulée sans qu'on l'inculpe et, le soir du deuxième jour en détention, on l'avait relâchée.

Ce développement inattendu lui avait un peu redonné foi en l'humanité, et elle s'y était accrochée lorsque, de retour chez elle, le vide l'avait accueillie. Ses affaires se trouvaient toujours chez Adam et elle avait dû utiliser la clé de secours cachée derrière un pot de fleurs pour entrer. Une fois à l'intérieur, elle avait déterré les derniers dollars en sa possession et filé à l'épicerie du coin où elle avait dépensé une fortune en cochonneries. Après son excès de sucreries et un pack de bières, elle s'était effondrée pour une bonne nuit de sommeil, la première depuis des semaines. À son réveil le lendemain matin, elle se sentait reposée et d'attaque. Maintenant, il suffisait de décider de la prochaine étape.

D'abord, elle s'était dit qu'il valait peut-être mieux ne rien faire. Ce serait plus prudent, et elle pourrait se concentrer sur sa situation personnelle. Seul problème… Le tueur courait toujours. Un fait qui la hantait. L'espace d'un bref instant, elle l'avait tenu et arrêté, mais il l'avait repoussée et s'était enfui. Par sa faute, Chicago était encore à sa merci. Alors, malgré ses réserves, malgré la peur bleue qui ne la quittait pas, elle avait décidé d'agir.

Kassie fit un pas de côté pour éviter un homme d'affaires qui fonçait droit sur elle et s'arrêta devant la vitre d'une laverie automatique. Elle avait déjà essayé un café-restaurant, un magasin de matériel informatique et un salon de manucure sur cette rue, et le découragement commençait à la gagner. Elle poussa quand même la porte. Huit têtes se tournèrent aussitôt vers elle, les clients qui s'ennuyaient à mourir s'arrachèrent à la contemplation hypnotique des tours des tambours des lave-linge. Kassie croisa leurs regards, passa rapidement de l'un à l'autre, sans s'arrêter sur les détails. Une crise cardiaque, une hémorragie cérébrale, une noyade, un accident du travail, une autre crise cardiaque… Kassie vacilla légèrement sous le flot violent de ces images éprouvantes, mais réussit à garder contenance jusqu'à la dernière personne présente. Ils la considéraient tous d'un œil méfiant. Que fabriquait cette fille, plantée dans l'embrasure de la porte, à les dévisager un par un ? Kassie tourna les talons et s'en alla. Inutile d'attirer l'attention, il n'y avait rien d'intéressant pour elle ici.

Elle se remit donc à battre le trottoir, à plonger son regard dans celui des passants qu'elle croisait. Le choix des victimes ne paraissait suivre aucune logique sinon celle du quartier qu'elles habitaient. S'appuyant sur cette idée, Kassie avait décidé de démarrer ses recherches à West Town et d'en visiter les cafés, les sandwicheries, les restaurants, les parcs et les cinémas, dans l'idée de repérer la prochaine proie du meurtrier et de le débusquer ainsi. Une tâche titanesque, elle en avait conscience, avec les milliers de personnes qui circulaient dans ce secteur chaque jour. Mais elle se devait de tenter le coup.

Elle arpenta West Grand Avenue, remonta West Chicago Avenue, traversa le village ukrainien, poussa à l'est jusqu'à Noble Square, à l'ouest jusqu'à North Sacramento Boulevard. Elle se rendit dans la plupart des lieux publics, scruta les visiteurs du musée Talcott et des jardins communautaires de MetWest, et elle perturba même les paroissiens soupçonneux de l'église St. Columbkille en pleine messe. Tandis qu'elle parcourait la ville, Kassie ne manqua pas de noter l'ironie de la situation. Durant sa vie entière, elle avait fui ses visions, et voilà que maintenant elle les traquait avec frénésie et plongeait chaque jour dans un abominable kaléidoscope morbide. Et tout ça pour rien ! L'identité de la prochaine victime du meurtrier restait un mystère.

Après avoir esquivé un attroupement de femmes en pleine discussion, Kassie s'arrêta pour reprendre son souffle, le front posé contre la vitrine d'un toiletteur pour chiens. Dans le reflet, elle aperçut une jeune femme en tenue de jogging de l'autre côté de la route qui se penchait pour refaire son lacet. À n'en pas douter, l'autre policier en filature – celui qu'elle avait surnommé le « skateur » à cause de sa tentative ratée de s'habiller comme un jeune – se trouvait dans les parages. Avec plusieurs de leurs collègues, ils la suivaient depuis qu'elle avait quitté le centre de détention. De toute évidence, son innocence était encore sujette à caution.

Toutefois, qu'ils la filent ne dérangeait pas Kassie. En réalité, elle s'en réjouissait plutôt. L'horloge tournait et, si elle parvenait à remonter la piste du tueur, à le démasquer dans le peu de temps qu'il lui restait, alors elle pourrait avoir besoin de leur aide.

Ce jour-là plus que jamais, elle appréciait leur présence et leur persévérance.

113

— Vous en êtes sûre ?

La question d'Hoskins était franche et directe.

— À quatre-vingt-dix-neuf pour cent, répondit Gabrielle avec fermeté. Il nous manque juste la preuve…

— Il vous manque juste la preuve.

Sa réplique dégoulinait de sarcasme. Le commissaire principal Hoskins n'honorait pas souvent de sa présence la brigade criminelle mais, lorsqu'il prenait cette peine, son déplacement ne passait pas inaperçu.

— Kassie Wojcek est liée aux trois victimes, poursuivit Gabrielle sans se laisser démonter. Elle a été vue en train de les harceler peu avant leur mort.

— C'est ce que vous n'arrêtez pas de répéter.

— Et maintenant, elle passe ses journées à déambuler dans West Town, à visiter les restaurants, les magasins, les centres sociaux. Ce qui a du sens, car toutes les victimes…

— … habitaient West Town. J'ai lu vos rapports, Gabrielle. Je lis aussi les journaux. En fait, j'en ai apporté quelques-uns avec moi, au cas où vous n'auriez pas eu l'occasion de vous y intéresser…

Il jeta un tabloïde sur la table et lut le gros titre à voix haute :

— « Le règne de la terreur. Le boucher de Chicago continue d'échapper aux autorités… »

Un autre canard atterrit par-dessus.

— « Brasier au lac Calumet. La véritable histoire… »

Puis le *Tribune* :

— « La police de Chicago dépassée par trois homicides. »

Sous le titre se trouvait une photo de Gabrielle, l'air stressé. Les journalistes et les photographes continuaient de rôder devant les locaux de la police de Chicago, dans l'espoir de récolter des fragments d'informations ou, au moins, la preuve de l'incompétence de la brigade criminelle. Un paparazzi intrépide s'était même embusqué devant le domicile de Gabrielle, une intrusion qui avait déclenché une violente dispute entre Dwayne et elle, le matin. Il s'inquiétait de plus en plus des répercussions négatives que cette enquête avait sur elle et sur la famille en général. Gabrielle ne pouvait qu'approuver : cette affaire affectait tout le monde. Pourtant, il était hors de question qu'elle abandonne.

— Dans vingt-quatre heures, nous aurons réglé ce dossier, répondit-elle, avec autant de confiance qu'elle pouvait en insuffler à ses paroles.

Hoskins arqua un sourcil circonspect.

— Vous le croyez vraiment ?

— Tout à fait. Nous avons une équipe de huit hommes sous couverture qui épient chacun de ses gestes. Elle va nous mener à sa prochaine victime. Et lorsqu'elle le fera…

Hoskins paraissait sceptique.

— Faites-moi confiance, après-demain, les gros titres seront bien plus positifs.

— Alors que vous n'avez aucune idée de l'identité de son complice ? Ni même de si elle a bel et bien un complice, rétorqua Hoskins.

— Wojcek est la clé. Et elle va commettre une erreur. Nous sommes tout près du but.

— J'aimerais vous croire, Gabrielle, déclara Hoskins d'un ton pesant. Il n'empêche que cette enquête a été compromise dès le début.

Il tourna le regard vers la salle des opérations, s'arrêta sur la chaise vacante de Miller. Hoskins avait été à deux doigts de retirer l'affaire à Gabrielle qui se rappelait chaque mot de son éclat truffé de jurons en réaction à la confession de Miller et à sa suspension. Il lui avait laissé les commandes uniquement à cause du signal négatif qu'enverrait sa destitution. Elle se trouvait malgré tout sur un siège éjectable, elle le savait.

— Commissaire, vous m'avez promue à ce poste parce que vous avez foi en moi, parce que vous me faites confiance pour diriger ce service, déclara-t-elle en réprimant son inquiétude. Gardez la foi pendant encore vingt-quatre heures. Après quoi, si j'échoue à fournir des résultats, vous pourrez faire intervenir les fédéraux, ou qui vous voudrez. Mais ne nous privez pas de l'occasion d'en finir selon nos propres termes, de prouver que la police de Chicago est en mesure d'accomplir la mission qui lui a été confiée.

C'était un appel non déguisé à sa fierté, à son sens du devoir et à sa réputation. Hoskins médita sa décision pendant un temps infini, évaluant les risques et les avantages potentiels, avant de hocher la tête sèchement et de prendre congé. Gabrielle le regarda partir, soulagée d'avoir survécu à leur dernier accrochage, mais consciente que son sursis n'était que temporaire.

Sa tête était sur le billot.

114

— Tu veux ma photo ?

Kassie sursauta, surprise par la grosse voix hargneuse. Elle se ressaisit et s'aperçut qu'elle était en train de fixer l'homme qui lui parlait. La remarque agressive résonna dans le silence de la bibliothèque, et déjà les têtes se tournaient vers elle.

— Je t'ai posé une question.

Voilà qu'il se levait, irrité et perturbé par le regard insistant de Kassie. Tout en reculant d'un pas, elle se tortura les méninges à la recherche d'une réponse convenable, une qui désamorcerait la tension de la situation, mais tout ce à quoi elle pensait, tout ce qu'elle voyait, c'était ce pauvre homme en train de s'étouffer dans son vomi et mourir, les doigts encore serrés sur la seringue crasseuse.

— Je suis désolée… Je ne voulais pas vous déranger.

— Trop tard, répliqua-t-il en avançant droit sur elle.

Le regard de Kassie se porta sur les bras de l'homme – ses manches retroussées dévoilaient les marques de piqûre. Qu'elle était bête ! Cet homme n'avait aucun rapport avec ce qu'elle cherchait, alors pourquoi l'avait-elle dévisagé ainsi ? Saisie par la peur, elle précipita son départ de la bibliothèque municipale délabrée. Le type paraissait fou et prêt à en découdre.

À reculons, Kassie buta durement contre quelque chose et en fut stoppée, le souffle coupé. Aussitôt, elle se figea et se prépara à une attaque du jeune drogué mais, à sa grande surprise, il battit en retraite et regagna son siège. Perplexe, elle tourna les talons et se retrouva nez à nez avec l'imposante carrure du vigile de la bibliothèque. Il la toisa d'un regard hostile, le dégoût peint sur ses traits.

— Je crois qu'il est temps que tu vires tes petites fesses d'ici, OK ?

Kassie sortit d'un pas chancelant vers la lumière et se laissa tomber sur les marches en pierre froide de la bibliothèque. L'agent de sécurité mastodonte l'avait reconduite jusqu'à la sortie en lui interdisant de remettre les pieds dans l'établissement. Sa tête ne lui revenait pas, apparemment ; Kassie devinait à l'expression de son visage qu'il devait croire qu'elle souffrait de troubles psychologiques, un mal qui l'effrayait et le rebutait tout autant. Après l'avoir arrosée de quelques insultes bien senties, il l'avait jetée dehors.

Vexée de s'être fait gronder, Kassie avait voulu prendre ses jambes à son cou, mettre autant de distance que possible entre elle et le théâtre de sa honte. Au lieu de quoi, elle s'était assise sans se soucier des réactions des passants ou des flics qui rôdaient sans doute à proximité. La tête posée contre les genoux, elle ferma les yeux et laissa le noir l'engloutir.

Tous les matins, ayant réussi à chasser sa déception de la veille, elle se réveillait animée d'un nouvel espoir. Pourtant, après avoir déambulé dans la ville depuis maintenant près d'une semaine, elle trouvait de plus en plus difficile de rester optimiste. Elle savait qu'elle était au bord du précipice, qu'il n'y avait pas une seconde à perdre, mais son corps se rebellait contre son esprit, paralysé par la peur et le découragement. Et comme toujours, il n'y avait personne pour l'aider.

Sa mère se trouvait à des centaines de kilomètres. Elle n'avait pas d'amis vers qui se tourner. Elle avait été expulsée du lycée pour cause d'absentéisme ; la lettre officielle l'attendait à son retour du centre de détention. Sans avoir nulle part où aller, elle passait désormais ses journées à arpenter les rues, à mener des recherches inutiles, ne rentrant chez elle que lorsqu'elle était trop épuisée pour continuer. Les quelques heures qu'elle passait dans le foyer familial, telle une silhouette misérable qui errait dans une boîte vide, étaient emplies de peur et de regret. Une semaine auparavant, elle aurait téléphoné à Adam, recherché sa compagnie, mais bien entendu ce n'était plus envisageable.

Kassie se frotta le front contre ses genoux, s'interdisant de pleurer. Sa solitude était immense, sa tristesse incommensurable. Elle appréciait Adam, Faith aussi, pourtant elle les avait détruits tous les deux. L'une avait quitté ce monde, l'autre était toujours là, à souffrir comme Kassie n'osait l'imaginer. Elle provoquait le naufrage des vies qu'elle touchait. En vérité, il en avait toujours été ainsi. Où qu'elle aille, les catastrophes survenaient. Que son heure sonne bientôt ne lui apportait aucun réconfort ; elle avait engendré plus de dégâts en quinze années d'existence que la plupart en toute une vie. Voilà le souvenir qu'elle laisserait au monde.

La vie était si étrange. Deux semaines plus tôt, après avoir bousculé Jacob Jones dans North Michigan Avenue, elle débordait de détermination, elle était résolue à éprouver les limites de son don, à affronter le destin, à sauver les vies de ceux dont elle avait vu la fin. Et maintenant ? Elle allait se remettre en selle et poursuivre ses recherches, bien sûr, que pouvait-elle faire d'autre ? Mais le cœur n'y était pas. Elle s'était accrochée à l'idée que son implication dans ces meurtres avait une signification, qu'elle avait un rôle à jouer. Alors qu'au fond elle n'était peut-être que le témoin malchanceux de la cruauté impitoyable d'un tueur. Toute cette frénésie ne servait peut-être à rien et n'empêcherait pas l'inévitable fin.

À contrecœur, Kassie se releva des marches froides. Elle ne pouvait rien faire sinon continuer. Elle savait cependant qu'elle échouerait.

Elle arrivait au bout du temps qui lui était imparti et elle se trouvait dans la ligne de mire.

115

Elle hantait la maison depuis la disparition de Faith.

Adam était habitué à la présence de Christine ; elle possédait sa propre clé et entrait assez souvent sans frapper pendant la grossesse de Faith. Mais c'était en des temps plus heureux, lorsqu'ils attendaient leur premier enfant, qu'ils étaient impatients et pleins d'espoir. Là, la situation était différente. Adam, encore sous le choc, vivotait au jour le jour, mais au moins avait-il de quoi s'occuper. La plupart des tâches qui lui incombaient étaient déplaisantes – informer amis, famille et collègues de son décès, organiser des funérailles communes pour Faith et Annabelle, se préparer pour l'enquête de rigueur –, toutefois elles donnaient à Adam un but et une utilité, à court terme en tout cas.

Christine ne bénéficiait pas de telles distractions, elle oscillait entre un désespoir angoissé et bruyant, et une stupeur apathique. Christine avait fondé de grands espoirs sur sa fille et la perspective de devenir grand-mère. Elle se retrouvait sans rien. Elle vivait seule, son mari était parti depuis belle lurette. Adam comprenait son besoin d'être ici, auprès de quelqu'un qui partageait sa douleur. Ça ne facilitait pas les choses pour autant. Christine déambulait dans la maison comme une âme en peine, elle pleurait, préparait sans cesse du thé qu'elle ne buvait pas, s'asseyait devant la télé, le regard dans le vague, tandis que les présentateurs parlaient tout seuls. C'était particulièrement perturbant que sa belle-mère agisse comme un zombie, que sa présence ne lui apporte aucun soutien et souligne au contraire la cruauté vaine et futile de la mort de Faith.

Elle était là en ce moment, à fixer l'écran qui diffusait la chaîne météo. Christine ne sembla pas remarquer sa présence, alors Adam sortit sans bruit pour rejoindre le couloir. Il se dirigea vers la porte d'entrée et s'arrêta pour s'observer dans le miroir en pied. Il portait le costume Ermenegildo Zegna que Faith lui avait offert pour ses quarante ans, celui qu'elle avait eu tant de mal à choisir, car elle voulait être sûre de la couleur, du tissu, de la coupe. Songer à tout l'amour qu'elle avait mis dans ce cadeau l'émut aux larmes, et il espéra de tout son cœur qu'un peu de sa bienveillance, de son affection, déteindrait sur lui. Il en avait besoin.

Sa comparution devant le comité de réglementation professionnelle de l'Illinois allait débuter dans moins d'une heure. Une part de lui-même s'indignait toujours de cette convocation, mais une autre la savait inévitable au regard de son récent comportement. Au départ, il n'avait pas mentionné l'assignation à Christine, sans doute pour se convaincre lui-même que c'était sans importance, que son implication avec Kassie n'avait pas contribué au décès de Faith. Mais c'était faux. Il avait fini par surmonter sa honte et l'en avait informée. Malgré sa réaction posée, Adam avait senti le poids du jugement dans son silence, sa conviction que cette audience était méritée. Bien sûr, elle n'était pas intéressée par les principales accusations du comité à son encontre : les nombreuses lignes qu'Adam avait franchies au cours de son suivi thérapeutique de Kassie. Ses griefs étaient bien plus ciblés et personnels. Pourquoi Adam, en tant que mari, en sa qualité de psychologue expérimenté, n'avait-il pas remarqué les signes ? Pourquoi n'avait-il pas deviné ce qui allait arriver ? Pourquoi avait-il abandonné Faith en cette funeste journée ?

Il s'était posé les mêmes questions à maintes reprises depuis la mort de son épouse. Il s'était torturé pendant de longues nuits, alors que les minutes semblaient s'écouler au ralenti. Et il ne possédait toujours pas les réponses. Oui, Faith avait souffert. Oui, son humeur avait été changeante – convaincante et provocante un instant, inconsolable et désespérée celui d'après. Mais il n'avait jamais, même dans ses pires cauchemars, envisagé qu'elle s'ôterait la vie. En dépit de ses problèmes psychologiques précoces, elle avait été stable et pondérée les derniers temps. Certes son désir de devenir mère l'avait parfois submergée, notamment lors des nombreuses tentatives de FIV ratées ; dans ces moments-là, elle avait été déprimée, mais elle n'avait jamais renoncé à son désir de vivre. Elle aimait sa mère, son mari ; il n'en avait jamais douté. Et pourtant… elle avait choisi de les quitter.

Elle avait gribouillé un mot laissé par terre qui disait simplement : « Il n'y a pas d'espoir » ; une affirmation qui défiait toute raison. Était-il possible que sa dépression se soit transformée en une forme de psychose, un état mental dans lequel elle se trouvait incapable de mesurer pleinement les conséquences de ses actes ? Peut-être que son désir, son besoin d'être mère, l'avait simplement anéantie ? Son choix de la chambre du bébé pour commettre son suicide le laissait fortement penser ; mais alors, comment avait-il pu ne rien voir venir ? Faith avait eu un comportement agressif, bouleversé, le matin de sa mort ; elle avait repoussé Adam, mais son geste avait tout de même été inattendu… La seule note positive était qu'elle n'avait pas souffert ; sa nuque s'était brisée d'un coup. Une piètre consolation qui ne soulageait guère la stupeur et le profond chagrin éprouvés par Adam.

Parfois, le désir implicite de Christine de rejeter la faute sur lui l'exaspérait, d'autres fois, il accueillait ses critiques avec gratitude, comme s'il les méritait. À d'autres moments encore, ses pensées se tournaient vers Kassie. Il avait à peine eu le temps de réfléchir aux insinuations de Gabrielle Grey avant de découvrir Faith, après quoi elles lui étaient sorties de la tête. Ces deux derniers jours, elles lui revenaient en mémoire. Grey traitait avec mépris les prétendues capacités de voyance de Kassie et se montrait tout aussi dédaigneuse au sujet de l'indulgence que lui avait démontrée Adam. En dépit de ses protestations, il avait maintenant le sentiment qu'elle avait raison. Oui, la capacité de Kassie à prédire l'identité des victimes était étrange, mais elle les connaissait toutes personnellement. Oui, elle avait donné l'impression de vouloir aider, mais qui avait-elle sauvé ? Personne. Ils étaient tous morts dans d'abominables circonstances. Et qu'avait retiré Kassie de tout cela ? L'attention de sa mère, des autorités, et surtout la sienne et celle de Faith. Elle les avait gagnés à sa cause, elle était venue vivre chez eux, s'était immiscée dans leur vie.

Un fait criant d'éloquence taraudait Adam. Alors qu'elle s'était introduite dans leur foyer, partageant leur chagrin, qu'elle avait vécu à proximité pendant un temps, qu'elle les avait regardés dans les yeux jour après jour, Kassie n'avait pas prédit la mort de Faith. Elles avaient passé de longues heures ensemble, Faith semblant tirer du réconfort de la présence de Kassie ; elle avait même entrepris de dessiner son portrait. Et pourtant, Kassie n'avait pas vu le sort qui l'attendait, elle n'avait pas saisi l'imminence de sa mort.

Que penser de tout cela, alors ? Son don fonctionnait-il par intermittence ou n'existait-il pas ?

Adam se débattait avec ses questions, torturé par les réponses qui lui échappaient. Il demeurait cependant un point sur lequel peu de doute subsistait. La seule chose, la plus importante, que Kassie aurait dû voir venir, elle l'avait ratée. Raison pour laquelle Adam se demanda s'il devait croire un traître mot de ce qu'elle lui avait jamais dit.

116

Sa tasse de café dans une main, il se frottait le menton de l'autre. La peau lisse lui parut étrange ; il avait rasé sa barbiche une semaine plus tôt, mais n'était pas encore habitué à sa mâchoire imberbe. Ce changement esthétique soudain avait provoqué quelques remarques de la part de ses collègues qui avaient conclu d'un commun accord que ça le rajeunissait. Certains supposèrent même qu'il avait une copine, ce qui le fit ricaner. L'hématome au visage avait suscité plus d'intérêt, mais il avait préparé une explication et personne n'eut aucune peine à le croire suffisamment empoté pour se prendre une branche alors qu'il faisait son jogging à la nuit tombée. La piètre opinion qu'ils avaient de lui avait enfin un avantage.

Après le désastre du lac Calumet, il avait d'abord paniqué, terrifié à l'idée que son imprudence ne cause son arrestation. Mais aucun portrait-robot n'avait paru dans la presse le lendemain ; il s'était en fait écoulé plus de vingt-quatre heures avant que le croquis d'un homme d'âge moyen avec une barbiche ne commence à circuler dans les médias. La ressemblance était là mais sans plus – la forme des yeux et du visage était complètement fausse – et en plus, l'appel à témoins lancé par la police était truffé de termes abscons. L'homme recherché était un « témoin potentiel » que la police souhaitait interroger. Il n'était pas officiellement le suspect numéro un, ni même un suspect tout court. Ils souhaitaient juste s'entretenir avec lui. Ce choix de mots l'avait à la fois rasséréné et fait réfléchir. Que mijotaient-ils ?

Perplexe et inquiet, il avait épluché les journaux et les sites d'informations en ligne, étudié la couverture médiatique de l'enquête. Et sur liste-noire.com, il avait eu sa réponse : le célèbre site d'informations publiait la photo prise par un détenu avec son portable d'une ado de quinze ans qui montait dans un fourgon de police. Elle était menottée et transférée au centre de détention pour mineurs. Les journalistes du site émettaient l'hypothèse qu'il s'agissait du principal suspect, la même fille arrêtée après le meurtre de Jacob Jones.

Il avait reconnu sur-le-champ sa jeune ennemie jurée : l'adolescente à l'air renfrogné qui semblait capable de prédire ses moindres faits et gestes. Sous prétexte de s'occuper d'un parent malade, il avait pris deux jours de congé et s'était rendu au centre de détention pour mineurs de South Hamilton Avenue. Quelques journalistes blasés rôdaient devant l'entrée principale, lui s'était posté de l'autre côté de la rue, face à la porte de derrière. Il savait d'expérience que les détenus étaient en général libérés par cette sortie plus discrète, soit à la première heure du jour, soit en toute fin de soirée. Et très vite, sa prévision s'était confirmée : la fille bizarre avait franchi d'un pas traînant les portes de derrière et s'était enfoncée dans l'obscurité froide de la nuit, deux jours après son arrestation.

Il avait été tenté de l'approcher, de l'enlever et d'exiger des explications ; mais la vue des flics en train de la filer l'en avait dissuadé. À la place, il les avait suivis à bonne distance, jusqu'à Back of the Yards, où elle était entrée dans un petit pavillon bien entretenu. Les agents en filature s'étaient aussitôt mis en position de l'autre côté de la rue, le regard braqué sur la maison. Lui était passé en voiture, ses pensées en ébullition. Ça paraissait impossible, ridicule même, mais le site internet avait raison. Selon toute vraisemblance, cette fille maigrichonne était leur principal suspect pour les meurtres qu'il avait commis. Il n'y avait pas d'autre explication. La police ne savait visiblement pas à qui elle avait affaire.

Une caractéristique qu'elle partageait avec ses collègues, que sa brève absence du travail n'intéressa guère. Ils étaient plus absorbés par les magazines de nouvelles technologies que par le monstre parmi eux. Dépité par leur ignorance crasse, il attrapa son téléphone dans sa poche et ouvrit le profil de Jan pour consulter son agenda. Il eut la confirmation que le jeune Slovaque était du matin et terminerait son service à 15 heures. Craignait-il autre chose ? Non, il avait vérifié l'emploi du temps de Jan trois fois déjà. Il faisait preuve d'un excès de prudence, mais il savait aussi que ce rituel constituait un élément essentiel de ses préparatifs : la surveillance perpétuelle du planning de sa victime était un agréable prélude à la suite. Le pauvre Jan nourrissait de grands projets pour lui-même, pour sa petite amie, sa sœur, et il n'avait aucune idée qu'il ne lui restait que quelques heures à vivre.

Il rangea son portable dans sa poche et passa son plan en revue une nouvelle fois. Recommencer si peu de temps après le lac Calumet était risqué, mais il ne pouvait pas s'arrêter. La terreur éprouvée par ses victimes ; leurs supplications, leur désespoir, leur agonie étaient une drogue, mais désormais la vaste ampleur de la réaction de la ville l'excitait encore plus. Ses meurtres avaient engendré une angoisse lancinante qui se propageait dans les banlieues aisées de Chicago. Les petits bourgeois étaient habitués à lire les récits de violences dans le *Tribune*, accompagnés des photos de la dernière fusillade en date, mais l'idée que la mort pouvait les atteindre, qu'elle pouvait entrer dans leur maison et les prendre par surprise, les effrayait au plus haut point. Si eux n'étaient pas en sécurité, personne ne l'était.

On la voyait dans les interviews télévisées, on l'entendait dans les antennes libres à la radio, on la lisait dans les communiqués de presse en ligne : la peur. Le danger n'avait jamais été aussi proche, au pas de leur porte, et ils voulaient que ça cesse. Ils organisaient des veillées communautaires, des manifestations, exigeaient une présence policière renforcée dans les rues, ils désiraient de toutes leurs forces que s'arrête ce règne de la terreur.

Et tout cela, à cause de lui.

117

Gabrielle Grey s'était isolée dans son bureau, stores baissés et porte fermée. Ce n'était pas dans son habitude : elle prônait plutôt une ambiance décontractée de transparence au sein de sa brigade. Sauf que pour l'heure, elle avait besoin d'être seule.

Le souvenir de sa réunion avec Hoskins était encore vif dans sa mémoire. Après son départ, elle avait demandé un topo à Suarez ainsi qu'à l'inspecteur Richards qui dirigeait l'équipe de surveillance. Les nouvelles n'étaient pas encourageantes : Kassie Wojcek continuait d'arpenter West Town, errant visiblement sans but. Son comportement devenait de plus en plus imprévisible : elle venait d'être expulsée de la bibliothèque car elle dérangeait les lecteurs. Gabrielle devinait que ses hommes commençaient à mettre en doute le bien-fondé de leur surveillance.

De frustration, Gabrielle avait cherché refuge dans son bureau. La preuve accablante de la culpabilité de Kassie Wojcek continuait de leur échapper. L'adolescente poursuivait sa traque solitaire, mais au final, son comportement n'avait rien d'incriminant. Elle n'avait contacté personne non plus. Ce détail en particulier troublait Gabrielle qui soutenait la théorie du complice, tueur plus expérimenté à qui Kassie confierait sa proie après l'avoir repérée et épiée. Pourtant, en cinq jours de filature, ses agents ne l'avaient vue parler à personne. Elle n'avait passé aucun appel de son portable, n'avait pas rencontré qui que ce soit. Comment ce partenariat fonctionnait-il, alors ?

Gabrielle se tortura les méninges, évalua les différentes possibilités, sans faire aucun progrès. C'était à se taper la tête contre les murs ! Kassie devait bien être impliquée d'une manière ou d'une autre : elle connaissait l'identité des victimes avant tout le monde et s'était incrustée dans l'enquête chaque fois que l'occasion s'en présentait. En outre, elle avait des raisons de détester ces trois-là. Et pourtant… Il y avait des aspects de son comportement, des aspects qu'Adam Brandt n'avait pas manqué de lui faire remarquer, qui contredisaient l'idée que Kassie fût une menace pour les défunts. Elle s'était acharnée à répéter qu'elle voulait prévenir Jacob Jones, ce que l'homme en question avait confirmé lors de sa courte déposition aux policiers qui étaient intervenus dans North Michigan Avenue. Par ailleurs, ses actes chez Rochelle Stevens et au lac Calumet pouvaient être interprétés comme une tentative de porter secours aux victimes. Ce qui était particulièrement déconcertant puisque Kassie était à l'origine de la succession d'événements qui les avaient conduits à la cabane. Si elle était de mèche avec le tueur, pourquoi avoir mené Adam Brandt jusqu'au lieu des meurtres, interrompre l'agression de Baines et finir blessée par la même occasion ?

Gabrielle refoula encore ses doutes. Si Kassie n'avait rien à voir dans ces assassinats, si elle essayait bel et bien de leur porter secours, alors elle disait la vérité pour le reste. Sauf que c'était impossible. Gabrielle n'avait jamais cru au surnaturel et elle n'allait pas commencer maintenant.

Mais elle n'était pas idiote, et ses années d'expérience à résoudre des crimes lui avaient enseigné la possibilité d'une explication autre que la plus probable, l'existence d'un indice encore dissimulé qui éclairerait toute la situation. Admettons que la fille soit folle, que d'une manière ou d'une autre, elle sache ou pense savoir qui seraient les victimes, et qu'elle tente de les aider, alors cela signifiait qu'elle n'avait aucun lien avec le tueur et qu'elle ne les mènerait jamais à lui…

Agacée par cette idée, Gabrielle ouvrit ses dossiers encore une fois. C'était vain, elle le savait : étudier les photos des victimes n'allait pas lui donner l'inspiration. Mais dans le doute, il n'y avait rien d'autre à faire que de repartir de zéro dans l'espoir, la crainte qu'ils étaient passés à côté d'un élément.

Elle aligna les photos de Jones, Stevens et Baines les unes à côté des autres. Elle n'avait pas choisi les clichés sinistres des autopsies, mais ceux fournis par les familles pour procéder à l'appel à témoins. Des photos joyeuses, souriantes qui firent tressaillir Gabrielle. Toutes ces personnes étaient aimées par des êtres chers – des conjoints, des parents, des maris, des enfants – et elles avaient pourtant été enlevées et assassinées sans qu'on y fasse rien.

Leur meurtrier avait planifié ses actes à la minute. La fiancée de Jacob Jones était en déplacement pour une conférence, la famille de Madelaine Baines était au travail et à l'école, et Rochelle Stevens se trouvait seule chez elle et regardait son feuilleton préféré. À moins d'être le plus chanceux du monde, l'assassin avait préparé avec soin ses attaques. Il devait donc espionner ses victimes avant de les tuer, malgré le manque de preuves pour étayer cette théorie. Les images des caméras de surveillance ne montraient aucun individu suspect en train de suivre les victimes les jours qui avaient précédé leur disparition. Les voisins n'avaient pas non plus signalé de rôdeurs ou d'activité inhabituelle dans le quartier avant leur mort. Ce tueur était à l'évidence d'une extrême prudence. Mais tout de même, on pouvait s'attendre à trouver quelque chose, un indice de son talent. Sinon, comment pouvait-il savoir que les filles de Madelaine avaient un match de softball le mardi après-midi et que Rochelle Stevens était seule chez elle le mardi soir pour regarder sa série ?

Et soudain, une pensée la frappa. Une pensée d'une telle simplicité et tellement flagrante que Gabrielle se leva d'un bond. Il existait une façon de connaître tous leurs faits et gestes sans jamais les approcher. Gabrielle contourna son bureau et se précipita dans la salle des opérations.

— Montgomery…

La jeune policière leva le nez à son approche.

— Le portable de Rochelle Stevens, où est-il ?

— Juste ici, répondit-elle en se rendant à l'armoire des scellés pour y prendre le sachet en plastique qui contenait le téléphone de la jeune femme.

Après avoir enfilé une paire de gants en latex, Gabrielle s'empara du sachet. Elle alluma le téléphone et ouvrit l'agenda de Rochelle. Tous ses rendez-vous, même le moindre café entre amis, la livraison des courses et les émissions de télé, étaient répertoriés dedans. Cette femme aimait planifier.

— Et celui de Baines ?

Montgomery lui tendit un vieux Samsung cabossé.

— Retrouvé à son domicile, comme les autres. Nous supposons que le tueur les y laisse pour qu'on ne triangule pas le signal.

Avec un hochement de tête, Gabrielle ouvrit le calendrier de Madelaine. Lui aussi regorgeait de rendez-vous, d'événements caritatifs, d'obligations scolaires et de matchs de softball. Gabrielle étudia la longue liste, l'esprit en ébullition.

— Le téléphone de Baines était-il synchronisé avec celui de quelqu'un d'autre ?

— Oui, répondit Montgomery, un peu prise au dépourvu. Avec celui de son mari, je crois. Ils partagent l'agenda.

— Est-ce qu'on sait où elle a acheté son portable ?

Montgomery la dévisagea quelques secondes, puis se mit à feuilleter une liasse de papiers.

— Dans une boutique Phone Shack, je crois. Elle s'y rend régulièrement.

— Laquelle ?

— Celle de West Town, répondit sa collègue d'un ton hésitant, comme si elle craignait d'avoir raté un élément important.

Gabrielle prit le temps de réfléchir avant de poursuivre.

— Qu'en est-il de Rochelle Stevens ?

Montgomery étudiait les feuilles du dossier. Gabrielle la fixait, impatiente.

— Je sais qu'elle était chez Verizon depuis un moment… Elle a signé son contrat il y a deux ans dans un Talk Warehouse du Loop. C'est près de son lieu de travail…

Gabrielle se crispa. Est-ce qu'elle se trompait finalement ?

— Mais je suis sûr d'avoir vu un paiement pour un Phone Shack sur son relevé de compte, intervint Suarez qui les avait rejointes. Il y a deux mois. Ça m'a interpellé, parce que c'était la première fois qu'elle allait chez eux et qu'il s'agissait d'un règlement unique.

— Oui, c'est là, confirma Montgomery en indiquant une ligne sur le relevé de Rochelle. Un paiement à Phone Shack, à West Town…

Ces derniers mots flottèrent un instant entre eux.

— Vous pensez que le magasin Phone Shack est le lien ? demanda Suarez en tendant le relevé à Gabrielle.

Elle prit son temps avant de répondre, essaya de rassembler ses pensées.

— Les trois victimes ont été attaquées chez elles, alors qu'elles étaient seules. Cependant, Rochelle Stevens était souvent absente. Elle animait des séances de thérapie ou des événements socioculturels la plupart des soirs. Sauf le mardi où elle ne ratait jamais un épisode de sa série *Scandal*. Baines aussi avait un emploi du temps chargé, mais ses filles jouaient au softball tous les mardis et restaient donc plus tard à l'école. Aucune des deux femmes ne publiait régulièrement sur Twitter ou les autres réseaux sociaux – une façon simple de suivre les faits et gestes de quelqu'un –, mais elles tenaient toutes les deux leur agenda scrupuleusement à jour. Alors, avec un accès à leur calendrier, il était facile de savoir quand elles seraient seules. Jones était plus casanier que les deux autres, mais sa fiancée était absente le soir de son enlèvement…

— Un déplacement inscrit dans son agenda depuis des semaines, ajouta ostensiblement Suarez.

— Donc on suppose que Jones s'est aussi rendu au magasin Phone Shack ?

— C'est possible, répondit Gabrielle avec prudence. Il se pourrait que quelqu'un là-bas les ait tous rencontrés, ait profité de l'occasion pour cloner leurs comptes ou se synchroniser avec leurs téléphones…

— Ainsi, il aurait pu voir leurs applis, leur agenda… Toute leur vie, rebondit Montgomery. Il pouvait même suivre leurs déplacements en temps réel avec la géolocalisation.

— Tout à fait. Il savait où ils se trouvaient, où ils allaient, s'ils seraient seuls…

La voix de Gabrielle se mua en murmure lorsqu'elle conclut :

— Il savait absolument tout d'eux.

118

Kassie poussa la porte et entra. Les cafés Starbucks ne manquaient pas à West Town, mais celui-ci était le plus fréquenté, et même si elle l'avait déjà visité plusieurs fois ces derniers temps, ce jour-là, elle y venait surtout se réchauffer après une matinée profondément décourageante. En chemin vers une table disponible, elle s'empara d'une tasse vide pour ne pas être dérangée par les employés qui penseraient ainsi qu'elle avait déjà commandé.

Le centre du café était un bon poste d'observation, avec une vue dégagée sur l'entrée, le comptoir et le coin du personnel. Elle examina les visages qui passaient à côté d'elle, s'efforçant de garder une expression impassible au moment où elle lisait leur destin, alors qu'elle mourait à petit feu de l'intérieur. Les minutes s'égrenèrent et, à mesure que son moral chutait, son envie d'une boisson chaude s'accentua. L'odeur de café était enivrante et la vue des croissants aux amandes et des barres de céréales que les autres clients engloutissaient était presque insupportable. Elle avait oublié de manger ce matin et, là, en plus de ses vertiges et de son malaise, elle avait l'estomac qui gargouillait.

Elle fouilla dans sa poche, y dénicha un billet de vingt, maigre vestige de ses économies. Elle se leva et s'avança d'un pas rapide vers le comptoir. Derrière la caisse, un homme d'une quarantaine d'années prenait les commandes.

— Un latte, s'il vous plaît, marmonna Kassie. Et un croissant au chocolat.

— Tout de suite, répondit l'homme d'un ton morne en attrapant le billet qu'elle lui tendait avant de lui faire signe de se mettre sur le côté pour attendre d'être servie.

Kassie s'exécuta et patienta, passant d'un pied sur l'autre. Quelques minutes plus tard, un jeune employé s'approcha avec sa boisson.

— Voilà, mademoiselle, dit-il avec un fort accent d'Europe de l'Est.

Kassie s'empara avec avidité du café et posa les yeux sur lui. Aussitôt, une décharge de peur intense la traversa, une brusque terreur qui sembla la pénétrer au plus profond de son être. La tasse tomba par terre, elle se fracassa, et le café brûlant éclaboussa les jambes de Kassie qui resta paralysée. Elle ne voyait plus le serveur, elle n'était plus à Starbucks. Elle se trouvait dans une pièce qu'elle ne reconnaissait pas, en train de se tortiller dans une mare de sang, cherchant désespérément l'air, tandis que la vie la quittait…

Dans un hurlement, elle se mit à s'agiter avec fureur, chercha à quoi se raccrocher, un moyen de sortir de cette sinistre pièce ensanglantée. Sa main rencontra quelque chose et elle s'y agrippa de toutes ses forces – et brusquement elle fut de retour dans le café, cramponnée à la chemise du pauvre employé stupéfait. Un peu effrayé, il tentait de se dégager.

— Vous devez partir.

Au grand étonnement de Kassie, ce n'était pas le jeune homme qui avait parlé. Le directeur de l'établissement se tenait juste à côté d'elle.

— Vous effrayez les clients. Allez-vous-en.

Il retira la main de Kassie de la chemise de l'employé. Elle se dépêcha de lire le nom sur son badge – Jan Varga –, mais n'eut pas le temps de dire quoi que ce soit car elle se retrouva bientôt escortée vers la sortie. Trop tard. Elle se contorsionna pour tenter d'échapper à la main du directeur qui la tenait comme dans un étau, mais son pied dérapa sur le sol quand il l'éloigna du comptoir.

— Vous ne comprenez pas. Il faut que je lui parle…

Sa voix était haut perchée et hystérique. Elle passait pour une folle mais tant pis.

— Il est en danger. Il court un grave danger. Je dois…

— La seule qui est en danger ici, c'est vous, répliqua le patron avec colère. Maintenant, fichez le camp ou j'appelle la police.

Il tira la porte vitrée et la poussa dehors. Retrouvant vite son équilibre, Kassie s'élança aussitôt vers l'entrée, mais le directeur s'interposa et lui barra le passage. Elle cria et hurla ; à quoi pensait cet imbécile ? Pourtant, il resta imperturbable. Derrière lui, Kassie vit Jan, hors d'atteinte, qui se faisait réconforter par un autre serveur. Elle seule savait le sort qui l'attendait, les affreuses souffrances qu'il allait endurer et, pour l'heure, elle était impuissante, du mauvais côté de la porte.

119

— Non, non, non !

Adam abattit son poing sur la table avec colère.

— Ça n'a jamais été mon intention de mettre mes patients en danger.

— C'est pourtant ce que vous avez fait, répliqua le Dr Gould avec vigueur. Vous avez risqué la vie d'une adolescente vulnérable, mis en péril votre propre vie…

— Et j'ai eu tort. Je le reconnais. Mais je pense que, compte tenu des circonstances, nous n'avions pas d'autre choix. La vie d'une femme était en jeu et la police ne faisait rien…

— Vous avez donc pris la décision de conduire votre patiente au lac Calumet…

— Je le devais, pour la protéger.

— Vous avez décidé de prêter foi aux élucubrations d'une jeune fille perturbée, ajouta le Dr Brown.

— Si cela avait bel et bien été un délire, une invention de sa part, alors on ne courait aucun danger, se hâta de répliquer Adam. Mais, s'il y avait une part de vérité dans ses affirmations, alors je ne pouvais pas la laisser y aller seule.

— La réaction adéquate aurait été de la faire interner, pour sa propre sécurité, et ensuite de vous dégager de toute responsabilité dans son suivi, continua Gould. Vous êtes de toute évidence bien trop proche d'elle.

— J'ai déjà transféré son cas à un confrère. Quant à l'internement, je n'avais pas de motif pour le préconiser. Elle était cohérente, lucide et ne présentait aucun symptôme d'une crise de nerfs…

— Vous prétendez donc qu'elle disait vrai ? Vous avez pris ses visions pour argent comptant ? s'enquit le Dr Barkley, un sourcil haussé.

— Non, bien sûr que non.

— Pour quelle raison vous êtes-vous rendu là-bas, dans ce cas ? Si vous ne croyiez pas à son histoire, pourquoi avoir été au lac ?

Il n'y avait pas de réponse à ça, bien sûr. Aucune qui soit sensée en tout cas. Adam dansait sur un fil depuis sa rencontre avec Kassie et il n'avait toujours aucune idée de l'origine ou du fondement de son affliction.

— Eh bien ?

La question flotta dans les airs. Les membres du comité attendaient avec impatience sa repartie, mais à quoi bon ? Cela ne ferait que les encourager à formuler des accusations contre lesquelles il ne pourrait se défendre. Pourquoi n'était-il pas intervenu avec plus de vigueur la première fois quc Kassie avait manifesté des tendances autodestructrices ? Pourquoi avait-il révélé l'adresse personnelle de Rochelle Stevens à une patiente ? Pourquoi s'était-il introduit chez elle ? Pourquoi n'avait-il pas respecté sa formation, le règlement et le protocole qu'on lui avait enseignés ?

Adam se leva et considéra un instant ses accusateurs, puis se surprit lui-même en déclarant :

— Faites ce que bon vous semble.

Sur ces mots, il tourna les talons et prit la porte.

120

Il entra dans la réserve et referma sans bruit derrière lui. Le magasin était bondé, toute l'équipe était sur le pont, il ne risquait pas d'être dérangé. Il s'avança vers les casiers en piteux état et, après avoir fait glisser son sac à dos de son épaule, tapa son code. Le verrou se déplaça et il ouvrit son vestiaire.

À l'intérieur, il n'y avait rien à part un sac en plastique froissé. Il l'attrapa et en sortit le maigre contenu. Une cagoule. Une pince-monseigneur. Le couperet. Il fourra ces objets dans son sac à dos, referma la porte et la verrouilla de nouveau.

L'utilité inattendue de cet endroit l'amusa un instant. Présenté comme une salle de repos pour le personnel, il n'en possédait aucun des attributs : il ne contenait qu'une rangée de vestiaires et deux chaises qui égayaient un triste décor de tuyaux rouillés où régnait l'humidité. Avant, il évitait cette pièce comme la peste, désormais, il en était un fervent visiteur. Ses collègues persistaient à s'en tenir à l'écart, ce qui lui convenait très bien.

C'était devenu son sanctuaire, si désagréable qu'en fût l'odeur de renfermé. Au départ, il entreposait son matériel à la maison, même si « la maison » était un terme exagérément affectueux pour la bicoque délabrée qu'il partageait avec quatre colocataires. Les chambres étaient minuscules et froides, la salle de bains crasseuse, et mieux valait ne pas évoquer la cuisine. Malgré cela, il s'y était plu au début. La plupart des locataires étaient des immigrés qui parlaient peu anglais, et donc peu enclins à l'interroger sur ses déplacements nocturnes. Ils ne s'intéressaient pas beaucoup non plus à ses activités de la journée, d'ailleurs. Si jamais on en venait à les questionner, ils ne dévoileraient rien sur lui. Quant au propriétaire, un Roumain massif qui acceptait le loyer en liquide et n'avait même pas pris la peine de vérifier sa fausse carte d'identité, il serait incapable de fournir aux autorités la moindre information utile.

Au fil du temps, cependant, son enthousiasme pour cette location s'était émoussé. Il n'avait aucune confiance en ses colocataires ; il était persuadé qu'ils avaient profité de son absence pour s'introduire dans sa chambre. Le cadenas sur sa porte était censé dissuader les intrus, mais il avait la certitude que quelqu'un était entré et avait fouillé dans sa caisse. Il n'y avait rien d'incriminant dedans mais, inquiet, il avait préféré conserver ses affaires au travail, loin des regards indiscrets.

Étrange comme l'histoire se répétait. La maison de son enfance aussi avait été inhospitalière et chaotique. Sa mère avait sept enfants, mais deux grands amours : la bouteille et la pipe à eau. Sa progéniture livrée à elle-même serait morte de faim sans l'intervention de la sœur aînée, Jacqueline, qui mendiait et volait pour acheter du pain et du lait. Il l'aimait bien au début, jusqu'à ce qu'elle aussi devienne grincheuse et amère, et finisse par se montrer encore plus cruelle que leur mère. En général, mieux valait faire profil bas, attitude qu'adoptaient la plupart des membres de la fratrie.

Pas lui. Pendant que les autres acceptaient sans broncher l'indifférence et la misère, il s'y refusait. Si aujourd'hui il dédaignait l'attention de ses colocataires, à l'époque, il avait fait tout son possible pour imposer sa présence à ses frères et sœurs. Il avait cassé leurs jouets préférés, uriné dans leurs lits et s'était exhibé devant ses plus jeunes sœurs. On l'avait frappé pour le punir, on l'avait traité de monstre et d'abruti, d'avorton. Ces souvenirs le firent sourire. Ils s'étaient crus meilleurs que lui, destinés à accomplir de plus grandes choses, à être ceux qui s'en sortiraient et se construiraient une vie décente. Ils s'étaient bien fourré le doigt dans l'œil ! Tous étaient devenus toxicos, ivrognes ou rebuts de la société, à la suite d'une série de mauvaises décisions ou de mariages ratés, tandis que ses exploits à lui resteraient dans l'histoire. Il aimerait être là pour observer leur réaction le jour où ils ouvriraient le journal et y découvriraient l'homme important qu'il était devenu.

Tout à coup, le grincement de la porte l'arracha à ses réminiscences. L'espace d'un affreux moment, il crut que son sanctuaire allait être violé… mais ce n'était qu'un collègue qui traversait d'un pas lourd la pièce oubliée tout en hurlant quelque chose à un autre. Soulagé, il attrapa son sac à dos et se dirigea vers la sortie. Il avait beau être invisible aux yeux de ces empotés, inutile de s'attarder. Les légendes ne se rêvaient pas, elles se créaient.

Et il avait du pain sur la planche.

121

Jan accrocha son tablier à la patère et se précipita dans le couloir qui menait à l'arrière du bâtiment. Sa journée de travail avait été exténuante, et il n'avait qu'une envie, c'était de partir loin d'ici.

Se lever à l'aube le tuait et, dès qu'il arrivait au Starbucks, il n'avait plus une minute de répit. Il manquait du personnel à cause d'une épidémie de gastro, alors les employés présents devaient compenser, raccourcir leurs pauses et donner un coup de main aux heures de grosse affluence. Et dans ce quartier, il y avait presque toujours du monde, entre les jeunes cadres dynamiques et les nounous, les étudiants et les sportifs qui le fréquentaient. Un rythme effréné… auquel il était habitué. Sauf que ce jour-là un nœud lui tordait l'estomac, une sensation de malaise lancinante le tenaillait depuis qu'il avait vu cette fille.

Il lui avait à peine prêté attention, au début ; elle ressemblait à toutes les autres adolescentes dégingandées qui fixaient le bout de leurs chaussures en se balançant nerveusement d'un pied sur l'autre pendant qu'elles attendaient leur dose de caféine. Mais au moment où il lui avait tendu son latte, il s'était passé quelque chose. Elle avait réagi avec… dégoût, comme s'il la répugnait. À tel point qu'elle en avait laissé échapper la tasse de café chaud et s'était mise à hurler à pleins poumons. Elle l'avait agrippé par la chemise, comme possédée, pour crier contre lui, ou lui parler, ou autre chose… Et puis Max était venu à son secours et avait mis la fille à la porte.

Bien qu'ébranlé par cette mésaventure, Jan avait réussi à se calmer, sûr que cette pauvre folle lui ficherait la paix et s'en prendrait à quelqu'un d'autre, qu'elle irait chercher les problèmes ailleurs. Mais à sa grande consternation, elle était restée devant le café, à tambouriner à la vitre en le fixant droit dans les yeux. Au bout d'un moment, une voiture de patrouille était arrivée et la fille avait filé sans demander son reste avant que les policiers ne la questionnent. N'empêche que le souvenir de sa réaction épouvantable et l'intensité de son regard le hantaient encore.

Du coup, il ne voulait prendre aucun risque. Elle rôdait peut-être toujours à l'extérieur… Alors plutôt que de sortir par la porte principale comme d'habitude, il allait prendre l'escalier de secours. C'était strictement interdit mais personne n'en saurait rien, et lui pourrait quitter les lieux en toute sécurité. Au bout du couloir, il jeta un coup d'œil par-dessus son épaule avant d'ouvrir la porte puis se faufila au-dehors sur l'escalier métallique.

Aussitôt, il ressentit la morsure du froid ; la douce journée printanière s'était vite rafraîchie et une bruine persistante tombait. Sans hésitation, il dévala l'escalier. Quelques secondes plus tard, il se trouvait dans la ruelle près des poubelles malodorantes. Il remonta sa capuche et s'élança. Déjà, son anxiété se dissipait, le nœud dans son ventre se desserrait. Il avait réussi à sortir sans heurts, il pouvait se détendre.

Alors qu'il atteignait le haut de l'allée, tête baissée pour contrer le vent et la pluie, une silhouette jaillit de sa cachette à l'autre extrémité. Une adolescente efflanquée, vêtue de vieilles fripes… Sans faire un bruit, elle le regarda disparaître à l'angle et lui emboîta le pas, calant son allure sur la sienne.

122

Il ne savait pas s'il devait rester, ou faire demi-tour et s'enfuir.

Adam était entré avec détermination dans l'atelier de Faith et avait claqué la porte au nez de Christine. Elle ne l'avait pas vu partir à son audience, n'avait pas remarqué le costume élégant qu'il portait ni sa nervosité, si bien que sa brusque réapparition en tenue d'enterrement l'avait effrayée. Perplexe, elle l'avait questionné. Mais Adam n'avait aucune envie de revivre les détails de sa disgrâce du matin ; elle apprendrait bien assez vite qu'il ne pratiquerait plus jamais la psychanalyse à Chicago.

Il s'était réfugié dans l'atelier afin d'y puiser un peu de paix, un moment de calme pour rassembler ses idées. Pourtant, tandis qu'il balayait du regard la grande pièce déserte, il fut soudain submergé par une violente vague de chagrin. Cet espace était celui de Faith, cette pièce plus que n'importe quelle autre dans la maison portait son empreinte, et s'y trouver sans elle ne faisait que souligner tout ce qu'il avait perdu. L'esprit de son épouse habitait l'atelier, l'emplissait tout entier : ses œuvres exposées aux murs, sa blouse de peintre suspendue à la patère, même la tasse de café encore à moitié pleine, celle un peu ringarde qu'elle avait achetée quand ils avaient visité les chutes du Niagara. Sans raison précise, ce mug l'avait toujours fait sourire.

Étouffant sous le poids de son amour, Adam eut soudain envie de tourner les talons et de partir en courant, mais s'il faisait cela, il devrait à nouveau affronter les questions de sa belle-mère. Il préféra rester où il était. Et à chaque seconde qui s'écoulait, la douleur, pourtant toujours aussi vive, semblait s'alléger un peu. Une impression de vide immense emplissait la pièce, mais celle-ci dégageait aussi une familiarité étrangement réconfortante. Faith était partie mais elle avait illuminé sa vie pendant de nombreuses années, et la preuve s'en trouvait tout autour de lui. Dans les portraits de ses amis et de ses collègues qu'elle avait peints, dans son coup de pinceau particulier, dans son gribouillis de signature qui ornait le coin inférieur droit de ses tableaux.

Il rassembla son courage et alla s'asseoir sur son tabouret. Un acte qu'il avait peu accompli jusqu'alors ; c'était le tabouret de Faith et s'y installer, alors qu'il était dépourvu du moindre talent artistique, lui paraissait déplacé. Plus d'une fois, il s'était dit que c'était la raison pour laquelle ils s'entendaient aussi bien : chacun avait un profond respect pour la vocation de l'autre, sans pour autant nourrir l'espoir de la comprendre ou de la pratiquer. L'amour était indissociable de l'admiration.

Si cette idée lui réchauffait le cœur par le passé, elle produisait l'effet inverse aujourd'hui. La preuve du talent de Faith se trouvait juste devant ses yeux : un croquis presque achevé de Kassie. Mais où était la preuve de son talent à lui ? Il n'avait pas su remarquer les signaux d'alerte, il n'avait pas apporté le soutien nécessaire à son épouse, même s'il la savait dépressive et en souffrance. Le comité avait peut-être raison, Christine aussi. Quel genre de médecin, de professionnel, était-il s'il ne pouvait même pas prendre soin de l'être qui comptait le plus pour lui ?

« Il n'y a pas d'espoir. » Les mots jaillirent dans son esprit une fois de plus. Sept pauvres mots, griffonnés sur un bout de papier et abandonnés à ses pieds dans la chambre du bébé. Faith était en pleine détresse, incapable de voir au-delà de son chagrin, et il n'avait pas été à ses côtés pour la réconforter. Cette affirmation sentencieuse le déchirait autant qu'elle le troublait, Faith devait être en plein délire. Pourquoi n'y avait-il pas d'espoir ? Ils étaient en deuil, ils souffraient d'une douleur atroce, mais ils pouvaient encore compter l'un sur l'autre. Certes, ils avaient quelques difficultés à communiquer, cependant ils se soutenaient toujours, serrés dans les bras l'un de l'autre, en silence, à la faible lueur de l'aube, une tendre intimité à laquelle Adam se raccrochait dans ses moments les plus sombres.

Faith avait eu un regain d'énergie, un sursaut de vigueur lorsqu'elle l'avait chassé pour qu'il retrouve Kassie. « Je ne suis pas en sucre ! » Et elle avait connu quelques moments de clairvoyance, démontré une volonté de réparer les dégâts, comme lorsqu'elle lui avait demandé si, selon lui, ils seraient un jour prêts à recommencer.

Il aurait dû profiter de cette occasion pour renforcer son élan optimiste, et il ne se pardonnait pas de ne pas l'avoir fait. Il remarquait en revanche que c'était elle qui avait évoqué la possibilité d'une nouvelle tentative. Elle avait été très éprouvée émotionnellement par ses nombreuses FIV, et côtoyer des amis qui avaient des enfants lui coûtait, mais sa détermination, sa force de caractère, n'avaient jamais flanché. Il avait apparemment fallu qu'elle accouche d'un bébé mort-né pour que sa confiance soit ébranlée. Mais de là à perdre tout espoir ? Elle était tombée enceinte une fois, elle aurait pu y arriver de nouveau. Non, tout espoir n'était pas perdu quand même… à moins de savoir avec une certitude absolue qu'elle n'aurait jamais d'enfant. Et le personnel de l'hôpital avait pris grand soin de rappeler que chaque grossesse était différente et que tout était possible. Mais alors, pourquoi Faith avait-elle été soudain aussi affligée, aussi désespérée ?

Adam se leva du tabouret – il ne servait à rien de rester assis ici à se torturer. Ses yeux tombèrent alors sur l'esquisse devant lui. Kassie lui retournait son regard, la forme du visage et de la nuque parfaitement dessinée sous le coup de crayon de Faith. Ou plutôt non, elle ne lui rendait pas son regard, car en réalité il était baissé. Quelle brillante évocation de cette jeune fille aussi perturbée que captivante ! Cependant, quelque chose le troubla lorsqu'il l'examina avec attention pour la première fois. Au début, il crut que Kassie était timide et que son expression était celle, typique, d'une adolescente mal à l'aise de se retrouver au centre de l'attention. Mais là tandis qu'il contemplait le dessin, lui revenait en mémoire leur première séance, quand Kassie avait mentionné son isolement, le fait d'éviter délibérément la compagnie et de garder sans cesse les yeux baissés pour ne pas avoir à regarder dans ceux des autres…

Et alors qu'il continuait de scruter son visage, il commença à le voir sous un angle différent. Le regard fuyant ne lui parut plus aussi innocent ni réservé, mais plutôt coupable et hanté, comme si regarder Faith lui était insupportable, comme si elle savait quelque chose.

Adam se laissa tomber lourdement sur le tabouret, soudain submergé par cette idée. Était-il possible que Kassie ait vu le destin de Faith ? Qu'elle le lui ait révélé ? Ça paraissait ridicule et grotesque, et pourtant quelle autre explication attribuer à la brusque conviction de Faith que tout était perdu, que jamais elle ne deviendrait mère ?

En dépit de tout son amour pour son épouse, malgré leurs rêves et leurs espoirs en l'avenir, cette fin était-elle écrite depuis le début ?

123

— Ouais, elle est venue la semaine dernière. Mme Baines est une cliente régulière... *était*.

La voix de Jason Schiffer s'éteignit. Le directeur du Phone Shack de West Town n'avait pas l'habitude d'être interrogé par un officier de police, pas plus qu'il n'avait l'habitude que ses clients connaissent une mort prématurée aussi épouvantable.

— Quel jour ? demanda Gabrielle avec calme.

Schiffer plissa les yeux pour se concentrer, fouillant sa mémoire.

— Mercredi. C'était mercredi. Elle bénéficiait d'une offre de renouvellement et elle est venue récupérer son mobile.

— Et cette femme ? demanda-t-elle en lui tendant une autre photo. Elle s'appelle Rochelle Stevens. Nous pensons qu'elle a pu venir ici le 19 février...

Schiffer examina la photo avec curiosité puis fit le tour du comptoir pour se poster devant son ordinateur. Pendant qu'il tapotait sur son clavier, Gabrielle observa le magasin – son décor était sommaire, mais il proposait une tonne de gadgets. Toutes les tablettes, tous les portables et autres appareils disponibles étaient exposés de façon à attirer le chaland. Cette boutique était très fréquentée.

— Elle est enregistrée. Elle avait perdu des photos sur son téléphone et voulait qu'on essaie de les lui récupérer.

L'esprit de Gabrielle tournait à toute vitesse.

— Et Jacob Jones ?

Elle lui tendit la dernière photo. Il l'étudia un instant.

— Je ne le reconnais pas, mais ça ne veut rien dire. Je suis souvent dans la réserve.

Il pianota une nouvelle fois, sous le regard avide de Gabrielle.

— Non, rien. Il n'y a aucun dossier à son nom.

Quelle déconvenue ! Gabrielle avait espéré mieux.

— Vous pourriez demander à vos employés ? Je sais qu'ils sont très occupés mais…

— Aucun problème.

Il s'éloigna à la hâte avec la photo, visiblement tout excité d'apporter sa contribution, mais aussi impatient de connaître le fin mot de l'histoire. Si sa boutique était impliquée d'une manière ou d'une autre dans ces meurtres, il fallait qu'il le sache. Gabrielle le vit interrompre ses employés dans leur tâche, les emmener à l'écart pour les interroger sur Jacob Jones. La jeune blonde secoua la tête, Schiffer s'approcha d'un autre. Après avoir longuement réfléchi, lui aussi répondit par la négative.

Gabrielle se détourna, incapable de supporter cette attente. Pas très loin, Suarez était aussi tendu qu'elle. Il s'apprêtait à parler, à lancer une mauvaise blague pour briser la tension à n'en pas douter, quand le téléphone de Gabrielle se mit à vibrer.

Hoskins. Ce n'était pas la première fois qu'il tentait de la joindre depuis leur entrevue. Et ce ne serait pas la dernière. Elle l'imaginait bien rentrant dans une colère de plus en plus noire à mesure qu'il tombait sur son répondeur. Elle devinait ce qu'il avait à lui dire, et elle n'avait pas le temps de s'en occuper pour l'instant.

— J'ai trouvé quelqu'un qui pourra peut-être vous aider…

Arrachée à ses pensées, Gabrielle fit volte-face et découvrit une jeune femme à l'air timide.

— Raconte à l'inspecteur Grey ce que tu viens de me dire, Jodi, l'encouragea Schiffer.

La fille, qui ne devait pas avoir plus de dix-neuf ans, s'éclaircit la gorge et déclara :

— Je me souviens de lui. Il… Il est venu au magasin parce que l'écran de son iPhone était cassé.

Gabrielle acquiesça d'un hochement de tête, suspendue aux lèvres de la jeune employée.

— On le lui a réparé, puis je l'ai encaissé.

— C'était une intervention minute, ajouta Schiffer. Il a payé en liquide donc son nom n'a pas été enregistré dans nos fichiers.

— C'était quand ?

— Il y a un mois et demi peut-être. Il n'est pas resté très longtemps, confirma la jeune femme.

— Vous êtes bien sûre que c'est lui ?

— Oui, répondit-elle avec assurance. J'ai reconnu sa tête aux infos. Je l'ai dit à ma mère. Elle était aussi bouleversée que moi.

La jeune femme commençait à s'agiter, Gabrielle s'empressa de conclure leur conversation. Après un instant de réflexion, elle se tourna vers Schiffer.

— Vous auriez le moyen de savoir qui a servi ces clients ?

À sa grande déception, il secoua la tête.

— Nous pouvons dire qui l'a encaissé, mais pas qui s'est occupé de lui. On utilise un système nomade ici, alors…

— Bien, il va nous falloir les coordonnées de tout le personnel. La direction, les employés, les techniciens, tous ceux qui peuvent avoir été en contact avec ces trois clients.

Jason Schiffer parut un peu effrayé par l'ampleur de la demande et, devina Gabrielle, par ses implications. Cependant, son ton ferme ne laissait place à aucune protestation : elle ne partirait pas sans avoir obtenu ce dont elle avait besoin. Schiffer fila dans la réserve pour remplir sa mission. Elle le suivit du regard avec un sentiment d'excitation grandissant. L'adrénaline commençait à circuler dans ses veines – ils venaient peut-être de franchir un cap dans cette enquête difficile. Elle était convaincue qu'un employé de Phone Shack avait synchronisé son téléphone avec celui des victimes, afin d'avoir un accès illimité à leurs moindres faits et gestes, à leur vie. Ce type était doué. Un harceleur nouvelle génération.

Mais le temps lui était compté.

124

Ça devait se passer là. Maintenant.

Jan Varga habitait un petit deux-pièces délabré avec sa copine, Marsha. Ce qui avait aussitôt présenté deux problèmes : d'un, il n'y avait pas de porte de garage qui assurait un accès discret, et de deux, la petite amie était au chômage. Comment, dans cette configuration, approcher Jan en toute sécurité ? Confronté à ce dilemme, il avait d'abord envisagé de laisser tomber et de passer à quelqu'un d'autre ; mais sa fierté l'en avait empêché. Pas question de se laisser abattre, d'autant que la façon dont Jan l'avait traité méritait d'être sanctionnée.

L'accent de ce type était affreux, son anglais pitoyable, et pour couronner le tout, il était serveur ! Et il se permettait de regarder de haut l'homme en surpoids de quarante ans qui l'aidait à améliorer les performances de son portable ?! Son expression dédaigneuse, il l'avait déjà vue chez Jones, chez Stevens et chez Baines, et chez d'autres encore avant eux. Une mimique prétentieuse qui sous-entendait qu'il n'était même pas digne d'être un humain, qu'il n'était qu'un automate destiné à répondre à leurs besoins. Les gens commettaient souvent cette erreur, ils supposaient à tort qu'il n'était personne, un simple grain de poussière dans leur vie si importante. Rochelle Stevens s'était montrée particulièrement hautaine, ne daignant même pas poser le regard sur lui pendant tout leur échange.

Ces gens-là, ces beaux et brillants arrogants à qui tout souriait, il les destinait à la souffrance. Il avait savouré leur terreur, leur impuissance, leur agonie. Jan aussi allait souffrir. Il lui réserverait même une dose de douleur supplémentaire ; il n'aimait pas les étrangers. Marsha passait la nuit à l'hôpital, une chance. D'après les textos de Jan, il s'agissait d'un examen de routine. Toujours est-il qu'elle ne rentrerait chez elle que le lendemain après-midi. C'était la parfaite opportunité pour passer à l'acte.

L'accès à son domicile restait problématique, mais après deux tours de reconnaissance de l'immeuble, il savait maintenant comment procéder. Il grimpa en toute discrétion jusqu'au deuxième étage par l'escalier de secours puis, après avoir enfilé sa cagoule, il se servit de la pince-monseigneur pour faire levier et soulever la fenêtre dont le verrou était défectueux.

Il se faufila à l'intérieur alors qu'un chien se mettait à aboyer au-dehors. Nerveux, il se hâta de refermer derrière lui, baissa le store, et s'enfonça dans l'appartement. Dans la chambre, il se glissa dans le placard pour attendre le bon moment, le moment de frapper.

Il savait que Jan serait seul chez lui ce soir-là. Et c'était ce qu'il voulait. Chaque agression était plus hasardeuse que la précédente, plus complexe, mais tous les éléments étaient en place.

L'heure était venue de tuer à nouveau.

125

Dix mètres devant elle, Jan avançait tête baissée dans les rues animées, pressé de rentrer chez lui. De temps à autre, il jetait un bref coup d'œil par-dessus son épaule, mais Kassie restait invisible, elle veillait à toujours laisser plusieurs piétons entre eux pour se dissimuler. Les rares fois où la foule se dispersait et où elle se retrouvait soudain à découvert, elle restait à l'affût de porches où s'abriter au besoin. Elle se demandait si les policiers qui la talonnaient adoptaient la même tactique. Sans doute, même si c'était inutile. Leur filature était aussi évidente que maladroite.

Jan tourna à l'angle, fila droit vers West Huron Street. Kassie maintint une allure régulière, se força à ne pas courir et prit l'angle d'un pas nonchalant. Cette artère aussi grouillait de monde et, un peu paniquée, Kassie se rendit compte qu'elle ne voyait plus Jan nulle part. Elle scruta le trottoir devant elle, mais le sweat à capuche vert avait disparu. Où était-il passé ?

Elle fouilla la rue du regard et le repéra tout à coup de l'autre côté. Il avait traversé et prenait une bonne longueur d'avance. Kassie s'élança à sa poursuite.

Un klaxon retentit avec hargne, et une voiture s'arrêta dans un crissement de pneus à côté d'elle.

Sans y prêter attention, Kassie jeta un coup d'œil nerveux vers Jan de peur qu'il ne se soit retourné en entendant le bruit. Par chance, il parut ne rien avoir remarqué et elle poursuivit sa route, sourde à la flopée d'injures que lui lançait le chauffeur médusé.

Le risque de le perdre était grand désormais. Il se trouvait presque à vingt mètres devant elle, et la foule entre eux était dense. Il n'arrêtait pas de sortir de son champ de vision, aussi accéléra-t-elle l'allure, s'attirant les foudres des passants qu'elle bousculait. Le klaxon, ou un autre, continuait de beugler. Elle repoussa ce signal d'avertissement dans un coin de sa tête et allongea sa foulée, mais le son semblait se rapprocher. Les yeux braqués devant elle, elle distingua du coin de l'œil la voiture qui roulait à sa hauteur.

— Kassie !

Elle entendit son nom avec stupeur ; et fut encore plus étonnée de découvrir qui se trouvait derrière le volant.

— Je n'ai pas le temps, Adam.

— Monte, Kassie.

— Désolée, je ne peux pas.

Elle apercevait encore Jan plus haut sur la rue, mais il était presque arrivé à l'intersection. Il était crucial qu'elle ne perde pas sa trace.

— Il faut que je te parle, Kassie. Et tout de suite.

La voiture copiait son allure. Adam gardait un œil sur la chaussée, un autre sur elle. Il paraissait tendu, voire un peu instable.

— Comment m'avez-vous trouvée, d'abord ? répliqua-t-elle sans ralentir.

— J'ai utilisé ton ordinateur portable et ton application « repérer mon iPhone », répondit-il sans montrer aucun remords d'avoir fouillé dans ses affaires personnelles.

— Eh bien, désolée, mais je ne peux rien faire pour vous, marmonna-t-elle avant de se mettre à courir au milieu des autres piétons, bien résolue à ne pas se laisser distancer par Jan.

Adam accéléra, le moteur rugit tandis qu'il s'éloignait du trottoir et, pendant un bref et merveilleux instant, Kassie crut qu'elle s'était débarrassée de lui. Mais elle vit avec horreur sa Lexus s'arrêter six mètres devant elle. Sans se soucier de son stationnement gênant, Adam bondit de sa voiture et se précipita à la rencontre de Kassie. Elle tenta de l'esquiver, mais il lui bloqua le chemin.

— Je vous en prie, Adam, le supplia-t-elle les larmes aux yeux. Je n'ai pas le temps de m'arrêter…

— Je m'en fiche.

— C'est une question de vie ou de mort.

— Tu vas rester là et tu vas répondre à mes questions.

La virulence de son ton et l'intensité de son regard lui firent peur. Elle essaya de le contourner, mais il lui agrippa l'épaule et la poussa avec force contre le mur. Les passants autour les considéraient d'un air intrigué, un peu inquiet, mais aucun n'intervint, laissant Kassie prise au piège.

— Qu'est-ce que tu as dit à Faith ?

— Comment ça ?

— Quand vous avez discuté toutes les deux, de quoi avez-vous parlé ?

— S'il vous plaît, Adam, gémit-elle. En quoi est-ce important ?

— Dis-le-moi.

Kassie s'affala contre le mur.

— Nous avons parlé… d'Annabelle. De ce qui était arrivé à l'hôpital. De tout ce qu'il s'était passé depuis…

— Quoi d'autre ? aboya Adam.

— Je ne sais pas. Nous avons discuté des meurtres. De vous. De ma mère…

— Faith a-t-elle parlé d'elle ?

— Bien sûr.

— Et qu'est-ce que tu lui as répondu ?

— J'ai essayé de la réconforter.

— Vous avez discuté la veille de sa mort ?

Kassie hésita. Elle comprenait maintenant pour quelle raison Adam lui posait toutes ces questions. Cette conversation, elle avait espéré ne jamais l'avoir.

— Oui, déclara-t-elle à voix basse. Nous n'arrivions pas à dormir, alors elle a voulu faire mon portrait.

— Et ?

— Elle a dessiné, nous avons parlé.

— De quoi ?

— De bébés, de familles, du fait qu'elle redoutait les funérailles d'Annabelle…

— Vous avez parlé de l'avenir ?

— J'imagine, oui.

— De son avenir ?

— Oui…

Ses paroles étaient à peine audibles. Elle savait où cette discussion les menait et elle voulait que ça s'arrête.

— Que t'a-t-elle demandé ?

Kassie baissa les yeux.

— Que t'a-t-elle demandé ? répéta-t-il plus fort.

— Elle a voulu savoir… si elle aurait des enfants un jour, si elle aurait un bébé…

— Et qu'est-ce que tu lui as répondu ?

— Adam, je vous en prie, ne faites pas ça.

— Qu'est-ce que tu lui as dit ? s'écria-t-il en resserrant son poing sur le col du blouson de Kassie.

— J'ai refusé de lui répondre, mais elle a insisté, encore et encore. Elle a dit qu'il fallait qu'elle sache.

— Et ?

— Et je lui ai dit que non, elle n'en aurait pas.

— Merde !

Le mot jaillit de sa bouche avec fureur, des postillons atterrirent sur le visage de Kassie. Il la relâcha et se détourna, saisi par la douleur, cherchant à agripper le vide avec exaspération et fureur. Une femme qui passait non loin s'arrêta, prête à intervenir, mais son mari la pressa d'avancer en jetant des regards nerveux sur eux. Adam se retourna vers Kassie.

— Pourquoi ? Pourquoi lui avoir dit une chose pareille ?

— Je ne voulais pas, mais elle m'a suppliée.

— Mais qu'est-ce que tu en sais ? Qu'est-ce qui te permet de l'affirmer ?

Adam la transperçait du regard, il la défiait de répondre.

— Vous le savez très bien, déclara Kassie d'un ton sombre.

Adam la dévisagea, comme si ses pires craintes venaient d'être confirmées.

— Faith, est-ce qu'elle a compris ce que tu sous-entendais ?

— Pas au début. Mais elle a vu combien j'étais bouleversée, et ça l'a inquiétée. Comme vous, elle a voulu savoir comment je pouvais en être aussi sûre, d'où me venait une telle conviction.

— Elle t'a posé la question ? Elle t'a demandé si tu savais quand elle allait mourir ?

Kassie laissa échapper un sanglot avant de répondre.

— Oui.

— Et ?

— Et je n'ai rien dit. Je me suis tue. Mais c'était trop tard… Elle l'a lu sur mon visage.

— Elle a lu quoi ?

— Elle a compris pourquoi je ne la regardais jamais dans les yeux, pourquoi j'évitais de parler de l'avenir, pourquoi je ne voulais pas répondre à ses questions.

— Que s'est-il passé ensuite ? demanda Adam avec colère.

— J'ai essayé de partir. Je lui ai dit que je ne voulais plus en parler. Alors elle m'a attrapée et elle m'a suppliée : elle devait savoir si sa mort était imminente.

— Et ? la pressa Adam d'un air désespéré.

— Et…

Kassie peinait à prononcer les mots, mais il le fallait. Tout devait être dévoilé maintenant.

— Et je lui ai dit la vérité. Que son temps était presque terminé.

Adam abattit sa paume de main dans un claquement sec sur le mur juste derrière elle ; Kassie sursauta, elle chercha à se dégager, mais Adam ne la regardait plus de toute façon. Il avait l'esprit ailleurs, en ébullition, tandis que les pièces du puzzle se mettaient enfin en place.

— Nous avons eu une dispute, lâcha-t-il dans un souffle. Le dernier matin, nous nous sommes disputés. Elle était contrariée, agressive… À cause de ce que tu lui avais dit.

La culpabilité empêchait Kassie de le regarder en face.

— Seigneur… Est-ce que c'est pour ça que tu as tant insisté pour que je rentre à la maison ce soir-là ? Quand on jouait les détectives amateurs au lac Calumet, tu as essayé de me faire partir. Tu savais ce qu'elle allait faire.

— Ce n'était censé arriver que le lendemain. Je pensais qu'on avait le temps… qu'on serait revenus à temps pour que vous puissiez faire quelque chose. Je n'imaginais pas qu'on serait arrêtés et interrogés pendant aussi longtemps. S'ils vous avaient relâché une heure plus tôt…

Adam laissa échapper un cri horrible, inhumain, qui ressemblait à un rugissement.

— J'aurais dû vous forcer à partir, poursuivit Kassie. À rentrer chez vous. J'avais l'occasion de le faire et je ne l'ai pas saisie. Parce que je suis égoïste. Parce que je voulais sauver Madelaine, me sauver moi…

— Tu l'as regardée dans les yeux, insista Adam, comme s'il ne l'entendait pas. Tu as regardé une femme vulnérable, en deuil, dans les yeux et tu lui as dit…

Un instant, il sembla ne pas avoir la force de terminer sa phrase.

— Tu lui as annoncé qu'elle allait mourir.

— Je ne savais pas quoi faire d'autre, plaida Kassie. Elle l'aurait su si je lui avais menti.

— Tu l'as obligée à le faire. Ce que tu lui as dit l'a forcée à se tuer…

— Non, Adam. Ce n'est pas comme ça que ça marche.

— Tu l'as mise au pied du mur.

— Non, non. Je n'ai aucun pouvoir, aucune influence sur les événements. Les choses arrivent pour une raison…

Adam leva la main et, une seconde, Kassie crut qu'il allait la frapper. Au lieu de quoi, il pointa son index.

— Ne dis pas ça. Je t'interdis de dire ça.

Et tandis qu'il agitait son doigt sous son nez, la violence l'abandonna. Il paraissait lessivé, vidé…

— Pourquoi n'as-tu pas…

Sa voix était aiguë et cassée.

— Pourquoi ne lui as-tu pas menti ?

Kassie prit quelques secondes avant de répondre. Malgré la douleur, elle devait le dire à voix haute.

— Parce que ça n'aurait rien changé.

Quelques mots à peine mais à l'effet dévastateur. Le regard toujours rivé sur elle, écarquillé, Adam sembla peu à peu prendre conscience de leur sens.

— Je vous en prie, croyez-moi, Adam. Je n'ai jamais voulu que tout cela arrive.

Mais voilà qu'il s'éloignait, une expression horrifiée et déconcertée sur le visage. Il se cogna contre un passant tandis qu'il regagnait d'un pas chancelant sa voiture. D'instinct, Kassie voulut courir l'aider, le soutenir. Mais c'était trop tard. Elle l'avait perdu.

Tout comme elle avait perdu Jan.

126

— Regardez encore. Nous avons dû rater quelque chose.

Gabrielle avait parlé d'une voix sévère et pressante.

— J'ai vérifié trois fois, protesta Albright. Aucun des employés de Phone Shack n'a de casier judiciaire.

Gabrielle et Suarez étaient revenus au poste les bras chargés de dossiers. Toute l'équipe avait alors entrepris d'examiner les antécédents des employés masculins avec, en priorité, ceux dont le physique correspondait à la description fournie par Kassie Wojcek après le brasier du lac Calumet. Une bonne douzaine de profils, en fait, y compris celui de Jason Schiffer. La boutique Phone Shack était un véritable repaire d'hommes blancs de quarante ans mal rasés qui ne trouvaient pas d'emploi ailleurs. Une fois ces individus écartés faute d'éléments incriminants, ils avaient vérifié les identités d'autres membres masculins du personnel, sans plus de succès. En désespoir de cause, ils avaient passé en revue les employées féminines, avec le même résultat.

— Et les indépendants ou les intérimaires ? demanda Gabrielle, sans grand espoir.

— Ils n'en emploient pas, lui répondit Suarez d'une petite voix. Tous leurs salariés sont en CDI, rien n'est sous-traité. C'est moins cher et plus fiable.

— On se trompe, alors ? Ou on ne prend pas ça sous le bon angle ?

— Eh bien, sur le papier, c'est une hypothèse valable, répliqua Suarez. Un individu qui espionnerait ses victimes grâce aux nouvelles technologies, qui les prendrait pour cible… Mais il n'y a aucune correspondance.

— On continue à chercher, déclara Gabrielle d'un air de défi. Il y a des chances pour que ce type ait débuté par du harcèlement ou des effractions. Il est trop doué pour être un amateur. Il a sûrement un casier, peut-être pour violences aggravées. Il faut qu'on le trouve.

— Comment on procède ? demanda Montgomery.

— Eh bien, il a dû décrocher son emploi à Phone Shack sous un faux nom. Il faut donc approfondir les recherches et contrôler les identités de tous les employés de type caucasien, vérifier les pseudos…

— Une véritable aiguille dans une botte de foin. Ça va nous prendre des jours, grommela Albright.

— Au travail, alors !

Avec un haussement d'épaules, Albright s'en alla rassembler les troupes pour accomplir cette nouvelle mission. Malgré sa frustration, Gabrielle éprouva une petite pointe de satisfaction devant le spectacle de ses officiers qui entraient dans l'action. Elle se trouvait dos au mur, et le temps jouait contre elle.

Mais elle ne s'avouait pas encore vaincue.

127

Appuyé contre la porte, Jan laissa échapper un long soupir de soulagement. Le trajet du retour s'était déroulé sans encombre, une chance après cette journée éprouvante. Il retira son sweat à capuche et le suspendit au crochet près de l'entrée. Marsha allait lui faire une scène pour ne pas l'avoir laissé s'égoutter dehors, mais tant pis…

Il se rendit à la cuisine et attrapa dans le frigo une bière qu'il décapsula sur-le-champ. Il prit une longue gorgée et laissa le liquide frais et amer s'enrouler dans sa bouche avant de l'avaler. Aussitôt, il se sentit requinqué. Il aimait cette bière qu'il achetait dans une épicerie slovaque au coin de la rue pour un dollar cinquante. Il leva la bouteille et but le reste de son contenu d'un trait avant de la jeter à la poubelle.

Il était tenté d'en prendre une autre. Une main sur la porte du frigo, il s'apprêtait à l'ouvrir quand il perçut un mouvement du coin de l'œil. Le store de la fenêtre de la cuisine, baissé jusqu'en bas, battait légèrement au vent.

Perplexe, Jan s'en approcha. Il souleva le store et découvrit que la fenêtre était entrouverte, elle s'arrêtait à quelques millimètres au-dessus du rebord.

Sous l'effet d'une peur viscérale, tous ses muscles se contractèrent. Marsha était la dernière à avoir quitté l'appartement, et jamais elle ne serait partie sans fermer la fenêtre. Elle était parano en matière de sécurité, parce qu'ils habitaient une grande ville américaine. Elle vérifiait toujours plutôt deux fois qu'une les fenêtres et la porte avant de sortir. Et il savait que lui ne l'avait pas ouverte ce matin, alors…

Il examina le loquet. Il n'était pas en très bon état ; encore une source d'inquiétude pour Marsha, qui le pressait d'en acheter un autre. Et voilà qu'en le touchant, il lui resta carrément dans la main ! Effrayé pour de bon, il souleva la fenêtre pour examiner l'appui et découvrit une éraflure là où le bois s'était fendu. On l'avait forcée. Quelqu'un avait pénétré dans l'appartement.

Il se précipita vers le meuble de la cuisine, dont il ouvrit le tiroir du haut. C'était là qu'il gardait ses outils et il en sortit un marteau avant de refermer le tiroir sans un bruit.

Son cœur tambourinait dans sa poitrine. Lentement mais sûrement, il se glissa hors de la cuisine et jeta un coup d'œil rapide dans le salon. La télé et le lecteur de DVD étaient toujours là, ce qui le rassura, tout comme l'aspect immaculé des meubles. L'intrus aurait-il pris peur et serait-il reparti sitôt entré ? Jan poursuivit son inspection et longea le couloir vers le fond de l'appartement. Celui-ci n'était pas bien grand, et la présence d'un intrus se ferait remarquer, songeait Jan. Mais il devait quand même vérifier.

De la pointe du pied, il poussa doucement la porte de la chambre et scruta l'intérieur. Tout avait l'air en ordre. Il entra avec prudence. Le calme régnait, mais il jeta tout de même un coup d'œil derrière la porte, dans le placard et sous le lit. Tranquillisé, il traversa le palier pour inspecter la chambre d'amis. Déjà il se sentait mieux, il n'y avait rien de valeur dans cette dernière pièce.

Là aussi, tout était à sa place ; personne ne se cachait sous le lit ni derrière la porte. Rassuré, il baissa le marteau qu'il brandissait depuis qu'il l'avait pris dans le tiroir et poussa un soupir soulagé avant d'ouvrir la porte du placard.

Où il tomba nez à nez avec un homme encagoulé.

128

Ses poumons la brûlaient, mais elle continua de courir. Elle se déplaçait vite malgré les obstacles. Les passants stupéfaits s'écartaient d'un bond quand elle leur hurlait de se pousser. La foule s'ouvrait devant elle, même le couple outré finit par reculer devant l'adolescente en furie qui fonçait sur lui. Était-ce sa chevelure flamboyante qui flottait au vent, son visage cramoisi et en sueur ou le désespoir dans sa voix qui les incitait à lui céder le passage ? Quelle importance, tant qu'ils ne restaient pas sur son chemin.

Sa rencontre avec Adam l'avait secouée, et elle en était restée paralysée de longues minutes, le dos appuyé contre le mur pour ne pas s'effondrer. Toutefois, en dépit de son sentiment de culpabilité écrasant et de son inquiétude sincère pour Adam, son esprit s'était focalisé sur Jan. Sur l'homme innocent qui vivait ses derniers instants.

Elle disposait de peu d'éléments mais grâce à une recherche sur son téléphone, elle découvrit qu'un « Jan Varga » résidait dans un immeuble du quartier ukrainien, à moins de dix minutes de là où elle se trouvait. Elle se décolla du mur et gratifia d'un regard insistant la femme en tenue de jogging qui s'était longuement absorbée dans la contemplation d'une vitrine de magasin de fournitures électriques, puis elle tourna les talons et s'éloigna dans la direction opposée. À chaque pas, à mesure que l'urgence de la situation la frappait, elle accélérait, jusqu'à ce qu'elle se mette à courir.

Cette fois, elle était persuadée qu'elle arriverait à temps. Jan venait tout juste de rentrer chez lui, alors même s'il se faisait attaquer en ce moment, il n'était pas encore mort. Si elle le rejoignait bientôt, qu'elle réussissait à entrer, il restait une chance qu'elle puisse le sauver. À cette pensée, l'adrénaline fusa dans ses veines et un sourire s'épanouit sur ses lèvres. Était-ce là qu'elle brisait la malédiction ? Qu'elle prouvait que si l'on pouvait prédire l'avenir, on pouvait le changer ? Pouvait-elle être sauvée ?

Elle allongea encore sa foulée. Elle n'avait jamais été une grande sportive à l'école, mais elle était leste et rapide. Ses pieds battaient le bitume, le poids de son corps passant de l'un à l'autre tandis qu'elle zigzaguait entre les employés qui commençaient à quitter leurs bureaux. Elle était lancée sur un rythme de course intense, et elle refusait d'abandonner alors même que tout son corps la faisait souffrir. Dix minutes plus tard, elle se trouvait au pied de l'immeuble délabré de Jan.

Kassie fondit sur la porte d'entrée, la secoua sans parvenir à l'ouvrir. Elle fit courir son doigt sur l'interphone jusqu'à lire le nom de Jan à côté d'un bouton d'appel pour le troisième étage. Elle allait appuyer quand elle s'arrêta net dans son élan. Et si le tueur était déjà là ? Serait-ce une bonne chose qu'il soit prévenu de son arrivée ? Elle retira son doigt et se mit à tambouriner à la porte, le front pressé contre la vitre pour essayer de voir quelque chose à l'intérieur. Un hall d'entrée lugubre, dépourvu de lumière, de mouvement et de la moindre présence humaine.

Avec un juron, elle recula et observa les fenêtres des appartements, espérant que quelqu'un la verrait, mais il n'y avait personne. Elle se dirigea vers le côté du bâtiment en quête d'une allée, d'un escalier de secours peut-être. À cet instant précis, la porte de devant s'ouvrit.

— C'est quoi, tout ce raffut ? Qu'est-ce qu'il se passe ?

Un vieil homme en salopette usée venait de pousser la porte. Sur le torse, il portait un badge ébréché qui l'identifiait comme le gardien, même s'il était difficile de le confondre avec quelqu'un d'autre.

Sans prendre la peine de donner une explication, Kassie contourna l'homme étonné et fonça à l'intérieur. Elle parcourut le couloir plongé dans la pénombre, prit appui sur la rampe tout au bout et commença à gravir l'escalier. Elle montait les marches deux par deux, rebondissant avec légèreté sur les lattes en bois. En moins d'une minute, elle se retrouva devant la porte de l'appartement de Jan, à bout de souffle mais grisée par l'adrénaline. Elle entendait la respiration sifflante du vieux concierge dans l'escalier, mais pas le temps de l'attendre. La porte de l'appartement était vieille et pas très épaisse, le verrou rouillé. Kassie recula de quelques pas pour prendre son élan, et fonça sur la porte, cogna le talon de sa botte contre la serrure.

Le choc la propulsa en arrière mais le bois se fendit autour de la poignée. Elle recommença. Et encore. À la troisième tentative, son pied traversa le bois. Un bref instant, elle resta coincée, manqua de perdre l'équilibre et de tomber la tête la première, mais elle réussit à retirer sa jambe, et elle passa ensuite le bras dans le trou pour tirer le loquet.

La porte s'ouvrit et Kassie perçut aussitôt un mouvement derrière. Une grande forme noire passa devant ses yeux, fila vers la droite. Elle entra sans hésiter, le regard attiré non pas vers la silhouette qui s'enfuyait, mais vers le salon où Jan, ligoté à une chaise, lui retournait son regard. Il paraissait perdu, stupéfié même. Et Kassie comprit vite pourquoi. En plus des coupures et des ecchymoses sur son corps, une profonde entaille lui barrait la gorge. Elle s'ouvrait et se fermait d'une façon atroce au rythme de ses lèvres qu'il remuait en silence pour appeler à l'aide.

Elle n'eut qu'une fraction de seconde pour se décider et s'étonna elle-même en s'élançant à la poursuite de l'agresseur. Elle n'était pas armée, mais hors de question de le laisser s'échapper cette fois. Elle atteignit la cuisine quelques secondes après lui ; il avait déjà passé tout son buste par la fenêtre. D'un bond en avant, Kassie réussit à attraper sa jambe gauche avant que le reste de son corps ne soit de l'autre côté. Elle tira dessus de toutes ses forces et arracha une grande bande de tissu de son pantalon qui se déchira le long de la couture. Elle perdit l'équilibre, l'homme aussi. Il chancela légèrement avant de se hisser pour sortir. Là encore, Kassie s'élança et, cette fois, ses doigts s'agrippèrent à la peau de sa jambe. Elle y enfonça ses ongles aussi profondément que possible. La tête dehors, l'homme poussa un grognement de douleur, et elle redoubla de vigueur. Elle le tenait.

Sa jambe s'agitait dans tous les sens tandis qu'il cherchait à échapper à ses griffes, cependant Kassie sentait la victoire à portée de main. Elle entendait des cris au loin, les policiers n'allaient plus tarder maintenant, et alors tout serait terminé. Tout ce qu'elle avait à faire, c'était tenir bon encore un peu. Elle leva la tête pour regarder l'homme, pour voir s'il faiblissait et réagit une seconde trop tard à la pince-monseigneur qu'il balançait vers elle. Celle-ci vint la cueillir à la tempe. Elle tomba en arrière et son crâne cogna le sol.

Alors tout devint noir.

129

Il continuerait à boire jusqu'à ce qu'il ne ressente plus rien.

Adam avait conscience qu'il était faible, que ça finirait mal, mais il s'en fichait. L'oubli le réclamait, et il acceptait son invitation avec joie.

Il ignorait où il se trouvait, c'était aussi bien. Son face à face avec Kassie s'était achevé dans les cris – les siens –, et il avait pris la fuite, était remonté en voiture et avait réintégré la circulation dans un dérapage, puis abandonné son véhicule quelques rues plus loin, trop tendu pour conduire. Il en était sorti d'un pas chancelant et, le hasard faisant bien les choses, avait aussitôt trouvé un bar. L'établissement grouillait de cols blancs qui ne lui prêtèrent aucune attention, soucieux de profiter en paix de leurs boissons à moitié prix. Adam se rendit tout droit au comptoir, où il commanda un whisky puis un autre, ses yeux fuyant le miroir derrière les barmen. Il n'avait aucune envie de voir son visage tourmenté.

Après avoir bu deux autres verres, il décida de payer directement le reste de la bouteille. À quoi bon faire semblant ? Le whisky pour seule compagnie, puisque les deux tabourets à côté de lui restaient résolument vides, il ignora la gêne et le malaise que sa présence inspirait aux autres clients et entreprit de noyer son chagrin. Jusque-là, sans grand résultat.

Les paroles de Kassie le hantaient, elles ne cessaient de le ramener dans l'atelier de Faith. À cette fameuse nuit. En homme stupide et inconscient qu'il était, il avait dormi comme une bûche pendant que Faith et Kassie s'étaient dévisagées, que son épouse avait dessiné sa patiente. Il imaginait sa main qui tremblotait, le menton sur sa poitrine, les larmes qui roulaient sur ses joues… comme s'il y était. Il avait l'impression d'assister à la scène. Annabelle… elle parlait d'Annabelle et tout son corps tremblait. Kassie se levait, elle tentait de la réconforter, un bras autour de ses épaules. Mais Faith ne voulait pas être consolée. Elle voulait une réponse. Et elle croyait que Kassie pouvait la lui fournir.

— Est-ce que j'aurai un enfant un jour ?

La voix de Faith était vacillante tandis qu'elle essuyait son visage du revers de sa manche. Ses traits étaient défaits, de quinze ans plus âgés, et elle couvait Kassie d'un regard implorant. Comme si elle possédait toutes les connaissances.

— Est-ce que je serai mère un jour ?

Kassie continuait de l'apaiser sans répondre.

— Je t'en prie, Kassie. Il faut que je sache…

Maintenant, Kassie prenait la parole. Mais ce n'était pas l'adolescente qui parlait. D'une façon horrible et grotesque, c'était Annabelle qui s'exprimait, son visage fripé sur ce corps dégingandé.

— Non, Faith. Tu ne le seras jamais.

Avec un rugissement, Adam repoussa cette abominable image et envoya valdinguer la bouteille qui se fracassa au sol. Arraché à son rêve éveillé, il s'aperçut que la quasi-totalité du bar le fixait. Sans aucun remords ni aucun embarras, il jeta un billet de cinquante sur le comptoir et gagna la sortie d'un pas trébuchant. Qu'ils aillent tous se faire voir ! Son seul regret était d'avoir gâché un bon whisky.

Il jaillit dans la rue et tenta de réprimer la nausée que cette affreuse vision avait provoquée, en vain. C'était son âme qui souffrait. À cause d'elle. De son égoïsme et de son sentiment de supériorité. Elle était néfaste. Et il regrettait amèrement de l'avoir laissée entrer dans leur vie. Lorsque Faith lui avait proposé de rester, il aurait dû suivre son instinct et lui demander de partir. Pourquoi n'avait-il pas écouté la petite voix dans sa tête ? Il avait suivi les conseils qu'elle lui prodiguait avec raison auparavant.

Lui aussi était fautif. Il aurait dû rester à la maison avec Faith, ce jour-là ; il avait vu son humeur étrange. Pourquoi ne lui avait-il pas parlé ? Pourquoi n'avait-il pas insisté pour qu'elle lui confie ce qui la tourmentait ? L'imaginer seule dans cette grande maison pendant qu'il courait avec l'instigatrice de leur malheur était une torture. Sa Faith bien-aimée avait été seule le dernier jour de sa vie sur terre, cernée par le silence, dévorée par le désespoir. Cette idée lui déchirait le cœur et il ne se pardonnerait jamais son erreur. Il se haïrait pour le restant de ses jours.

Mais pas autant qu'il la haïrait, elle.

130

Elle avait une drôle d'allure, seule dans la salle. Vêtue d'une combinaison en papier, ses cheveux ramenés sur le sommet de son crâne, Kassie était assise à une table constellée d'éraflures et dépiautait un gobelet en polystyrène. Seul le bruit du plastique qui cassait perçait le silence.

Elle avait envie de pleurer ; elle voulait verser des larmes sur elle-même, sur Adam, mais elle n'y arrivait pas. Elle se sentait complètement vidée par les événements des dernières heures. Elle était revenue à elle à l'arrière d'une ambulance, vaseuse et désorientée. Une fois ses esprits retrouvés, son souffle recouvré, un millier de questions l'avaient assaillie. Qu'était-il arrivé à Jan ? Le tueur avait-il été appréhendé ?

Les ambulanciers ne pouvaient rien lui révéler ; eux s'inquiétaient de sa possible commotion cérébrale. Elle avait dû attendre d'avoir été examinée pour glaner quelques informations. Avant l'interrogatoire, elle avait été soumise à toutes sortes d'analyses, on avait gratté le dessous de ses ongles et pris ses vêtements. Et tout au long de ce processus sinistre et intrusif, Kassie avait compris que les nouvelles n'étaient pas bonnes. L'expression sur le visage des officiers était sans équivoque.

Après quoi, Kassie avait fait face à Gabrielle Grey, dans ce qui commençait à ressembler à un cauchemar récurrent. Grey lui avait confirmé que Jan n'avait pas survécu et que son assaillant s'était échappé, mais sans en dévoiler plus. Elle s'était contentée de prendre la déposition de Kassie avant de disparaître à la va-vite pour répondre à un appel téléphonique urgent. Suarez, son coéquipier, l'avait talonnée, et Kassie s'était retrouvée seule.

Elle ne savait pas ce qu'elle devait faire et elle se leva pour partir, stoppée dans son élan par la vue de l'agent en uniforme qui montait la garde devant la porte. Était-elle en état d'arrestation ? Sans doute pas, mais comment le savoir ? Gabrielle Grey avait eu une attitude moins hostile, elle avait paru plus disposée à accepter l'explication de Kassie cette fois. Pourtant, s'ils ne l'arrêtaient pas, pourquoi ne l'autorisaient-ils pas à partir ? Qu'attendaient-ils de sa part ?

Le gobelet était en lambeaux, deux douzaines de morceaux de plastique étaient éparpillées devant elle sur la table. Ce triste spectacle l'emplit d'un brusque sentiment d'impuissance. Elle voulait s'en aller, mais comment faire ? Elle attendait encore la venue d'un avocat qui ne semblait pas pressé d'arriver. Qui d'autre pouvait-elle appeler au secours ? Sa mère ne répondrait pas, et son seul autre contact était Adam… Lui demander son aide était inenvisageable.

Enfin, les larmes jaillirent. Kassie se sentit submergée par l'horreur de sa situation. Son temps arrivait bientôt à terme, et elle était coincée dans une salle d'interrogatoire qui empestait, pendant que le meurtrier courait toujours. Tout cela avait-il été vain ?

Était-il possible qu'elle connaisse une mort brutale et inutile pendant que lui continuerait à terroriser la ville ? Cette pensée lui donna envie de vomir, et elle se recroquevilla sur la table sale, pleurant tout son saoul. Elle avait fait de son mieux, elle avait tout risqué, et elle avait échoué.

Elle mourrait avec la certitude qu'il recommencerait à tuer.

131

— Bon, que tout le monde m'écoute…

L'équipe se tourna pour faire face à Gabrielle. Convoqués pour une réunion urgente, ils étaient curieux d'en connaître le motif.

— Le labo vient de transmettre son rapport. Les échantillons de peau ont été analysés et… nous avons un nom.

Un vent enthousiaste souffla sur l'assemblée. Ainsi qu'ils l'avaient espéré, les cellules épithéliales récupérées sous les ongles de Kassie Wojcek venaient de fournir un indice solide. Pourtant, rien n'avait été moins sûr ! Un échantillon contaminé, ou un suspect qui n'avait jamais été arrêté et on faisait chou blanc.

— Regardez ça.

Elle tendit une liasse de papiers à l'officier le plus proche et lui demanda d'un geste de les faire passer au suivant. Il s'agissait du portrait d'un homme blanc au visage rond et du résumé de son casier judiciaire.

— L'homme qui a attaqué Jan Varga s'appelle Joseph White, plus connu sous le diminutif de Joe. Il est originaire de Cicero. Sa famille y vit encore et l'inspecteur Suarez est en ce moment même en train de les interroger. Le suspect, quant à lui, réside selon toute vraisemblance dans le centre de Chicago.

L'équipe étudiait déjà les prouesses de White.

— Il a écopé de plusieurs inculpations pour intrusion et troubles de l'ordre public. C'est un voyeur : il aime s'exhiber et intimider les autres. Il a également été impliqué dans plusieurs rixes, sans doute quand ses victimes ont riposté. Fait intéressant : il a été arrêté trois fois pour des cambriolages mais n'a jamais été inculpé. Étant donné le mode opératoire de notre tueur et sa ressemblance physique avec la description fournie par Wojcek, je dirais que c'est notre homme.

Deux officiers poussèrent un cri de joie et d'autres applaudirent. Gabrielle leva la main pour leur intimer le silence.

— J'ai transmis sa photo à tous les plus gros organes de presse. Nous le considérons officiellement comme notre principal suspect, et nous demandons aux citoyens de faire preuve de vigilance. J'ai requis du personnel supplémentaire pour répondre aux appels des témoins, et le commissaire principal Hoskins a accédé à ma demande. À vous maintenant d'investir la rue : interroger les responsables de communautés, les agents en patrouille, les commerçants, les propriétaires de bars… Ce type boit et mange quelque part, il achète de l'essence, il prend le métro. Il est allé travailler aujourd'hui et il est parti de bonne heure, sans doute pour commettre son agression. Il ne retournera certainement pas à Phone Shack une fois son nom révélé dans les médias, mais j'envoie quand même deux agents en surveillance là-bas.

Le portable de Gabrielle se mit à vibrer, elle l'ignora.

— La priorité désormais est d'appréhender cet homme sans heurt. Il n'a peut-être pas été inculpé de crimes violents jusque-là, mais il est clairement dangereux et sans doute armé. Donc, si vous le repérez, demandez aussitôt des renforts. Je ne veux pas qu'on joue aux héros.

Son téléphone se remit à vibrer. Gabrielle baissa les yeux sur l'écran. Suarez. Elle s'interrompit et décrocha.

— Alors ?

— Je suis avec la famille du suspect, répondit-il d'une voix étouffée. J'ai peut-être une adresse pour vous.

— J'écoute, fit Gabrielle en se détournant.

— C'est dans le Lower West Side : 353, West Cullerton Street. Une maison en colocation. Je vous envoie les infos par texto tout de suite.

— Qui vous a informé ?

— Sa sœur. Il leur a donné cette adresse pour faire suivre son courrier. Les chèques de l'assistance sociale qui lui sont destinés arrivent encore parfois à Cicero. Si vous voulez mon avis, la frangine n'est pas très scrupuleuse pour les lui transmettre…

— Quand lui a-t-il donné cette adresse ? l'interrompit Gabrielle.

— Il y a six mois. Il déménage pas mal.

— Ça ira. Restez avec la famille. Interrogez-les.

Elle raccrocha et pivota vers son équipe, un large sourire aux lèvres.

— Allez tout le monde, en selle…

Ils se levèrent, rassemblèrent leurs affaires.

— Nous avons un tueur à appréhender !

132

L'air renfrogné, il fixa l'écran qui tressautait. Il n'y avait pas de poste de télévision dans la salle commune du rez-de-chaussée – un ancien locataire avait filé avec –, si bien que Joseph White avait acheté un petit poste portatif d'occasion qu'il dissimulait dans le fond du placard de sa chambre. Il aimait bien regarder le *Late Night Live* après son service à Phone Shack, en s'empiffrant de Doritos qu'il faisait couler avec quatre bières. Mais ce qu'il voyait à cet instant ne lui plaisait pas du tout.

Son portrait défilait en tête des bulletins d'informations, tandis que le journaliste révélait son nom, les détails de ses arrestations, son historique familial. Les photos de ses victimes – Jones, Stevens, Baines et Varga – occupèrent brièvement l'écran, avant d'être remplacées par son visage rond avec la barbiche. Le fait de s'être rasé et de vivre sous une fausse identité depuis des mois ne le rassurait que moyennement. Plus les gens regarderaient cette photo – ses collègues et ses colocataires par exemple –, plus ils seraient à même de remarquer les traits qu'il ne pouvait pas modifier : son regard vert perçant, le grain de beauté sur sa joue droite, la petite cicatrice dans son cou, souvenir d'un accident pendant l'enfance. Quelqu'un allait comprendre, il saurait et il préviendrait les autorités. La généreuse récompense offerte par la police de Chicago pour toute information qui conduirait à son arrestation l'y inciterait.

Avec un juron, il éteignit le poste et ouvrit son placard. Il en extirpa un sac kaki en piteux état dans lequel il se mit à fourrer des vêtements au hasard. Satisfait, il y glissa quelques barres de céréales, une bouteille de vodka à moitié pleine, un plan de la ville et son couperet qu'il avait sorti de son sac à dos. Il avait détruit tout ce qu'il portait d'autre chez Jan – il avait pu laisser des fibres dans la bagarre – et il avait été tenté de se débarrasser de son arme aussi, à cause des résidus potentiels d'ADN, mais il n'allait pas entrer dans un magasin pour en acheter une nouvelle, répondre aux questions et créer la suspicion. Il l'avait donc nettoyée avec soin et conservée. Il avait le sentiment qu'il en aurait bientôt besoin.

Il traversa la petite chambre et souleva une latte du plancher. Dans le trou en dessous, il gardait un rouleau de billets de dix. Ce n'était pas grand-chose – quelques centaines de dollars qu'il avait économisés pour les urgences –, mais ça ferait l'affaire. Il le fourra dans sa poche de blouson, sortit de la pièce et dévala l'escalier avant de franchir la porte d'entrée, quittant son domicile temporaire pour la dernière fois sans tambour ni trompette.

Sitôt un pied dehors, dans l'air frais et piquant, il entendit les sirènes. Au loin, mais de plus en plus fortes. Un accident de voiture, peut-être. Il ne s'attarda pas et partit d'un pas pressé dans la rue. Il attrapa sa casquette des Cubs dans son blouson et l'enfonça sur sa tête, visière baissée. Pour le moment, il voulait passer aussi inaperçu que possible.

Les sirènes se rapprochaient. White accéléra l'allure, sans courir. Il voulait mettre autant de distance que possible entre lui et cette maison. Et avec raison ! Lorsqu'il arriva au carrefour, quatre voitures de police, gyrophares allumés et sirènes hurlantes, prirent le virage dans un crissement de pneus, passèrent à toute vitesse devant lui et redescendirent sa rue. Ce spectacle le stoppa dans son élan, et il suivit leur progression du regard. Trente secondes plus tard, ils se garaient devant chez lui. Aussitôt, tout un groupe de policiers, arme au poing, surgit des véhicules et fonça vers son domicile.

Joseph White ne resta pas pour observer la suite. Deux de ses colocataires se trouvaient à la maison et pouvaient l'avoir vu partir. Il était temps de changer d'air, et vite. Au petit trot, il redescendit South Ashland Avenue. Son cœur battait à tout rompre, la sueur lui dégoulinait dans le dos, ses yeux scrutaient les alentours en quête du moindre danger. Il l'avait échappé belle.

133

Il entra d'une démarche trébuchante et buta contre le chambranle de la porte. Déséquilibré, il tangua sur la gauche – un instant, il crut même qu'il allait tomber –, mais il se redressa soudain et contempla la scène devant lui. Le whisky lui brouillait la vue, tout était flou et changeant, si bien que même la petite pièce lui parut singulière. C'était idiot : il était venu dans cette chambre d'amis des centaines de fois, il avait même préparé le lit pour Christine lors d'une de ses visites, mais là l'endroit lui échappait, comme pour l'énerver.

D'un pas en avant, il jeta le sac-poubelle sur le lit. Kassie avait dormi ici quelques jours et ses maigres possessions – des vêtements d'occasion, un ordinateur portable abîmé, une casquette de Linkin Park – jonchaient encore le sol. Devant ces divers articles, Adam éprouva une bouffée de rage ; sa présence au sein de leur foyer chaleureux soulignait son effet désastreux sur leurs vies. La première fois qu'il avait rencontré Kassie, il était un homme heureux, sûr de lui, plein d'espoir. Maintenant, il avait gâché sa carrière et sa réputation. Pire, il avait perdu Faith et Annabelle. Comment avait-il pu tomber aussi bas et aussi vite ?

Il attrapa la casquette et la fourra dans le sac-poubelle. Un pantalon, l'ordinateur et un magazine déchiré l'y rejoignirent. Adam les enfouit dans le sac en plastique avec amertume. Il voulait que Kassie disparaisse de sa maison, il voulait effacer toute preuve de son existence, ne plus penser, ne serait-ce qu'une seconde, que ces événements tragiques avaient jamais eu lieu.

Une paire de chaussures. Un manuel scolaire. Un sweat à capuche noir élimé. Dans sa hâte d'en être débarrassé, il ramassa tout d'un coup et, au moment de mettre le sweat dans le sac, un objet en tomba avec un petit tintement sur le parquet ciré. Agacé, Adam se pencha pour le ramasser et interrompit son geste en voyant ce que c'était.

Il lui fallut un moment pour comprendre, mais il s'agissait bien d'une clé. Celle de chez Kassie, avec sa figurine Betty Boop fatiguée. La lumière scintilla sur l'objet, lui piqua les yeux, l'invitant à le ramasser. Il le fixa, paralysé, contempla son vernis doré. Le temps d'un moment absurde, il se demanda si la clé n'avait pas glissé de la poche exprès pour qu'il la trouve. Il tendit la main, encore pris d'une hésitation en se demandant ce qu'il se passerait s'il la prenait. Mais l'attrait était irrésistible, la clé semblait l'appeler. Il s'en empara d'un coup sec et quitta la chambre d'un pas précipité, abandonnant le sac où il l'avait jeté.

134

Figure solitaire au milieu de la rue animée, Kassie se tenait devant le commissariat central. Par le passé, elle pouvait compter sur une amie ou sa mère, et dernièrement sur Adam et Faith. Mais ils étaient partis et la vague présence des flics en filature ne suffisait pas à lui tenir compagnie. Elle n'était plus considérée comme un suspect. Elle était un témoin qui avait affronté le véritable tueur ; grâce à elle, ils avaient obtenu son ADN qui les innocentait, Redmond et elle. Mais c'était tout. Elle avait joué un rôle essentiel dans l'enquête et elle ne servait plus à rien.

Kassie tourna le dos au poste de police et redescendit la rue à la hâte. Elle n'avait jamais eu une allure cool ou élégante, mais ce soir-là elle avait l'air ridicule. Puisque ses vêtements étaient des pièces à conviction, on lui en avait fourni d'autres, piochés dans les caisses des bonnes œuvres du quartier. Le poste de police n'était pas vraiment équipé pour recevoir les mineurs – le centre de détention se situait à l'autre bout de la ville –, alors elle avait dû enfiler les habits d'adultes les plus petits à sa disposition. Elle nageait quand même dedans et ressemblait à une gamine déguisée pour une fête.

Elle se sentait honteuse et misérable. Oui, sa contribution avait été énorme. La police tenait maintenant son suspect – Joseph White –, un nom obtenu grâce à son intervention. Pourtant, fait curieux, Kassie n'éprouvait aucune joie, aucun soulagement. Elle se sentait juste vide, à la dérive, comme si on lui avait laissé jouer son rôle dans cette affaire sans qu'elle soit jamais autorisée à en connaître le dénouement.

Machinalement, elle prit la direction de chez elle. Que pouvait-elle faire d'autre ? Pourtant, elle n'y trouverait rien. La maison était froide et déserte, et à moins que sa mère ne soit revenue, l'eau et l'électricité seraient bientôt coupées. Était-ce le plan de Natalia depuis le début ? Forcer Kassie à la rejoindre dans le Nord ? Quoi qu'il en soit, ça n'arriverait pas.

— Hé, fais attention !

Kassie bouscula le passant irrité et s'éloigna d'un pas trébuchant en bafouillant une excuse. Il lui lança quelques insultes supplémentaires auxquelles elle ne répondit pas, préférant poursuivre son chemin, les yeux rivés sur le sol. Elle voulait juste rentrer chez elle maintenant, trouver un refuge pour quelques heures. Pendant des années, elle s'était tenue à l'écart, la raison lui soufflant que c'était mieux pour tout le monde, mais ensuite, bêtement, elle avait tenté de s'intégrer, de prouver une hypothèse. Et le résultat était un désastre. Il ne lui restait plus rien à faire, sinon se préparer à l'inévitable.

Elle s'était repassé le scénario dans la tête à plusieurs reprises. Que faire au cours de ses dernières heures ? Parfois, elle s'imaginait en train de prier, de trouver Dieu, ou quelque chose de ressemblant, au tout dernier moment. D'autres fois, elle imaginait qu'elle se défendait bec et ongles, qu'elle arrachait par miracle la victoire des mâchoires de la Mort. Mais là, elle ne voyait que la désolation et l'oubli. Modifier son destin, changer le cours des choses, rien de cela n'était plus possible. Sa meilleure option était de faire la paix avec le monde, de fumer un joint et d'attendre la fin.

Ainsi donc était le fardeau de son don. Le prix de sa connaissance.

C'était son destin.

135

— OK tout le monde, écoutez-moi.

Devant le domicile de Joseph White, Gabrielle Grey se tenait au milieu d'une kyrielle d'inspecteurs, d'agents de patrouille et d'officiers volontaires. Quelques passants s'attardaient mais pas de journalistes à l'horizon, alors elle pouvait se permettre de hausser un peu la voix. La rapidité était le facteur clé de cette mission, et les hommes et femmes rassemblés devant elle devaient savoir ce qu'on attendait d'eux.

— À en croire les autres locataires, White a quitté la maison il y a une vingtaine de minutes. Son placard est vide, sa chambre n'est pas fermée à clé. Nous en concluons qu'il a mis les voiles. Notre priorité est de le retrouver au plus vite. On quadrille le quartier, on interroge les riverains, on cherche des signes d'effraction, de vols de voiture et ainsi de suite. On ignore sa destination, mais il faut l'arrêter avant qu'il n'y parvienne.

Des murmures d'approbation parcoururent l'assemblée.

— J'ai contacté le service des transports de Chicago qui va surveiller le réseau. Mais c'est à nous d'appréhender cet individu. L'officier Montgomery va organiser les groupes de recherche. Chacun couvrira un périmètre de quatre rues. Au premier signe du suspect, on appelle les renforts. On encercle White avant d'intervenir, pour ne lui laisser aucune possibilité de fuir. Au boulot !

Tous fondirent comme un essaim sur Montgomery qui leur tendit des plans annotés du secteur. Gabrielle se mit à l'écart, un regard satisfait sur la jeune policière qui dirigeait les opérations avec efficacité et professionnalisme. Cette affaire était si complexe, elle s'était révélée tellement frustrante que l'activité fébrile devant la dernière adresse connue de White était une véritable bouffée d'espoir : l'horreur prendrait bientôt fin.

136

Ils le regardaient. Il en était convaincu.

Un homme et une femme, pas plus de vingt-cinq ans, étaient installés à une terrasse de café et le fixaient ouvertement. Il s'attendait d'une minute à l'autre à ce qu'ils le montrent du doigt et qu'ils prennent leur téléphone pour donner l'alerte. Il baissa un peu plus la visière de sa casquette sur ses yeux et poursuivit son chemin. Un peu surpris, il vit le couple se détourner de lui et échanger quelques mots avant d'éclater de rire. Bientôt, ils étaient plongés dans leur conversation en se dévorant des yeux.

Il grommela et pressa le pas. Il était sur les nerfs et paranoïaque ; il risquait de se trahir. Il fallait qu'il se calme, qu'il reste maître de ses émotions, c'était primordial. Mais pas facile quand on est la cible d'une chasse à l'homme à travers toute la ville. Enfin, les flics ne l'avaient toujours pas attrapé et, s'il était prudent, il continuerait de leur échapper.

S'il s'en sortait, ce ne serait pas grâce à *elle*. C'était sa faute à elle, si les flics s'étaient pointés chez lui. Elle lui pourrissait la vie depuis plusieurs jours, elle l'avait interrompu avant qu'il ne commence à prendre son pied avec Varga – il avait dû lui trancher la gorge à la va-vite avant de s'enfuir ! Elle avait bien failli l'arrêter après, quand elle lui avait attrapé et griffé la jambe… Sans son étrange engouement pour lui et son acharnement à le suivre partout, la police ne l'aurait jamais identifié ; il le comprenait maintenant. Il avait eu raison de se méfier d'elle et de s'inquiéter : elle semblait destinée à causer sa perte.

Quelle ironie que cette fille maigrichonne se soit révélée plus efficace pour le traquer que les professionnels. La police avait bidouillé à la hâte un portrait de lui après le meurtre de Baines – encore l'œuvre de la gamine, sans doute –, mais elle n'avait pas fait le lien avec un individu arrêté à plusieurs reprises pour effraction. C'était le truc avec les flics : ils n'avaient aucune imagination. Par deux fois, il avait évité des inculpations de violation de domicile et cambriolage par manque de preuves d'effraction et de vol. Comme tant d'autres, la police n'avait vu en lui qu'un abruti un peu dérangé, un simplet qui s'était trompé de maison. Sauf que, en réalité, son but était d'observer la réaction du propriétaire confronté à un intrus dans son salon. Et bon sang, le jeu en avait bien valu la chandelle ! La femme, la deuxième fois, avait hurlé à pleins poumons. La police devait se douter qu'il mentait, mais personne ne s'était jamais interrogé sur les motifs de ces intrusions. Il était toujours libre, en grande partie grâce à leur incompétence.

Il était parvenu à un carrefour et attendit de pouvoir traverser. Il vit alors, sur le grand écran qui diffusait d'habitude des pubs racoleuses à destination des automobilistes, son portrait accompagné du bandeau : « Le suspect de quatre homicides en fuite. » Devant cet intitulé, un frisson d'excitation le parcourut, très vite remplacé par un sentiment de malaise. Du coin de l'œil, il aperçut une vieille femme à côté de lui qui le jaugea sans gêne puis tourna la tête vers l'immense écran.

Sans attendre le signal, il s'avança sur le passage piéton, laissa passer une voiture avant de s'élancer. Il croisa les doigts pour que la femme soit juste une mégère curieuse ou une fan des Cubs, ou encore sénile, mais il fut persuadé en s'éloignant de l'entendre discuter avec l'homme d'affaires qui se tenait près d'elle. Parlaient-ils de lui ? Envisageaient-ils d'appeler la police ? Ou cherchait-elle seulement à passer le temps ?

Ces doutes et ces questions le faisaient enrager. Allait-il se faire arrêter ou pas ? Serait-il finalement neutralisé ? Sous l'apparence calme et détendue qu'il s'efforçait d'afficher, il bouillait de nervosité et lisait le danger dans chaque visage qu'il croisait.

C'était lui qu'on traquait désormais.

137

Elle avait pleuré, les traces de larmes marbraient ses joues. Adam fut déchiré entre la culpabilité d'avoir causé cette peine et la colère que lui inspirait la faiblesse de Christine.

— Je cherche seulement à comprendre ce qu'il se passe. Tu te conduis de façon si étrange…

Ils se trouvaient dans le salon immaculé de Christine, rentrée chez elle après leur désagréable face-à-face plus tôt. Elle était folle de chagrin et le refus violent d'Adam de lui parler l'avait profondément blessée. Ses yeux rougis et bouffis témoignaient de l'ampleur de son désarroi.

— Une minute, tu me claques la porte au nez en me criant de m'occuper de mes affaires, et celle d'après tu te présentes chez moi, ivre, en me demandant de te laisser entrer.

— Je sais et je suis désolé, se hâta de répondre Adam sans tenir compte de la bouffée de honte que provoquaient en lui son état d'ivresse et son comportement aussi maladroit qu'insensible. C'est juste que ça ne s'est pas passé comme je l'espérais, ce matin avec le comité…

Un éclair traversa le regard tourmenté de Christine, comme si elle s'y attendait depuis le début.

— Alors je suis allé boire un verre ou deux, plus de deux en réalité… C'était idiot de ma part et je n'aurais jamais dû vous faire payer ma déception…

Il avait encore le goût du whisky dans la bouche. Il avait bu presque une bouteille l'après-midi et il en voulait encore.

— Voilà pourquoi je voulais venir m'excuser. Je regrette sincèrement…

Le visage de Christine s'adoucit aussitôt, accentuant la culpabilité d'Adam pour ses mensonges. Il crut qu'elle allait se remettre à pleurer, mais à son grand soulagement, elle se ressaisit.

— Excuses acceptées, Adam. C'est dur, je le sais, mais nous devons nous serrer les coudes…

Adam acquiesça, trop honteux pour répondre.

— Bon, et si je nous préparais du café ? Ça nous fera du bien à tous les deux.

Elle partit vers la cuisine avant même d'avoir terminé sa phrase. Adam la regarda disparaître derrière les portes battantes puis se précipita dans le couloir. Il s'arrêta une seconde pour vérifier que Christine ne l'avait pas entendu : non, elle était occupée à remplir la bouilloire. Il fonça vers sa chambre à coucher.

Elle était d'une propreté immaculée, à l'instar du reste de la maison. Adam entra et grimpa sur le lit aux couvertures bien tirées. Le brusque mouvement lui fit tourner la tête un instant, et il vacilla d'avant en arrière. Puis, appuyé des deux mains sur le mur, il réussit à recouvrer l'équilibre et se concentra sur la tâche qui l'attendait. D'abord, il retira le tableau accroché au-dessus de la tête de lit et le posa avec délicatesse à côté de lui, puis il examina le mur où était encastré un coffre-fort. Après avoir jeté un coup d'œil par-dessus son épaule, il se mit à tourner le cadran. Il avait aidé Christine à l'installer et connaissait la combinaison, sa date de naissance, si bien que le cliquetis d'ouverture retentit bientôt et que la porte s'ouvrit. À l'intérieur se trouvaient de nombreux papiers personnels et des souvenirs. Et posé sur le dessus, un Beretta M9.

Faith détestait les armes à feu, mais elle avait fini par consentir à ce que sa mère en possède une pour se protéger dans une ville en proie à toujours plus de violences et où elle vivait seule. Christine ne s'en était jamais servie, mais la savoir à portée de main l'aidait à mieux dormir la nuit, ce qui était le but. D'un geste leste, Adam s'en empara et le glissa dans son blouson.

Il referma le coffre, repositionna le tableau devant. C'était un portrait de Faith jeune, peint par un ami proche de la famille, et sa vue le stoppa dans son élan. Elle paraissait si jeune et insouciante, si innocente, si heureuse. Elle regardait droit devant elle, comme si elle cherchait à accrocher son regard, à établir un lien. Mais Adam ne pouvait pas se permettre de se laisser attendrir, pas maintenant. Au lieu de quoi, il embrassa le bout de ses doigts qu'il posa sur les lèvres de Faith. Puis il descendit du lit et sortit de la chambre.

De retour dans le couloir, Adam entendit Christine qui fredonnait dans la cuisine par-dessus le tintement de la vaisselle. Il n'y avait pas de temps à perdre. Il ouvrit la porte d'entrée et se faufila au-dehors sous le ciel nocturne, l'acier froid du pistolet pressé contre son torse.

138

La maison était déserte et glaciale. Kassie avait allumé le chauffage, mais la vieille chaudière peinait à se mettre en route, et elle était encore gelée jusqu'aux os. D'ordinaire, elle ne ressentait pas le froid. Couvait-elle un rhume ? Ou bien était-ce sa solitude qui la faisait grelotter ?

Fait indéniable, la maison n'était pas comme d'habitude. C'était le territoire de sa mère, ça l'avait toujours été, habité de sa présence perpétuelle à la fois agaçante et étrangement rassurante. Kassie se rendit compte que rares étaient les occasions où elle avait été seule chez elle sans sa mère ; elle était celle qui sortait, qui cherchait à se distraire, qui se fourrait dans les ennuis. Quand elle se trouvait à la maison, sa mère y était aussi, à s'agiter autour d'elle, à l'espionner. Et lorsqu'elle lui fichait la paix, elle ne restait jamais inactive : elle époussetait les meubles, lavait les rideaux, préparait des plats polonais dans la cuisine.

Kassie ouvrit le frigo qui ne contenait rien d'autre qu'une brique de lait et une tomate moisie. Elle le referma et pivota pour contempler la cuisine immaculée. C'était la pièce qui lui paraissait la plus différente : la chaleur de leur foyer émanait d'ici. Sa mère n'était jamais aussi heureuse que lorsqu'elle cuisinait, que les casseroles chauffaient, que le four tournait, au milieu des effluves et senteurs du pays. Quand elle était petite, Kassie avait souvent droit à des sucreries ou autres douceurs qu'elle dévorait à la table de la cuisine, émerveillée par l'efficacité de sa mère et son talent. Un de ses plus beaux souvenirs, dans une enfance souvent dure et pénible…

Kassie avait un creux dans le ventre. Sa mère lui manquait. À quoi bon le nier : en dépit de tout, elle regrettait sa présence. La maison était sans vie désormais, rien d'autre qu'un autel à la solitude et au néant.

Elle sentit les larmes lui piquer les yeux. Elle s'assit et sortit son téléphone de sa poche puis commença à composer le numéro, ses doigts voletant sur les touches jusqu'à ce qu'elle ait tapé tous les chiffres. Son pouce s'approcha du bouton d'appel, elle hésita. Son geste était d'une telle banalité, et pourtant tellement important.

Que lui dirait-elle ? Quelles paroles pourraient résumer quinze années de vie commune difficile ? Devait-elle la remercier ? Lui reprocher de l'avoir abandonnée ? Lui assurer qu'elle l'aimait malgré leurs désaccords ? Tout était vrai, mais rien ne suffisait. Elle savait qu'elle devait dire quelque chose, mais quelle était la bonne manière de faire ses adieux ?

Au final, à quoi tout cela avait-il servi ?

139

— Oui, je l'ai vu. C'est un type costaud, avec une casquette des Cubs…

La vieille dame prononça ces paroles d'un ton affirmé, presque triomphant, comme si elle était sur le point d'empocher le gros lot. Cette attitude n'était pas très appropriée, mais Gabrielle n'allait pas la critiquer. Ses équipes faisaient du porte-à-porte depuis trente minutes sans succès. Le témoignage de cette femme recroquevillée sous son parapluie au carrefour constituait leur première piste.

— Dans quelle direction est-il parti, madame ? demanda Gabrielle, le souffle encore un peu court.

— Par là, fit-elle en accompagnant sa réponse d'un geste de la main. Vers le sud.

— Vous êtes bien certaine que c'était lui ? Regardez encore la photo.

— Tout à fait, assura-t-elle d'un air réprobateur. Je ne suis pas sénile, ma petite. Pas encore, en tout cas…

— Ce n'est pas ce que je voulais dire, madame.

— Il avait l'air nerveux, agité. Il a traversé le passage piéton au rouge en zigzagant entre les voitures.

— Comment était-il habillé ?

La femme, qui s'était présentée sous le nom d'Esme Perkins, réfléchit quelques secondes.

— Des baskets blanches, je crois. Un jean, c'est sûr… avec une veste kaki et une casquette des Cubs.

— Il portait quelque chose ?

— Un sac de voyage, il me semble. Mais je n'en suis pas certaine.

— Il était seul ? Accompagné ?

— Il était seul et il avait l'air pressé de ficher le camp. Traverser cette intersection au rouge, c'est du suicide !

D'un signe de la tête, Gabrielle demanda à un jeune agent de prendre le reste de la déposition d'Esme qu'elle remercia. Son badge de police brandi à la vue de tous, elle traversa la route, l'émetteur de sa radio collé à la bouche.

— Le suspect a été repéré il y a moins de dix minutes. Il a pris la direction du sud dans South Damen Avenue. Je répète : le suspect se dirige vers le sud dans South Damen.

Après quoi elle rangea sa radio et se mit à courir. Ils se rapprochaient, elle le sentait. Et elle était déterminée à assister à la mise à mort.

140

Kassie traversa le couloir défraîchi, des larmes plein les yeux. Après avoir rassemblé le courage de téléphoner à sa mère, elle avait appuyé sur la touche, préparée à recevoir un accueil glacial. Mais l'appel avait été transféré directement sur la messagerie. Paniquée, Kassie avait raccroché sans avoir prononcé un mot.

Écœurée, elle avait jeté le téléphone sur la table, consciente qu'elle n'aurait pas la force de réessayer. Elle désirait tant se réconcilier avec sa mère, mais le destin œuvrait contre elle. Natalia avait coupé le cordon ; peut-être que les choses étaient censées se terminer ainsi. Elle abandonna son projet de faire ses adieux et se précipita dans la buanderie. Elle y gardait une petite réserve de cannabis, dissimulée dans une vieille boîte de pâte à polir, et elle l'entendait qui l'appelait.

Inutile de le nier, elle avait peur. Elle était effrayée et bouleversée. Ce n'était plus qu'une question d'heures avant qu'Adam ne mette un terme à sa courte vie, et il n'y avait personne pour la réconforter. Elle savait que ce moment allait arriver mais maintenant qu'elle y était, elle voulait fuir, se cacher de son destin. Impossible, cependant : elle se dirigeait inexorablement vers cette fin brutale depuis le jour de sa naissance. Oh, comme elle en avait envie, pourtant ! Elle voyait Adam, son expression angoissée, son doigt qui pressait la détente…

Elle se pencha et ouvrit le placard sous l'évier, cherchant frénétiquement la petite boîte en métal. Si elle ne pouvait être tranquille, elle pouvait au moins être défoncée. Avec sa mère partie, elle avait tout le loisir de fumer quand elle voulait et où elle en avait envie. Elle attrapa la boîte d'un geste preste, mais les vieilles habitudes ont la vie dure, et Kassie se dirigea malgré elle vers la porte qui donnait sur le jardin. Fumer dans la maison était absolument interdit, même pour son père et ses deux paquets de cigarettes par jour à l'époque, et Kassie avait des scrupules à empester les précieux rideaux de sa mère. Chaque fois que les choses devenaient trop difficiles, elle se faufilait dans le jardin et planquait ses mégots accusateurs dans un pot de fleurs cassé.

Leur petit jardin était en bataille, seul endroit de la maison négligé depuis le décès de son père. Kassie se souvenait vaguement d'une bande de gazon sur laquelle elle avait fait des roulades enfant, mais il n'y avait plus désormais qu'un carré de terre battue jonché du bric-à-brac qui ne trouvait pas sa place à l'intérieur. Quand bien même, c'était là que Kassie voulait être en cet instant, à s'automédicamenter pour combattre la nervosité qui montait peu à peu en elle.

Alors qu'elle s'apprêtait à sortir, elle s'immobilisa. La porte était légèrement entrebâillée. D'instinct, elle jeta un regard derrière elle, puis s'avança pour examiner le verrou : il avait été forcé. Après une hésitation, elle poussa prudemment la porte, balaya le jardin d'un regard frénétique, mais ne vit rien d'autre que l'obscurité et les ombres.

Crac.

Kassie fit volte-face. La pièce était vide, mais elle avait bien entendu un bruit. Il y avait quelqu'un dans la maison ! Un voleur, peut-être, ou un junkie à la recherche d'argent liquide, songea-t-elle avant de repousser aussitôt ces possibilités. L'effraction discrète, la présence indétectable dans les entrailles de la maison révélaient indubitablement l'identité de l'intrus. Soudain, la peur l'envahit. Ce n'était pas ainsi que cela devait se passer. Ce n'était pas censé se terminer de cette manière…

Elle fit un pas et réveilla les vieilles lames de plancher qui craquèrent, trahissant son mouvement. Des perles de sueur sur le front, elle évalua ses options. Elle pouvait filer par l'arrière et prendre ses jambes à son cou, mais elle serait arrêtée par la haute barrière cadenassée qui entourait le jardin ; la clé était suspendue à un crochet dans la cuisine. Et puis au-delà s'étendait un terrain vague broussailleux. Non, il fallait qu'elle sorte par l'avant, dans la rue où elle pourrait alerter quelqu'un.

Entre la discrétion et la rapidité, elle choisit la seconde et bondit en avant pour traverser le couloir aussi vite qu'elle le pouvait.

Avec l'effet de surprise, elle avait une chance d'atteindre la porte d'entrée avant qu'il ne l'intercepte. Sans se soucier du raffut qu'elle faisait, elle martela le sol, passa devant la chambre de sa mère puis la sienne, propulsée en avant. Elle avait presque rejoint le bout du couloir, elle apercevait le salon. Elle accéléra encore…

Et soudain, elle fut projetée sur le côté. Surgi du placard, il l'avait plaquée avec brutalité, et elle percuta l'angle du mur sur lequel elle rebondit pour chuter dans le salon, sa tête cognant avec violence sur le plancher. Aussitôt, elle voulut se relever, mais un corps massif se rua sur elle. Elle tomba à quatre pattes et, tandis qu'elle essayait de se redresser, elle sentit un bras puissant se glisser autour de son cou. Il serrait, il l'étouffait, la privait d'oxygène.

Elle se sentait partir, alors, en désespoir de cause, elle pivota et planta son coude dans l'aine de son agresseur. Il poussa un grognement bas et profond, relâcha son emprise, offrant à Kassie l'occasion de se dégager. Elle se remit debout tant bien que mal et courut aussi vite que possible vers la porte d'entrée en hurlant à pleins poumons.

Elle l'atteignit en quelques secondes et tira le verrou avant d'ouvrir. L'air frais lui caressa le visage mais, au moment où elle fit un pas à l'extérieur, un coup violent la cueillit dans les reins. Sa respiration coupée étouffa son cri, et une douleur cuisante irradia tout son corps. La bile lui monta à la gorge et sa tête se mit à tourner. Elle voulait avancer, mais impossible. Elle se sentit ramenée en arrière. La porte fut refermée dans un claquement. Les jambes de Kassie se dérobèrent sous elle et elle s'affala par terre comme un sac de pommes de terre.

Désorientée, le souffle court, elle essaya de se défendre, mais c'était sans espoir. L'homme à la cagoule se pencha sur elle et l'empoigna par sa chevelure avant de la traîner à l'arrière de la maison.

141

Elle se débattit avec vigueur, donna des coups de pied, hurla tandis qu'il la tirait sur le sol. Ses bras s'agitaient dans tous les sens, cognaient contre les murs, ses mains cherchaient à s'agripper. Elle arrivait au bout du couloir quand, soudain, ses doigts rencontrèrent le tuyau du radiateur qu'elle agrippa, stoppant leur progression. Aussitôt, le talon d'une grosse botte vint s'écraser dessus. Avec un gémissement de douleur, elle lâcha sa prise. Il se remit en marche et l'entraîna sans ménagement dans la buanderie.

Elle y atterrit en boule et, quand elle tenta de se lever, un poing la percuta à l'estomac. Pliée en deux, elle sentit alors sa grosse main sur sa nuque. Elle entendit le raclement d'une chaise sur le sol et, peu après, il la poussa dessus. Une autre gifle violente lui fit voir des étoiles, et il lui tira les bras en arrière d'un coup sec. Elle n'avait quasiment plus aucune résistance et elle se retrouva bientôt ligotée à la chaise. Avec la dernière once d'énergie qu'il lui restait, elle voulut crier, mais il lui enfonça un chiffon dans la bouche. Le tissu sale lui chatouilla la gorge et lui souleva le cœur.

L'homme marqua une pause pour reprendre son souffle, sa poitrine se soulevait et s'abaissait avec rapidité ; ses efforts l'avaient visiblement éprouvé. Il prit un instant pour se ressaisir puis sortit de la pièce d'un pas précipité. Elle l'entendit qui retournait vers le placard. Au bout de quelques secondes, il revint avec un vieux sac de voyage à la main.

Sans un regard pour elle, il posa le sac et l'ouvrit. Il en extirpa un grand hachoir. Alors il s'avança vers Kassie, son arme serrée dans son poing, et prit enfin le temps de dévisager la fille sans défense assise devant lui. Il ne prononça pas une parole et se contenta d'attraper la manche de la chemise de Kassie. Il leva sa lame et la fit courir le long de la couture jusqu'à ce que le tissu se sépare, dévoilant son bras nu. Kassie se mit à s'agiter, à se balancer d'avant en arrière sur la chaise, mais White l'ignora et déchira l'autre manche de la même manière. Il posa ensuite la pointe de sa lame sur le devant et fit sauter tous les boutons un à un ; la chemise en lambeaux s'ouvrit et glissa au sol. Kassie se retrouva en soutien-gorge devant lui.

Poussant un lourd soupir, White observa sa victime.

— Prête à jouer ?

Kassie ne répondit pas, elle le fusilla d'un regard de défi. À sa grande surprise, l'homme ôta sa cagoule. Une lueur de triomphe dans les yeux, un mince sourire aux lèvres, il la considéra. Bien sûr, elle connaissait ce visage, mais vu de près, il était encore plus repoussant. La peau rose et flasque autrefois dissimulée par la barbiche, le regard froid et éteint, le front plissé et le menton grassouillet couverts de sueur. Il ressemblait à un cochon d'élevage qui attendait sa ration. Il se baissa à sa hauteur, plongea son regard dans le sien et murmura :

— À trois. Un…

Il enfonça sa lame le long de son estomac. Une épouvantable sensation de brûlure envahit aussitôt Kassie. Elle baissa les yeux, s'attendant à voir jaillir ses entrailles, mais la coupure n'était pas si profonde. C'était donc ça, alors ? Le commencement d'une abominable et longue agonie ?

Devinant ses craintes, l'homme accrocha son regard au sien.

— Je vais te faire me supplier, gamine. Je vais te faire implorer ma miséricorde…

Ses yeux de fouine s'illuminèrent à cette perspective, les veines de son cou pulsèrent.

— Tu vas regretter d'être née.

142

— Je vous écoute. Où est-il ?

Malgré le calme qu'elle s'efforçait d'afficher, l'angoisse perçait dans la voix de Gabrielle. Des dizaines d'agents avaient investi McKinley Park, ils se déployaient et passaient le quartier au peigne fin. White était peut-être encore dans les rues, tout comme il pouvait se terrer quelque part, s'il avait déniché une maison à l'abandon ou un local commercial. Tous les porches et toutes les allées devaient donc être inspectés. Un quart d'heure s'était écoulé depuis qu'Esme Perkins l'avait aperçu, et chaque minute qui passait augmentait les chances de White d'en réchapper.

— Rien ici, chef. On continue de fouiller.

La voix de l'inspecteur Suarez s'éteignit. Il se trouvait au nord de McKinley Park, avec la majorité des officiers. Si leur homme devait se planquer, réfléchit Gabrielle, c'était dans ce secteur. Il pouvait tenter de se cacher à l'ombre de l'autoroute 55, disparaître dans le Lower West Side, ou même, s'il était vraiment désespéré, faire le grand plongeon dans le fleuve. Et pourtant, aucune trace de lui.

— Et de votre côté, Robins ?

Silence sur la fréquence radio. L'inspecteur Robins et son équipe patrouillaient à l'est, ils barraient la route pour Bronzeville et, au-delà, Burnham Park.

— Rien pour l'instant, chef, répondit Robins dans un grésillement.

— Merde, marmonna Gabrielle en s'apercevant trop tard qu'elle était toujours en ligne.

Elle contacta Albright qui se trouvait à l'ouest, à Brighton Park, et reçut la même réponse. Ne restait plus qu'une possibilité : White était parti vers le sud, une route qui l'aurait mené à Back of the Yards et après ça au South Side. Mais pour quelle raison irait-il là-bas ? À cette heure de la nuit, errer dans ce quartier était dangereux, voire suicidaire. Certes, White devait être armé, mais il était seul : il serait la proie des gangs à la minute où il mettrait un pied sur leur territoire. Même les agents de patrouille ne s'y aventuraient qu'en cas d'absolue nécessité. Non, c'était de la folie d'envisager qu'il ait pu se réfugier là-bas, désespéré ou pas. Et pourtant… À moins d'être passé on ne sait comment entre les mailles du filet, il était forcément parti vers le sud. Mais pourquoi ? Pourquoi traverser Back of the Yards et foncer vers le danger du South Side… ?

Une idée germa soudain dans son esprit. Une pensée insidieuse et persistante qui la pétrifia sur place.

Tout à coup, Gabrielle sut exactement où il se rendait.

143

Le regard droit devant lui, Adam descendait la rue d'un pas lourd. Il ne connaissait pas très bien le quartier de Back of the Yards, mais la maison de Kassie se trouvait près des anciens abattoirs, et ça, tout bon citoyen de Chicago savait où c'était. Ils se dressaient dans cette partie de la ville comme un mystérieux fantôme, un monument sur le déclin, symbole du vieux Chicago, quand la vie était prospère et le travail abondant.

Tout en marchant, il glissait de temps à autre la main sous sa veste pour caresser la crosse du Beretta. Elle était ferme et puissante contre sa paume et Adam sentit une montée d'adrénaline le propulser en avant. Il aurait voulu s'arrêter maintenant qu'il n'en aurait plus été capable. Ce voyage, peut-être son dernier, s'effectuait désormais indépendamment de sa volonté.

« En premier lieu, ne pas nuire. » Comme il était aisé d'oublier ce serment. Adam n'avait jamais fait de mal à personne dans sa vie ; il n'en avait jamais eu envie. Et là, ça lui paraissait logique, inévitable même. Quelqu'un devait payer pour tout ce malheur et toute cette souffrance. Et ce quelqu'un était Kassie. Il resterait sourd à ses supplications, à sa propre conscience. Tout ce qui lui importait, c'était d'éliminer le virus qui avait anéanti sa vie.

Il sortit le pistolet de sa veste, ôta le cran de sûreté, et baissa le bras contre son flanc pour le rendre indétectable. Il n'était plus qu'à quelques minutes de chez Kassie et plus rien ne l'arrêterait.

Elle avait raison depuis le début. Cette idée lui arracha un rire amer, mais c'était la vérité. Kassie avait prédit la façon dont tout cela se terminerait, elle avait tout prévu. Malgré les doutes d'Adam, toutes ses théories alternatives, elle disait vrai depuis le départ. Elle était chez elle en ce moment même, elle l'attendait, elle attendait cette fin promise. Il s'imaginait en train de brandir son arme, d'appuyer sur la détente. Comme si une force supérieure le guidait, le poussait vers l'acte final. Cette fatalité expliquait peut-être sa démarche si assurée, son courage aussi inébranlable. Kassie avait vu qu'il la tuerait.

Et c'était exactement ce qu'il avait l'intention de faire.

144

Elle hurla de douleur, le bâillon étouffa le son, et l'homme poursuivit sa tâche macabre. Elle était à sa merci et il comptait bien en profiter. Il leva le hachoir duquel le sang gouttait et coupa l'épaule dénudée de la fille une fois, deux fois, dessinant une croix.

La réaction physique fut immédiate : elle s'agita violemment tandis qu'un gémissement rauque lui échappait. White marqua une pause pour examiner sa victime sur la chaise devant lui, pareille à une poupée de chiffon ensanglantée. Son buste, ses épaules et ses bras étaient striés de profondes entailles et, jusque-là, elle n'avait pas capitulé, ce qui était tout à son honneur. Cette gamine avait des nerfs d'acier, c'était certain. Cela l'excitait et l'agaçait tout autant.

Il parcourut son corps du regard et saisit le tissu de son pantalon qu'il souleva pour glisser sa lame en dessous. Le jean se déchira sans accroc et laissa apparaître sa cuisse gauche. Il fit courir sa lame sur la peau claire et constellée de taches de rousseur et posa la pointe tout en haut avant de taper du poing sur le manche. La lame s'enfonça de cinq centimètres et, usant de toute sa force, il la ramena vers lui, ouvrant avec une lenteur atroce la cuisse de haut en bas. Un hoquet étouffé, suivi d'un hurlement, puis le corps de la fille fut secoué de spasmes. White fit un pas en arrière et essuya la sueur qui perlait à son front avant d'admirer son œuvre et de savourer le supplice de sa victime.

La fille gardait les paupières fermées, afin de mieux supporter la torture, sans doute. Pourtant, il la vit avec surprise qui ouvrait les yeux. Au lieu de l'implorer de mettre un terme à ses tourments, elle reprit contenance et posa sur lui un regard tranquille sans tenir compte des décharges douloureuses qui fusaient dans tout son être.

Il s'avança vers elle et plaça le hachoir sur son visage, barbouilla ses joues de son propre sang séché. Elle battit des paupières, répugnée, mais sans se départir de son air arrogant. Soudain, il retira son bâillon. La fille toussa, chercha l'air comme un poisson hors de l'eau et inspira avec avidité de grandes bouffées d'oxygène. Pas de répit : il appuya la lame poisseuse contre sa gorge, juste sur la carotide.

— Je voulais prendre mon temps, mais je devrais peut-être en finir au plus vite. Qu'est-ce que tu en penses ?

Elle cilla quand il planta la lame dans sa peau.

— Une seule entaille et c'est terminé. Tu te videras de ton sang devant moi, comme un porc qu'on égorge…

Il passa son index sur son propre cou.

— Qu'est-ce que tu en dis ? Je fais ça maintenant ? Hein ? insista-t-il en haussant peu à peu la voix. Ou tu as envie de vivre ?

Il laissa ses paroles flotter un instant.

— Je suis disposé à te laisser vivre un peu plus longtemps. Mais il va falloir que tu me supplies. Tu peux me supplier, Kassie ?

Voilà, on y était. Le moment qu'il attendait avec impatience et excitation. Malgré l'horreur de l'expérience vécue, toutes ses victimes l'avaient imploré à la fin, toutes voulaient survivre malgré leur corps mutilé et la souffrance endurée. C'était là qu'il leur annonçait qu'il n'y avait pas d'espoir, qu'elles allaient mourir. C'était une sensation délicieuse à laquelle il était vite devenu accro.

À son grand étonnement, la fille continuait de le fixer sans rien dire.

— Quel est ton problème, ma jolie ? Tu as perdu ta langue ?

Elle ne répondit pas, ses cils bougeant à peine lorsqu'elle leva le regard pour croiser le sien.

— Bon, comme tu voudras, s'emporta-t-il en faisant mine de lui trancher la gorge.

Elle resta impassible, sans la moindre réaction. Il remarqua alors que son regard se portait au-delà de lui, presque comme si elle sondait ses profondeurs. Et tandis qu'elle le fixait, un mince sourire vint étirer ses lèvres.

Perplexe et furieux, White poussa un rugissement sonore et brandit le couperet au-dessus de sa tête. Elle refusait toujours de se laisser intimider. À cet instant, et pour la première fois depuis qu'il avait entamé son règne de terreur et de violence, Joseph White douta. Cette fille ressentait la douleur, la vue de son propre corps tailladé lui donnait la nausée et elle était révulsée par lui. Cependant, il y avait une émotion qu'elle paraissait incapable d'éprouver. La seule qu'il désirait voir, plus que toutes les autres.

La peur.

145

Gabrielle ouvrit la portière d'un coup sec et sauta à l'intérieur. Elle avait garé son véhicule dans une rue latérale de Bronzeville, à bonne distance de leur zone de recherches, et elle l'avait regagné à la course en maudissant sa bêtise à chaque foulée. À la suite de son appel radio, les voitures de patrouille fonçaient maintenant au domicile de Kassie Wojcek, mais elles arrivaient du nord et de l'ouest et se retrouvaient coincées dans la circulation. Si elle faisait vite, elle pourrait arriver la première. Et chaque seconde comptait.

Elle claqua sa portière au moment où Montgomery se glissait sur le siège passager. Sans un mot, elle enclencha la sirène et posa le gyrophare sur le toit pendant que Gabrielle démarrait. La voiture bondit en avant tandis que lcs deux femmes bouclaient d'un geste habile leur ceinture et s'élançaient dans la nuit.

— Il va chez Wojcek, souffla Gabrielle.

Montgomery ne répondit pas, c'était inutile, elle suivait son raisonnement. Il n'y avait aucune explication logique au fait que White se dirige vers Back of the Yards sinon pour aller voir quelqu'un. Et Kassie était la cible toute désignée. À leur grand embarras, elles devaient reconnaître que personne n'avait autant contrecarré les plans de White que l'adolescente de quinze ans. White cherchait peut-être à se venger, à commettre un ultime acte de barbarie avant de quitter Chicago pour de bon.

— Prête ? demanda Gabrielle avec un regard à sa jeune coéquipière.

Cette dernière hocha la tête, sortit son arme de son étui et posa les doigts sur le cran de sûreté.

— Il va sans dire que je préférerais avoir White vivant, mais au moindre danger pour nous ou pour la fille, on l'abat.

— Compris, répondit Montgomery en serrant un peu plus son pistolet.

— Cette affaire se termine ce soir. Nous n'aurons pas d'autre occasion.

Elles se turent, les pensées de chacune tournées vers ce qui les attendait. Plus haut dans la rue, Gabrielle aperçut des travaux et une longue file de voitures qui serpentait. Ses options évaluées, elle ordonna à Montgomery d'augmenter le volume de la sirène puis grimpa sur le trottoir et roula en faisant signe aux piétons de s'écarter. Ceux-ci plongèrent sous les porches ou sautèrent dans le caniveau. Quelques instants plus tard, Gabrielle et Montgomery contournaient les travaux et, d'un coup de volant, elle retourna sur la chaussée.

La route devant elles était maintenant dégagée, et Gabrielle enfonça la pédale d'accélérateur. La voiture bondit dans un crissement de pneus et fila à toute allure. Les mains crispées sur le volant, la sueur dégoulinant de ses tempes, Gabrielle se laissa aiguillonner par l'adrénaline. C'était donc ça, c'était à ça que ces derniers jours les avaient inexorablement menés.

La partie se terminait maintenant.

146

— Supplie !

Il lui hurlait au visage, un postillon atterrit sur sa joue.

— Supplie-moi, sale garce !

Il était si près que leurs nez se touchaient presque. Mais la fille restait obstinément muette, sans réaction, malgré les insultes dont il la mitraillait sans relâche. De rage, il recula d'un pas et la taillada plusieurs fois à la cuisse, passa sa lame dans un sens puis dans l'autre jusqu'à ce que sa chair soit déchiquetée. Elle était en lambeaux : ses épaules lacérées, ses bras entaillés presque jusqu'à l'os, le visage barbouillé de sang séché ; et elle refusait encore d'abandonner. De s'avouer vaincue.

Il planta la pointe de son hachoir dans sa joue.

— Obéis ou je t'arrache les yeux.

La confusion voila son regard un instant mais, très vite, le calme sembla l'envahir. Elle était détendue, un demi-sourire étirait un coin de sa bouche.

— Ne souris pas. Ne t'avise pas de sourire !

Ses menaces restaient sans effet. Elle ne craignait pas sa lame. Elle ne le craignait pas, lui. Lâchant un violent juron, il tourna les talons et s'éloigna. Il ne supportait pas la façon dont elle le regardait, comme si c'était elle qui était aux commandes.

Il traversa le couloir pour gagner l'avant de la maison, marmonnant entre ses dents. Rien ne se déroulait comme prévu, mais… S'il gardait son calme, alors ça pourrait toujours s'arranger. Il allait commencer par ses membres. Sectionner ses bras en premier, puis ses jambes. Alors elle se soumettrait et l'implorerait de mettre un terme à son supplice. Ah ! ça n'arriverait pas : elle souffrirait jusqu'au bout.

Revigoré par cette pensée, Joseph White entra d'un pas assuré dans le salon. Et tomba nez à nez avec un homme armé d'un pistolet.

147

Adam Brandt ne savait pas à quoi s'attendre mais certainement pas à ça !

Il s'était approché de la maison de Kassie à pas de loup, avait glissé la clé avec la figurine de Betty Boop dans la serrure puis s'était faufilé à l'intérieur. Dans la pénombre, il lui avait fallu un moment pour se repérer. Le salon était désert, mais il y avait du bruit en provenance du bout du couloir. Une voix, mais était-ce celle de Kassie ? Elle était trop grave, pourtant qui d'autre pourrait se trouver là ? Un peu surpris et agacé, il avait posé le doigt sur la détente de son arme. Quelques secondes plus tard, il avait entendu du mouvement dans le couloir et, soudain, Joseph White avait fait irruption dans le salon.

Adam l'avait aussitôt reconnu – son visage était gravé dans sa mémoire depuis ce fameux soir au lac Calumet. Que fichait-il ici ? White paraissait aussi étonné que lui et, l'espace d'un bref instant, aucun des deux hommes ne bougea. Puis, tout à coup, Adam leva son arme et tira. Sauf que White avait déjà pris la tangente, qu'il fonçait dans le couloir pendant que la balle se logeait dans le mur.

Adam se précipita à sa poursuite. L'homme à l'origine de tant de malheurs, de véritables bains de sang, se trouvait sous ce toit. Il jeta un œil dans le couloir avant de s'y engager. Il était sombre, et vide. Adam envisagea une seconde d'allumer la lumière, mais songea que cela ferait de lui une cible facile. Il avança donc dans l'obscurité, le pistolet braqué devant lui, prêt à faire feu au besoin, malgré le léger tremblement de sa main.

Le parquet craqua sous ses pas, lui mettant les nerfs à vif. Chaque porte qui flanquait le couloir offrait une possibilité d'embuscade. La maison était plongée dans un silence de mort, et il n'y avait aucune trace du fugitif. Adam redoutait à tout instant qu'il ne lui saute dessus pour lui trancher la gorge…

Rassemblant son courage, il s'approcha d'une porte sur la gauche. Il l'ouvrit doucement du pied et, voyant que la chambre était vide, il fit volte-face prêt à parer une attaque venue de derrière. Mais la porte opposée était fermée et quand il l'ouvrit, il découvrit qu'il n'y avait rien d'autre qu'un lit. Il reporta son attention sur la pièce du fond et avança à pas prudents.

Au bout du couloir, il compta en silence jusqu'à trois puis surgit d'un coup dans la buanderie. Et là, mauvaise surprise ! L'homme se trouvait bel et bien ici, mais Kassie aussi, debout près d'une chaise renversée et d'un tas de cordes. Elle était torse nu, le jean en lambeaux, son visage meurtri recouvert de sang, ses bras striés de coupures. Pire encore, sa cuisse gauche était ouverte sur plusieurs centimètres, le sang suintait de l'entaille béante. L'homme se tenait derrière elle, un gros hachoir appuyé contre son cou.

— Un pas de plus et je lui tranche la gorge.

Adam le dévisagea avec stupeur. Il était venu ici dans l'intention d'ôter la vie à la jeune fille, et voilà qu'un autre menaçait de le faire pour lui.

— Ne l'écoutez pas, lança soudain Kassie d'une voix haletante.

White déplaça un peu sa lame en guise d'avertissement. Kassie se tut, chercha son souffle.

— Baissez votre arme et reculez, poursuivit White en tirant Kassie vers la porte du jardin.

Adam garda son pistolet braqué sur White. Les émotions se bousculaient en lui, le désarroi et le doute en tête.

— Ne bougez plus, prévint White avant d'ouvrir la porte à tâtons avec sa main libre.

Un souffle d'air frais s'engouffra dans la pièce tandis que l'obscurité au-dehors se révélait. Entraînant sans ménagement Kassie avec lui, White disparut dans la nuit.

148

Ils trébuchèrent dans le jardin, serrés dans une hideuse étreinte. Le sol était jonché de saletés en tout genre que White repoussait à coups de pied furieux tout en entraînant sa prisonnière vers le portail. Kassie tourna les yeux vers la maison, y chercha Adam. Que faisait-il ici ? Était-il venu lui porter secours ou lui faire du mal ? Elle savait en tout cas qu'elle avait besoin de lui à cet instant. Elle ne supportait pas d'être abandonnée ainsi à la cruauté de White.

Enfin, il apparut. Il sortait d'un pas décidé dans le jardin, son arme pointée sur eux. White réagit aussitôt et accéléra l'allure, sans lâcher Kassie. Chacun de ses mouvements était un supplice, sa jambe mutilée menaçait de lâcher sous elle d'une seconde à l'autre. Elle poussa un grognement de douleur, mais White n'eut aucune pitié et plaqua sa grosse main contre sa bouche pendant qu'ils poursuivaient leur danse grotesque.

Cependant, Adam les rattrapait. Il n'était plus qu'à six mètres, l'arme levée.

— Ne faites pas ça ! cria White. Pensez à la fille.

Adam resta sourd à sa mise en garde et continua d'avancer.

— Vous n'êtes pas un tueur ! Vous ne voudriez pas de sa mort sur la conscience.

Le ton de White était moqueur. C'était vrai qu'Adam n'avait rien d'un tueur avec son costume élégant et ses traits ciselés. Pourtant, Kassie connaissait cette facette de lui, elle était hantée par cette image depuis des années.

— Vous n'avez pas les tripes, poursuivit White. Un gentil garçon comme vous…

Il ne termina pas sa phrase : une balle siffla au-dessus de sa tête, rata sa cible d'une vingtaine de centimètres. Kassie sursauta. Le bruit était assourdissant, la sensation de l'air fendu par la balle, terrifiante.

— Considérez ça comme un avertissement, lança Adam d'un ton grave en abaissant son pistolet à leur hauteur.

Il avait beau trembler un peu, sa détermination paraissait infaillible. Pour la première fois, White marqua un arrêt, se demandant peut-être si Adam oserait leur tirer dessus. Le coup de feu résonnait encore dans l'air nocturne et Kassie aperçut des lumières qui s'allumaient dans les maisons alentour. Des lueurs accompagnées de murmures inquiets. À mesure que les rideaux s'entrouvraient, que le brouhaha des voix s'amplifiait, Kassie remarqua autre chose.

Des sirènes. La nuit s'emplit soudain du hurlement des sirènes. On venait à leur secours ! Plusieurs véhicules se dirigeaient vers sa maison. White aussi dut les entendre, car il se remit en route vers le portail. Tout à coup, l'espoir envahit Kassie. Si elle parvenait à se libérer de son emprise, si elle pouvait gagner un peu de temps, alors peut-être que tout irait bien. Elle pourrait s'échapper, White serait capturé…

— Restez où vous êtes.

L'ordre d'Adam était limpide malgré sa voix tremblante.

— Tirez si ça vous chante, le défia White avec sérieux, en serrant Kassie contre lui. Mais il faudra nous tuer tous les deux.

Adam ne se trouvait plus qu'à trois mètres, difficile de rater sa cible à cette distance ; pourtant il parut douter, comme si au final, presser la détente sur un autre être humain était au-dessus de ses forces. Kassie profita de son hésitation pour planter ses dents dans la main moite de White.

Il poussa un rugissement, retira sa main et relâcha son emprise. Aussitôt, Kassie plongea en avant pour se libérer. Adam était tout près maintenant, il baissait le bras pour l'accueillir. Si elle pouvait le toucher, elle serait sauvée…

Soudain, sa tête partit en arrière. La violence du choc lui coupa le souffle, sa vision se brouilla. Elle crut qu'elle allait s'évanouir alors qu'elle tombait à la renverse, loin d'Adam. Elle sentit la main de White qui lui agrippait les cheveux, l'attirait vers lui.

— Non…

White ignora ses cris de protestation, il continuait de la tirer en arrière. Adam semblait désemparé, le pistolet toujours pointé vers le sol. Ils avaient atteint le portail et White donnait des coups de pied furieux dedans. Le cadenas rouillé céda, tomba au sol, suivi peu après par la lourde chaîne en acier.

Trop tard, Kassie comprit ce qui allait se passer. Derrière le jardin s'étendait un terrain vague envahi de broussailles. Si White parvenait à l'atteindre, il serait libre. Les cachettes étaient nombreuses et les possibilités de fuite aussi : des sentiers sans fin et des allées par lesquelles il pourrait se sauver au moment où la police franchirait le seuil de la maison de Kassie.

— Tirez ! haleta-t-elle.

Adam leva son arme. Mais la tête de Kassie, son corps faisaient bouclier et lui dissimulaient White. Il hésita.

— Ne le laissez pas…

Les doigts de White plongèrent dans la bouche de Kassie, mais elle les repoussa.

— Tirez ! implora-t-elle.

Adam semblait à l'agonie. S'il était venu avec l'intention de faire du mal à Kassie, il n'en avait plus du tout envie. Kassie, pour sa part, savait ce qu'il devait faire, comment il pouvait mettre un terme à la folie meurtrière de White. Alors, au moment où celui-ci relâchait un peu son étreinte, prêt à détaler, Kassie chercha les yeux d'Adam et s'y accrocha.

L'espace d'un court instant, le temps sembla ralentir, et tous deux échangèrent un regard lourd de sens. Le moment passé, Kassie hurla :

— Maintenant !

Avec une grimace, Adam appuya sur la détente : quatre coups cinglants et rapprochés rompirent la tranquillité d'une froide nuit de printemps à Chicago.

ÉPILOGUE

149

Un faible rayon de soleil illumina leurs visages. L'aube venait de poindre et, dans son bureau en désordre, Gabrielle Grey contemplait les photos de ses dossiers éparpillés. Tout le monde était rentré ; la nuit avait été éprouvante pour tous. Gabrielle, elle, était revenue au commissariat. Elle avait d'abord eu l'intention de mettre de l'ordre dans ses notes, mais revoir Jones, Stevens, Baines, Varga, White et Wojcek l'avait arrêtée dans son élan.

Jamais elle n'avait mené une enquête comme celle-ci, et elle espérait de tout son cœur n'avoir jamais à recommencer. Dans un retournement doux-amer, l'affaire s'était avérée un triomphe personnel. Le maire l'avait déjà appelée pour la féliciter ; lui plus que quiconque se réjouissait de cette conclusion. Hoskins avait laissé entendre qu'une promotion était envisagée. Elle espérait pouvoir en profiter pour changer des choses dans le service : une montée en grade pour Suarez et Montgomery par exemple. Malgré tout, Gabrielle regrettait de ne pouvoir effacer et réécrire les événements des deux dernières semaines. La ville avait vécu dans la terreur, le sang avait coulé, et beaucoup, y compris au sein de son équipe, en étaient encore traumatisés. Personne ne devrait endurer les épreuves qu'ils avaient traversées ces quinze derniers jours. Ils seraient marqués à vie. Elle aussi.

C'était au-delà de l'entendement qu'un être humain puisse agir comme White l'avait fait. Gabrielle avait rencontré son lot de criminels malfaisants pendant sa carrière, mais celui-ci était une espèce à part. C'était un animal, qui n'éprouvait ni empathie ni compassion ; qui se nourrissait de la peur de ses victimes. Qu'il ne puisse plus jamais faire souffrir quiconque était une consolation ; avec de la chance, il brûlait en enfer désormais. Mais ça n'aidait guère les familles en deuil, qui ne seraient jamais en mesure de chasser les abominables images des tortures subies par leur proche entre ses mains.

Gabrielle rassembla les photos et les rangea dans leur dossier respectif avant de remettre un peu d'ordre sur son bureau. Elle comptait rédiger son rapport maintenant, pendant que les événements étaient encore frais dans son esprit, mais tout à coup elle se sentit épuisée. Elle voulait rentrer chez elle et embrasser Dwayne et les garçons. Ces derniers jours avaient été plus que difficiles, écœurants et perturbants, mais c'était terminé, et il était temps de profiter à nouveau de la vie. Gabrielle savait qu'elle faisait partie des chanceux.

Elle avait quelqu'un qui l'attendait à la maison.

150

Il avait visité ces cellules à de nombreuses reprises, mais elles paraissaient bien différentes vues de l'intérieur. La puanteur était familière, les graffiti n'avaient pas changé, mais les murs semblaient se resserrer sur lui maintenant. Adam Brandt croyait savoir ce que c'était d'être détenu à la prison de Cook County, mais il se rendait compte qu'il n'en avait jamais eu aucune idée.

Il se retrouvait de nouveau dans les entrailles de l'immense prison, mais cette fois, il ne portait pas de chaussures fabriquées main ni de costume de couturier. Il avait enfilé la combinaison réglementaire, ses affaires personnelles, ses vêtements ainsi que sa ceinture lui avaient été confisqués au cas où l'envie lui prendrait de vouloir se donner la mort. L'ironie de la situation, après tout ce qu'il avait traversé, était accablante. Mais ce n'était pas le seul coup dur qu'il avait eu à encaisser ce jour-là.

Grey l'avait interrogé pendant des heures, le torturant à petit feu, et la fouille indécente dont il avait fait l'objet à son entrée dans la prison avait été tout aussi interminable. Les sifflets et quolibets que lui avaient lancés les autres prisonniers, dont certains qu'il connaissait, étaient prévisibles, mais les remarques injurieuses, ou pire, le silence du personnel pénitentiaire auprès duquel il travaillait depuis des années, l'avaient touché au vif. Et cerise sur le gâteau, il avait dû répondre au questionnaire psychologique qu'il avait lui-même instauré.

Pourtant, rien de tout cela n'était plus douloureux que sa grande culpabilité. Il n'avait pas eu le choix, certes – il ne pouvait pas laisser White s'échapper –, mais il avait tout de même ôté la vie à deux personnes. Et c'était une souffrance avec laquelle il devrait vivre pour le restant de ses jours.

Il revoyait encore le corps de Kassie tressauter tandis que les balles la traversaient ; il entendait le grognement étonné de White quand les balles le pénétraient. L'instinct lui avait fait appuyer sur la détente – l'instinct et l'insistance de Kassie –, mais il avait tout de même été choqué par le carnage qu'il avait créé. Avant même que les coups de feu ne cessent de résonner, White s'était affalé par terre, cherchant à aspirer un air qui ne le sauverait pas. Kassie avait suivi, s'écroulant sur la forme allongée, son visage livide tourné vers Adam. Ses yeux étaient grands ouverts, et paisibles, et un mince filet de sang coulait de sa bouche. Adam s'était précipité vers elle, se rappelant trop tard sa véritable vocation, pourtant ses tentatives effrénées pour la ranimer étaient restées vaines. Il était toujours penché au-dessus d'elle, à pratiquer un massage cardiaque quand la police avait débarqué.

Deux inculpations pour homicide l'attendaient désormais. Et il devrait les affronter, car sa culpabilité était indubitable. La question était de savoir si l'affaire irait jusqu'au procès et, dans ce cas, si un jury croirait que Kassie voulait qu'il tire. Ou s'il le verrait tel que lui se sentait désormais : un assassin à la gâchette facile et aux mains couvertes de sang.

Seul l'avenir le dirait. Il n'y avait rien qu'il puisse faire, sinon attendre.

La tête baissée, Adam Brandt s'assit sur le banc de la cellule et contempla sa culpabilité bien en face. Kassie était partie, Faith et Annabelle aussi et, pour la première fois, il comprit qu'il y avait pire que la mort.

Il y avait la vie.

151

La vieille dame regarda au loin le soleil qui apparaissait au-dessus de la ligne d'horizon. D'habitude, elle n'était pas réveillée à une heure si matinale, mais ce jour-là n'était pas un jour comme les autres.

Les infirmières étaient venues en grommelant lorsqu'elle les avait appelées pour qu'elles l'aident à se lever. Elles devaient la prendre pour une vieille folle qui ne vivait plus depuis longtemps dans le monde réel, mais elle avait encore un peu de vigueur. Elle avait insisté pour qu'elles l'habillent et l'amènent au bord de l'eau dans son fauteuil roulant afin de contempler le lever du soleil.

Une infirmière était restée à proximité, bien sûr, de peur sans doute qu'elle n'essaie de se jeter dans le lac ; comme si elle en avait l'énergie !

— Vous êtes sûre que vous ne voulez pas une couverture ? Ou votre petit déjeuner ?

— Non merci. J'ai tout ce qu'il me faut.

L'infirmière avait hésité, visiblement décontenancée par la lucidité et la détermination de Wieslawa. Elle était plus habituée à l'entendre fredonner des comptines ou à marmonner entre ses dents qu'à donner des ordres.

— Allez-y, ma petite. Je suis très bien comme ça.

À contrecœur, elle se retira, laissant Wieslawa seule. La vieille femme reporta alors son attention sur le lac, savoura la vue des rayons du soleil qui scintillaient sur la vaste étendue d'eau. Elle savait qu'elle devrait se sentir triste, mais elle n'avait pas le cœur à la lamentation. Oui, elle avait perdu son unique visiteuse, elle ne reverrait plus jamais sa petite *kochanie*, mais l'une et l'autre savaient que ce moment arriverait. Et n'était-il pas vrai que ce sont ceux qui restent qui souffrent ?

Que faisait Natalia maintenant ? La police lui avait-elle déjà annoncé la triste nouvelle ? En dépit de leurs nombreux différends, le cœur de la vieille femme saignait pour sa fille ; elle savait d'expérience ce qu'on éprouvait à la perte d'un enfant. Cependant, Wieslawa ne ressentait aucune peine pour elle-même. Le don de Kassandra avait toujours été une malédiction, comme il l'avait été pour elle, et la pauvre fille avait été torturée par la vie jusqu'à sa toute fin. Mais c'était terminé.

Viendrait-on le lui apprendre ce jour-là ? Ou penserait-on que la vieille chouette était trop sénile pour comprendre, trop fragile pour supporter un autre deuil ? Cette pensée l'amusa. La plupart du temps, elle se perdait dans un brouillard de souvenirs douloureux et de pensées aussi fantasques qu'abstraites, mais là, elle y voyait plus clair que quiconque. Là, elle voyait tout.

Une belle âme torturée s'en était allée. Wieslawa souffrait de sa disparition, mais elle la reverrait bientôt. En effet, elle avait même hâte que la nuit tombe pour contempler la naissance d'une nouvelle étoile dans les cieux. Il faudrait être patiente, toutefois.

Pour l’instant, elle devait se contenter de la vue sur le vaste lac doré et sur les oiseaux indifférents qui piaillaient en dessinant de grands cercles au-dessus de l’eau. Absorbée dans sa contemplation du spectacle majestueux qui s’étendait devant elle, Wieslawa sentit un sourire étirer ses lèvres.

Enfin, sa Kassie adorée était en paix.

Remerciements

De nombreuses personnes participent à la création d'un roman, et il y en a quelques-unes que j'aimerais remercier ici chaleureusement : le Dr Susan Buratto, pour son incroyable générosité et le temps qu'elle a consacré à m'enseigner les méandres des services psychiatriques dans le système judiciaire américain. Plusieurs personnages et plusieurs lieux de cette histoire sont nés de notre visite peu conventionnelle de Chicago. Au Royaume-Uni, le Dr Lisa Barkley s'est révélée tout aussi bienveillante et perspicace ; grâce à elle, je comprends beaucoup mieux la psychologie des enfants en général et les techniques de distanciation en particulier. J'aimerais également remercier toutes les personnes formidables chez Michael Joseph, notamment Chantal Noel et Rowland White, un éditeur exceptionnel et un guide fantastique pour ce livre et bien d'autres avant. Merci aussi à ma merveilleuse agente Hellie Ogden, une amie et une source d'inspiration auprès de laquelle je peux tester mes idées. Enfin, mes remerciements les plus sincères et mon amour le plus profond à Jennie, Chloe et Alex, pour m'avoir encouragé – et supporté – tandis que Kassie prenait vie. Chloe, je suis désolé si l'héroïne ne s'appelle pas Ruby, comme nous en avions discuté, mais bon, ce sont les lois de l'édition…

Imprimé en Espagne par
Liberdúplex
à Sant Llorenç d'Hortons (Barcelone)
en novembre 2020

10/18 - 92, Avenue de France - 75013 Paris

X07662/02